KB260206

신상웅전집3

이 어두운 날의 미아

동서문화사

신상웅전집3
이 어두운 날의 미아

초판 발행/2003년 10월 1일
발행인 고정일/발행처 동서문화사
창업 1956. 12. 12. 등록 16-345(윤)
서울강남구신사동 540-22 ☎ 546-0331~6 (FAX) 545-0331
www.epascal.co.kr
＊잘못 만들어진 책은 바꾸어 드립니다.
총10권 각권 9,800원

＊

이 책의 출판권은 동서문화사(동판)가 소유합니다.
의장권 제호권 편집권은 저작권 법에 의해 보호를 받는 출판물이므로
무단전재와 무단복제를 금합니다.

편찬·필름·제작 일체 「동판」 자본으로 이루어짐에 따라
출판권 소유권자 「동판」에서 제조출판판매 세무일체를 전담합니다.
사업자등록번호 211-90-02201
ISBN 89-497-0197-9 04810
ISBN 89-497-0194-4 (세트)

이 어두운 날의 미아
차례

끝없는 곡예

여행 중의 계획이란 아무리 잘 짰다 하더라도 그것이 꼭 그대로 정확히 실천에 옮겨지지 못하게 마련이다. 시간을 적절히 쪼개어 여러 가지 일들을 차례로 처리해 나간다는 것은 여간 어려운 일이 아니어서 어쩌다 보면 엉뚱한 데다 시간을 팔아먹고 나서 하릴없는 공백 속에 빠지기 십상이다. 도쿄 한복판에 서서 우왕좌왕하는 지금의 임한평(林漢枰)이 딱 그짝이다. 아침 일찍 간다(神田)의 서점가를 기웃거리겠다는 계획이 차질을 가져오면서 모든 일이 배배 뒤틀리기 시작한 것이다.

그렇다고 해서 그가 늦잠을 잔 것은 물론 아니다. 그가 여관을 나섰을 때는 아침 여덟 시도 채 못 되었으니까. 그는 여관을 나서면서 책만 몇 권 사면 그길로 곧장 와세다 대학의 이나다 히데오(稻田英雄) 교수를 찾아가리라 했었다. 이나다는 이틀 전에 막을 내린 〈헤밍웨이 문체 연구회의(文體研究會議) —문체와 그의 턱수염의 관계를 생각하며〉 석상에서 만나게 된 옛 동창을 얼싸안듯이 반겨 주면서 꼭 그의 학교로 한번 찾아와 줄 것을 제의했다. 회의 방청을 왔다가 뜻하지 않게 그와 마주치게 되어 더욱 반갑다면서 하루는 그의 호텔까지 동행하기도 했다. 그는 호텔의 카페테리아에 앉아 두 시간 넘게 같이 시간을 보내 주면서 주로 학병으로 끌려 다니던 암울하고 걷잡을 수 없던 때의 얘기가 전부이긴 했지만, 옛날을 회상하는 많은 사연들을 나누었다. 이나다의 연구실 문을 두드려 주는 것은 그러므로 그의 호의에 대한 보답의 뜻도 되는 것이다. 그러나 사실인 즉, 임한평의 마음을 끈 것은 그런 인사치레보다는 그가 봉직하고 있는 대학의 깨어진 유리창에 있었다. 강의실 벽에다 시뻘겋게 써붙인 구호와 유리 조각과 몽둥이와 철조망으로 섬뜩한 분위기를 자아내고 있을 그 대학 구내의 풍경을 피부로 실감해 보고 싶은 것이다. 말하자면 어딘가 꺼림칙한 기분으로 기웃거려 봤으면 하는 충동 같은 것이라고나 할까.

그러나 서점 거리를 미리 찾아 나서겠다는 그의 계획이 애당초 잘못이었다. 그가 간다에 닿아 처음 발견한 것은 서점이 문을 여는 시각은 오전 열 시라는 팻말이었으니 말이다. 대부분의 서점들은 사람 그림자 하나 찾아볼 수 없는 요요한 고요 속에 잠겨 있을 뿐 아니라 간혹 가다가는 문을 삐죽 열어놓고 서가에 얹힌 먼지를 떨고 있는 집도 있었지만 고객이 가게 안으로 들어서는 것을 그들은 용납하지 않았다.

"열 시가 돼야 문을 연다잖습니까. 열 시 되거든 오세요."

임한평은 더 말을 못 붙이고 물러서지만 갈 곳이 없다. 물론 그 길로 곧장 이나다를 찾아갈 수도 있으나 비싼 택시 요금을 지불하고 여기까지 와서 허탕을 친다는 것은 있을 수 없는 일처럼 느껴진다. 복잡하게 얽힌 지하철을 이용할 만한 지식이 없고, 어디가 어딘지 분간이 가지 않을 만큼 변해 버린 이 도시에 대한 낭패감 때문에 줄곧 택시를 불러 탈 수밖에 없는 그에게는 찻삯이 그중 너무 큰 낭비가 아닐 수 없기에 말이다. 거기다가 당장 와세다 대학을 찾아간다

하더라도 책을 꼭 사지 않으면 안 될 형편이라면 오늘 중에 다시 이 곳으로 돌아와야 하지 않는가. 공연히 찻삯을 이중 삼중으로 지불할 수는 없다.

하지만 아무려면 서점이 이렇게 배짱을 튕길 수 있는가. 꼭두새벽 부터 문을 활짝 열어젖혀 놓고도 진종일 찬바람만 스쳐 지나가는 것이 서점이어야 하지 않는가. 임한평은 공연히 패잔병 같은 침통한 열패감에 사로잡혀 골목에 붙은 끽다점(喫茶店) 안으로 들어선다. 문을 밀치고 들어서자 우선 식빵 굽는 냄새가 코를 찌른다. 벽에 커피 한 잔, 토스트 1인분, 에그프라이 1개를 합해서 1백 엔을 받는다는 쪽지가 붙어 있다. 임한평은 자리를 찾고 앉자 구운 빵조각을 가져오기 전에 재빨리 커피를 주문한다. 조그마한 다방 안이 젊은 사무원들로 꽉 들어차서 빈 자리가 거의 보이지 않는다.

찻잔을 딸그락거리며 조간 신문을 읽고 있던 사무원들은 아홉 시가 가까워 오자 소리 없이 입구 쪽으로 걸어 나간다. 그리고는 신문철을 거기 놓인 신문걸이에 도로 갖다 걸어 놓고 곧장 문 밖으로 사라지는 것이다. 양심 품은 사람들처럼 주인이나 손님이나 한 마디 말이 없다. 아홉 시 전후로 다방 안은 거짓말같이 빈 집이 되어 버리고, 휑하니 빈 자리만 남은 방 안을 휘둘러보며 임한평은 잠시 슬리퍼를 끌고 다방에 와서 아침을 먹는 이 나라 젊은이들의 서양 흉내에 대해 필요 없이 골똘하게 생각해 본다.

오후 두 시. 임한평은 시부야(澁谷)에서 요코하마(橫濱)행 지하철을 탄다. 책 세 권을 사기 위해 오전 시간을 서점에서 흘려 버린 것이 뭔가 그를 초조하게 만든다. 와세다 대학의 그 살벌한 풍경을 찾아보지 못했을 뿐 아니라, 적어도 여섯 시까진 여관으로 되돌아가야 할 그리 넉넉지 못한 시간을 갖고 있기 때문이다. 전차는 이미 속력을 내어 달리고 있는데 그는 그때까지도 요코하마로 가는 것을 망설인다. 요코하마 길이 처음부터 그의 계획에 들어 있었던 것이 아니기 때문이기도 하다. 그는 일단 서점에서 책을 찾아내면 그길로 이나다를 찾아가 부숴진 학교 유리창에 대한 애기를 나누면서 일본에서의 마지막 날인 토요일 오후를 보내고 여섯 시에 맞춰 여관으로 돌아가면 그 시간에 찾아오도록 되어 있는 정영림(鄭玲琳) 양을 만날 작정이었지 않은가. 그런 임한평 앞에 오후 두 시에서 여섯 시까지의 주체할 수 없는 시간이 벌렁 나자빠져 있었던 것이다. 그러니까 그의 요코하마 길은 구멍 뚫린 시간을 메우기 위한 하나의 임시변통에 지나지 않는다.

그는 몇 정류장을 지나치고서도 여전 마음을 정하지 못한다. 왜냐하면 요코하마에 가서도 반드시 실패하지 않는다는 보장이 없기 때문이다. 아무리 토요일 오후라지만 무슨 사업인가를 한다는 설규훈(薛圭薰)이 틀림없이 집에 돌아와 있으리란 법은 없다. 임한평은 한 정류장이라도 더 지나치기 전에 내려 버려야 할 것인지 어떤지를 결정짓지 못하여 자신을 향해 다급하게 채근한다. 그러나 그는 그러면서도 여전 차의 요동에 몸을 흔들면서 쉴새없이 지나치는 정류장 풍경을 멀거니 내다보고 있을 뿐이다. 아무래도 남은 시간을 주체할 도리가 없기에 말이다.

이나다를 만났어야 한다. 뭔가 독립 국민으로서의 자신의 입장을 명백히 해두고 떠나지 않으면 안 되는 것이다. 아직도 식민지 피지배 국민 같은 착각 속에 살고 있지 않음을 그는 단호히 선언했어야 한다. 그 옛날 학교를 다니던 도시를 삼십 년도 더 지난 뒤에 느닷없이 찾아온 어리뻥뻥함이 그런 단호한 입장의 천명을 여러 가지로 유예시키고 있었음을 변명하지 않을 수 없지만. 임한평은 이나다와 애기를 나누는 동안 자신도 모르게 노정시키고 말았던 곤혹스런 기억이 되살아나는 것에 울화통이 터진다.

"고바야시(小林淸明) 군, 아니 임 교수 자네, 그 남양 군도로 실려 가던 수송선에서의 비참한 정경 기억나나? 자네보다 훨씬 의

젓하고 당당한 대우를 받던 말 엉덩이를 시원하게 해주기 위해 엄청나게 넓고 빳빳한 야자나뭇잎으로 부채질을 하고 섰던 자네의 그 처참한 모습을 말이야."

라고 말한 것은 이나다 히데오였다. 그는 임한평이 포위망을 압축해 들어오는 영국군의 추격 속에 경황을 못 차리던 그 절망적인 순간의 패배감을 회상하는 말을 했을 때 그 대답 대신에 이렇게 말했던 것이다. 그러나 그때 임한평은 그 숨막히는 패주의 반나절에 대한 기억에 너무나 혹독하게 시달리고 있었기 때문에 이나다의 말은 들리지도 않았다. 그는 숨을 거칠게 내뿜으며 소리쳤다. 침이 탁탁 튀겼다.

"난 그때 최후의 결단까지 내리고 있었다니까. 매일같이 죽을 고비를 넘기면서 거기까지 용케 살아 남아 온 우리가 아니던가. 그런 우리가 헤어질 수는 없었지. 그래서 난 그때 자네가 만약 쓰러지거나 치명적인 부상을 입어 더 이상 움직일 수조차 없는 지경이 된다면 나도 그 자리에 주저앉아 버릴 수밖에 없다고 생각했지. 정말로 나는 전우란 운명을 같이하는 사람들이라고 생각했어."

임한평의 이 말은 조금의 과장도 없는 진실이었다. 그는 그때 정말로 이나다가 쓰러지면 자신도 그 자리에서 자결해 버리리라 생각했던 것이다. 전쟁터의 전우란 때로 이런 어처구니없이 소박한 우정을 낳기도 하는구나 생각한 것은 그들이 끝내 포위망을 돌파하고 무사히 안전지대까지 돌아온 뒤의 일이었다.

임한평은 말을 마치고 숨을 헐떡거렸다. 그 단말마의 순간으로 되돌아간 그는 숨이 턱에 닿듯 호흡이 곤란할 지경이었다. 그러나 이나다는 얼굴을 일그러뜨리고 그를 싸늘하게 쏘아보고 있을 뿐 뭐라고 말이 없었다. 둘 사이에 잠시 어색한 침묵이 흐른 뒤 이윽고 이나다가 입을 열었다.

"나는 그 병력 수송선의 차별 대우를 말하고 싶었어. 그 찌는 듯한 열기 속에서 다른 사병들은 선실에 드러누워 낮잠을 즐기고 있는데, 단지 조선인이라는 한 가지 이유 때문에 유독 자네만이 말 엉덩이를 시원하게 해주는 부채질 당번에 걸려들지 않았는가. 자넨 쓸데없이 목숨을 끊을 각오까지 세웠다지만, 그리고 지금 와서 그런 따위 얘길 하긴 우습지만 실은 나도 자네 때문에 그때 자네 같은 터무니없는 결심을 하기도 했었지. 그러나 냉정하지 못했던 자네가 거인이었는지 어떤지는 그때의 나로서 판단할 수 없었지만, 하여튼 솔직히 말하면 자네와 나는 사뭇 다른 입장에 놓여 있지 않았던가. 내가 그때 자네와 운명을 같이하겠다고 생각한 것은 사정이 좀 달랐어. 말하자면 나는 그때 자네를 죽이고 싶었거든. 전장에서의 차별 대우마저도 승복하는 자네를 쏴 죽이고, 그런 대우를 함부로 자행하는 장본인들마저 없애 버린 뒤 나도 죽으리라. 끝없이 그런 정당한 기회를 노리고 있었으니 지금 생각하면 우습지. 그러고 나서 나는 살아 있어야지, 왜 내가 같이 죽어 자빠지겠다는 것이었는지…… 참으로 터무니없이 소박한 생각이었다니까. 우린 정신 바짝 차리지 않으면 안돼. 그러지 않는 한 우린 또 한 번 돌이킬 수 없는 죄악을 저지를지 모르니까 말이야. 그럴 기미는 오늘 이 지구상의 도처에 도사리고 있지 않는가. 너무도 잔혹한 범죄 행위에 스스로 가담했던 우리가 아직도 착각을 깨지 못하고 과거의 허깨비에 연연 홀려 있다는 건 단연코 경계하지 않으면 안돼. 우리 모두가 함께 말일세. 서로가 어색함을 느낄 만큼 우리는 너무 오랜만에 만난 사이여서 좀더 솔직하게 말하게 안 되는군. 안타까운 일이야.”

차는 지하와 지상을 번갈아 꿰뚫으며 도쿄의 변두리를 내달린다. 임한평은 이놈의 장난감같이 오밀조밀하게 설계된 도시가 갑자기 싫어진다. 하필이면 왜 다시 만나게 되었는가. 그에 대한 내 입장을 어떻게 수습할 수 있을 것인가. 임한평은 이나다에 대한 자신의 입장이 어떤 것이든, 아니 식민지 수난의 주름이 깊이 잡힌 민족의 일원답게 단호하게 과장하고 나선다 하더라도 이미 그르친 사태를 원만하게 되돌려 놓을 수 있을 것 같지가 않다. 그는 차의 진동에 몸을 내맡기고 서서 열심히 중얼거린다.

—너무나 오랜만에 만난 우리 사이에서 나는 어떤 경계도 풀어야 한다고 생각했어. 우리는 동창이기 때문이야. 그리고 피식민지 국민의 왜소하고 폐쇄적인 과거지향적인 구원(舊怨)에 매달려 있는 것 같은 인상을 주는 것은 자칫 우리 사이를 어색하게 만들거든. 그 점에선 어쩌면 자네가 나보다 훨씬 자유로운 입장이지. 어쨌든 자네의 변함없는 우정에 새삼 감사하고 싶어서 찾아왔네.

임한평은 지금 자신이 찾아가는 곳이 바로 이나다의 연구실인 것처럼 초조하게 변명을 연습하지만 만족스런 대안이 나서지 않는다. 너무나 군색하다. 이미 스스로의 모든 것을 드러내 보이고 난 지금 새삼스럽게 무엇을 말할 수 있단 말인가. 옹색한 군더더기밖에 더 될 것이 없지 않은가. 그는 이나다의 신랄한 어투와 훈계하듯 하던 태도에 갑자기 메스꺼움을 느낀다. 흥, 그까짓 자식쯤 묵살해 버리면 그만 아니냐, 하자 한결 마음이 편하다. 그러나 다음 순간 생각하면 그렇게 내버려둬도 괜찮을 일이 아니다. 어떻게든 수습하지 않으면 안 될 만큼 다급한 사건인 것이다. 한 나라의 학자로서의 인격이 치명상을 입지 않았는가. 저 깊숙이 도사리고 앉았던 결정적인 약점이 마침내 노출돼 버리고 말았으니 말이다. '아, 자네네 나라는 내 청춘을 보상하지 않으면 안돼'라고 그는 중얼거린다. 아, 일본은 한반도에서 저지른 온갖 범죄 행위를 편리한 건망증으로 잊은 채 이렇게 쾌적하게 달리고 있다. 우리는 너희한테 다른 아무것도 요구하지 않는다. 너희가 저지른 만큼의 끈덕진 반성만을 요구한다. 줄기차게 회오의 눈물을 뿌려라. 임한평은 속으로 열심히 되뇌인다.

차가 요코하마에 이르기 전에 정류장의 이정표에 좇아 임한평은 차를 내린다. 정류장을 벗어나자 길 건너편으로 게이오 대학의 정문이 저만큼 안쪽으로 나무숲을 밀어 올리고 앉아 있다. 석간 신문이 뭉치뭉치로 꽂힌 조그마한 구멍가게의 여주인은, 그가 정류장의 반대편 출구로 나갔어야 했음을 일깨워 준다. 주소를 다시 확인하면서 그쪽 출구로 돌아나가자 그는 철문이 내려진 이층 은행 건물이 보이고 다닥다닥 맞붙은 구멍가게들이 줄지어 선, 영락없이 서울의 골목을 쏙 뺀 그런 풍경 앞에 선다. 일본의 도시에 서서 임한평은 서울이 기분 나쁘다. 내려진 철문 위에 씌어 있는 은행 간판 글씨는 물론이고 가로 표지판이나 행정구역 안내판의 글씨나 팻말 모양, 색깔까지 한국은 일본을 철저하게 모방하고 있는 것이다. 그러나 골목길을 휘적휘적 걸어들어가며 임한평은 기분이 좋아진다. 이나다, 자네는 나한테 허튼 수작을 붙이기 전에 서울 시청의 간판쟁이부터 비난하라. 나는 아직도 아베(阿部信行) 총독이 그의 집무실에 버티고 앉아 있는 것을 알고 있다. 그가 내려준 보직 발령에 감읍하는 임한평 교수는 약자가 아닐 수 없고, 그래서 자네가 수작을 거는 내 입장이란 실은 약과란 말이야. 임한평은 휘파람을 불며 골목골목을 기웃거린다. 좀처럼 번지수의 진행 방향을 파악할 수가 없다. 설규훈은 왜 전화번호를 알려 놓지 않았는가. 그가 설규훈의 주소를 적은 것은 그의 당질 설정수(薛正洙)로부터였다. 서울 거리에서 우연히 그 설정수를 만났을 때 그는 생각이 나서 옛 고향 친구의 안부를 물었었다.

　"그래, 규훈인 여태 오오쓰(大津)에 살고 있는가, 물론 잘 있겠지?"
　"웬걸요, 벌써 요코하마로 옮겨 앉으신 걸요."
　"그랬었군."
　"지금은 억대 재벌이시래요."
　"반가운 소식이군."

"그렇잖아도 지난번에 한국을 다녀가셨는데 임 선생님을 못 뵙고 가시는 걸 여간 섭섭해 하시지 않았어요. 여행하는 사람은 언제나 그렇잖습니까, 어쩌다 보면 반드시 찾아서 인사차려야 할 자리도 못 찾게 되는 경우 말예요. 저보고 서울에 있으니 꼭 찾아뵙고 그런 뜻을 전해 달라고 당부하셨지만 저 역시 워낙 사는 데 바빠서요. 그리고 떳떳한 신수가 못 되다 보니 일껏 일러 두신 뜻도 차일피일 미뤄 왔죠."

"뭘 그런 걸 갖고. 내 집에 한번 놀러 오지 그래."

"그래야지요. 용서하십시오. 못 전해 드린 것."

"그 친구 무심했어. 자네 혹시 그 사람 주소 가진 것 있나?"

"그렇군요, 선생님 같은 분은 동경에 건너가실 기회가 많을 거라시면서 그땐 당숙이 못 찾아뵌 것 용서하시고 꼭 한번 찾아 줍시사 신신부탁이셨어요."

"그래?"

"제가 주소 적어 드리죠."

"건너갈 기회도 없겠지만."

질문에 질문을 거듭한 끝에 드디어 딱 맞아떨어지는 문패 앞에 선 임한평은 우선 가느다란 한숨부터 내쉰다. 지하철을 탄 사십여 분만에 이곳에 닿아 놓고도 집을 찾느라 어느새 오후 네 시가 가까워 온다. 요행히 설규훈이 집에 남아 있다 하더라도 한 시간 남짓 뒤면 하직하고 돌아서야 할 시간이다. 그는 빠듯한 시간 여유를 새삼스레 재어 보며 문간으로부터 두어 발짝 뒤로 물러선다. 도무지 주눅들어 마땅할 억만장자의 저택 같은 기미는 찾아볼 수 없다. 이 집안 어디에 에스컬레이터라도 돌고 있을까. 임한평은 다시 손목시계를 들쳐 보고 나서 잰걸음으로 현관문 층계를 올라선다. 문설주 상단에 뽀얀 화강암 문패가 걸려 있다. 그게 아까부터 자꾸 마음에 걸린다. 富山薰이라. 그는 설정수가 주소를 적어 줄 때 이미 그 일본의 상징 후지산[富士山]을 땄음직한 이름 도미야마 가오루[富山薫]에 놀란 일이 있었음에도 불구하고 그 이름이 문패로 만들어져 버젓이 걸려 있는 것을 발견하는 순간 다시 한번 놀라지 않을 수 없다. 그가 처음 놀란 기색을 나타냈을 때 설정수는 이렇게 말했다.

"당숙께선 귀화하셨어요. 사업을 크게 하시려면 그럴 수밖에 없는 모양이죠."

"그렇잖은 사람도 많은데, 어려움을 이기면서 영주권만으로 버티는 사람들 말일세."

"사람마다 사정이 다르겠죠."

"사정이 아니라 사람이겠지. 그 사람의 의지 같은 것 말이야."라고 말하고 나서 임한평은 그렇잖아도 난처해 하는 설정수를 상대로 너무 심한 말을 했다 싶어 재빨리 덧붙였다. "하기야 하기 좋은 말이지. 누가 조국을 버리고 싶겠는가. 어쩔 수 없는 사정이 있겠지. 그 사람이 그러고도 고향엘 다니러 오지 않으면 안 되었으니 오죽 가슴 아팠겠는가."

"고맙습니다, 임 선생님."

임한평은 떨리는 손으로 초인종을 누른다. 고바야시 기요아끼. 창씨(創氏)하지 않아도 하야시(林)면 되는 것을 굳이 小林淸明이라고 고친 임한평 자신의 이름이 아닌가. 옛 고향 친구는 집에 있어주어야 할 텐데. 우정 찾아올 생각이었으면 미리 전보라도 띄워 둘 걸 하는 후회가 뻗친 손을 더 떨게 만든다.

인기척이 들리고 문고리가 조용히 벗겨지자 얼굴을 내민 것은 중년의 여인이다. 여인은 상냥한 표정을 지으려 애쓰면서도 방문객의 입만 살필 뿐 말이 없다. 그 점에선 임한평 쪽도 마찬가지다. 그러다가 두 사람은 동시에 입을 연다. 한쪽은 누굴 찾느냐는 것이고, 다른 한쪽은 설규훈 씨가 집에 계시냐는 것이었지만, 한국말을 못 알아듣는 여인은 아무 대꾸가 없다.

"실례지만 누굴 찾으시죠?"

하고 여인은 같은 질문을 다시 반복한다. 임한평은 순간 착잡한 저항을 느끼면서도 며칠 동안 머물면서 손색없이 익숙해져 버린 일본말로 자신의 질문을 스스로 통변한다.

"도미야마 가오루 상 계시면 서울에서 임한평이라는 옛 친구가 찾아왔다고 전해 주십시오."

"아, 그러세요. 지금 주무시고 계십니다. 올라오세요, 깨워 드리죠."

임한평은 여인이 훨씬 크게 열어젖혀 주는 현관문 안으로 조심스럽게 올라선다. 빤히 뚫린 복도를 따라 집 안으로 들어서자 잘 다듬어진 사철나무 몇 그루가 뒷담 밑으로 서고, 옹달샘 같은 대여섯 자 폭의 웅덩이 한가운데를 분수가 물방울을 튀기는 후원(後園)이 눈에 들어온다. 응접실로 들어서자 유리문 밖으로 그것은 훨씬 잘 드러나 보인다. 임한평은 비단으로 싼 안락의자에 앉아 거기 이끼낀 바위틈을 타고 웅덩이로 곤두박질치는 인공폭포수를 건너다본다.

이윽고 나무 창살이 촘촘한 미닫이 문이 좋이 쓸리는 소릴 내며 인기척이 들린다. 소음 때문에 유리문 저쪽에서 가늘게 들리는 물소리가 방해를 받는 것에 약간 짜증이 난다. 그는 귀를 기울이고 있던 자세를 고쳐 의자에서 엉덩이를 뗀다. 문께로 시선을 돌리자 유가다(목욕 후에나 여름에 입는 면직물의 홑옷)를 걸친 육중한 몸집의 사나이가 문간 가득히 그 모습을 드러내고 있다. 두 사나이는 잠시 말이 없이 지켜볼 뿐이다. 임한평은 단지 미소를 머금고 있을 뿐이지만 설규훈은 뭐라고 말을 하기 위해 연방 입을 씰룩거린다. 그러나 그는 드디어 포기하고 일본말로 소리친다.

"이게 도대체 누구야."

"그냥 지나쳐선 안 될 것 같아 이렇게 불쑥 찾아왔네."

하고 임한평도 두어 발자국 앞으로 다가가지만, 그러나 그의 말은 일본말이 아니다. 설규훈, 아니 도미야마 가오루가 여전히 벙어리 시늉을 하면서 우악스럽게 끌어당겨 잡은 고향 옛 친구의 손을 열심히 흔들어 댄다. 문을 따주었던 여인이 남편 등뒤에 바짝 붙어 서서 방문객의 인상을 음미하고 있다.

“그래도 자네 마침 집에 있어 줬군.”

“으……음.”

“이게 도대체 얼마만이야.”

끝내 말이 되어 나오지 않는 도미야마가 답답한 가슴을 쓸다 말고 손가락 세 개를 세워 흔든다. 임한평이 말한다.

“삼십 년도 넘었지. 우리가 마지막 헤어진 게 언제야, 소화(昭和)
십오륙 년경이었을 걸.”

임한평은 그에게 더 이상 고국말을 쓰는 것은 잔인한 짓인 것같이 느껴진다. 그는 말을 바꾸지 않을 수 없다.

“말도 너무 오래 쓰지 않으니 역시 잊어버리게 되지? 나도 마찬
가지야. 처음 하네다 공항에 내리니 말문이 꽉 막히더군.”

“아이, 아이”

하고 떠듬거리다 말고 그는 하는 수 없었던지 일본말로 덧붙인다.

“자네가 조금만 더 계속해 주면 따라갈 듯도 한데. 하지만 알아
듣기는 해.”

“부인은 어떤가, 더 힘들겠지?”

“응, 에, 알아듣지 못해.”

물론 설정수는 그의 당숙모도 한국인이라고 일러 주었었는데.

설규훈은 그의 말대로 그들이 얘기를 시작한 지 한참만에 마침내 그의 모국어를 부분적으로 되찾고 나선다. 그리고 그런 사정은 시간이 갈수록 눈에 띄게 좋아져서 둘 사이에는 거북살스럽고 힘에 겨울 망정 안스러워해야 할 입장은 훨씬 가벼워진다. 하지만 임한평에겐 무한정 모국어 연습만 시키고 앉았을 시간이 없다. 차를 내온 뒤로

잠시 뒤켠에 서서 남편의 떠듬거리는 말솜씨를 지켜보고 있던 여인이 자리를 뜬 한참만에 임한평은 손목시계를 가리키며 말한다.

"빈집 들르듯이 한다고 말할지 모르지만 우리가 만나본 것 이상으로 더 반가운 일이 또 있겠는가. 나 자넬 만나보고만 갈 양으로 여섯 시에 다른 약속을 해뒀단 말이야. 일어나 봐야겠어."

"안돼, 그기 말이……"

"아니야, 어쩌다 여행이란 걸 나서 보니 공연히 바쁘구먼. 별 실속도 없이 사람도 만나야 되고 여기저기 기웃거리기도 해야 하겠더군."

"안돼" 하는 설규훈의 태도는 완강하다. 그는 다급해진 나머지 총알같이 쏟아지는 일본말로 들이대고 나선다. "그런 법은 없어. 여행하는 사람은 실례를 하고 약속을 어겨도 허물이 안 되는 거야. 현지 사람들은 경황이 없는 여행자들을 이해해. 자네가 나를 찾아 주지 않은 채 되돌아간 것을 내가 뒤에 알았다고 하더라도 나는 그럴 수밖에 없었던 자네 사정을 십분 이해했을 거야. 지난 번엔 내가 그랬었으니까."

"그런 자넬 섭섭하게 생각하지 않으니까 이렇게 찾아왔지. 하지만 오늘은 제발 좀 양해해 주게. 피치 못할 사정이라서 그래."

"애길 해도 그러네. 약속을 어겨도 상대방은 외국에 온 자네가 그럴 수밖에 없었던 피치 못할 사정을 이해한다니까."

"우린 이제 더 이상 피치 못할 사정을 갖고 있지 않잖은가, 우린 만났으니까 말이야."

"안 된다니까, 자네가 나를 찾아 주지 않았다면 모르지만 찾아온 이상 이런 식으로 돌려 보낼 순 없어."

"난처한 일인데. 실은 말이야, 여기 와서 공불 하고 있는 제자 하나가 말일세……"

"글쎄, 고집피우지 말래도."

"더구나 상대방은 여성이야."

"그럼 밀회 약속을 했단 말인가?"

"예끼 이 사람."

"밀회 약속이었대도 안돼. 어딘가, 약속 장소가? 내 전화해 두겠네."

"내가 묵고 있는 여관에서야. 그 아인 원래 공부를 하기 위해 온 게 아니구 남편이 여기서 무슨 직장을 다니고 있어서 따라온 김에 학교를 더 다니고 있다는데 며칠 전부터 두 내외가 꼭 자기네 집으로 나를 저녁 초대하겠다고 우겨 왔거든. 그런데 어쩌다 보니 마지막 날까지 미뤄왔단 말이야."

"자네 내일 떠난단 말인가? 그렇다면 더욱 안 되지. 그리고 그들은 외로운 사람들이 아니지 않은가."

"그렇지 않아."

"내 생각으론 그럴 필요도 없다고 생각하네만 자네가 꼭 난처하게 생각한다면 우리 자네 호테루로 전화나 해 놓세."

"호텔이 아니라 여관이라니까."

"어디든. 하여튼 자네 전화 번호는 알고 있겠지, 몰라도 알아보면 찾아낼 수 있어."

임한평은 도저히 몸을 뺄 재간이 없다. 조금 있으면 정영림 내외가 여관 입구에 나타나 마지막으로 약속을 지켜줄 자신을 기다릴 텐데 말이다. 어떻게도 시간에 못댈 바엔 설규훈의 말대로 전화로라도 미리 알려 놓는 게 나을 것 같다.

이러구러 임한평이 난처한 표정으로 앉아 있을 즈음 그런 사정을 모르는 설규훈의 아내가 미닫이 문을 삐죽 열고 서서 말한다.

"이 방으로 건너 오시죠."

이렇게 되면 더 이상 어쩔 수 없다. 임한평은 무거운 엉덩이를 들고 전화통을 찾을 수밖에 없는 것이다. 그들 사이의 통용어는 어느

새 일본말이다. 다급해진 설규훈이 소리치고 나선 이후로 그들은 자연스럽게 한국말을 잊어버린 것이다.

"진작 그럴 일이지. 자네가 직접 전화를 걸겠으면 이리로 오게."

설규훈이 현관으로 통하는 복도를 막은 미닫이문을 열어젖혀뜨린다. 전화는 현관 입구 이층으로 올라가는 층계 옆에 놓여 있다. 좀 불편하더라도 양 층에서 이용할 수 있는 가장 가까운 거리에 놓아둔 모양 아닌가.

임한평은 사정에 대해 양해를 구함이 없이 일방적인 통보를 하고 마는 것이 어쩐지 도리가 아닌 것 같아 꼬리를 붙인다. 불가피한 상황에 놓여 있으므로 정영림 내외라는 사람들이 찾아오거든 이쪽으로 전화를 한번 해 줬으면 좋겠다고. 설규훈은 수화기를 놓는 그의 등을 밀며 말한다.

"전화까지 해달랄 게 뭐 있어. 오늘은 어차피 놓아 주지 않을 텐데."

"야간 통행금지 없는 나라니까 좀 느지감치 만날 수도 있지."

"그렇게도 안 될 걸세. 오늘은 어쨌든 안돼."

"자네 사람 낭패하게 만드는군."

"자넨 학자라고 들었는데 낭패할 게 뭐 있나. 사랑하는 제자 둔 것만으로 만족하게."

응접실과 등을 맞대고 있는 방으로 들어서자 요리가 잔뜩 오른 교자상이 방 한가운데를 차지하고 앉아 있다. 굳이 아랫목으로 앉으라고 잡아 끄는 대로 상석 머리에 앉아 어육회, 스키야키, 푸성귀, 김치에다 젓갈, 미역무침, 어육포까지 오른 주로 한국산 해산물로 장만된 술상이 가슴께까지 육박해 온다.

"보잘것 없지만 두 분은 굉장히 오랜 친구분들이라니까 반가운 얘기하시면서 드셨으면 해요. 젓갈이며 어육포 같은 건 모두 고향에서 보내 온 거죠."

“아, 그렇습니까, 이거 여간 폐가 아닙니다.”
“또 그런 소리군. 술은 잘하는 편인가?”
“아주 못하는 편이네.”
“그럼 맥주로 할까?”
“두어 잔.”
“난 정종 아니면 못 마셔. 양해하게.”
둘은 상을 마주하고 앉아 잔을 든다. 여인이 옆에서 거든다.
“이분은 술을 마누라보다 더 좋아하는 분이세요.”
“자네도 오늘은 좀 들어야 할 걸. 우리 한번 취해 보세나.”
설규훈 내외가 한 모금 마시기 바쁘게 다투어 첨작을 하는 통에 임한평은 도무지 당해 낼 재간이 없다. 그는 자꾸만 잔을 들라는 재촉을 막기 위해 화제를 우정 음식으로 돌린다.
“시장에서 한국 어물을 팔고 있습니까, 부인?”
“고향에서 부쳐 준 거라니까 그러네, 자넨. 왜 우리 고향에 내 누님 한 분 계시잖은가, 그분하고 자네가 만났다는 그 당질이 온갖 것을 다 부쳐 준다니까.”
“너무 열심이셔서 미안해 죽겠어요.”
하고 나서 여인은 혀를 찬다. 임한평은 설규훈의 누이 하동댁을 머리에 떠올린다.
“그래, 자네 누님댁은 안녕하신가? 이거 본국에 계시는 분을 여기 와서 안부를 묻다니 원.”
“죽자고 고생이시겠지, 뭐. 자네도 멀리 떨어져 있으니 고향에 잘 들르게 되지 않지?”
“잘 못들를 정도가 아니야. 아예 고향을 잃은 셈이나 마찬가지야. 성묘조차 못하는 형편이니 말이야.”
“그럴 거야. 나도 저번에 갔을 때 첨으로 내려갔었군.”
“자넨 나보다 낫군.”

“그런데 말이야. 고향 애기가 났으니 말이지만 차마 못 찾아갈 곳
이더군. 이건 원 고향이라고 찾아갔는데 삼사십 년 전과 조금도
달라진 게 없는 거야.”
설규훈의 얼굴 표정이 금세 일그러진다. 그는 고개를 절레절레 흔
들면서 소리친다. 갑자기 우리말이다.
“아아, 아아, 그 가난, 가난. 말을 몬해, 나 저번에 갈 때 쯔봉,
우와기꺼정 다 벗어주고 왔어.”
하동(河東) 고향의 옛집 섬돌 위에 엉덩이를 걸치고 앉아 하늘을
쳐다보자 오십 평생에 처음으로 느닷없이 눈에 이슬이 맺히더라. 그
런데 어찌어찌 꼬투리만 잡히는 일가 푸네기들이면 하나같이 찾아
와 손을 벌리는 데는 울화통이 터져 견딜 수가 없더라. 그런 그들에
게 무슨 허물이 있으랴. 지닌 거라면 뭐든 쪼개어 주지 않을 수 없
고, 그렇게 주다가 보니 남은 거라곤 비행기표 한 장밖에 없어서 결
국은 서울에서 같이 따라 내려온 당질 설정수가 입고 있던 허름한
양복을 벗겨 입고 서울까지의 차비까지 얻어 줄행랑을 놓아 버렸다.
“서울도 아아, 한 가지야. 그저 눈치만 힐금힐금 살피면서 여자,
여자, 여자……”
취기가 오를수록 설규훈의 고국말씨는 거의 엇비슷할 정도로 사
정이 좋아진다. 임한평은 그가 용케 말을 되찾아 내는 데 감탄하여
주로 말을 듣는 입장을 고수한다. 그러나 그들의 대화는 그로부터
얼마 못 가서 끊어지고 만다. 전화가 걸려 왔기 때문이다. 황망히
현관 쪽으로 달려간 여인이 곧 수화기를 놓고 돌아오는 소리가 나서
보나마나 정영림 내외일 거라는 단정을 내린 임한평이 자리를 차고
일어선다. 역시 그랬다. 그러나 그렇다고 일러 주고 난 여인이 남편
귀에다 대고 뭐라고 소곤거리고 있지 않은가. 그리고 그 귀엣말을
듣고 있던 남편의 얼굴색조차 갑자기 굳어지는 것이 아닌가. 임한평
은 이상한 기미에도 그것이 무엇을 뜻하는지 짐작이 가지 않아 어정

쩡한 걸음걸이로 복도로 나선다. 설규훈 내외가 그의 뒤를 밟으며
서성거리는 것은 무엇 때문일까.
　“왜 무슨 일인가?”
　“아 아니, 아무것도…….”
　“내게 온 전화가 아닌가?”
　“맞아, 그 여관에서 걸려 온 전화야.”
　설규훈은 뭔가 숨긴 사람처럼 당황하는 몸짓을 하며 갑자기 일본
말을 사용한다. 임한평은 하는 수 없이 우선 수화기를 들고 말을 시
작한다. 그러자 정 양은 대뜸 어찌된 영문으로 요코하마까지 가 있
느냐고 묻는다.
　“여기에 내 옛 고향 친구 한 사람이 살고 있어.”
　“그럼 한국 사람이군요.”
　“그렇다고 할 수 있지. 입신 양명을 한 편이야.”
　“귀화한 사람인 모양이네요.”
　“음.”
　“오늘도 또 저희 두 사람과의 약속을 어기시나요?”
　“이거 미안해서 어떻게 하지. 나 이번에 공연히 왔다가 정 양 내
외한테 몹쓸 짓만 하고 돌아가게 될 것 같군.”
　“지금이라두 떠나신다면 기다리겠어요. 그렇잖음 한 시간쯤 뒤에
다시 전화를 드려 볼까요, 선생님?”
　“아니야. 어려울 것 같아. 내가 어쩌다 난처한 궁지에 몰려서 이
러지. 면목 없지만 내일 아침에 여관으로 전화를 걸어 줬으면 좋
겠어. 그렇게 해서 만나면 안 될까?”
　“선생님 내일 떠나신다면서요, 연기하셨나요?”
　“아니지. 공항까지 동행해 준다면 상당한 시간 여유가 아니겠어.
이거 정말 면목 없구만.”
　“아녜요. 그럼 저흰 돌아가겠어요. 내일 뵐게요, 선생님.”

　임한평이 수화기를 내려놓고 돌아서자 설규훈이 갑자기 그의 손목을 나꿔채고 복도를 내달린다. 2층으로 오르는 층계참에 엉거주춤 올라서 있는 아내를 힐끔힐끔 돌아보며. 임한평은 도무지 영문을 알 수 없다. 더구나 자리로 돌아오자 설규훈은 뒤따라 들어온 그의 아내를 향해 이렇게 묻고 있지 않은가.

　"괜찮겠지? 괜찮아, 걱정 마."

　임한평은 더욱 알 수 없는 것이 아니라 자신이 뭔가 중대한 실수를 저질렀음에 틀림없다는 생각마저 든다. 어떻게 된 영문인가. 무엇이 괜찮다는 것인가.

　"아니, 뭔가, 내가 무슨 잘못을 저지른 건 아닌가?"

　"아니야, 아무것도."

　"말해 주게, 뭔가?"

　"……사실은 말이야, 용서하게……"

　설규훈은 나직한 목소리로 사정을 설명한다. 지금 이 집 2층에는 그의 외아들이 가정교사 앞에서 수험공부를 하고 있다는 것이다. 그런데 임한평의 그 통화하는 목소리가 일을 그르치지나 않을까 해서였다는 것이다. 일을 그르친다는 것은 통화하는 소음이 그들의 면학을 잠시라도 방해한다는 뜻이 아니라는 데 임한평은 놀라지 않을 수 없다. 문제는 그의 시끄럽고 장황한 한국말 사용에 있었던 것이다. 이 집 주인이 귀화한 한국인이라는 사실이 드러나선 안 되도록 되어 있다는 것이다. 우선 가정교사가 달아날 뿐 아니라 그래저래 소문이 퍼져 학교에까지 알려지면 외아들의 교내 생활과 진학에 크게 영향을 미치기 때문이란다.

　"그거 알려지믄 내 사업도 여간 어려워지는 기 아이라."

　임한평은 꼭 자신이 이 평화로운 집안에 파멸의 그늘을 덮은 느낌이다. 별안간 냉랭하게 얼어 버린 분위기에 눌려 그는 심한 곤혹에 휩싸인다. 도대체 피를 속이고 살아야 하는 설규훈, 아니 도미야마의 전전긍긍이란 무엇인가. 백두산과 설씨를 버리고 후지산을 택한 그의 창씨 개명에도 이 나라의 편협한 냉혈은 아무런 보상을 약속하지 않는단 말인가. 도미야마는 말한다. 오늘의 자신이 되기까지 그들 내외가 견뎌온 피나는 사투란 얼마나 비참한 것이었는지 아느냐고. 아니 오늘도 왜 그는 낮잠을 자고 있었는지 아느냐고. 도쿄의 지하나 어둡고 더러운 곳만 골라 공사를 벌이는 토목사업가인 그는 낮에 잠을 자고 밤부터 공사장에 죽치고 앉아 아침을 맞는다. 그가 찾아오지 않았다면 오늘도 그는 벌써 일터로 나갔을 것이란다.

　"그렇지만 인제 난 자릴 잡은 기라. 왜놈 인부들을 수십 명씩 고용하여 공사를 벌이니까."

　임한평은 술기운이 활짝 깨버린 기분으로 앉아 먼 기억을 더듬는다. 학병으로 입대하기 위해 지원서에 무인을 찍은 그와는 달리 강요할 기미가 보이자마자 잽싸게 몸을 숨겨 버린 설규훈이 아니던가. 죽어도 제국주의 군대에 들어갈 수 없다고 단호하게 소리친 그는 그날 밤으로 종적을 감춰 버렸다. 혹은 토야마켄(戶山縣)의 바닷가에 세워진 비료공장에 숨어들어 인부 노릇을 하고 있다는 둥, 혹은 교토 못미쳐 있는 쿠사쓰(草津) 근방의 직조공장에서 실을 감고 있다는 둥, 근거를 알 수 없는 소문만 남긴 채 나타나지 않던 그의 소재가 확인된 것은 해방이 된 뒤였다. 해방과 함께 귀국한 동네 사람들이 전해 준 소식으로는 쿠사쓰의 직조공장에서 일하던 그는 드디어 공장을 뛰쳐나와 조그만 구둣방의 주인이 되었다는 것이었다. 해방이 됐을 때는 어느새 큰 제화점을 경영하게 된 그는 귀국하는 사람들 편에 소식을 전하면서 가게를 정리하는 대로 곧 돌아가겠다고 말했다는 것이었다. 억만금을 쥐어 줘도 일본엔 남아 있지 않을 거라고 그는 말했다지 않는가. 그랬던 그가 어쩌다가 귀국은커녕 동포들과도 손을 끊고 귀화인이 돼버린 것일까. 그리고 지금은 출신국이라는 것 때문에 전전긍긍하는 입장을 남몰래 감내해 나가야만 하는 신세가 되었는가.

한번 빠져 버린 냉랭하고 거북살스런 분위기는 좀처럼 그 무거움을 털어 내지 못한 채 마치 산소가 희박해져 가는 밀폐된 공간처럼 가슴을 짓누른다. 그런데도 누구 하나 손을 쓸 엄두를 내지 못하여 순간순간 더욱 악화되어 갈 뿐이다. 암울한 실감에 하나같이 녹초가 되고 있어서이다. 마치 시한폭탄처럼 소리없이 위험으로 치닫는 방 안 공기에 마침내 숨통이 막힐 즈음, 설규훈이 급기야 자리를 박차고 일어선다. 드디어 폭탄이 폭발한 것이다.

"자, 가세. 신주쿠(新宿)로 가세. 거기 국제회관 가세. 우리 아리랑 들을 수 있어. 내 가서 차 꺼내 오겠어."

그는 마치 실성한 사람처럼 복도를 쿵쾅 뛰어나간다. 여인이 그의 뒷덜미를 잡고 따라 붙으며, 술을 마시고 무슨 차를 몬다는 거냐며 소리치지만 그는 들은 척도 않는다. 그가 현관문을 나서기 전에 여인은 다시 한번 재우친다.

"참으세요, 참아야 해요."

그는 팔을 휘휘 내두르며 주저없이 달아난다. 그러자 여인이 뒤따라 나선 임한평을 돌아보며 콜택시를 부르면 이삼 분 안에 들이닥칠 텐데 저런다면서 연거푸 혀를 찬다.

"모두가 제 탓인 것 같습니다. 공연한 발걸음이었군요."

"아녜요. 저 분 벌써 한두 번 저러신 게 아녜요. 하지만 아직 한 번도 사고를 낸 일은 없으니 괜찮을 거예요. 오늘은 선생님이 잘 지켜 주세요. 사고는 안 낼 거예요."

현관 아래쪽 차고에서 끌려나온 5인승 승용차 앞문을 열고 설규훈은 임한평을 향해 손을 활활 저어 댄다.

그가 운전석 옆자리에 올라 앉자 차창 밖으로 다가와 선 설규훈의 아내가 물기가 서린 촉촉한 눈길로 물끄러미 남편을 들여다본다.

그러다가 차는 임한평으로 하여금 미처 하직 인사를 차릴 기회도 주지 않고 울컥 미끄러져 달아난다. 골목길을 이리저리 돌아 마침내 고속도로로 들어선 다음에야 임한평은 불평한다.

"부인한테 하직 인사할 기회라도 줘야 했잖은가. 실례가 많았다고 전해 주게. 내가 일을 망쳐 놓은 것 같아 몸둘 바를 모르겠군."

"쓸데없는 소리. 자네, 내 이름이 뭔지 알지?"

"도미야마 가오루."

"사람들은 모두 그렇게 부르지. 그리고 나는 그때마다 이렇게 고쳐 주지. 도미야마 꿍이라고."

"그래?"

"가오루보단 꿍이 내 이름 훈에 가깝거든."

"그런 건 아무것도 아니야. 기왕 귀화를 했으면 자넨 그런 조그마한 일에 매달리지 않도록 하게."

"조그마한 일이라고?" 하는 순간 차는 더욱 무서운 속력으로 가속된다. "때론 하찮은 것이 엄청난 의미를 지닐 때도 있지. 자넨 나보고 왜 귀화했느냐고 묻지 않아. 제국주의 군복을 입지 않기 위해 몸을 움츠리고 방황해 온 내가 왜 그랬는지 말이야."

"아까 우린 그런 뜻의 얘길 했잖은가."

"아냐, 조그마한 일을 무시하는 자넨 몰라. 어느날 갑자기야. 곤죽이 되도록 술을 퍼마신 어느날 갑자기 나는 그 일을 해치워 버렸거든."

"그렇다면 그건 실수야. 그런 중대한 일을 술기운을 빌려 처리했다면 큰 실수야."

"자넨 모른다니까, 여기서 살아 보지 않은 사람은 모른다니까. 그러나 역시 실순 실수지?"

"그렇고말고. 그러지 않고 살아가는 사람들이 얼마나 많은데. 기다렸어야지."

"실수야. 제발 자네 좀 찢어진 나라를 통일해 주게. 통일해서 억세게 키워주게."

"자넨 이제 외국인인데."

"천만에. 난 언젠가 그걸 취소할 거야."

"그러게 실수라잖는가."

자동차는 아까보다 더욱 기세 등등한 속력으로 내달린다. 터널을 통과하여 평지를 달리는가 하면, 어느새 고가도로 위를 달아나고 있는 차의 질주란 죽음의 혓바닥이 끊임없이 너울거리는 사이를 헤집고 내닫는 아슬아슬한 곡예, 그것이다. 설규훈은 차를 통행료 징수대 앞으로 밀어 넣으며 묻는다.

"자네 도루(달러) 없어서 여관에 들고 있겠지, 호테루에 안 들고."

"으음, 그렇지도 않아."

그래서 회의 주최측에서 요금을 물어 주는 기간이 끝나자마자 곧장 짐을 싸들고 여관으로 달아났던 것이다. 그만큼 그에겐 다다미 하숙방에서 딩굴던 때의 감미로운 회상이 떨쳐버릴 수 없는 마력을 가지고 있었던 것이다. 그러나 그런 뜻을 여태껏 잔인하게 공박만 해 온 설규훈한테 말할 수는 없다. 그는 사실 외견상 도미야마보다 훨씬 떳떳한 자신의 입장을 한껏 만끽하고 있는지도 모른다. 자신의 길디긴 회색의 꼬리를 사려 감추고. 아니 이 나라 교수한테서의 수모를 그에게 열심히 보복하고 있는지 모른다.

임한평은 얼버무리고 만다. 그가 여관을 찾은 것은 사실인즉 숙박료 때문만도 아니다, 오랜만에 참으로 오랜만에 다다미방에 잠자리를 깔아 보고 싶었던 것이라고 말하지 않는다.

현란한 불빛이 명멸하는 도쿄 한복판을 뚫고 두 국적 상실자를 실은 8기통 토요타 승용차는 걷잡을 수 없는 속력으로 내닫는다. 마치 하늘로 붕붕 치솟고 있는 것같은 착각을 불러일으키면서. 그러나 어찔어찔하는 곡예사의 몸짓으로——.

당신은 속고 있습니다

붐하게 먼동이 트자 집을 나서는데도 정작 삼청동의 언덕바지를 오를라치면 어느새 훨씬 아침이 되어 있곤 하지요. 그건 내가 인적이 없는 골목길을 따라 거의 한 시간은 줄창 걸어야 거기에 닿을 수 있기 때문입니다. 가량으로도 시오리는 너끈히 될 성부르군요. 매서운 한겨울에도 리어카를 처박아 둔 데에 이르면 벌써 개털 모자 밑으로 땀이 빼지직 나 배니까요.

그래도 나는 좀처럼 종로통을 따라 걷는 법이 없죠. 사람도 별반 만날 수 없는 곧은 길을 추어 나가기란 지만스러워서 말입니다. 사람 약을 올리며 냅다 달아나는 자동차를 쳐다보는 것도 싫고요. 그러니까 내가 동대문만 비껴 지나면 곧장 골목 안으로 꺾어져 들어가는 이유는 거기 있습니다. 삼청동 언덕바지에 이르기까지 나는 사뭇 비좁은 골목길로만 도는 거죠.

그러니까 도대체 네 직업은 뭐냐 하시겠지요. 뭐 직업이랄 것도 없는 짓거리지요. 나는 청소부거든요. 쓰레기꾼 말입니다. 이거 창피막심이군요. 하기야 언젠가 서울시청 앞 넓은 마당에 수백 명은 될 청소부와 오물차가 몰려와서 수천 개의 고무풍선을 하늘로 띄워 올리던 날도 그런 말을 듣기는 했지요. 직업에 어디 귀천이 있느냐고. 말이 좋지요. 그게 그래 씨나 먹혀 들어갈 소립니까. 어느 구석에서고 그저 명함 크기를 가지고 악다구니를 써대는 나라에서 우리 같은 사람이야 어디 가서 쪽이나 쓸 수 있답디까. 언젠가 우리 여편네 말마따나 구린내나니 어서 저만큼 비켜서란 호통을 맞기 고작이죠. 멍청하게도 여편네가 처음 코를 막고 돌아가며 소리쳤을 때도 나는 영문을 몰랐죠. 예끼 이 여편네야. 먼지 냄새가 났으면 났지 그래 내 몸에서 구린내가 나다니. 그러자 여편네는 눈동자를 허옇게 까뒤집으며 눈을 흘기겠지요.

"잔소리 말고 저리 비켜요, 코 썩겠어요."

알고 보니 여편네의 말인즉슨 똥 푸는 못난 것들이나 쓰레기 치는 천덕꾸러기들이나 그게 그거지 뭐냐는 거였어요. 말하자면 오물쟁이 들임에는 다를 것이 없지 않느냐는 것이었습니다. 그러니까 내 몸에서 구린내가 나는 것이 아니라 청소부란 이름에서 썩는 내가 등천을 한다는 거지요. 아니 여편네의 애기로는 그 사람들(이란 분뇨 처리반 말입니다)은 그래도 주변머리 없이 꽉 막힌 쓰레기꾼들과는 달라 수월찮게 일수나마 올린다는 거지요.

이거 공연히 천한 놈의 애기가 길어졌습니다만 어쨌든 주변머리 없는 탓인지 못난 탓인지 모르지만 어쩌다가 보니 이 천덕꾸러기는 십 년을 하루같이 빗자루만 들고 비실대는 신셉니다 그려. 크고 힘에 겨운 달구지를 끌고 다니던 그 옛날에 비하면 그래도 요즘은 갑씬한 리어카를 끄니까 훨씬 수월해졌다고나 해야 할까요.

그날도 나는 삽과 빗자루와 삼태기가 든 리어카를 끌고 삼청동 언덕바지의 골목으로 들어설 참이었지요. 다른 날에 비해 좀 늦어지긴 했지만 아직 골목에 어둠이 깔린 그 시각의 그곳 사람들은 한창 아침잠을 즐길 때죠. 내가 여느 때보다 늦어진 것은 동대문 밖 숭인동

못미처 큰길 바닥에서 죽어 자빠진 사람을 만난 탓이지요. 길을 건너다가 새벽차에 치여 죽은 그 시체는 낭자한 유혈 자국을 밟고 서서 들여다보는 두 사람의 구경꾼들에 둘러싸여 있을 뿐 근방에 멎어서서 처벌을 기다리는 사고 차량도, 순찰 경찰도 눈에 띄지 않더군요. 창신동 골목을 빠져나와 큰길로 나서자마자 그 광경을 발견한 나는 또 무슨 변고인가 하여 다가가 보았습죠. 길바닥을 적시며 질펀하게 피가 튄 것을 발견하는 순간 비린내가 확 끼치는 것 같더군요. 처음 들여다봤을 때, 시체는 치마만 훌렁 뒤집혔을 뿐 다른 데는 말짱했는데 자세히 보니 머리통이 완전히 으깨어지고 없더군요. 차마 더 이상 들여다보고 섰을 수가 없어 외면하고 걸어나오자 저만큼 떨어진 곳에 빈 대광주리와 헝겊 또아리가 흩어져 있는 것이 보이잖겠습니까. 칙칙한 어둠 속에 내동댕이쳐진 그것들 때문에 나는 돌아가서 시체를 다시 한번 들여다봤지요. 사지를 편안하게 내뻗고 시체는 조금 전 그 자세대로 누워 있더군요. 한참 만에, 그러니까 내가 광주리와 또아리를 들고 세 번째로 다가섰을 때까지도 신사 두 사람은 넋 잃은 사람들처럼 거기 그대로 서 있었죠. 나는 혹시 이분들이 그만 너무 큰 충격을 받아 자리 뜨는 것을 잊어버린 거나 아닌가 하는 생각이 들어 이렇게 위로를 했지요.

"가십시다, 그만."

"어디로요?"

"가실 곳으로요."

"이 양반은. 지금 우린 없어진 이 여인의 얼굴을 그려보고 있는 중인데요. 어떻게 생각해요, 영감은? 이 여자의 얼굴이 저 야들야들한 몸매처럼 잘 생겼을 것 같소? 어떻소?"

그중 한 사나이가 말하자 둘은 동시에 내 눈을 들여다봤지요. 술 냄새가 확 끼치더군요. 그래도 내가 대꾸를 않자 두 사나이는 술이 덜 깬 몸을 후루룩 떨고 나서 다시 시선을 시체로 돌렸지요. 나는 그만 대답을 할 수 없는 것이 민망해서 술집 작부를 끼고 자다가 새벽 바람에 뛰쳐나온 그 사나이들을 거기다 남겨둔 채로 길가로 걸어 나와 버렸지요. 동대문 옆을 돌아나온 뒤 나는 파출소 입초 순경 앞으로 다가갔죠. 졸고 섰던 순경은 내가 똑같은 말을 두 번씩이나 되풀이하고 난 뒤에야 가래 끓는 목소리로 이렇게 말하더군요.

"알았소, 가보시오. ……아니 잠깐. 뭐라고? 또 어디서 사고가 났다고, 쯧?"

"숭인동 앞길에요."

나는 더 이상 거기서 우물거릴 필요가 없어 곧장 파출소 앞을 떠났지요. 좀 늦었으므로 나는 부랴부랴 걸음을 재촉했습니다. 그런데 이상한 것은 자꾸만 그 길바닥에 흩어져 있던 대광주리와 또아리가 내 뒤를 따라붙고 있는 것 같은 느낌이었답니다. 쥐죽은 듯이 고요한 골목길을 그것들은 대굴대굴 소리를 내며 줄창 굴러오고 있지 않겠어요. 나는 연방 뒤를 돌아보느라 제대로 걸음을 걸을 수가 없었지요. 돌아본들 뒤에 뭐가 보일 리 있겠어요. 첫장을 보려면 천호동으로 나가야 나물을 떼올 수 있지 그놈의 광주리가 나를 왜 따라 오겠습니까. 그런데도 그놈들은 내가 비틀었던 고개를 돌리고 발걸음을 떼어놓기 바쁘게 또 굴러옵니다 그려. 나는 부아가 치밀어 가래침을 칵 뱉곤 했지요.

이러구러 더 늦어져서 나는 숨을 헐떡거리며 그 골목길로 리어카를 확 굴려들였습니다. 그러다가 나는 머리끝이 쭈뼛 일어섰지요. 그 청년이 골목 한가운데를 떡 버티고 서 있었던 것입니다. 그는 지금까지 한 번도 그랬던 적이 없었지요. 언제나 쓰레기를 치고 있는 내 옆을 아무 말 없이 스치고 지나 골목 밖으로 서서히 사라졌으니깐요. 그런 청년이 웬일일까요. 하기야 그가 버티고 서 있다고 해서 내가 그처럼 소스라치게 놀랄 것까진 없었지요. 하지만 솔직히 말하면 나는 그 청년에 대해 뭔가 두려움 같은 걸 갖고 있었던 것입니다.

　청년이 처음 그 골목에 나타나기 시작한 것은 아마 두어달 전부터
였던 것 같군요. 그 길다란 골목의 쓰레기통을 모조리 퍼내 싣고 다
음 골목으로 돌아갈 때까지도 사람 그림자는커녕 인기척조차 듣기
가 힘든 보통 때와는 달리 어느 날 느닷없이 그 청년이 저쪽 골목
끝에서 불쑥 그 모습을 나타냈던 겁니다. 나는 섬뜩한 느낌마저 들
었었지요. 꼭 막골목에서 자객이라도 만난 것처럼 당황하기까지 했
으니까요. 그래서 나는 쓰레기통을 퍼내던 삽질을 멈춘 채 벽을 향
해 서서 청년이 내 옆을 스쳐 지나갈 때를 기다렸지요. 청년은 보도
블록에 딱딱 소리를 남기며 서서히 골목 밖으로 사라져 갔습니다.
나는 쓸데없이 사람을 겁낸 자신을 꾸짖었지요. 더구나 목발이 양
옆구리에 끼여 있는 청년을 겁냈으니 말입니다. 청년의 검은 바지
한쪽 가랭이는 넓적다리에서부터 비어 있었지요. 그러니까 내가 당
황한 것은 두려움에서였다기보다는 불구 청년을 인기척 없는 새벽
골목에서 딱 마주치지 않으면 안 된 데 대한 민망하고 안스런 생각
때문이었다고 해야 옳겠지요. 하여튼 그런 이후로 나는 그 골목에서
하루도 빠짐없이 그 청년과 맞닥뜨리게 되었지요. 그것도 거의 정확
한 시각에 말입니다. 아니 시각이라기보다는 거리라고 해야 옳지요.
그는 언제나 내가 그 골목의 두 번째 집 쓰레기통을 치우고 있을 때
불쑥 골목 끝에 나타나는데 그때는 내가 쓰레기를 다 퍼내고 빗자루
로 그 앞을 쓸고 있거나 아니면 거의 다 퍼내가거나 하는 차이밖에
없었지요. 청년은 언제나같이 딱딱 목발이 보도 블록을 차는 아주
선명하고 정확한 소리를 내며 골목 끝에서부터 서서히 다가들어와
서는 아무 말 없이 길 가운데 서 있는 리어카를 비켜 골목 밖으로
사라지는 것이지요. 그런데 어느 하루였죠. 청년이 내 바로 뒤에서
무서운 소릴 내며 넘어지지 않았겠어요. 이슬비가 부슬부슬 내리고
있었는데 리어카를 비키려다가 그랬는지 아니면 목발이 무엇에 걸

려 삐끗했는진 모르지만 하여튼 후다닥 하는 소리에 돌아보자 아니나 다를까, 청년이 시멘트 바닥을 물고 폭 고꾸라져 있지 않겠습니까. 그의 힘든 걸음걸이를 지켜보기가 민망스러워 나타나기만 하면 언제나 더 열심히 쓰레기통을 헤집게 되던 나는 삽자루를 내동댕이치고 달려들었죠. 몸이 불편한 그고 보면 몹시 넘어진 게 분명했으니까요. 나는 저만큼 나가떨어진 목발 하나를 찾아 들고 재빨리 그의 옆구리에 손을 쑤셔 넣었지요. 그러자였습니다. 일어나려고 허우적거리고 있던 그가 갑자기 내 손을 확 뿌리치는 것이 아니겠습니까. 느닷없이 면박을 당한 나는 목발 하나만 든 채 멀쑥해져서 서 있을 수밖에 없었지요. 다리를 떼 버린 메뚜기 형국으로, 차마 볼 수 없을 정도로 버둥대던 청년이 마침내 한쪽 무릎을 세우고 몸을 일으켰을 때 나는 잽싸게 목발을 그의 빈 옆구리 밑에 쑤셔넣었지요. 목발을 받아 쥔 그가 휘청 일어서는 데 보니 턱과 왼쪽 손등이 온통 피투성이가 되어 있지 않겠습니까. 나는 놀란 나머지 나도 모르게 소리쳤지요.

"아니, 저 피. 피 봐요!"

그러나 청년은 몸을 바로 세우자마자 나를 돌아보는 일도 없이 대뜸 목발부터 떼어 놓는 게 아니겠습니까. 목발에 튕긴 핏덩이가 시멘트 바닥 위에 뚝뚝 떨어지고 있었지요. 나는 청년이 골목을 완전히 빠져나간 뒤에도 한참 동안이나 길바닥에 점점이 떨어진 핏자국을 들여다보고 서 있을 뿐이었지요. 그런 일이 있은 이후로 청년에 대한 내 알 수 없는 두려움은 진짜 무시무시한 공포 같은 것으로 바뀌어 갔습니다. 뭔가 앙심을 품고 있는 건 아닌가 하는 생각이 들면 그가 꼭 그만한 거리를 두고 그 시각에 골목 끝에 나타나는 것부터가 수상쩍은 일이 아닐 수 없었지요. 그도 그럴 것이 아무리 내가 십 년을 하루같이 그 시각에 잠을 깼기로서니 시계라곤 지녀 본 일조차 없는 내가 단 1분 어김없이 그 골목을 들어섰을 수야 없지 않느냐 말입니다. 청년은 골목 저쪽 끝에 몸을 숨기고 섰다가 시간에 맞춰 불쑥 나타나는 것임이 분명했지요. 하지만 무엇 때문에 그가 공연히 그 어려운 일을 해내고 있단 말입니까. 내가 행여 그 부자집들 담을 타고 넘을까 해서일까요. 그렇다면 그는 그때 나타나선 안 되지요. 나는 아무리 따져 봐도 그럴 듯한 꼬투리를 찾을 수 없었으면서도 청년과 맞닥뜨리는 횟수가 하루하루 거듭될수록 청년과 나 사이에는 뭔가 원한 같은 것이 싹트고 있다는 터무니없는 생각을 굳히기에 이르렀습니다.

그런 청년이 그날은 골목 한가운데를 버티고 있었던 것입니다. 그러나 나는 더 이상 놀란 기색을 나타내고 있을 수가 없어서 떨리는 손으로 리어카에 얹힌 삽을 꺼내 들었지요. 나는 청년이 제발 내가 골목 한가운데까지 들어서기 전에 사라져 주기를 빌면서 되도록 천천히 쓰레기통 앞을 쓸고 있었지요. 그러나 청년은 내가 드디어 그가 버티고 서 있는 골목 한가운데로 리어카를 밀고 갈 때까지 자리를 뜨기는커녕 처음 서 있던 자세 그대로 지켜서 있는 것이 아니겠습니까. 나는 그만 울화통이 터졌지요. 병신 같은 자식이 하필이면 왜 나 같은 쓰레기꾼한테 시비를 걸려 드나. 더 이상 무섬만 타고 있을 수 없었으므로 나는 청년이 보는 앞에서 우악스럽게 쓰레기통의 뚜껑을 열어 젖혔지요. 삽을 넣고 들쑤셔 아랫구멍으로 꾸역꾸역 오물을 밀어내고 있는데 웬걸, 그 쓰레기통 옆에 흰 종이로 곱게 싼 무슨 상자 같은 것이 놓여 있지 않겠습니까. 그러나 나는 이미 그게 뭔지 알고 있었지요. 보나마나 또 뉘집에서 굿을 했지 뭡니까. 쓰레기꾼도 오래 하다가 보면 그런 것쯤 알게시리 되지요. 흰 보자기나 백지로 곱게 싼 덩치 큰 것이면 굿을 해도 야밤중까지 징치고 북치며 시끌벅적하게 떠들어 젖힌 것이고 조그맣게 싸고는 그 위에다 밥 덩이라도 얹어 놓은 것이면 그저 객고 물릴 정도로 후딱 해치운 것을 말한다는 것쯤 우리 쓰레기꾼들은 눈감고도 알아맞히죠. 뿐만 아

니라 우린 그런 굿찌꺼기를 치우는 날이면 어김없이 재수가 붙는다
고 생각하지요.

나는 갑자기 기분이 좋아져서 쓰레기통을 푹푹 쑤셔 댔습니다. 재
수는 그만두고 제발 그 놈의 광주리만 내 뒤를 못 밟게 해다오. 이
놈의 무당 칼 맞고 두 번 죽음한 몽달귀신아!

그러다가 나는 생각이 났지요. 청년이 여태 저기 버티고 서 있는
것은 바로 그 죽은 잡귀 때문이 아닐까 하고 말입니다. 그까짓 걸
누군가가 흘려 버린 무슨 보물 덩어리나 되는 줄 알고 내가 어떻게
하나 보자고 지켜 서 있는 게 분명했죠. 나는 속으로 코웃음을 쳤습
니다. 내 꼬투리를 잡으려 하면 너만 망신하지 별 수 있나 봐라. 나
는 자신이 섰기 때문에 쓰레기통을 쑤시던 삽을 내던지고 우선 그놈
의 상자부터 번쩍 들어 올렸지요. 아무래도 거세고 손 큰 고깔무당
이 그저 잡히는 대로 시루떡이고 뭐고 쑤셔박은 모양 제법 묵직했습
니다. 나는 애써 대수롭잖은 얼굴색을 하며 그놈을 반쯤 쓰레기가
차 있는 리어카 안에다 획 집어 던져 버렸지요. 그리고 나는 청년을
힐끔 돌아보았죠. 나는 그때 그 청년이 시비를 걸어 오기를 기다렸
거든요. 그런 걸 쓰레긴지 아닌지 열어 보지도 않고 왜 가져가오.
당신 도둑 아니오, 하고 대들기를 말입니다. 그러면 나는 히죽 웃음
을 흘리며 대꾸할 참이었지요. 그렇게 생각하시거든 손수 한 번 열
어 보시지 그래. 그러나 이상한 일이지요. 청년은 뭐라고 소리치고
나서지 않는 것이 아니겠습니까. 그는 언젠가부터 내 발뿌리에다 시
선을 떨구고 있었습니다. 나는 그를 한번 더 약올려 줘야겠다 하고
쓰레기 한 삽을 푹 퍼 던졌지요. 물기가 축축하게 묻은 쓰레기는 화
다닥 소리를 내며 상자를 거의 묻어 버렸습니다. 청년의 고개는 더
아래로 떨어졌을 뿐 아무런 대꾸도 없었지요. 뭐라고 윽박지르고 나
섬직한 그가 여전히 말이 없는 데 화가 난 나는 그만 정신없이 쓰레
기를 퍼 던졌죠. 쓰레기통 밑바닥까지 깨끗이 긁어냈습니다. 그리고

나서야 나는 허리를 폈는데 청년이 온데간데 없이 사라져 버리고 만 것이 아니겠습니까. 약을 올려 주려던 내가 되레 조롱을 당한 격이 되어 나는 씨근덕거리며 가빠진 숨을 헐떡일 수밖에 없었죠.

그날 저녁 나는 집으로 돌아가기 전에 소주를 두어 잔 걸쳐야 하겠더군요. 뭔가 재수 좋은 일이 생기지 않을까 은근히 기다리기까지 했는데도 재수는커녕 온종일 그놈의 대광주리가 대굴대굴 강아지처럼 따라다니는 데는 환장할 지경이어서 견디다 못한 나는 208번을 대폿집으로 불러냈죠. 이거 참, 우리 쓰레기꾼들 사이에는 언제부턴가 이름 대신 팔뚝에 붙은 번호로 사람을 부르는 버릇이 생겨 실수를 했군요. 208번이란 나하고 그중 친한 전라도 개똥사니 친구죠. 말이 났으니 얘기지만 우리 어깻죽지에 번호표가 붙은 것은 고무풍선을 하늘로 띄워 올리며 시청 앞 넓은 마당에 열지어 섰던 그날 이후 일입니다. 쓰레기를 치우는 것은 '쓰레기 작전'이고 우리 같은 쓰레기꾼들은 '청소 기동 타격대'라고 이름부른 댔으니 도무지 사람들이란 그저 전쟁 전투 아니면 살맛이 싹 가시는 모양인가요. 우리는 그날 이후로 방탄 조끼 같은 주황색 조끼까지 입은 전투원이 되어 쓰레기와 먼지 구덩이에서 분탕질이었으니 늘그막에 우습지도 않은 병정놀이를 하게 되었다고나 할까요.

소주 2홉들이 한 병 마신 술기운에 휘청휘청 창신동 방천을 걸으며 나는 생각했죠. 지금쯤 야간동수대(夜間動收隊)가 달려들어 그놈의 칼 맞아 죽은 몽달귀신을 그만 폭 떠서 청소차에다 실어 버렸을 테니 재수 보는 것도 이것으로 끝장이구나 하고. 제발 그놈의 대광주리가 꿈자리 어지럽히는 일이나 없게 해 주기를 마지막으로 비노라 하고 말입니다.

나는 방문을 열기 전에 우선 늘 하던 버릇대로 조끼와 윗도리를 벗어 활활 떨어 댔습니다. 그때 부엌을 사이에 두고 붙어 있는 안방 문이 삐죽 열리고 누군가 얼굴을 슬그머니 내밀었지만 빤하게 켜진 방안의 백열등 불빛에 눈이 부셔 누군지 알아볼 수 없더군요.

"오늘은 늦으셨네요."

주인집 마누라의 목소리지요. 하기야 방 두 개밖에 없는 썩어 찌그러진 나무판잣집에서 방 하나 내가 차지하고 있으니 주인집이랄 것도 없죠. 나는 제발 그 마누라한테서 오늘 이 판자촌의 나물광주리 장수 하나가 차에 치여 죽었다는 말을 듣게 되지 않기를 빌고 있었으므로 가슴이 조여 거의 오줌을 쌀 지경이었지요.

"문 열어 보시면 팥죽 한 그릇 있을 거예요."

"웬 팥죽을……."

하고 나는 반가워서 소리를 쳤지요. 반가운 것은 팥죽이 아니라 참혹한 초상 얘기를 듣지 않아도 됐기 때문이었죠.

"옆집 뚱순이네 있잖아요. 오늘 떠났어요. 그 집에 새로 이사 들어온 사람들이 팥죽을 끓여 왔길래 좀 덜어다 났어요."

"그래 뚱순이넨 어디로 간답디까?"

"여기서도 못 견뎌 떠나가는 사람들이 갈 데가 무슨 놈의 갈 데겠어요. 물어 보지도 않았죠. 골치 아파서."

나는 혀를 한 번 차고 판자문을 열어 젖혔습니다. 불이 켜지지 않은 방안을 더듬더듬 기어 들어가서 전등 꼭다리를 찾으며 생각했죠. 이따위 판잣집에 솥을 떼어다 걸고 그래도 이사 왔다고 팥죽을 쑤니……불을 켜고 보니 새까만 양재기 두 개를 맞붙여 엎어 놓은 위에는 숟가락까지 얹혀 있습니다 그려. 재수가 안 붙는다 했더니 집에 와서야 효험을 보는군. 그런데 막 두어 숟갈 목구멍으로 넘겼을까 했을 때였죠. 별안간 문이 펄쩍 열어 젖혀지면서 누군가 얼굴을 불쑥 들이밀지 않겠습니까.

"당신이 종로 칠십 오 번 이치돌이오?"

하는데 눈두덩을 비비고 쳐다보니 경찰관이 아니겠습니까.

"예, 저올습니다만……."

“이리 나오시오. 좀 갑시다.”

“왜요? 가다니요, 어디로?”

“나와 보면 알 거 아냐.”

나는 팥죽이 뜨여 있던 숟가락을 내던지고 저고리를 집어들 수밖에 어쩔 도리가 없었죠. 내가 끌려간 곳은 파출소였고, 거기서 나는 곧 종로서로 실려 갔지요. 그리고 거기 가서야 나는 왜 끌려왔는지를 어렴풋이 알아차리게 되었죠.

“영감, 오늘 영아 시체 쓰레기 속에 감춰 왔지?”

“영아라뇨?”

“아, 갓난애 말야, 영아 몰라?”

나는 순간 어안이 벙벙하여 뭐라고 말을 해야 할지 알 수가 없었죠. 그게 갓난 핏덩이였단 말인가. 그럴 리가?

“그러니까, 그 상자는……그런 게 아니고 굿거리하고 난 잡귀덩어리였습죠, 몽당귀신말씀입니다요.”

“엉뚱한 수작 말고 누가 시켰나만 바로 대.”

“누가 시키다뇨, 뭘 말씀입니까요?”

“뭐는 뭐야, 그 보루박스 말이지. 그래 굿한 거라니 영감이 직접 열어 봤어?”

“그야 열어 보나마나지 그런 걸 지금까지 한두 번 봤어야지요.”

“이런 영감 봤나. 그 상자 지금 한 번 볼 테야?”

나는 더 이상 우길 자신이 없어졌습죠. 도무지 믿어지지 않는 일이지만 그렇다고 그들이 생판 거짓부렁을 하려고 밤중에 우정 나를 잡으러 다녔을 리야 없을 터였기 말입니다. 뿐만 아니라 어쩌다 하루에 두 번씩이나 끔찍한 시체를 보지나 않을까 더럭 겁이 나서 나는 팔을 활활 내저었지요. 결국 나는 우격다짐 속에 취조를 받고 진술서를 쓰고 지장을 찍고 밤이 얼마나 깊었는지 사지가 뻑적지근하게 굳어 가고 정신이 몽롱해져서 꼼짝달싹 못할 지경에 이르렀지요.

거기 벽에 기대어 앉아 그만 깜박 잠이 들었었는지 대광주리에 담긴 웬 놈의 핏덩이가 찢어져라 울어제끼는 소리에 가위가 눌려 옴짝을 못하던 내가 어찌어찌하여 아린 눈을 떴을 때 그건 사실은 갓난애 울음 소리가 아니라 형사가 고함치는 소리였습지요.

"이 미련한 영감탱이야, 여기가 어디라고 졸고 있어! 일어나!"

형사는 상자가 놓여 있던 쓰레기통을 찾아간다는 것이었죠. 그게 도대체 무슨 소용이냐고 다그치고 싶었지만 입이 워낙 걸쭉한 그에겐 그래 봤자 구박밖에 더 맞을 것이 없어 나는 혀를 연방 차면서도 따라나설 수밖에 별 도리 없었지요. 하지만 그런 끔찍한 짓을 저지르고도 꿈쩍 않게 돼먹은 인간들을 위해 공연히 수선을 떨어 봤자 자발없는 짓이란 걸 나는 알고 있었지요.

"영감이 누구의 사주를 받고 상자를 갖다 버리지 않았다는 건 우리도 인정하지만 그 상자 안에 든 애는 새파랗게 목이 졸려 죽어 있었단 말야. 골치 아프게시리. 영감은 사체 유기 혐의로 재판정에 가게 된다는 걸 명심해 두라구."

나는 회중전등을 든 형사와 함께 그 골목을 몇 번씩이나 오락가락하면서 똑같은 말을 줄창 되풀이하는 것을 듣지 않을 수 없었지요. 그는 괜히 현장을 줄자로 재어 보기도 하고 쓰레기통과 그 근방 그림을 그리기도 하면서 미주알고주알 온갖 것을 캐물었지만 나는 딱한 가지 말고는 거짓말을 한 것이 없었지요. 그 목발 짚은 청년 얘기 말입니다. 공연히 사람을 달달 볶아치는 형사 앞에서 청년을 들먹였다가는 그가 그 불편한 몸을 끌고 경찰서 문을 얼마나 여러 날 들락거려야 할지 모르잖겠어요.

나는 딱 잡아뗐지요.

"영감이 여기서 쓰레길 칠 때 아무도 본 사람 없단 말이지?"

"그렇다니까요. 여기 이 팔자 좋은 동네 사람들이 뭐가 답답해서 꼭두새벽에 잠을 깬답니까?"

“팔자 좋은 것들이 핏덩어릴 목 졸라?”

“그러니 팔자가 좋지요. 쓰레기로 버리고 지금쯤 다리 쭉 뻗고 잘 테니 팔자가 좋지 않구요. 조사할 것 없다니까 그러시는군.”

“이 영감 말하는 거봐. 귀찮은데 영감탱이만 처넣어버릴까부다.”

“나 같은 천덕꾸러기야 오늘 일진 한번 잘 짚었다고 좋아한 죄밖에 없죠.”

형사는 드디어 쓰레기통 주인까지 불러내기에 이르렀지요. 혹시 아침 일찍 식모애가 쓰레기를 버리러 나온 일은 없는가, 누군가 삼청 공원으로 새벽 산책을 나가다가 수상쩍은 상자를 본 일은 없는가, 꼬치꼬치 따졌지만 잠결에 불려나온 그 집 사람들은 눈만 멀뚱거리고 있을 뿐이었지요. 나는 그 집 대문을 돌아 나오며 화가 나서 물어 보았습죠.

“오늘 새벽 숭인동 큰길 한가운데서 여자 하나가 차에 깔려 죽었는데 거기선 어땠을까요, 형사님? 이렇게 오래 시간을 끌었을까요?”

“교통사고 처리야 까짓 간단하다구.”

“차가 도망을 치고 없던 걸요.”

“뺑소니차 수배를 냈겠지.”

“죽은 여자는 광주리 장사꾼입디다.”

“시끄럽다니까, 재수 없는 소리.”

내가 경찰의 손에서 풀려나와 집으로 돌아온 것은 야간 통행금지 시간이 된 뒤였기 때문에 나는 호사스럽게도 숭인동까지 백차 뒷자리에 앉아 올 수 있었지요. 마침 그쪽으로 순찰 나가는 차가 있어서 웬일로 선심을 써 줬기 망정이지 아니었더라면 어쨌을 뻔했나요. 손바닥에 시뻘건 도장을 찍어 들고 꼬박 걸을 밖에 없었겠지요. 그런데 숭인동에서 차를 내리자 나는 굽신 인사를 차리기 바쁘게 줄행랑을 놓았습니다. 바로 그 근방에 내동댕이쳐져 있던 대광주리가 대굴

대굴 따라 붙을 것 같아서였죠.

그 이튿날 나는 여느때와 다름없이 리어카를 끌고 그 전날에 두 번씩이나 찾아왔던 골목으로 들어섰습니다. 물론 이상할 거라곤 아무것도 없었지요. 그런데도 사방을 두리번거리게 하는 건 무엇 때문인지. 섬뜩한 생각이 들고 살인범이 어느 창구에선가 지켜보고 있을 것 같은 느낌을 쫓을 수가 없어 나는 골목 입구에 리어카를 세운 채 연방 사방으로 눈을 굴렸지요. 그러고 섰던 내가 막 쓰레기통 뚜껑을 열어젖힐 찰나였습니다. 저쪽 끝에서 딱딱 목발 부딪는 소리가 나고 예의 그 청년이 한 가닥 한 가닥 어둠을 벗기며 다가오고 있겠지요. 시치미를 떼느라 곧 일을 시작하긴 했지만 사실 나는 그때 그가 나타나는 순간을 초조하게 기다리고 있었거든요. 경찰에 고자질을 한 것이 청년임에 틀림없다고 나는 단정하고 있었으니까요. 그가 나를 골탕먹일 기회를 찾고 있었다는 것은 그때까지의 여러 가지 거동으로 보아 너무나 명백한 사실이 아닐 수 없었죠. 나는 삽으로 쓰레기통을 쑤시다 말고 그가 드디어 리어카 곁에까지 다가섰다고 생각하는 순간 홱 돌아섰지요. 그러나 내가 미처 말을 걸기도 전에 청년이 먼저 말했습니다. 그가 내게 말을 붙인 것은 그때가 처음이었죠. 착 가라앉은 목소리여서 어딘가 사람을 사로잡는 데가 있는 음성이더군요.

"전 영감님한테 무슨 일이 일어났기를 바랬는데 아무 일 없으셨던 모양이군요"

그 말을 듣는 순간 나는 화가 머리끝까지 치솟았지만 꼬투리를 잡을 때까진 조심하는 편이 나을 것 같아 딴전을 부렸죠. 여간 짓궂지 않은 그에게 설불리 달려들었다가 또 무슨 봉변을 당하게 될지 안심이 되지 않아서 말입니다.

"무슨 일이 일어나다니?"

"어저께 말예요, 혹시 경찰서엘 불려가셨다거나?"

이때다 하고 나는 목소리를 낮춰 달래듯이 물었습니다.

"젊은이가 그걸 경찰에 고해 바쳤지？"

그러자 청년의 얼굴이 갑자기 화기에 차면서 바짝 다그치고 드는 것이 아니겠습니까.

"아니, 그럼 불려가셨단 말씀이세요？ 그래서 어떻게 되셨나요？"

"내가 잡혀 갔다 왔다니까 시원하지" 하고 한껏 언성을 높여 소리쳤지요. "어때 시원하잖아？"

"영감님은 뭔가 오해하시는 것 같은데, 어쨌든 그래서 어떻게 되셨나요？"

"날 걸어 넣으려 해봤자 안 될걸"

"그건 오해에요, 영감님. 터무니없는 오해에요. 제 관심은 경찰이 그 갓난애 부모를 찾아나설 성의가 있었는지 없었는지를 알고 싶은 것뿐예요. 정말예요."

"그까짓 것들을 찾아다가 뭘 하려고."

"역시 그렇겠죠……."

청년은 거기서 말을 끊고 멀거니 나를 쳐다봤지요. 나는 또 한번 그 따위 짓을 하면 나 역시도 병신 사정 볼 것 없이 욕을 보이겠노라고 말해 버리려 했지만 핏기 없는 그의 얼굴색에 측은한 생각이 들어 입이 떨어지지 않더군요. 이윽고 청년은 목발을 옮겨 짚으려 몸을 비틀었지요. 그의 뒷모습엔 힘이 하나 없어 보였습니다.

그러니까 그날 오후였지요. 구역 쓰레기 집하장으로 나와서야 나는 공연히 무고한 청년한테 의심을 품었다는 사실을 알았지요. 쓰레기더미 옆에 리어카를 세워 놓고 담배를 피우던 청소부들은 그 상자를 신고한 것은 넝마주이들이었노라고 했던 것입니다. 청소부들은 내가 찌그러질 정도로 잔뜩 쓰레기를 실은 리어카를 끌고 나타났을 때 우루루 내 앞으로 몰려들면서 별 탈 없었느냔 말부터 먼저 하더

군요. 나는 순간 창피한 생각이 들어 고개를 두어 번 끄덕여주고 말
았지요. 그런데도 그들은 물러서지 않고 곧장 꼬치꼬치 파고들지 않
겠어요. 물론 나를 동정해서 그러는 줄 모르는 바 아니지만 나는 귀
찮고 울화통이 터진 나머지 그들을 확 밀어붙이고 말았지요. 그리곤
그 사이를 뚫고 리어카를 힘껏 끌어넣었습니다. 나는 리어카의 꽁무
니를 열어 쓰레기를 부리면서 쓰잘데 없이 말썽을 부린 넝마주이 녀
석들한테 마구 욕지거리를 퍼부었지요.

　“저희한테 그러시지 마세요, 괜히 저흰 어저께 여기 얼씬도 안했
　다구요.”

　나는 무엇보다도 엉뚱한 놈이 저지른 짓을 두고 애매한 청년을 몰
아세운 데에 화가 났지만 다음날 만난 청년은 뭐 그까짓 걸 가지고
그러느냐고 하더군요. 그날도 청년은 여느때나 다름없이 골목 끝에
나타났으므로 나는 우정 청년 앞으로 나서기까지하면서 전날의 일
을 사과했지요. 청년이 마음을 상한 것 같지는 않더군요. 그래서 내
친 걸음에 늘 궁금하게 생각하던 일 한 가지를 더 물어 보았습죠.

　“젊은인 매일같이 어딜 가오?”

　“저쪽……”

　“저쪽이라니, 새벽 바람에 저쪽 어디 그렇게 열심히 찾아갈 데가
　있을꼬?”

　“언덕 위에.”

　“언덕? 거긴 왜?”

　“속임수를 보려구요.”

　“아니, 뭐라고?”

　“제가 언덕 위에 올라설라치면 막 잠을 깬 거대한 속임수가 벌떡
　일어서거든요. 그놈은 그러고 나서 으레 하늘을 덮을 만큼 큰 팔
　을 벌리고 우지직 기지개를 켜지요.”

　“무슨 애길 하고 있누, 저쪽 언덕에 왜 가느냐니간?”

"영감님은 매일같이 왜 이 골목에 오세요."

나는 청년이 사실대로 말하고 싶지 않아 하는 눈치를 알아차렸으므로 더 이상 묻지 않았지요. 웬 참견이냐고 따지고 들거나 말할 수 없다고 딱 잡아떼지 않고 농지거리로 슬쩍 넘어가는 것을 보면 청년은 생각했던 것보다는 사람이 좋을지도 모른다는 생각도 들더군요. 그래서 나도 한 마디 농을 거들었지요.

"젊은이를 만나 보고 싶어서 새벽같이 달려온다니까."

"그럼, 제가 약주 한잔 대접할까요?"

"좋지" 하고 나는 대답했지만 물론 농담이었지요. "우리 택일을 할까?"

"택일은 무슨 택일예요. 오늘 당장 하는 거지요."

차츰 말하는 품이 이상하다 싶어 이제 그만둬야겠다고 물러섰을 때는 이미 늦어 버려 청년은 정색을 하고 다그쳤습니다. 그는 농담을 하고 있는 것이 아니더군요. 말할 필요도 없이 농으로 지껄인 것이지만 몇 시에 어디서 만나자는 얘기까지 해 놓고 진담으로 따지는 청년 앞에서 나는 어떻게 해야 될지를 모르겠더군요. 그만두자고 하면 청년은 대뜸, 응 그러니까 내가 병신이라서 술집에 데리고 들어가기가 창피하다 이거죠 하고 달려들 것만 같았지요. 청년은 그만큼 빈틈없이 따지고 들었던 셈이에요. 결국 시답잖게 말을 주고받다가 궁지에 몰린 나는 진짜 약속을 하고 말았지요. 이름도 성도 모르는 젊은이의 술을 뺏아먹는 꼴이 됐으니 봉변치고도 보통 봉변이 아니었다고나 할까요. 그렇다고 철석같이 다짐을 줘 놓고 그를 바람맞힐 수는 없는 형편이고 다시는 그 골목에 안 나타나면야 되겠지만 나같은 신세에 그것 때문에 쓰레기꾼까지 팽개칠 노릇은 못 되고 보면 당장 다음날 새벽에 마주칠 그를 달리 어떻게 빼돌릴 길이 없더군요. 그게 아니라도 그렇지요. 불편한 몸을 이끌고 시내까지 내려온 그를 무슨 배짱으로 헛걸음시키겠습니까.

우리는 그날 오후, 해가 뉘엿뉘엿 넘어갈 때쯤 인사동 골목에 있는 허름한 막걸리집에서 만났지요. 내가 휘장을 들치고 들어섰을 때 청년은 이미 와 있었습니다. 나를 보자 술상을 짚고 벌떡 일어서기까지하면서 반가워하는 품이 그는 아무래도 나 같은 늙은 영감탱이하고 약속을 지키게 된 것이 몹시 신기한 모양 같더군요. 아니면 사람이 그리울 만큼 외로웠을까요.

우선 2홉들이 소주 한 병을 땄지요. 술잔이 너댓 순배 돌 때까지 청년은 거푸 술만 털어 넣을 뿐 한마디 말이 없었습니다. 속이 허했던 탓인지 나는 벌써 사지가 나른하게 늘어지고 눈꺼풀이 무거웠지요. 술자리에서 말이 없으니 취기가 더 빨리 오를 밖에요. 나는 몽롱한 눈으로 앞에 앉은 청년을 건너다보았지요. 눈길이 마주친 청년이 내게 묻더군요.

"벌써 취기가 오르세요?"

"젊은이는 술이 세구만."

청년은 대답을 않고 술잔을 홀짝 들이키더군요. 끄떡 없다는 뜻이겠죠. 나는 순간 뉘집 아들인지 다리 하나를 잃고 허구한 세월을 살긴 젊음이 아깝다는 생각이 들더군요. 그러자 갑자기 일구 녀석의 얼굴이 떠오르잖겠습니까. 생각만 해도 골치가 지끈지끈한 녀석의 얼굴이 말입니다. 나는 울화통이 터져서 반쯤 남아 있는 술잔을 목구멍으로 탁 털어넣었지요. 천하에 불한당이 되어 사흘을 멀다고 쌈질을 하고 쏘다니다가 끝내는 뛰쳐나가 버린 녀석을 내가 왜 생각하겠습니까. 눈 앞에서 없어진 것만도 그런 다행이 없는 판에. 자식이 그런 거라면 차라리 없느니만 못하죠. 하기야 경찰들하고 숨바꼭질을 하느라 밤만 되면 근방을 벌집 쑤셔 놓듯이 하는데도 동네 사람들은 나만 탓했지요. 그게 다 부모 잘못 만난 탓이지 그놈한테 무슨 잘못이 있느냐고요.

"젊은이는 형제분이 여럿이오?"

나는 일구놈 생각을 떨쳐 버리려고 청년한테 말을 붙였지요. 가슴이 빽적지근하고 터질 것만 같아 나는 그 속에다 또 술잔을 들어부었죠.

"그랬으면 오죽 좋겠습니까만 전 외아들이에요. 그래서 제 부모들은 제가 이렇게 바깥에 쏘다니는 걸 여간 싫어하지 않지요, 혹시 닳을까 해서."

"부모를 그렇게 말하는 게 아니오."

"모르시는군요. 제가 다리 하날 잃었을 때 제 어머니 어땠는지 아세요. 꼬박 닷새를 울음으로 지샜어요. 병신된 아들이 원통해서가 아니라 없어진 다리 한쪽이 아까워서 말예요. 그래 참다 못한 제가 말씀드렸죠. 저도 되도록이면 찾아 들고 오려고 했는데 원수놈은 바로 그 부비 트랩이라는 놈이어서 그놈이 그만 내 다리를 흔적도 없이 먹어치우고 말았다고 말예요."

"그놈이 그렇게 무서운 놈이요?"

"무섭긴 그까짓 게 뭐가 무서워요. 땅에도 묻혀 있고 때로는 나무 숲에도 매달려 있는 시꺼먼 깡통일 뿐인걸."

"깡통이라고?"

"월남에 갔던 사람이면 그 원성 높은 놈을 모르는 사람이 없는데 영감님은 아직 다녀오시지 못한 모양이시군요, 빈 깡통으로 만든 그까짓 폭발물조차 모르시니."

나는 그제서야 그가 월남이라는 그 덥고 불쌍한 나라에 끌려 갔다가 다리 하나를 떼놓고 돌아온 청년임을 알아챘죠. 청년은 계속해서 말했습니다. 연방 토해 내면서 배를 탄 지 보름 만에 월남 땅에 닿았고 그 땅에 내린 지 나흘 만에 부비 트랩인가 하는 깡통을 밟아 다리 하나를 공중으로 날려 버렸다고.

"사람들은 한결같이 말했죠. 저를 치료하고, 저한테 훈장을 달아 주던 모든 군인들 말씀예요. 그들은 하나같이 죽일 놈은 오로지 부비 트랩 그놈뿐이라고 핏대를 세웠지요. 그래서 저도 명령대로 어머니한테 열을 올려 부비 트랩, 부비 트랩하고 거푸 욕을 퍼부어 댄 거랍니다. 군대는 어디까지나 명령이니까요. 제가 거의 일주일을 두고 줄창 잔소리를 늘어놓자 어머니가 드디어는 손을 들더군요. 모든 잘못은 그 땅엘 간 저한테 있는 게 아니고 있다면 부비 트랩이라는 천하에 몹쓸 괴물한테 있음을 믿게끔 됐단 말씀예요."

청년은 말을 마치고 술잔을 들어 올렸습니다. 나는 그가 너무 지나치게 마시고 있는 게 아닌가 하여 마음이 놓이지 않았지요. 먼 이국땅에서 병신이 되어 돌아온 외아들이 고주가 되어 대문을 들어서는 걸 보면 그 부모는 얼마나 가슴이 미어질 것인가. 나는 남은 술을 내가 들이켜 버려야겠다고 생각하여 거푸 두 잔이나 마셨지만 세 번째로 딴 술병은 그러고도 반 병 넘어 남아 있었지요.

"저한테 술을 안 남겨 주실 생각이신 것 같지만 제 염려는 안 하셔도 됩니다, 영감님."

청년은 눈치를 챈 모양이었지만 그렇지 않았다고 하더라도 나는 그때 벌써 더 이상 마시지 못할 정도가 되어 있었으니 별수가 없었겠죠.

나는 무겁디 무거운 고개를 젖히고 말했습죠.

"젊은인 너무 마시면 안 된다니까."

"못 걷게 된다 그 말씀이시겠죠."

"그렇잖고."

"역시 저는 집으로 돌아가야겠죠, 속임수의 숨바꼭질을 계속하기 위해 오늘도 돌아가야죠?……모든 것은 속임수예요. 저는 부비 트랩이라고 어머니를 속이고 양친은 저를 자기네 아들이라고 속이고 말예요. 텔레비전은 우리의 망막을 속이고, 여자들은 나이를 속이고, 학자는 자기 이력을 속이고, 정상배들은 국민을 속이고

경제인들은 가치를 속이고, 희뗘운 독재자는 오늘을 속이고, 알량
한 예술가는 미래를 속이고, 역사가들은 통계 숫자로 월남전을 속
이구요. 그리고 영감님은 쓰레기에 속아넘어가고 계시죠. 살아 움
직이는 수많은 쓰레기들한테 속고 계신다니까. 그들은 쓰레기통
안에 든 하찮은 것들만이 쓰레기라고 우기지만 어디 한번 곰곰이
생각해 보세요. 그따윗 게 쓰레기 축에나 드나. 무시무시한 병균
을 퍼뜨리며 세상을 쉴새 없이 썩히고 있는 진짜 쓰레기들이 얼마
나 득실거리고 있는데 그러세요. 그런데도 영감님이 쓰레기를 다
치우고 계신다고 생각하시는 거죠? 우린 모두가 거대한 음모에
걸려 있는 거예요."

나는 청년이 횡설수설 알아듣지도 못할 말을 늘어놓을 만큼 고주
망태가 되어가고 있음을 알았지요. 이러고 있다간 그를 무사히 돌려
보내지 못하고 말지 모른다는 생각이 들더군요. 그가 만약 집으로
돌아가지 못한다면 몸이 불편한 외아들을 밤길에 내보낸 부모들이
또 밤새 얼마나 애간장을 태우겠습니까. 나는 자리에서 벌떡 일어섰
지요. 그러나 분명히 몸을 일으켰는데 나는 일어나 있는 것이 아니
었습니다 그려. 눈앞이 아찔하면서 도로 주저앉은 모양이지요. 순간
청년이 느닷없이 내 팔목을 덥석 잡지 않겠습니까. 그리고서 그는
내 먼지투성이 얼굴을 한참 동안 뚫어지게 건너다보더군요. 내가 곧
말했지요.

"이제 그만 일어서야겠소, 젊은이. 초겨울 밤은 고대 깊어지거
든."

"아녜요, 제발 일어서시지 마세요. 영감님은 제 얘길 끝까지 들어
주셔야 해요. 정말예요. 그 상자 얘기 말씀예요."

나는 정신이 번쩍 들었지요. 그렇잖아도 어딘가 미심쩍은 구석이
없지 않다고 생각해 왔던 터수였으니까요. 청년은 그 상자에 든 것
이 죽은 잡귀가 아니라는 걸 일찍부터 알고 있었음이 분명하잖습니

까. 알고 있었으면서도 내가 그걸 쓰레기더미 속에 던져 넣는 것을
알리지 않은 그가 아니었습니까? 아니 만류하기커녕 바짝 다가서
서 내가 실수하기를 기다리고 있었지요. 나는 약간 화가 나서 물었
죠.
　"아니 상자 얘기라니?"
　"그 상자는 제 것이었습니다. 아니죠, 바로 저였죠, 영감님."
　"무슨 얘길 하고 있는 거야, 젊은인?"
　"전 사생아예요, 사생아. 지금의 제 아버지 어머니의 외아들이 아
니란 말씀예요. 그 상자 속에 든 핏덩이처럼 그렇게 태어나서 바
로 그렇게 어느 집 쓰레기통 옆에 버려졌단 말예요."
　갑자기 머리가 띵해 왔지요. 바윗덩이라도 들이받은 것처럼 눈앞
이 가물가물하여 앞에 앉아 있는 청년의 얼굴이 제대로 보이지 않더
군요. 그러나 무슨 말이든 하지 않으면 안 되었죠. 나는 간신히 입
을 열었군요.
　"하지만 젊은이, 그 핏덩이는 새파랗게 목이 졸려 죽어 있었는
데."
　"알고 있어요, 영감님. 목이 졸리고 안 졸리고는 아무런 차이도
없는 거예요."
　"엄청나게 달라."
　"그게 그렇게 문제라면 말씀이지만 꽁꽁 얼어붙은 꼭두새벽에 내
버려진 핏덩이가 사람을 못 만나면 몇 시간이나 버틸까요. 제 생
일은 음력 섣달이거든요."
　"젊은이는 사생아가 아니라니깐. 나 같은 천덕꾸러기가 돼서 자식
하나 제대로 키울 재간이 없는 그런 부모한테서 태어났을 거야."
　"그렇잖대두요."
　청년은 병신이 되어 월남에서 돌아온 지 며칠 뒤의 일이었다고 했
지요. 변소를 가려고 마루를 줄줄 밀고 나오는 데 안방에서 두런두

런 말소리가 들리더라나요.

　"아무래도 피는 못 속이나 보죠. 글쎄 젤 깨우려고 방에 들어가 잠자고 있는 모습을 내려다보자니 섬뜩한 생각이 들잖겠어요. 그만 무서워져서 도망치듯이 돌아나오고 말았다니까요."

　그것은 청년의 어머니 목소리였답니다. 그러자 아버지가 펄쩍 뛰더란 것이었죠. 임자는 쓸데없는 소리 작작하오. 걔가 어때서 그 따위 소릴 다하는 거요. 불구가 되어 누워 있으니 내 혈육이면 별수 있을까 하고요.

　청년이 안방문을 힘껏 내질렀다고 했을 때 나는 가슴이 철렁 내려앉을 정도로 놀랐죠. 청년은 문을 열고 기어들어가 굳이 무슨 소리냐고 우기는 두 내외를 끝까지 다그쳤다니 내외한테나 청년한테나 오죽한 노릇이었겠습니까. 그는 끝내 실토를 듣고야 말았다는 거였지요. 핏덩이를 집안으로 들여간 사흘 만에 그 내외는 누가 보냈는지도 모를 꽤 큰 돈을 편지로 받았다는 거죠. 봉투 속엔 돈표 말고도 조그마한 종이 쪽지 하나가 들어 있었는데 거기엔 단지 '양육비'라고만 적혀 있었다는군요. 두 내외는 아이를 받아들인 것이 드러난 마당에 더 이상 머뭇거릴 수 없다고 생각했으므로 부랴사랴 가산을 정리하여 대전에서 사람들이 들끓는 서울로 올라와 묻혀 버렸다는 거죠.

　"영감님한텐 죄송한 일이지만 저는 그 상자를 발견한 날, 또 하나의 제가 어떻게 되어가는 건지 지켜봐야 했죠" 하고 청년은 말했습니다. "그날 영감님은 좀 늦으셨어요. 저는 골목을 지나가다가 우연히 그 상자를 발견하고 망설이던 끝에 열어 보게 되었죠. 갑자기 온몸이 굳어 버려서 오금을 뗄 수가 없더군요. 누군가 덮치고 달려들어 목을 조르는 것 같았지요. 어쨌든 저는 영감님이 아닌 누구를 만났대도 말해 주지 못했을 거예요."

　"이거 어쩌면 좋지. 난 단지 어느 집에서 굿을 한 줄만 알았거든.”

“어차피 죽은 잡귀덩어리란 점에선 마찬가지죠. 제 어머니가 그러셨다잖았어요. 귀신을 본 것처럼 섬뜩했다고요.”

“나쁘게 말을 보태지 마, 젊은이. 어머님의 말씀을 젊은이는 이해해야지.”

나는 술상을 짚고 일어섰지요. 청년도 순순히 따라 일어섰지만 목발을 옆구리에 끼기 전에 모로 굴러 떨어졌습니다. 나는 그가 막걸리 찌꺼기와 동태 가시와 담배꽁초들로 질퍽한 술집 바닥을 어깨로 닦는 것을 보고도 거들지 않았지요. 부축해 주는 것을 질색하는 그였기 때문이죠. 뒤뚱하고 술집 문턱을 넘어 밖으로 나온 뒤 젊은이는 느닷없이 이렇게 말하잖겠습니까.

“오늘 밤 전 영감님을 따라가려는데 괜찮겠죠?”

너무도 어이없는 주정이라서 나는 말대꾸도 하지 않았죠. 그러나 청년은 정말 따라나설 기세였습니다. 그의 이런 엉뚱한 짓거리 때문에 나는 혹시 그때까지 그에게서 생판 거짓부렁을 들은 것이나 아닐까 하는 생각마저 듭디다 그려.

“쓸데없는 농담 말고 곧장 돌아가요.”

“어디로 말씀예요? 제가 가야 할 곳이 어디예요, 영감님?”

“삼청동이지 어디야.”

“그러니까 또 귀신이 돼서 대문을 넘어서란 말씀이군요.”

나는 더 이상 말상대를 해 줄 수가 없어 돌아서서 걷기 시작했지요. 그러나 이를 어쩝니까. 청년은 딱딱 목발 부딪는 소릴 분주하게 내며 따라붙고 있었으니까요. 나는 하는 수 없이 걸음을 멈췄지요. 화가 난 몸짓으로 돌아서자 청년이 먼저 말하더군요.

“그럼, 제가 영감님을 모셔다 드리죠.”

“안돼.”

“제 애길 끝까지 들어 주셨으니까요. 영감님은 제가 처음으로 제 모든 것을 털어놓은 분이시거든요.”

“집으로 돌아가요, 젊은이.”

그러나 그때 청년이 마침 지나가는 택시를 세웠으므로 나는 곧장 넘어질 듯 위태로운 자세로 나를 끌어 당기는 손을 차마 뿌리칠 수가 없었죠. 택시 속에 앉아 청년이 물었습니다. 자식이 몇이나 되느냐는 것이었지요. 나는 잘못 걸려든 것 같은 기분에 사로잡혀 있었으므로 한 마디로 없다고만 대답했죠.

“그럼 마나님은요?”

“없소. 나한테서 구린내가 난다고 도망가 버렸소. 하지만 사실은 희번들하는 오토바이를 타고 다니는 건달녀석하고 배가 맞아 줄행랑을 놓은 거요.”

청년은 더 말이 없었습니다. 나는 그를 외면하고 멀거니 창밖으로 지나가는 초겨울밤 거리를 내다보았죠.

창신동 방죽에 거의 다다를 때까지 우리는 더 이상 말이 없었죠. 그러다가 청년이 불쑥 말을 시켰습니다.

“내일 새벽엔 영감님한테 그 거대한 속임수 덩어리가 고개를 쳐들고 일어나는 걸 보여드리죠. 언덕에 올라가면 기지개 켜는 것까지 볼 수 있어요.”

나는 대답 대신에 운전기사한테 소리쳤지요.

“여기서 잠깐 세워 주시오.”

언제나 그렇듯이 판잣집들이 길게 늘어선 을씨년스런 골목이 시커멓고 길게 뚫어져 있었죠. 내가 문을 어떻게 열어야 할지 몰라 당황하고 있는 동안에 청년이 줄창 중얼거렸습니다.

“저것 보세요, 저렇게 또 속아넘어가고 있는 사람들이 많군요. 어제고 오늘이고 한 번도 잘 살아 본 일이 없으면서 내일엔 잘 살게 된다는 말에 속아 사는 사람들 말예요. 늦기 전에 그런 속임수는 깨버려야 해요. 영감님도 그러시다간 이 세상 모든 쓰레기들을 영원히 못 쳐내게 돼요. 아니죠, 결국은 우리 모두가 쓰레기에 묻혀 죽게 되죠."

운전기사가 문을 열어주어 나는 더 듣지 않고 차에서 내려 버렸지요. 내려 선 다음 작별 인사를 차릴 참으로 되돌아서자 택시는 이미 저만큼 미끄러져 나간 뒤더군요.

이튿날 만나면 무슨 괴물인가를 보여 주겠다고 흰소리를 해 놓고 청년은 정작 그 이튿날 나타나지 않았습니다. 날씨가 갑자기 추워진 탓일 리야 없었지요. 소주 서너 병은 실히 마셨을 테니 아무리 혈기가 넘치는 나이기로 곯아 떨어지지 않고 배기기야 어려웠을 테니까요. 나는 어딘가 섭섭한 느낌마저 없지 않아 연방 골목 끝을 흘끗거리며 느릿느릿 쓰레기를 퍼냈죠. 그러나 청년은 그 다음날 아침에도 모습을 나타내지 않았습니다. 나는 병이 나도 단단히 난 것이려니 정도로 생각하고 그 인기척 없는 골목을 쳐나갔지만 그 다음날에도, 또 그 다음날에도 역시 나는 청년을 만날 수 없었죠.

그런 지 닷새 만인가, 나는 궁금했던 나머지 청년과 함께 술을 마시던 인사동의 그 술집을 찾아가 보기까지 했죠. 청년은 거기도 보이지 않았습니다. 나는 날씨도 춥고 하여 들어선 김에 소주라도 한잔 걸쳐야겠다 생각하고 자리에 앉았죠. 그러나 술자리란 어디 그래야지요. 한두 잔으로 끝내겠다는 것이 2홉들이 소주 한 병을 다 비우고도 더 찾는 형세가 되었으니 말예요. 결국 반 병을 더 마시고야 나는 자리를 떴지요. 곧장 무릎 관절이 꺾어지려 해서 긴장이 되긴 했지만 추위 속을 걷기는 훨씬 수월할 터였죠. 나는 비치적비치적 인사동 골목을 걸어 내려가면서 청년이 어떻게 된 영문인가 건성으로 걱정을 했죠. 그러나 그때는 내가 한가롭게 청년이나 걱정하고 있을 때가 아니었다는 것을 나는 그로부터 한 시간이나 뒤에야 알았죠. 바로 그 시간에 창신동의 판자촌은 걷잡을 수 없는 불길에 휩싸여 있었던 것입니다. 내가 현장으로 쫓아갔을 때는 이미 불꽃이 스러지고 숯검정만 허옇게 피어 오르는 김과 연기에 뒤덮이고 있더군요. 그러니까 판자촌은 흔적조차 찾아볼 수 없이 된 뒤였죠. 나는 추위를 무릅쓰고 구름떼처럼 몰려든 사람들 틈에 끼여 서서 시꺼멓게 드러누운 빈 방둑천을 바라보았지요. 막막한 느낌과 더불어 오랜 체증이 내려간 것 같은 후련한 느낌이 함께 엇갈리더군요.

나는 그날 밤 다른 판자촌민들과 함께 임시 난민수용소로 정해진 창신초등학교로 갔지요. 강당에 들어서자 어느새 먼저 온 사람들이 아이들을 끼고 빼곡하게 드러누워 있지 않겠습니까? 담요 한 장을 타서 나는 누워 있는 사람들을 타고 넘었지요. 그저 아무 데고 비비적거리고 드러눕는 게 상수지 서글픈 표정을 짓고 혀를 찬다고 누가 알아나 주나요. 빈 틈을 봐서 담요 절반을 미리 깔고 몸을 눕혔지요. 나도 모르게 끙 소리가 나더군요. 반듯이 눕기에는 좁은 틈새라서 나는 모로 몸을 세우고 남은 담요자락을 끌어 덮었지요. 한참 누웠자니 그렇잖아도 콧등이 시리고 등허리가 얼얼하게 얼어 올라와서 잠을 청할 수가 없는데 웬놈의 사람들은 여전히 꾸역꾸역 몰려들고 있는지 발목을 밟는 사람, 옆구리 위에 자빠지는 사람, 끝없이 수선이더군요. 그런데 이번엔 또 옆자리를 뚫고 들어와야겠다는 것인지 아까부터 엉덩이를 툭툭 걷어차고 있는 사람이 있지 않겠습니까. 짐짓 모른 척하고 누워 있으려니 화가 나서 나는 고개를 뻣뻣하게 쳐들었지요. 그러다가 나는 깜짝 놀랐습니다. 등 뒤에 서 있는 것은 일구녀석이 아니었겠습니까. 나는 들고 있던 고개를 애써 일으켜 앉았지요. 그러자 녀석이 마치 허공에다 대고 말하듯이 이렇게 중얼거리더군요.

"가세요."

녀석은 그러고 나서 어느새 사람들을 타고 넘어 입구 쪽으로 가고 있었습니다. 나는 담요를 걷어 붙이고 일어나 따라나갔습니다. 녀석은 학교 운동장을 가로질러 교문 쪽으로 걸어나가더군요. 운동장 한

가운데까지 나오자 술이 깨느라고 그런지 몸이 사정없이 떨리더군요. 나는 목을 잔뜩 움츠려 넣고 열심히 녀석의 뒤를 밟았죠. 녀석은 학교 앞에서 얼마 떨어지지 않은 어느 골목 초입의 여관으로 나를 데리고 들어가서는 여관 주인을 향해 소리치더군요.

"뜨뜻한 방 하나 주시오."

후끈한 기운이 목덜미에 끼치는 방이었지요. 녀석은 방으로 들어서자 저고리부터 벗어붙이면서 말했습니다.

"아버진 불난 자리에 안 계셨어요?" 하고 저 혼자 중얼거렸지요. "불났다는 소식 듣고 쫓아갔지만 찾을 수가 있어야지. 하긴 그 북새통에 어디가 어딘지 짐작조차 할 수 없었지만."

"너도 여기서 자니?"

하고 나는 자리에 앉기 전에 물었죠.

"그럼 갈 데 있어요?"

우리는 곧 잠자리에 들었지요. 그러나 나는 웬지 잠을 이룰 수가 없었습니다. 어느새 잠이 든 아들녀석이 코를 드르렁드르렁 고는 소리 때문은 아니었지요. 나는 녀석이 천장을 쳐다보고 나란히 누워 들려 주던 한 마디 말을 놓고 자꾸만 곱씹어 보고 있었습니다.

"나도 돈 좀 벌게요, 아버지."

다음날 새벽. 나는 행여 일구가 선잠을 깰까 불을 켜지 않은 채 옷을 주섬주섬 주워입었죠. 방문을 나서기 전에 자고 있는 녀석의 얼굴을 흘끗 돌아다봤지만 어둠 때문에 잘 분간이 가지 않더군요.

여관을 빠져나와 곧장 동대문쪽으로 내리뛰었죠. 추운 날은 걸음을 재촉하는 것이 한결 한기를 덜게 되기 때문이었지요. 그래서 내가 삼청동 골목에 들어선 시간은 여느 날보다 조금 일렀을까요. 골목에 내려앉은 어둠이 다른 때보다 좀 두꺼운 것도 같았지요.

나는 리어카를 세우고 첫집 쓰레기통부터 치기 시작했죠. 그런 지 얼마 만인가 한 집 한 집 골목 가운데로 쳐들어가던 내가 뭔가 이상한 기미를 느끼는 순간 나는 하마터면 소리를 내지를 뻔했지요. 온몸에 소름이 쫙 돋고, 나는 옴싹할 도리가 없었습니다. 골목 가운데쯤에 드러누워 있는 사람——그는 보지 않아도 그 청년이었지요. 나는 청년보다 목발을 먼저 보았으니까요. 청년은 상자가 놓여 있던 바로 그 쓰레기통 옆에 머리를 눕히고 반듯이 누워 있는 것이 아니겠습니까. 나는 무엇보다 우선 그가 죽어 있는지 어떤지 곁으로 다가가 봐야 한다고 생각하면서도 발이 떨어지지 않았습니다. 새벽 찬기운 탓인지 사지가 덜덜덜 떨려 경황을 못 차리고 있던 나는 그만 포기하고 돌아서서 뛰었지요. 파출소를 찾기 위해서 말입니다. 먼젓번처럼 또 신고를 하지 않았다고 밤중에 불려다니고 싶지 않았기 때문이죠. 나는 뛰면서 마구 욕지거리를 퍼부어 댔습니다. 그 자식이 그래 죽어서 해결지을 수 있는 일이 무엇이냔 말씀이야. 나는 병신 같은 자식이라고 욕을 하지 않을 수 없더군요. 죽어서 뭔가 해결해 낼 수 있다고 생각했다면 그 청년 역시도 속임수에 빠진 것밖에 아니죠. 신문이라곤 받아 보지 않는 나는 그런 지 며칠 뒤에 판자촌의 불은 누군가 지른 것이며 의심이 가는 사람은 다리 하나가 없는 불구 청년이라는 내용의 기사가 이미 불이 일어난 다음날 아침 신문에 났었다는 얘기를 귓전으로 전해 들었지요.

왜 웃지 않아

"왜 웃지 않았어, 당신?"

사나이는 엄숙한 표정으로 물었다. 그러나 길(吉周源)씨는 사나이의 그런 얼굴을 마주 쳐다보고 있으면서도 도무지 꼭 대답을 들려주어야만 할 질문같이 느껴지지 않았다. 정색을 하고 다그치는데도 왠지 그가 농담을 하고 있는 것이 분명하다고 생각될 뿐이다. 그도 그럴 것이 누가 어떤 일에 웃음을 터뜨리지 않았다고 해서 그걸 가지고 시비곡직을 가리려 들 사람이 어디 있겠는가 말이다.

그것도 자신에 관한 중대한 일에 아무런 감정을 나타내지 않은 것이라면 혹은 또 모를 일이라고 할 수도 있겠지만, 그런 경우라 해도 주제넘은 정신과 의사가 아니고서야 누구라 그걸 가지고 시비 삼을 사람이 없을 판에, 도대체 자신과는 아무런 관계도 없을 뿐만 아니라 그런 일이 있었는지 어떤지조차도 기억에 없는 까만 옛일을 두고 새삼 따지고 있는 것이라면 아무리 생각해도 그럴 성부르지 않았던 것이다. 그럴 성부르지 않은 것이 아니라 길씨로서는 상상도 할 수 없는 일이었다. 사나이 스스로도 그것은 벌써 일년 전의 일이라고 말하지 않았는가.

"그러니까, 일년 전 어느 봄날의 일인데, 기억나겠지 ?" 하고.

글쎄, 기억은 고사하고 길씨는 영문을 알 수 없었다. 경찰이 아무리 민중의 지팡이기로 백성들의 웃음까지 염려해줄 만큼 친절하다는 애기는 전설로도 들어본 일이 없기 때문이었다.

길씨는 한편으론 우선 농담부터 시작하는구나 생각하면서도 다른 한편으론, 또 무슨 날벼락을 때리려 이처럼 능청을 떨고 있는지 불안하기 짝이 없었다.

가슴이 철렁 내려앉는 것 같았다고 하면 무슨 죄라도 숨기고 사는 사람같이 생각될지 모르지만, 그가 처음 지서로 출두하라는 전갈을 이장으로부터 전해 들었을 때는 정말 섬뜩한 생각마저 들었다. 무슨 잘못을 저지른 것이나 아닌가, 온갖 하찮은 일까지 다 따져 되새겨보고 공연히 가슴도 두근거렸다.

아무리 생각해봐도 그럴 만한 꼬투리 잡힐 일이 없었으므로, 아무일도 아니겠지, 만약 무슨 일이 있다고 해도 그것은 단순한 오해에서 생긴 것이겠거니, 마음을 태평하게 먹자 하면서도 정작은 안심이안 되었다. 오해라는 것은 단순한 것이 아니라 경찰을 상대로 해서는 그것처럼 무서운 것이 또 없기 때문이었다.

물이 자오록하게 실린 무논바닥에 못단을 첨벙첨벙 집어던져 넣고 있던 길씨는 이장의 전갈을 받기 바쁘게 바지게를 세워둔 채 못물로 철썩 뛰어들었다. 물때가 뽀얗게 오른 다리를 씻어내리자 거머리에 물린 장딴지에서 피가 벌겋게 번져나갔지만 그는 대강대강 흙투성이만 씻어내리고는 지체없이 집으로 줄행랑을 놓았다. 이장이우정 들판까지 쫓아와서 전하는 걸 보면 꾸물거려서 덕볼 일이 없을것 같아서였다.

집으로 돌아온 길씨는 색이 바랜 남방셔츠를 고동색 양복바지에다 받쳐입고 읍내로 내달렸다. 한겨울에나 맞을 두꺼운 고동색 바지가 금세 땀에 젖어 다리에 휘휘 감겼다. 길씨는 바지 무릎짬을 엉거주춤 움켜잡고 지서 정문 안으로 통하는 자갈밭길을 걸어 들어갔다.

정문에서 현관까지 대여섯 자폭으로 자갈을 깐 통로 옆엔 이름을 알 수 없는 초여름 꽃들이 흐드러지게 피어 있었다.

"지국에 사는 저어……길주원이라고 하는데요……"

"에? 그래서?"

"절 부르신다고 이장님이 일러주셔서……"

입구에 뒷짐을 짚고 서서 참나무로 만들어 세운 종루(鐘樓)를 올려다보고 섰던 순경은 한참 뒤에야 생각이 났다는 듯이 안쪽으로 돌아서며 소리쳤다.

"권 순경, 여기 그 사람 나타났는데."

"누구?"

"아, 지국 사람 말이야."

순경은 말하고 나서 길씨를 향해 지금 대꾸하던 순경한테 가보라는 시늉을 해 보였다. 역시 서서 서성거리고 있던 권 순경이 길씨가 다가가기 전에 자기 자리로 가서 앉았다. 길씨는 뭐라고 말해야 할지 몰라서 조금 전에 한 말을 다시 되풀이했다. 이장님이 가보라고 해서 왔노라고. 그는 말하고 나서 이마에 송글송글 나밴 땀방울을 손등으로 쓱 문질렀다.

"더워지기 전에 오랬는데 이렇게 한낮이 다 돼서야 어슬렁어슬렁 나타나면 어떻게 해. 이 찌는 무더위 속에 당신이나 데리고 앉았으란 말이야. 당신 볼일 다 보고 당신 편리한 시간에 겨우 비시시 얼굴 들이밀어? 경찰이 그렇게 한가한 사람들인 줄 알어?"

"아, 아닙니다" 하고 길씨는 다급한 나머지 팔까지 내휘둘렀지만 실상은 뭔가 심상찮구나 하는 생각에 더 마음이 쓰였다. "이장님이 들판까지 나오셔서 전해주시길래 말씀 듣자마자 곧바로 달려오는 길입니다."

“그사람이 그렇게 만만하게 보여, 이장 핑곌 대게? 이봐요, 내가
고 주사한테 그 얘길 한 건 벌써 이틀 전이라구. 이거 왜 이래.”
난처했다. 그러고 보면 이장이 들판까지 쫓아나온 건 이틀 동안이
나 까먹고 있었던 것에 놀란 나머지였던 모양이 아닌가. 어딘가 이
상한 구석이 있다 싶더니만 역시 그랬다. 여느때 같으면 달려올 이
장이 아니었다. 왜정 때 농림학교를 삼년나마 다녔다는 고(高大煥)
이장은 여간 도도한 위인이 아니었다. 무슨 일을 두고 직접 당사자
와 의논을 하거나 통지를 하면 체신이 깎이는 줄 아는 게 바로 고대
환이었다.

삼자를 통해 전달하거나 이번 일 같은 경우엔 직접 길씨의 집에다
전해주기만 했대도 대단한 친절일 터였다. 그랬으면 농번기 방학을
얻어 집에 남아 있는 중학교 일학년 놈이 뽀르르 쫓아왔을 것이 아
닌가.

길씨는 뭐라고 대답해야 할지 몰라 반쯤 입을 벌린 채로 손등만
비비고 서 있었다. 남들보다 모내기 늦을새라 머슴을 닦달하느라고
혼망천지가 다 돼 있을 이장이고 보면 전갈을 잊어먹을 만도 한 일
이지만 이러고저러고 사리를 따져 밝힌다 해서 순경이 이장 편을 들
었으면 들었지 길씨를 두둔할 리는 만무했던 것이다.

그러나 다행히 그 문제는 거기서 일단락이 졌다. 길씨가 땀을 쏟
으며 난처해 하고 있는 찰나에 지서주임이 문간을 들어섰기 때문이
다. 뒷간에 갔다 오는 모양 주임은 그때까지도 바지를 다 여미지 못
하여 가랑이를 벌리고 바지 단추를 잠그며 걸어들어왔다. 주임은 자
기 자리로 걸어가며 권 순경을 향해 물었다.

“누구야? 그사람이야, 지국?”

“네.”

권 순경은 엉덩이를 반쯤 들고 일어서는 시늉을 하며 대답했다.
순간 그의 눈꼬리에 히힉 하고 스쳐지나가는 웃음기가 길씨에게는

뭔가 더 짜릿한 불안을 안겨주었다. 무슨 음모에 말려드는 것 같기도 하고 농락당하고 있는 듯하기도 한가 하면, 어마어마한 죄목으로 얽어매려는 전조 같은 불길한 느낌이 들기도 했다. 더구나 혼잣소리처럼 중얼거리는 주임의 말에는 더욱 수상쩍은 데가 있지 않은가.

"간단하게 생각하지 말고 차근차근 한번 캐보라구. 자칫하면 우리만 큰코 다친다구."

큰코를 다치다니. 그러나 권 순경이 다짜고짜로 윽박지르고 나선 첫마디는 바로 앞서 말한 그 웃음에 대한 물음이 고작이었다. 물론 그때의 권 순경의 표정은 냉랭한 취조 경관의 얼굴로 돌아가 있었다. 하지만 기껏 그걸 따지자고 바쁜 농사철에 오라가라 했을 리는 없겠고, 길씨에게는 갈수록 종잡을 수 없는 엉뚱한 수작들뿐이었다.

권 순경이 세 번이나 거푸 다그치는데도 농지거리로만 듣고 있는 길씨지만 그도 속으로는 여간 답답한 바가 아니었다. 대답을 해야 할지 어떨지…… 어쨌든 더 이상 묵묵부답으로 서 있을 수만은 없어 길씨는 떨리는 목소리로 되물었다.

"왜 안 웃었는가라뇨, 언제 어디서 말씀입니까?"

"작년 봄에 영감님 내려오셨을 때 얘기라니까 왜 자꾸 시치미를 떼려고 그래?"

영감님이라니, 하고 길씨는 속으로 몰래 그말을 곱씹어보았다. 무슨 얘긴지 알아차릴 수가 없었다.

길씨가 그 영감님이라는 인물이 다른 사람 아닌 바로 이 지방 출신 국회의원을 말한다는 것을 알아차린 것은 같은 질문을 두 번씩이나 거푸 받은 다음의 일이었다.

길씨는 어이가 없어졌다. 아무리 벼슬이 좋다지만 이제 갓 서른이 넘은 새파란 청년을 영감님이라니. 왜 웃지 않았는가가 문제 아니라 길씨는 그제서야 곧장 웃음이 터질 것 같아 잽싸게 어금니를 악물었다. 웃음이 흘러나왔다간 같이 농담하려 든다고 날벼락이 떨어질 것이 아닌가. 길씨는 이를 잔뜩 악문 채로 서서 권 순경이 진담을 시작하는 순간을 초조하게 기다렸다.

아무리 예감이 불길했다 하더라도 한점 지은 죄라곤 없는데 생판 족치기 위해서만 붙들고 있진 못할 것이 아닌가. 못단을 넣다 말고 달려왔으니 한가하게 웃었다, 안 웃었다 하고 있는 허튼 농지거리만 듣고 있을 겨를이 없었다. 품앗이 세 사람까지 들였으니 모는 벌써 다 찐 지 오랠 것이었다. 아내까지 합해서 모두가 처녀 아니면 안사람이니 지게질을 할 수도 없을 것이고, 고작해야 모판가에 앉아 그가 돌아오기만 기다리느라 목을 늘어뜨리고 있을 것 아닌가.

길씨는 더 이상 하릴없이 농지거리 상대만 되고 있을 수가 없으므로 조심스럽게, 이제 그만 볼일을 보자고 말했다. 잔뜩 주눅까지 들어, 그의 말소리는 거의 목구멍에서 자지러드는 것 같았다. 그러다가 다음 순간 길씨는 정신이 아뜩할 정도로 펄쩍 놀랐다. 권 순경이 책상을 후려치며 외마디 고함을 쳤기 때문이었다.

"뭐야?"

"정신 차려! 내가 당신 불러놓고 딴소리 할 게 뭐 있어? 비료 수급 정책에 대해 의논할까, 아님 대한민국 장래에 대해 고견을 여쭤봐야겠어?"

길씨는 정신이 아뜩하여 고함소리가 총알같이 튀어나오는 권 순경의 입언저리만 멀거니 건너다보고 있었다. 도대체 무슨 영문일까. 그럼 정말로 이 눈코 뜰 새 없는 모내기철에 옛날 얘길 하자고 불러들였단 말인가. 그것도 무더운 한낮에는 들판에 엎드려 있고 신선한 아침나절에 오지 않았다고 화를 내는 건가. 길씨는 주먹같은 부아가 울컥 치밀어올랐다.

"자, 딴소리 말고 우리 그 얘기만 하자고. 아무리 그래도 나는 밝혀내야만 한단 말이야, 당신이 그때 왜 웃지 않았는지를. 좋게 얘기하니까 얼렁뚱땅 넘어가려 하는 모양인데, 천만의 말씀. 영감님이 얼마나 노하셨는지 알어. 직접 메모를 써서 비서관 손에 들려 내려보내셨다구, 꼭 원인을 규명하여 보고하라구."

그러나 길씨는 순경의 말뜻을 알아들을 수가 없었다. 꼭 무슨 잠꼬대같이 들렸을 뿐이므로 자연 묻는 사람만 열을 올렸지 길씨로선 아직도 순경이 무슨 애길 할 참인지 기다리는 편이었다.

"애길 해보라니까, 왜 웃지 않았는지?"

"뭘 말씀하시려는 것인지……"

"정말 계속 그럴 거야? 말 안 하겠어?"

"어떻게요?"

"허어 원, 이거. 나도 당신 사정 봐서 그때 이 사람은 마침 복통을 일으키고 있었노라 보고서를 쓰고 싶지만 그랬다간 나만 당한다구. 영감님 당장 안 그러시겠어. 배가 아픈 놈이 왜 내 앞에 나타났어, 하고 말이야. 당연하지, 그분이 의사가 아닌 담에야……"

"무슨 말씀이신지 전 통……"

"이것 봐" 하고 눈을 부라리던 순경이 드디어 신경질을 부리기 시작했다. 그러자 의자에 드러눕다시피하고 잔뜩 다리를 뻗대던 주임이 말리고 나섰다. 무식해서 말귀를 못 알아들으므로 한번만 더 차근차근 설명해주라고. 그러고도 능청을 떨거든 지서 뒷방으로 끌고 가서 조지라고.

"허 참, 이 무더위에 사람 잡네." 하면서 권 순경은 다시 자리를 차고 앉았다. "한 번만 더 설명할 테니 잘 들어. 그러고도 허튼 소리하면 그땐 가만 안 둘 테야."

일년 전 삼월 하순 어느날, 이 지방 출신 한(韓光昊) 의원이 갑자기 읍에 나타났다. '가난한 농부의 아들'로 태어나(사실은 대지주의 손자이며 지금은 여기 살지도 않는데) 항상 '농민과 함께' 살겠다는 공약을 실천에 옮기기 위해 느닷없이 나타난 것이라고 했지만 내막인즉 서울 근교의 한 묘목단지 주인한테 떼를 써서 아카시 묘목 한

트럭분을 기증 받아 싣고 온 것이라고, 권 순경은 길씨를 제쳐놓고 다른 순경들한테 설명했다.

그가 도착한 날이 마침 장날이어서 승용차와 지프와 트럭이 들이닥친 읍사무소 앞엔 장꾼들이 구름떼처럼 몰려들었다. 그러자 기분이 좋아진 한 의원이 지프 지붕 위에 올라서서 즉석 식목 연설을 했다. 푸르른 산은 곧 국력의 보고요, 치산치수(治山治水)가 잘 되고 못 되는 데 따라 국가 흥망성쇠가 좌우된다, 치수란 별 게 아니어서 치산만 잘 되면 치수는 저절로 따라 되는 것인즉 우리 모두 내가 고심초사(苦心焦思) 구해 온 뿌리 억센 아카시 심어서 우리 고장을 기적의 푸른 낙원으로 만들자. 대충 이런 요지로 열변을 토하고 나서 한 의원은 자동차 지붕을 내려왔다. 웃음은 바로 그 다음 순간에 터졌던 것이다.

"어이 김 순경, 그때 영감님이 뭐래서 그렇게 폭소가 터졌지? 그야말로 대안파소(大顏破笑)였잖어."

"파안대소라고 하는 거 아닌가?"

"어쨌든, 그때 뭐랬느냔 말야."

"뭘 뭐랬어. 사방을 빙 둘러 벌거숭이 산들을 가리키며……"

"아, 맞았다. 알았어!" 하고 권 순경이 김 순경의 말을 가로막으며 소리쳤다. "영감님 그때 이랬었지. 저 산들 한번 둘러보라구, 꼭 월경 싼 미친년 속곳같잖어, 하고."

권 순경의 흉내에 온 지서 안이 갑자기 웃음바다로 변했다. 길씨는 웬지 그 웃음소리에 소름이 끼치는 듯 더욱 긴장이 되어 눈물까지 글썽글썽한 권 순경의 한껏 벌어진 입만 들여다보고 있었다.

그러고 보니 길씨도 기억이 났다. 요란스럽게 경적을 울리며 뽀얀 먼지를 달고 달려오는 세 대의 자동차를 발견한 길씨는 다른 사람들처럼 길섶으로 비켜서서 무서운 속력으로 내닫는 그 차들을 지켜보고 있었다. 그러자 순식간에 세 대의 차는 길씨 앞에 울컥 멎어서고 읍장 이하 전 직원들이 우루루 읍사무소 마당을 뛰어나오는 모습을 볼 수 있었다.

길씨가 어물쩡거린 것은 불과 이삼 분 정도였다. 연방 허리를 구부리기만 하는 읍사무소 사람들을 흘끔거리는 동안 어느새 길씨는 사방에서 조이고 드는 인파 속에 갇혀 몸을 옴치고 뗄 재간이 없게 돼버렸다.

길씨는 그때 신발점으로 가기 위해 읍사무소 앞을 지나가고 있던 참이었지만 신발점은 고사하고 한 발짝도 떼놀 자리가 없을 정도로 사람들이 밀고 당기며 몰려들었다. 길씨는 불과 몇 발짝 앞에 서 있는 한 의원이란 새파란 청년의 거동을 지켜보는 일밖에 달리 할 일이 없어졌던 것이다.

권 순경은 눈두덩이 벌겋게 되어 소리쳤다.

"아니, 당신은 우습지 않아?"

"그게 왜 그렇게 문젭니까?"

"허허, 당신 확실히 뭔가 이상한데. 우리 경찰관들한텐 말이야, 육감이란 게 있어, 육감. 그런데 그게 때로는 엄청난 비밀을 밝혀낸다니까. 당신 정말 좀 이상해."

그때 거기 모인 사람치고 웃지 않은 사람이라곤 한 사람도 없었다는 것이다. 한 의원의 말을 알아들은 사람들은 물론이고 멀리 있어 못 알아들은 사람들도 다른 사람 웃는 입만 보면서 정신없이 따라 웃었다는 것이다.

"그런데요?" 하고 길씨는 참다 못해 물었다. "그게 왜 일년도 넘어 지난 지금에 와서 문제가 됩니까?"

"이제사 발견이 되었거든."

"발견되다니요?"

"영감님 책 표지에 실렸단 말이야. 그때 용케 찍은 사진이. 그런데 모두들 한결같이 입이 찢어져라 대안파소하고 있는데, 아니 파안대소하고 있는데 단 한 사람 당신만 웃지 않고 있었다 그말이야. 그렇다고 얌전히 서 있는 것도 아니라 인상을 긋고 노려보는 모습이라서 그걸 알아낸 영감님이 진노하서서 기필코 그 웃지 않은 원인을 밝혀내라는 것 아냐. 알았어, 이제?"

그러나 길씨는 권 순경의 설명을 듣고도 도무지 뭐가 뭔지 어리둥절했다. 누가 사진을 찍었으며, 그게 뭐가 좋은 거라고 책 껍데기에까지 났다는 것인가. 도대체 사진을 찍는 사람들이란 그따위 욕지거리 장면도 찾아다닌단 말인가. 그리고 그렇게 값진 물건이라던 책이 고작 야하기 짝 없는 그런 몹쓸 사진으로 껍데기를 한다는 말도 길씨로서는 처음 듣는 말이었다. 그러나 무엇보다도 길씨를 어리뻥뻥하게 만든 것은 국회의원이라는 사람들의 하는 짓거리였다. 선거 연설을 할 때 들어보면 글쎄, 아무리 능력있고 권세 좋다지만 무슨 재주로 저 많은 일들을 다 해내겠다는 건가 싶게, 밤잠 안 자고 설쳐도 될 성부르잖은데 그런 사람들이 고작 사진이나 들여다보고 빈둥빈둥 놀다니. 그것도 건성 훔쳐보는 게 아니라 한가하게 그 사진에 찍힌 사람들의 얼굴 하나하나까지 따져보다니. 길씨로선 모든 게 믿어지지 않는 일들뿐이었다.

"설마 그럴 리야……"

하고 길씨는 자신도 모르게 중얼거렸다. 사람이 늘상 바삐 돌아다닐 수만은 없을 양이면 물론 그런 야한 사진을 들여다볼 틈도 있어야 하긴 하다. 그렇지만 설혹 그렇다 치더라도 그 지체 높고 당당한 국회의원이 그따위 하찮은 사진 한 장을 놓고 꼬투리를 삼았다니 어디 말이나 될 법한 소린가.

"뭐야? 설마 그럴 리가?"

"아, 아닙니다."

"설마 그게 발각당할 줄은 몰랐다, 그거지. 그러게 완전범죄란 없다는 것 아냐."

“완전범죄라뇨, 그럼 제가 무슨 죄될 일을 했다는 말씀입니까 ? ”

“암, 죄를 지었다마다. ”

“네 ? ”

“놀라는 척 엉뚱한 수작 붙여봐야 소용없을 걸. ”

“……전 물론 권 순경님의 말씀을…… 의심하는 건 아닙니다만 단
지…… ”

“단지, 뭐야 ? ”

“단지 그 바쁜 한씨가 언제 그런 것까지 다 간섭할 틈이 있었는
지, 그게 좀체…… ”

“뭐라구, 국회의원이 바빠 ? 이거 웃기는군. ” 하고 어이없다는
듯이 웃음을 흘리던 권 순경이 갑자기 얼굴을 무섭게 일그러뜨리며
소리쳤다. “아니 뭐야, 영감님보고 한씨라구 ? 옳지 알았다. 언중유
골이라 했어. 당신 분명히 우리 영감님한테 뭔가 앙심을 품고 있는
거야. ”

권 순경은 무슨 큰 보물단지라도 찾아낸 사람 모양 들떠서 소리쳤
지만 길씨는 말 같지도 않아 입을 다물고 말았다. 제풀에 꺾이고 말
겠지 해서였다. 그러나 권 순경은 손수건으로 얼굴이 벌겋도록 문지
르고 나서 바싹 다잡아 앉았다.

“자, 이제 실토하시지. ”

“왜 웃지 않았어, 도대체 ? ”

“우리 영감 나으리한테 품은 앙심이 뭐야 ? ”

“대답 않을 거야 ? ”

계속 다그치는데도 대꾸가 없자 지서 주임이 가래 걸린 목소리를
가다듬으면서 충동질을 하고 나섰다.

“고집부리면 뒤뜰로 데리고 나가라니까. 듣고 앉았자니 지겹게 더
디구만. 바짝 족쳐서 끝장을 내버려. ”

권 순경이, 주임님 하신 말씀 들었지 하는 투로 눈을 부라렸다.

“자, 뭐야. 뭐가 그렇게 유감이 많았어? 야당이야, 당신?”

“야당이라뇨?”

“그럼, 고무신 한 켤레 안 받았어?”

“이제 그만하십시오. 전 돌아가야 해요. 모를 심다가 왔거든요.”

“돌아가? 누구 맘대로? 국사가 중요해, 그까짓 모심기가 중요
해?”

국사라니. 길씨는 대답을 잊고 정신 나간 사람처럼 눈을 멀뚱거렸
다. 그동안에도 권 순경은 쉴새없이 주절거렸다. 어정쩡한 척하면서
제법 고집을 부리지만 이 더운 날에 시간을 끌면 끌수록 경찰관 약
만 올렸지 덕될 것 하나 없다고. 논바닥 금가기 전에 모심으려면 속
시원히 털어놓고 너그러운 처분을 비는 편이 나을 거라고. 권 순경
은 한광호라는 사람이 그렇게 속이 비좁은 사람은 아니라고 극구 치
켜세우기까지 했다.

“영감님 알고 보면 젊은 연세치곤 의외로 속이 탁 트인 분이라고.
허기야 그만하니 약관에 국회의원을 다 하시겠지만.”

지역사업을 하기 위해서는 오죽이나 거창하고 원대한 계획을 갖
고 있느냐고 권 순경은 입에 거품을 물고 열렬히 외쳤다. 그러다가
드디어 생각이 났다는 듯이 손뼉을 치며 고함을 쳤다.

“옳아, 알았다. 당신 지국 앞에 다리 놓다 중단했다고 그러는군.
옳지, 그거야. 그것 때문에 영감님한테 유감을 품고 있었군.”

그러고 보면 마을 앞 다리 공사에 한 의원이 관련되어 있다는 애
기는 역시 빈말이 아니었군. 다리 공사란 다름 아니고, 선거 전에
갑자기 다리를 놓는다고 마을 앞쪽 강둑을 디립다 파헤치다가 선거
가 끝나자 언제 그랬느냔 듯이 측량사의 깃대고 뭐고 모조리 걷어서
는 종적도 없이 사라져버린 것을 두고 하는 말이었다.

철근 넣은 다리를 놓는다고 법석을 떨어댔었지만 차라리 밭뙈기
너댓 필을 파헤쳐놓지만 않았더라도 낙화생이나 심어먹지 않겠느냐

고 동네 사람들은 저마다 혀를 끌끌 찼다. 아무래도 선거와 무슨 관련이 있는 것이 분명하다고 끈덕지게 쑥덕공론들이었는데 역시 그게 그랬던 것이다.

"그럼 그 다리 공사도 한씨가 시작한 거란 말씀인가요?"

"뭐야, 그래도 여전 한 의원님을 보고 한씨라구?"

"그럼 그사람 성이 한씨지 권씨랍디까."

"잇새끼가!" 하는 외마디 고함 소리에 정신이 번쩍 듦과 동시에 길씨는 두 볼을 감싸쥐고 넘어졌다. 귀뺨이 얼얼하고 눈앞이 아스무레 흐려왔다. 벌떡 일어서면서 느닷없이 따귀를 올려붙인 권 순경은 틈을 주지 않고 길씨의 멱살을 움켜잡았다.

길씨가 끌려간 곳은 지서 뒷마당이었다. 처음 권 순경은 그의 멱살을 끌고 사무실 안쪽의 숙직실인 듯한 방 앞으로 갔다. 한 손으로 길씨의 멱살을 잡은 채 방문을 드르르 열어젖히자 방바닥에 시커먼 베개와 화투조각들이 흩어져 있는 것이 보였다. 권 순경이 방문을 도로 닫으며 짧게 혀를 찼다.

지서 뒷마당은 변소와 쓰레기더미, 잡초밭으로 지저분하기 이를 데 없었다. 길씨는 그 지저분한 마당에 꿇어앉아 마침내 본격적인 취조를 받기 시작했다.

뙤약볕 아래 앉아배기는 것이 문제되는 것은 아니었다. 자기는 나무 그늘 아래 앉고 길씨로 하여금 굳이 불볕 속에 꿇어앉게 하려 악을 쓰는 거드름도 거드름이지만 무엇보다도 어이없는 것은 그 취조 내용이었다.

한 의원한테 무엄하게 무슨 청탁을 했다가 거절당한 게 아니냐, 한씨 문중과 혼담을 붙이다가 채인 건 아니냐, 몽리답이 몇 마지기나 되느냐. 온갖 되지도 않을 소릴 다 늘어놓는가 하면 심지어는 이런 엉뚱한 수작까지 붙이고 나섰다.

"당신 마누라 이뻐?"

“그건 왜요?”

“혹시 정력적인 우리 영감님한테 어떻게 됐나 해서……”

길씨는 하도 어처구니가 없어 나중에는 대꾸도 하지 않았다. 그럼에도 길씨가 순경들의 손에서 풀려난 것은 그 이튿날 아침이 다 되어서였다. 세 사람이 교대해가면서 밤새 지분덕거린 내용이란 차마 말로 다할 수도 없는 것이었다. 8·15 해방 때는 어디 있었느냐, 6·25 때는 피난 안 가고 그대로 남아 부역하지 않았느냐, 끝없이 우격다짐이었던 것이다.

“영천(永川)으로 피난갔었다고 했잖아요.”

“거짓말 마. 해방 때 어디 있었냐고 물었을 땐 뭐랬어. 팔일오고 뭐고 나서부터 지금까지 한 번도 지국 마을을 떠나본 일이 없다고 했잖았어. 그래 놓고 지금 와서는 육이오 때 영천으로 피난했다니 그런 새빨간 거짓말에 누가 넘어가나. 조사하면 금방 드러난다고.”

“피난도 이사요? 이사 다닌 일이 있느냐고 물었잖았소.”

그러자 순경은 마침내 피난갔던 영천 들판의 주소를 번지수까지 대라고 윽박지르고 나섰다. 도대체 인간사태가 나서 허허벌판을 발 들여놓을 틈도 없이 우글거리던 그곳 주소를 알아내라니…….

“주소를 대.”

“주소는커녕 어디쯤이었는지도 모르겠소. 기억나는 건 똥투성이 콩밭뿐이오. 변소가 따로 없으니 사람들은 밤만 되면 그놈의 콩밭골에 엉덩일 까고 앉을 수밖에.”

필경 이튿날도 풀려나지 못할 것이었다. 병이 나는 것도 그런 땐 다행이라 해야 되는지. 밤중부터 스름스름 쓰려오기 시작한 배가 새벽이 되자 거의 견딜 수 없을 정도로 나빠져서 결국은 그걸로 풀려나게 됐으니 말이다. 처음엔 엄살부린다고 떵떵거리고 나서던 순경들도 길씨가 방바닥을 물고 식은땀을 줄줄 쏟자 주춤 물러섰다.

“엄살 떨지 말고 오늘은 우선 돌아가. 그냥 돌아가라는 게 아니니까 방구석에 드러누워 잘 생각해보란 말이야.”

동네 조무래기들은 사색이 다 되어 동구 앞을 걸어들어오는 길씨를 지켜보면서 저희끼리 소곤거렸다.

“성구(成九) 아버지 또 배 아픈 모양이다, 그지.”

“그래 맞았다. 일도 못하고 벌써 돌아오잖니.”

“그전보다 허리가 더 꾸부러졌는데……”

길씨가 삽짝을 들어서자 혼자 집을 지키고 있던 성구 녀석이 단걸음에 마당으로 뛰어내리며 울음을 터뜨렸다. 눈두덩이 벌겋게 부어 있는 걸 보면 벌써부터 찔끔거리고 있었던 모양이었다. 아내가 보이지 않았다. 아마도 어제께 벌여놓다가 만 모내기 때문에 남편을 기다리고 앉아 있지 못한 것이 분명했다.

길씨는 허리를 휘감고 매달리는 성구놈을 끼고 가까스로 섬돌 위로 올라서자 이내 안방 문턱 안으로 고꾸라졌다. 삽짝 밖까지 기웃기웃 따라온 동네 조무래기들이 그 광경을 지켜보며 더욱 열심히 웅성거리기 시작했다.

“성구 아버지 아무래도 돌아가실까부다.”

“모르는 소리 마라. 저런 사람이 더 오래 산다더라.”

“누가 그래?”

“울 아버지.”

“그래도 오늘은 좀 이상하다. 저것 봐, 성구가 큰소리로 저희 아버질 불러대잖어.”

아이들은 별안간 높아진 성구의 자지러지듯하는 울음 소리에 놀라 제가끔 줄행랑을 놓았다. 가슴이 사정없이 뛰고, 성구 아버진 벌써 숨이 넘어간 게 틀림없다는 생각들을 하고 있었다.

그날 저녁나절에야 아이들의 귀띔으로 하나 둘 모여든 동네 사람들에 의해 방 아랫목 벽에 등을 기대고 늘어졌던 길씨가 급기야 읍내 병원으로 옮겨졌다. 그러나 거기서도 손을 대지 못하여 길씨는 마침내 도립병원까지 실려갔다. 그나마도 다행이라 해야겠지만, 배가 결려 드러눕지도 못하는 길씨를 진작 병원으로 업어가지 못한 것은 동네에 빈손이 없었던 탓이었다.

조무래기들의 등쌀에 길씨 집으로 쫓아온 것은 고작해서 몇몇 아낙네들과 늙은이들이었던 것이다. 와서 보고서야 아이들의 수선대로 일이 위급해진 것을 알아차린 사람들은 일방으로 성구를 족쳐 제 어머니를 데려오게 하는 한편 일방으론 들판에 나가 있는 장정 두세 사람을 불러오도록 발 빠른 애들을 내몰았다.

어쨌든 밤중이 다 돼서야 도립병원에 닿은 길씨의 병은 진찰 결과 복막이 터진 것으로 나타나 곧장 수술실로 실려갔다.

오래 배앓이를 해오더니 위궤양이 악화되어 그렇게 됐다는 의사의 말이었다. 너무 늦어서 거의 가망이 없다던 의사의 말과는 달리 길씨가 요행이 되살아났다는 소문이 들려오자 동네 사람들은 너무나 반가워 입원비 추렴을 나서는 한편 모를 내다가 내동댕이친 채로 있는 길씨네 논도 일손을 모아 끝내주었다. 뿐만 아니라 길씨가 퇴원해오는 날에는 모내기도 거지반 끝낸 동네 사람들이 우루루 지서 앞까지 몰려나가 그를 맞이하였다. 순경들도 하얗게 길을 메운 사람들 틈에 끼여 핏기라곤 하나 없는 창백한 얼굴로 시외버스를 내리는 길씨를 지켜보고 있었다. 사양하는 길씨를 굳이 가마에다 태우고 휘청휘청 뛰어가는 장정들 뒤를 따라 지국 사람들은 긴 행렬을 이뤄 지서 앞을 떠나갔다. 사람들이 사라진 을씨년스런 길바닥을 내려다보며 김 순경과 이 순경이 말을 주고받았다.

"굉장한 사람들이군."

"경사난 것 같잖어."

"경사야 경사지, 죽은 사람이 살아 온 셈이니."

그들이 자갈 깔린 통로를 따라 지서 안으로 들어섰을 때 어느새 들어왔는지 주임과 권 순경이 시무룩한 표정으로 자리에 앉아 있었다. 김 순경이 권 순경의 어깨를 툭툭 치며 말했다.

"권 순경, 고질적인 위궤양 환자보고 왜 웃지 않았느냐고 족쳤으니 당신도 꽤 사람 웃길 줄 알어."

"누가 아니래."

하고 이 순경이 맞장구를 치고 나서 곧 화살을 한광호 의원한테로 돌렸다. 만약 그가 그렇지 않았더라면 화난 권 순경이 시비를 걸고 들었을지도 몰랐다. 권 순경의 얼굴이 순간적으로 일그러지고 있었으니까. 김 순경도 재빨리 눈치를 챘던지 그 역시 이 순경의 말에 한마디 덧붙이고 나섰다.

"그러게 말이야. 한 의원 거 젊은 친구가 너무했어. 아무리 서러운 말단이기로 우리한테 그런 것까지 다 조사시키다니."

그건 그랬다. 주임의 설명에 따르면 그 사진이란 것도 실은 우연히 발견된 횡재 같은 것이 아니었던가. 그 사진은 그때 이 지방을 지나치던 어떤 사진작가에 의해 기적적으로 찍히게 되었고, 그것이 다시 무슨 사진전인가에 출품되어 최우수작으로 뽑힌 것이라고 주임은 귀띔해 주었던 것이다.

그리고 그 사진이 입상작으로 신문에 보도되는 바람에 한 의원 비서의 눈에 띄었고, 한 의원은 또 한 의원대로 그 사진 한장으로 높은 사람들의 칭찬을 받을 만큼 갑자기 유명해졌다는 것이 아닌가. 해서 그는 당장 비서들을 시켜 원고를 쓰게 하고 사진으로 껍데기를 싼 《구민과 함께》란 책을 냈다는 것.

문제는 거기에 있었다. 각 신문은 책을 소개하면서 정치적 경륜이나 철학이라곤 찾아볼 수 없는 유치한 내용이어서 그 내용은 도저히 훌륭한 표지 사진을 따라가지 못한다고 호되게 깎아내렸던 것이다. 그러자 사진을 들여다보며 한숨을 짓고 있던 한 의원의 눈에 급기야 웃지 않는 길씨의 모습이 띄었다. 마침내 한 의원의 불호령이 떨어졌던 것이다. 이놈 때문이다 하고.

"그 사진 제목이 뭔지 알어?" 하고 주임이 말했다. "〈선민(選民)과 선량(選良)〉이었다구. 그 사진사의 거짓말도 웬간하지."

권 순경을 위로하던 김 순경이 최 경사를 향해 말했다.

"결국 우리 영감님보다 길씨가 이 고장에선 더 환영받았다는 사실만은 틀림없잖아요, 최 경사님."

지서 안이 별안간 웃음바다로 변했다. 움츠리고 앉았던 주임마저도 끝내는 입을 헤벌쭉 벌리고 징그러운 웃음을 흘리기 시작했다. 그때까지도 여전 꽁해 앉은 권 순경을 향해 이 순경이 잠깐 웃음을 멈추고 소리쳤다.

"왜 웃지 않아, 권 순경?"

만가(輓歌)일 뿐이외다

희뿌연 황토흙 먼지가 구름이 되어 민둥머리 둔덕을 넘어온다. 나무 한 그루 풀 한 포기 찾아볼 수 없는 시뻘건 황토흙만 드러난 등성이를 타고 미끄러지는 바람은 가을이 썰렁하게 깊어 갈수록 더욱 그 기세가 등등하다. 우수수하고 모래를 쏟아 부으니 그렇잖아도 성큼성큼 다가서는 찬기운에 뱃속부터 먼저 써늘한 사람들의 서글픈 마음에 바람은 더욱 부채질을 하는 셈이라고나 할까.

그런데 이래저래 경황을 못 차리는 자유촌 108단지 주민들에게 또 하나의 태산 같은 걱정거리가 불어났다니. 유달리 푹푹 찌던 무더위가 한풀 꺾이고 천막자락 밑으로 시원한 기운이 스며들면서부터 누구의 입에선지 불쑥 튀어나온 말——

"우리 단지 사람들은 또 쫓겨나야 할께벼."

억장이 무너지는 것 같던 그 말은 꼬리에 꼬리를 물고 별별 소문이 다 보태져 쑥덕공론들이었지만, 정작 단지 관리사무소 사람들은 일언반구 어떻다 말이 없었다. 아니 뙤약볕 햇살이 어느새 스러지고 완연한 가을 기운이 감돌 무렵이 되면서 그 흉흉한 소문은 거짓말같이 자취를 감추어 버렸다.

단지 주민들은 그제서야 한숨을 돌렸다. 그럼 그렇지, 아무리 사람 취급 못 받는 쓰레기들이기로 엄동설한을 눈앞에 두고야 어쩌지 못할 테지. 암, 그나마 그게 정칙이지, 했다. 일이 손에 잡히지 않아 내버려뒀던 천막자락을 흙으로 덮는 둥 더러는 거적문 틈새를 틀어막는다, 구들을 놓는다, 소리 없이 월동 준비를 서둘렀다.

그런데…… 구성진 가을비가 추적추적 쏟아지던 어느 날, 느닷없이 또 그놈의 억장 무너앉은 소문이 빗줄기를 뚫고 들려 오기 시작하지 않던가. 천막 지붕에 떨어지는 빗소리 때문에 잘 알아들을 수 없는 그 수군거림을 듣기 위해 정임은 벌떡 몸을 일으키기까지 했다.

"난 이 겨울은 넘기려나 하고 구들까지 놓았는데 이 일을 어쩌지?"

그러나 다음 순간, 그녀는 한숨을 후 내쉬며 몸을 도로 누인다. 두런두런 주고받던 천막 밖의 목소리가 갑자기 벽력 같은 고함으로 바뀌기 때문이다.

"워쩌긴 뭘 워쩌. 워디 쫓아내 보더라고, 난 죽어도 안 나갈 거여. 지금 와서 워딜 간디아, 못혀, 난 죽어도 못혀. 안 나간당께, 잡것."

"그렇지, 겨울을 앞두고 지금 쫓아내려 들다니, 그게 말이나 될 소리야. 맞았어, 그래야 해. 우리 모두 그렇게 단합하자구."

"두 번 말하면 잔소리지. 두고 볼 것이라고, 내 제발로 걸어나가나, 잡것들."

정임은 마음이 놓인다. 칠구 아버지의 쩌렁쩌렁한 고함 소리는 모처럼 듣는 시원한 배짱이다. 금세 몸이 거뜬해져서 당장이라도 일어날 수 있을 것 같은 생각이 들 정도로 기운이 난다. 그렇다, 일어나 봐야 한다. 정임은 다시 몸을 일으킨다. 깔고 누운 돗자리 밑이 눅

눅해 오는 걸 보면 아무래도 천막자락 밑을 훨씬 파내어 물길을 돌려놔야 할 모양이다. 그냥 뒀다간 이 기세등등한 비에 얼마 못 가서 방 앞이 물구덩이로 변할 판이니 말이다.

몸을 일으키자 머리가 핑그르르 돌고 숨이 가빠지면서 코 끝에 단내가 확 끼친다. 그녀는 입술을 악물고 홑이불 밖으로 몸을 뽑아낸다. 천막 가운데를 받치고 선 받침대까지 엉덩이를 끌고 가자 정임은 받침대를 잡고 이를 악문다. 그러나 무릎을 펴고 몸을 일으켜 세우려는 순간 휘청하고 무릎이 되꺾여 버리고 만다. 정임은 받침대를 껴안고 매달린다. 밖에서 털퍽 하고 누군가 진창에 자빠지는 소리가 난다. 아무래도 자빠진 사람은 칠구 아버지임에 분명하다. 연이어 욕지거리를 퍼붓는 목소리가 들린다.

"잡것, 재수 없을랑게 똥물 구뎅이에 다 자빠지네 그려. 젠장 맞을, 모르겄다. 이것도 옷이겄냐. 흙탕이건 똥통이건 웬놈이 상관할 것도 아니겄고 더러운 세상 똥이나 왕창 뒤집어 쓸 것이여."

분풀이를 하고 나서야 그는 몸을 일으키는 모양이지만 아마도 또다시 그 시궁창 같은 길섶으로 나둥그러진 듯, 급기야 누가 달려들면서 부축해 세우는 소리까지 난다.

"쓴 쐬주 한 잔 안 마시고 왜 이러슈." 하는 소리가 나고, "그래 아무리 우리가 인간 쓰레기들이기로 여그꺼정 실어다 버려 놓고선 지금 와서 또 워쩌, 또 내쫓어? 그래 잘 났다, 싸가지 없는 것들 같으니라고. 월려, 미끄러워 발도 떼놀 수 없당게, 더런 놈의 땅은." 하는 칠구 아버지의 목소리가 잇따라 들린다.

그러나 그 소문은 결코 근거없는 헛소문에 그치지 않았다. 바로 며칠 전 그 소문은 서슬 퍼런 철거명령서로 둔갑하여 소슬바람에 날리는 낙엽처럼 천막 거적대기 밑으로 날아들고 말았으니 말이다.

그뿐이 아니었다. 578호 빼곡하게 들어찬 단지 앞 길목에는 천막 철거 지역이란 팻말까지 꽂혔다는 것이다. 단지 주민들은 술렁이기

시작했다. 정임은 등허리가 아플 지경으로 배기는 돗자리 위에 누워
서도 쿵쿵거리고 지나다니는 사람들의 발자국 소리에 사뭇 귀를 기
울였다. 더러 수군거리는 소리는 들리지만 별 게 아니고 그저 모두
들 천막 뜯어 묶을 채비만 차리고 있는 듯하다. 누구 하나 큰소리치
는 걸 들을 수 없고, 그토록 기세등등하던 칠구 아버지조차 어딜 갔
는지 기척도 없다. 정임은 가슴이 둥둥 뛰고 곧장 천장을 받치고 있
는 장대가 휘는 것같이 느껴져, 푸르뎅뎅한 수제비를 끓여 온 삼순
이 어멈을 붙잡고 묻는다.

"그래 워찌 된대유?"

"영수 엄만 어떻게 하지요, 모두 떠날 채빌 서두르고 있는데. 영
수 아빤 언제 돌아오신댔지요? 열흘 뒤랬나?"

"아직 열 이틀이나 남았이유."

"어쩔려구 그래요, 병자를 두구. 아니 이거 얼굴이 점점 더 붓는
것 같구먼, 영수 엄마."

"떠나면 또 워디루들 간대유, 그랴?"

"아무도 말이 없어요. 이 많은 인구가 어디로 옮겨 앉으면 거기서
또 쫓겨난다고 아무도 가는 곳을 알려 주지 않는다는군요."

정임은 더 묻지 않는다. 갑자기 눈앞이 캄캄해지는 것 같아 눈을
지그시 감는다. 행선을 대지 않는 것이 야박한 인심인지, 아니면
항상 쫓겨날 위험에 떨면서 살아오는 동안 배어버린 사는 방법인지……
분명한 것이 있다면 가는 곳마다 철거 팻말 박으며 따라 다니는 사
람들의 이간질이라 할 것이었다.

그들은 한 마디 말이 없이도 사람들로 하여금 서로의 배포를 털어
놓지 않게 하고 눈치를 살피도록 만들었다. 정임은 수제비국 그릇을
밀어 놓고, 스스로 느끼기에도 가당찮게 부석부석한 얼굴을 손으로
쓸어내려 본다.

"아니 왜 이래요. 이거라도 들어둬야 해요, 영수 엄마, 속 비면

더 하다우. ”
“생각 없구만유. ”
“어쩌지, 아직 열흘도 더 남았다니. 조금이라도 자셔야 해. ”
“아녜유. 못 먹겠네유. ”
“그러다 죽어요, 영수 엄마. ”
정임은 더 대꾸를 않고 마치 실꾸러미같이 윤기 없는 손등을 내려
다본다. 물기라곤 없는 메마른 눈시울이 아려 온다. 죽는다…… 그
럴지 모른다. 아니 살아날 가망은 처음부터 없었는지 모른다.
“칠구 아버진 왜 가만히 있지유, 삼순 어머니. ”
“가만 있지 않음 뾰족한 수가 난다우, 날품팔이 신세에 ? ”
“안 계셔유, 지금 ? ”
“영수 아빠처럼 어딘가 먼 공사판 찾아간답니다만, 그 양반 아니
라 누가 나서도 소용 없으니까. 나설 사람도 없지만. ”
“우리 다 나서지유, 못 나가겠다구. ”
“그것도 다 옛말예요. 지금은 어림없어요. 주모자 잡아낸다고 붙
들려 가면 우선 즉사하게 두들겨맞는 판인데 ? 어림없어요. 누가
나서요. ”
“그럼 엄동설한에 워디루 간대유 ? ”
정임은 별안간 영수가 보고 싶어 견딜 수가 없다. 춘천 어딘가 댐
공사장이 생겼다면서 남편은 네 살박이 영수까지 데리고 집을 떠나
버린 것이다. 몸져 누워 있는 아내를 두고 떠나므로 하는 수 없이
조석을 옆집 삼순네한테 부탁하지 않으면 안 되게 되자 남편은 아이
까지 맡아 달라는 말이 나오지 않은 모양이었다. 성동역으로 나가
첫차를 타야 한다고 꼭두새벽부터 서둘러 대던 남편은 갑자기 생각
이 났는지 아직 잠에 떨어져 있는 영수를 들쳐 업고 나섰다.
“영순 내가 데리구 갈쳐. ”
“안돼유, 일도 못하시구 애두 꼴이 안돼유. ”

“누가 공사장엘 데리고 가남, 밥집에 맡겨 두지. 걱정 말구 주는
대루 많이 먹구 몸조리나 잘 혀. 모두가 못 먹어서 난 병인데 잘
만 먹으믄 밥상머리에 내려앉는 벱이여.”
“글쎄 영순 안돼유.”
“애 염련 말어. 내 이번 보름만 갔다 오믄 한 해 겨울 너끈히 날
수 있다니께.”
그 영수는 지금 어떻게 하고 있을까? 밥집 부뚜막에 앉아 눈치를
살피고 있을까. 아니 엄마한테 데려다 달라고 징징 짜고 있는 건 아
닐까. 정임은 삼순이 어머니가 돌아나간 빈 방에 앉아 눈물을 질금
질금 짠다.

죽지 별 수 없다고 생각했을 때도 그저 심드렁했달 정도로 태연하
던(?) 그녀다. 아니 딸네를 찾아왔던 친정 어머니가 밤새 잠을 이
루지 못할 때도 눈물 한 방울 보이지 않은 그녀가 아니던가.

장항선 완행열차를 타고 딸을 찾아온 친정 어머니를 마중 나간 그
녀가 어머니를 모시고 용두동 개울창가에 길게 늘어선 판잣집 앞으
로 돌아왔을 때 어머니가 내뱉는 첫마디는 무엇이던가.

“그 숱혀 좋은 집, 좋은 동네 다 지나와서 해필 이런 움막에 살건
뭐여, 에그 이 못난 년아!”

친정 어머니는 움막 안으로 성큼 들어서는 딸을 멀거니 쳐다보며
그렇게 말했다. 하늘이 노래지는 순간이었을 터였다. 이미 그럴 거
라는 예감에 떨고 있었으므로 정임은 재빨리 어머니의 팔을 끌어들
이며 수선을 피웠다.

“우리 영수 녀석 재롱 보세유, 어머니. 이런 데서두 애만 잘 기르
면 되잖유. 사위 착실혀서 죽으라 살려구 뛰면 되잖유. 두구 보세
유, 어머니. 우리두 잘 살테유.”

“그려, 내 깜빡 잊었구먼 그랴.”

말은 그러면서도 어머닌 얼른 자리에 앉지도 서지도 못하고 엉거

주춤 천막 안을 둘러보고만 있었다. 납빛 얼굴색을 하고.

그 어머닌 사흘 만에 돌아가면서 하염없이 눈물을 쏟았다. 그리곤 개찰구에 들어서기 전에 노자(路資)로 꼭꼭 집어넣고 왔던 돈 4백 원을 딸의 손에 쥐어 주며, 됐다가 외손자 내복이라도 한 벌 사 입히라 신신 당부했다. 그러나 정임은 그 친정 어머니가 이듬해 봄에 끝내 세상을 뜨고 말았다는 전보를 받고도 고향엘 내려가지 못했다.

어느새 잔디로 꽉 덮인 가을 무렵에야 어머니의 묘 앞에 갓 두돌 지난 영수를 업고 엎드리자 그녀의 귀에 쟁쟁 울리는 한 마디 말이 떠나지 않았다.

'네 배 곯지 않구 사는 것 보기 전엔 내 눈 못 감을 거여, 이 못
    난 년!'

실컷 울고 나니 어딘가 속이 후련해지는 것도 같았다. 서울로 돌아온 정임은 갑자기 다리가 휘청거리는 피로와 절망이 너울거리는 짜증을 느꼈다. 그래서 걸어서도 갈 수 있는 청계천 5가를 버스를 탔다. 그러나 자유촌 단지로 가는, 30분에 한 대의 버스를 기다리는 동안 그녀는 후회했다. 이럴 줄 알았다면 서울역에서 걸을 걸 그랬다 싶어서였다. 반 시간을 정류장 앞에 서성거릴 줄 알았더라면 쓸데없이 차삯만 버릴 게 뭐냐. 속을 끓이며 단지에 도착하자 끝없이 펼쳐진 천막촌이 한눈에 들어오며 어머니가 하던 말이 새삼 되살아났다.

'그 숱헌 좋은 집, 좋은 동네 다 지나와서 해필 이런 움막에 살건
    뭐여, 이 못난 년아!'

비록 남의 판잣집에 세를 들고 있었을망정 용두동 땐 그래도 집 형국은 갖춘 꼴이었는데도 그랬으니 지금의 이 집 아닌 천막을 봤으면 어머닌 뭐랬을 것인가……

정임은 단지로 온 이후 용두동집 주인 마누라를 딱 한 번 만났다. 남편이 떨어뜨려 논 이틀치 노임을 받으러 단지 입구 양말 공장 신

축 공사장에 갔다가 돌아오는 길에 그녀는 길을 메우고 시끌벅적하게 싸움판이 벌어진 옆을 지나쳤다. 허기진 사람들끼리 싸우면 뭘하나 싶어 그냥 스쳐 지나려는데 아무래도 목소리가 귀에 익어 들여다볼라치자 악다구니를 쓰는 여인이 바로 그 정씨 마누라였다.

알고 보니 그들은 오이 하나를 가지고 그토록 큰 싸움을 벌이고 있었다. 정씨 마누라는 오이 다섯 개를 주겠다고 하고선 왜 네 개밖에 안 내놓느냐는 것이고 리어카 오이장수는 다섯 개를 주면 본전에 밑가는데 그렇게 준다 했을 리 있느냐는 것이었다.

바람난 남편이 그나마 판잣집마저 박차고 나가는 바람에 홀대바지나 끼어 입고 다니는 껄렁패 남매를 거느리고 방 하나를 세놓아 근근 지탱해 오던 정씨 마누라로선 억척스럽지 않고서야 살아갈 재간이 없을 것이었다. 하지만 정씨 마누라네는 그래도 좋은 대우를 받고 있는 셈이 아닌가. 판잣집을 허는 대신에 이 자유촌 82단지에 열 다섯 평짜리 대토(代土)를 분양 받았으니 말이다. 정씨 마누라는 그러나, 셋방 수입이 끊어져서 마침내 그 열다섯 평 땅에다 휘장을 치고 잔술을 팔기 시작한 것이다. 그러니까 그 마누라가 오이를 사는 것은 동전닢처럼 썰어져서 허기진 배를 쓸어안고 들어서는 해거름의 막노동꾼들 앞에 내놓을 술안주감이다. 그리고 하루벌이 노동꾼들은 그 씁쓸한 오이쪽을 와작와작 씹으며 마치 은전(銀錢)이라도 삼키는 듯한 착각을 즐길 테지.

판잣집에 끼여 세를 얻어 살던 사람들에게만이 한 뼘의 땅도 돌아가지 않은 건 단지 관리 사무소 신사들의 애길 들으면 아주 그럴싸하다. 아니 그도 그럴 밖에 없겠다는 생각이 들어 오히려 이쪽이 면구스러워진다. 그들의 주장은 한 마디로, 근거가 없다는 것이다. 이자본주의 세상에서 뭔가 주고 받는 것이 있어야 되잖느냐. 무허가 판잣집일망정 그런 송판대기 하나라도 지녔어야지, 적수공권(赤手空拳)의 판잣집 셋방살이꾼들은 도대체 근거가 없다는 것이다. 더

구나 눈 싹 닦고 봐도 그들에게 흙 한줌 주라는 법조문도 찾을 수
없다는 것이다.

"그래서 세입자는 구제할 길이 없어요. 미안해요."

그것도 가재도구라고 빼놓지 말고 실어가라 독촉을 대어 주워 실
었고, 타래서 부랴부랴 기어올라 판잣집 주인들과 함께 실려 왔는데
인간 쓰레기장에 닿고 본즉 생판 사정이 또 그러하다니…… 차라리
쥐도 새도 모르게 땅 속으로 꺼져 없어져 줄 수만 있었으면——안
타깝도록 이쪽이 더 송구스럽지 않을 수 없다. 그러나 땅이 내려앉
지도 않고 이제 다신 화려한 대도시 변두리에도 얼씬거리지 말라는
엄명이어서 엉거주춤 죄스럽기 짝없는 목숨들을 부지하고 있는 판
인데, 지금 와서 천막을 걷어 들고 또다시 어디로든 꺼져 버리라는
통첩이라니 도대체 어떻게 하라는 것인가.

최후 통첩이 가까워 오자 모두들 소리없이 짐보따리를 다독거렸
다. 줄남생이처럼 따라붙지 못하도록 야반도주라도 쳤으면 하고 기
회를 노리는 사람들, 어디엔가 천막기둥 세울 자릴 봐 놓은 사람들,
그리고 바로 그런 사람들을 따라붙겠노라 쉴새 없이 동정을 살피고
있는 사람들, 이젠 그만 지칠 대로 지쳐 옮겨 앉을 엄두조차 못 내
고 나자빠진 사람들——하나같이 분주하고 불안하기만 하다. 앞으
로 닥칠 일들에 그럴 듯한 대안을 가지고 맞을 수 있는 방법은 도대
체 없기 때문이다.

삼순이 어머니가 휙 거적을 들치고 들어서지만 정임은 기척을 알
아차리지 못한다. 꿈도 아니고 깨어 있는 것도 아닌 몽롱한 상태에
서 그녀는 아들 영수를 찾아 헤매는 중이다.

그런데 아이는 남편의 공사장에도 없고 밥집에도 없다. 남편은 한
사코 밥집 아랫목에 잠들어 있다는 것이고, 밥집 여자는 밥집 여자
대로 아이가 제 아버지를 따라 공사장으로 갔다고 우긴다. 그럼 영
수는 도대체 어디로 간 것인가. 밥집도 아니고 공사장도 아닌 어느

곳으로 가버린 것이다. 밥집에서 공사장으로 가는 길목엔 어느새 시
퍼렇게 물이 들어찬 널따란 호수마저 파여 있잖은가. 그리고 남편이
산을 파내고 있는 골짜구니로 가자면 곳곳에서 발파작업을 하느라
바위덩이 같은 돌이 마구 하늘을 날고 있지 않은가. 아이가 물에 빠
진 건 아닐까. 돌덩이를 머리에 맞고 쓰러진 건 아닐까. 바로 그때
시퍼런 물 위로 아이의 머리통이 더부렁 치솟고 있지 않은가.

“아악——”

정임은 외마디 고함을 치며 벌떡 일어나 앉는다. 그녀 앞으로 다
가서던 삼순이 어머니가 더 놀라 주춤 두어 발짝 뒤로 물러선다.

“왜 이래요, 영수 엄마. 정신 차려요, 정신!”

“예?”

“정신 차리라니까. 정신 차려서 이거 한 모금 마셔요.”

“우리 영수가…….”

“영수라니, 아빠한테서 무슨 연락이라도 왔었어요?”

“우리 영수가…….”

정임은 여전히 중얼거리고만 있을 뿐 삼순이 어머니를 알아보지
못한다.

아니 그럴 수 있는가, 영수가 물에 빠져 죽다니. 그렇게 데려가지
말래도 뿌득뿌득 우기더니, 남편은 그래 산허리를 헐어내면 금덩이
라도 나온다는 것인가. 아이가 없어졌는데도 돌아보지조차 않고 곡
괭이질만 하고 있으니. 돌아보기는커녕 들은 기척조차도 없으니 갑
자기 반편이라도 되어 버렸단 말인가.

동자를 허옇게 까뒤집고 앉아 헛소리를 하는 데 놀란 삼순이 어머
니가 문을 차고 뛰쳐 나간다.

“사람 살려요, 사람. 여기 누구 와서 영수 엄마 좀 봐줘요, 야단
났어요.”

놀란 여자들이 우르르 몰려들고 더러는 남정네도 기웃기웃 모여

든다. 그러나 그들이 거적문을 들치고 들어섰을 때 정임은 멀쩡한 사람이 되어 들어서는 사람들을 멀뚱멀뚱 올려다보고 있을 뿐이다. 수선을 피운 삼순이 어머니는 멀쑥해져서 중얼거린다.

 "저런…… 어느새 멀쩡해졌네. 무슨 영문인지 알 수 없구만."

 하지만 사람들은 환자가 멀쩡하지 않다는 걸 알고 있다. 산후가 무서운 법인데, 그 동안 칠일을 넘기지도 못하고 애마저 잃은 산모가 스름스름 앓아 누웠다는 말을 들었지만 저렇게 퉁퉁 부어 앓는지는 몰랐던 것이다. 스물 일곱 새파란 나이니까 그러다가 툭툭 털고 일어나겠지 했었던 것인데 저렇게 나빠졌다니. 사람들은 갑자기 혀를 차며 웅성거리기 시작한다.

 "우리겉은 천덕꾸러긴 그저 일년 열두달 무병혀야지, 원 저럴 수가."

 "아이, 빙원이라도 가 봐야지 누워 있으만 우짤기고."

 "누군 병원 가야 되는 줄 몰러서 안 간디아. 어디 공짜로 사람 고쳐 주는 병원 봤어?"

 "모두 나가더라고. 이렇큼 둘러서 있다고 돈 낼 재간도 없으면서 왜 야단이랑가."

하고 한 남정네가 나서며 사람들 등을 떠밀어내자 모두들 약속이나 한 듯이 혀를 끌끌 차면서 몸을 일그적거린다. 그리곤 나가봤자 할 일도 없으면서 갈 길이 바쁜 사람들처럼 앞을 다투어 거적때기를 들추고 천막을 빠져 나간다. 이틀 앞으로 다가선 철거 날 때문에 마음이 잡히지 않아 일터에도 못 나가고 서성거리는 판인데, 이 발가벗은 황토흙 바닥에서 할 일이 무엇인가.

 벌써 몇 집 천막을 걷어 지고 떠나버린 사람들도 없지는 않지만, 대부분의 주민들은 철거날까진 천막 기둥을 뜯지 않을 판이다. 막판에 이르면 관리 사무소가 무슨 처분을 내리지나 않을까 해서다. 말하자면 어느 산 속 깊숙이라도 좋으니 땅뙈기를 줘서 내쫓을지 모르잖는가 하는 한 가닥 기대에 그들은 목을 뽑고 있을 것이다. 그러니 이리저리 동정을 살펴야지 공연히 몇백 원 벌겠다고 공사장에 줄을 섰다가 일거리 없어 차례도 놓치고 주인 없다고 옮겨 앉을 땅도 못 얻어 걸려서는 안 되었던 것이다.

천막 밖으로 나온 사람들은 일그러뜨린 상판을 펴느라 길게 기지개를 켠다. 남의 일에 오래 신경 쓸 겨를이 없어서가 아니라 그나마도 울화통이 터지는 요즈음에 음울한 환자 생각까지 겹쳐 잔뜩 억눌리는 것이 싫어서다.

“주돈이라는 친구도 그래 미련하기 짝이 없지, 다 죽어가는 여편네를 두고 무슨 떼돈을 벌겠다고 보름씩이나 종적을 감춰?”

“소양강 댐 공사에 갔대믄서?”

“애새끼꺼정 달고 갔다잖여, 미쳤지.”

“거 무슨 소리고. 살라꼬 바둥거리는 사람 갖고 와 지랄들이고. 거적때기 둘러쓰고 앉은 너거들 부끄런 줄이나 알아라.”

“하 답답혀서 허는 소리 아니여. 산후가 저러허니 병원에는 갈 수 없는 처지, 죽고 마는 거지 별수 없잖여, 쯧!”

사람들은 혀를 차면서 하나 둘 흩어진다. 뒤에 처진 아낙네들도 꽁무니를 뽑듯이 남자들 뒤를 따라 천막 사이로 숨어들고, 몇몇 나이 지긋한 아낙네들만 발이 떨어지지 않는지 끌끌 혀를 차면서 정임이네 천막 앞을 서성거린다.

그러나 그들의 애기는 어느새 영수 엄마에서 다른 여자들 애기로 옮아가고 있다. 살아갈 길 없는 단지 아낙들 몇이 밤이면 단지 앞 벌판으로 나가 서성거린다는 애기다.

“밤여자가 되었다는 애기예요?”

언제부턴가 그런 소문이 나돌았지만 설마 그럴 리 있는가 했는데 역시 그건 빈말이 아니었군. 마누라는 땅을 사러 온 문안 부동산업자를 천막 안으로 불러들이고, 자리를 비킨 남편은 그 돈으로 선술

집에 앉아 뿌연 탁주를 벌컥벌컥 들이키고…… 처음에는 판잣집에
살 때부터 그걸 업으로 하던 젊은 것들 몇이 같이 묻어 왔으므로 그
것들을 두고 하는 말이겠거니 했는데 그게 아니라니.

아낙네들은 누구네 엄마도 그랬고 어느 마누라도 몸을 판다고 쑥
덕거린다.

"이 무슨 변이여, 세상에."

"관둬요, 오죽하면 그런 짓을……."

하고 삼순이 어머니는 말을 가로막는다. 그리고는 어느새 다 식어버
린 수제비국을 다시 데우러 천막 속으로 사라지자 남은 아낙네들도
뿔뿔이 자리를 뜬다.

"워찌혀서든 영수 아버지헌티 연락혀야잖겠어. 저렇게 내버려뒀다
간……."

"죽는 거지 별 수 있당가. 연락은 거그가 워딘디 연락을 혀? 당
장 여그서도 쫓겨날 판에."

드디어 철거날이 하루 앞으로 바짝 다가섰는데도, 그리고 마지막
밤을 긴장과 불안 속에 뜬눈으로 밝히고 났는데도 단지 관리사무소
에선 어떻다 기미를 보이지 않는다. 그러자 단지 안이 마침내 소리
없이 술렁거리기 시작한다. 더러는 철거꾼들이 노란 바가지 모자를
쓰고 관리사무소 안마당에 모여 있다는 얘기도 들려 오는 판인데 삼
순이네가 급히 거적문을 들치고 뛰쳐나온다.

정임의 몸이 드디어 식어 버린 것이다.

"여봐요, 여봐요! 어디 사람 없어요? 사람이 죽었어요, 사람
이!"

팔짱을 끼고 서성거리던 사람들이 우르르 몰려들고, 정임이네 천
막 주변이 삽시간에 단지 주민들로 빼곡하게 들어찬다.

생각다 못해 남정네들이 바로 하루 전에 추렴을 내어 사람을 소양
강으로 보냈는데 몇 시간 사이를 두고 이 무슨 변고란 말인가.

　그들이 사람까지 사서 보내게 된 것은 정임이 하루 전부터 헛소리를 하기 시작했다는 삼순이네 말을 들었기 때문이었다. 그녀가 쉴새 없이 영수를 찾고 있다는 말을 전해 들은 사람들은 이러고 있을 때가 아니란 걸 알았다. 어떻게든 주돈이 부자를 불러와 젊은 애 엄마 임종이라도 보게 해야 한다고 모두가 한결같은 생각이었다. 그러나 찾으러 간 사람도 주돈이 부자도 돌아오지 않은 하루 낮 하룻밤을 줄창 영수만 찾아 대던 애 엄마의 숨이 끝내 끊어지고 만 것이다.

　밤을 꼬박 밝히면서 병간을 든 삼순이네는 똑같은 소리를 밤새 줄창 되뇌어야 했다.

　"조금만 참아요, 영수 엄마. 사람을 보냈으니 곧장 들이닥칠 거우. 조금만 조금만 참아요."

　그렇게 되풀이 일러준 게 효험이 있었는지 정임은 새벽이 되자 헛소리를 끊고 스르르 잠이 들었다. 한숨을 돌린 삼순이네는 병자 옆자리를 비집고 눈을 붙였다. 눈을 붙인 게 아니라 쏟아지는 잠을 이기지 못해 자기도 모르게 쓰러져 버렸다. 날이 환하게 밝아서야 펄쩍 튕겨 일어난 삼순이네는 기척이 없는 정임이의 손목부터 잡아챘다. 그리고 혼비백산하여 거적문을 박차고 튀어나온 것이다.

　정임이네 천막을 둘러싸고 웅성거리던 사람들이 마침내 단지 앞 넓은 길바닥으로 몰려나간다. 누군가 허겁지겁 달려들면서 소리쳤던 것이다. 그는 얼마나 겁을 집어먹었던지 사람들이 우르르 몰려나간 뒤에도 여전 같은 소리만 외어 대고 있다.

　"관리사무소 철거꾼들이 새까맣게 몰려오고 있어요! 저기요!"

　영수를 들쳐 업은 김주돈이 허겁지겁 현장으로 달려들었을 때는 이미 아내의 시신이 길바닥까지 나와 누운 뒤이다.

　단지 주민들은 그렇게 이정임의 시신을 길바닥으로 끌어내 놓고 서서 바가지 모자를 쓴 철거꾼들과 대치하고 있었다. 와아! 하고 개골창을 찌렁찌렁 울리는 고함 소리에 주돈은 다만 어안이 벙벙할 뿐이다. 도대체 어떻게 해야 하는 건지 경황조차 차릴 수가 없다. 정말로 아내는 죽은 것인가, 영수의 손목을 잡아보지도 못하고…….

목만 깔깔하게 탈 뿐 주돈은 슬픈 것도, 울음이 터지는 것도 아닌 채 똑같은 소리로 중얼거린다.

"영수야, 영수야! 너 이 판에 자구 있는 거 아녀, 엉?"

기호 공화국
―1994년

　마20364호는 이부자리 속에 누운 채로 조간신문을 본다. 극소수의 일부 지역 사람들은 안방에 앉아 전송신문을 매시간 받아 읽는다지만 그 엄청난 기계값이며 구독료에 보통 사람들은 엄두도 못낼 일이다.

　신문을 뒤적거리던 마20364호가 이불을 걷어차고 벌떡 일어나 앉으며 소리친다.

　"또 하나 넘어졌구먼. "

　그러나 이젠 건물이 도괴(倒壞)되었다는데도 머리기사조차 아니다. 너무 자주 일어나는 사고여서 신문사 사람들도 그만 심란해져 흥미를 잃은 모양이다. 아무리 그렇다 하더라도 75-14호 빌딩이라면 얼마나 높은 건물인가. 얼마 전부터 금간 데가 드러나기 시작한다더니 드디어 간밤에 무너져내리고 만 모양인데, 그게 작은 사건인가.

　고함소리에 놀라 부엌에 나가 있던 마누라가 뛰어들어오고, 두 사람은 신문을 방바닥에 펼쳐놓고 때늦게 컬러판 지면에 찍혀 나온 지난번의 78-03호 빌딩 도괴장면 사진을 들여다본다. 입주회사 직원들이 한창 사무를 보고 있던 대낮에 갑자기 자빠지는 바람에 깔려 죽은 사람이 엄청난 숫자에 이른다던 건물이다. 쉬쉬 하고 인명피해의 규모를 똑 떨어지게 발표하지 않는 것은 그동안 큰소리만 떵떵 치던 건물주측의 장담이 어이없는 허세로 돌아간 데 대한 사회적 물의가 뒤따를 것 같아서라고 사람들은 쑤군거렸다. 그러나 사실에 있어서는 건물주고 경찰이고 그 건물 도괴에 따른 희생자나 피해액을 정확히 모르고 있다고도 했다. 얼핏 생각하면 말도 안 되는 얘기다. 오늘과 같은 기호 만능시대에 그 흔해빠진 컴퓨터 몇 대만 동원해도 당장 풀어내고 말 것이기에 말이다. 한데 그 전자계산기에도 걸리지 않는 사람들이 있다는 것이다. 말하자면 이 나라 모든 국민이 마 20364호처럼 빠짐없이 고유기호를 갖고 있는 건 아니라는 얘기다. 그럴 리 있는가. 숫자나 가나다, 알파벳(물론 극소수지만)으로 연결된 기호를 관할구청으로부터 타내지 않은 사람은 국가로부터 내려지는 어떤 혜택도, 보호도 받지 못하도록 되어 있는데, 아니 당장 사회생활 그 자체가 불가능한데 외국인 아닌 다음에야 그런 일련번호에서 빠진 무적(無籍)의 시민이 있을 수 있는가.

그런데 있다. 마치 스위스 은행의 무기명 예금계좌 같은 것이어서 자신의 기호에 대한 비밀을 영원히 보장받을 수 있는 사람들이 있다. 그런 사람들은 자신의 고유기호 대신에 자동차의 위장넘버 같은 가짜 기호로 불편 없는 사회생활을 영위해 나가므로 물론 전자계산기도 그 비밀을 캐내지 못할 뿐 아니라 일반 시민은 눈치챌 수조차 없는 일종의 투명인간인 것이다.

그럼 도대체 국가로부터의 혜택이나 보호를 받지 못하는 극비 기호를 왜 갖는가. 거기에 대해선 굳이 해명할 필요도 없다. 대저 이 세상에서 말하는 '비밀'이란 것은 무엇인가. 그것은 어디까지나 이익을 뜻한다. 어떤 비밀도 이익을 보장하지 않는 비밀이란 없다. 투명

인간들이 지닌 장막 속의 고유기호도 곧 그들의 이익을 보호하기 위한 방편이다. 그들의 기호는 의무를 철저히 배제한, 권리 행사를 위한 것이다. 그들은 총인구조사에도 드러나지 않는 그것으로 세금포탈, 병역기피를 포함한 국민의 신성한 4대 의무뿐 아니라 전기수도료, 오물수거료와 같은 자질구레하고 보잘것없는 채무마저도 지지 않는 것이다.

그런 극비 기호를 마20364호와 같은 제1류 도시 제5군(群) 구역에 사는 사람들이 갖는다는 것은 물론 감히 꿈도 꿀 수 없는 일이다. 특 1군 구역에 사는 'AA가……'로 나가는 고유기호를 가진 사람들 중의 일부나 가지는 것이려니와 마220……으로서는 탐을 낸다거나 군침을 흘리는 일조차 용납될 수 없는 것이다.

마20364호는 구운 빵조각과 우유 한 잔으로 아침을 때우고 출근 길에 오른다. 국민의 식생활은 비위생적이고 노동력 소모가 과중한 재래식 부엌과, 식단을 개량하여 간편하고 영양가 높은 양식으로 통일하도록 법으로 정해져 있다. 법률안이 의사당에 도착하기까지 '1천만 여성의 부엌으로부터의 해방'이란 구호로 법석을 떤 사회운동은, 서명이니 공청회니 하는 치맛바람으로 발전, 전국 대도시를 거세게 휩쓸었었다. 남편들의 주눅들린 반대를 무릅쓴 이 쌀밥 추방법안은 예정대로 손쉽게 통과 확정되었다. 그러나 지금은 어떤가, 법령이 발효한 지 1년이 되기 전에 우거지국 생각이 간절하단 소리가 여자 계꾼들 모임에서 먼저 터져나오고 있지 않았는가. 그러나 때는 이미 늦었다. 벌금을 내거나 감옥에 갈 각오 없이는 아침 밥상의 식단을 마음대로 고칠 수 없는 것이다.

예상대로 제5군구 제2호 정류장 지하철 승객들 사이에는 도괴건물 75—14와 함께 78—03호 빌딩에 대한 애기가 화제다.

"어이, 364호(마20364호의 약칭), 여기야 여기."

364호는 소리나는 쪽으로 돌아본다. 차를 기다리는 출근자들이 몰려 선 지하철 역앞은 혼잡하기 이를 데 없다. 그 빼곡한 사람들 틈새에 끼여 서서 손을 활활 젓고 있는 것은 마17586호다. 몹시 추위를 타는 마흔줄의 586호는 외투깃을 한껏 곧추세우고 서서 입김을 허옇게 내뿜어댄다.

"좀 늦었지, 오늘은?"

"조간 읽느라구 늦은 거 아냐?"

"자네도 그랬던 모양이군."

하고 나서 364호는 싱긋 웃어보인다. 그들은 자연 제2호 조간신문에 대한 얘기부터 하게 되고 그것은 제 B 마발파 37−52호차가 역 구내로 들어설 때까지 계속된다.

"이 추세로 나가다간 도대체 이 도시에 남아날 건물이 없겠는데."

"75−14호 빌딩이 자빠지면서 옆에 있던 두 건물을 또 쓸어묻어 버렸다며?"

"거야 약과지, 78−03호 때는 자그마치 일곱 건물이 한꺼번에 폭삭했다잖어."

"이 제1류 도시의 지반이 약한가, 왜 그래."

586호는 무슨 소리냐고 했다. 세계적으로 이름 높은 지질 전문가들이 맥을 짚어보고는 뉴욕보다는 못하지만 그 어느 도시에 못지않게 조건이 좋다는 결론을 내렸다는 것이다. 문제는 기초공사를 허술히 한 한때의 부실공사에 있다고 한다.

둘은 B 마발파 37−52호 지하철을 타고 제4선 제8호 정류장을 향해 달린다. 곳곳에 물이 스며들어 터널 벽에 온통 얼음이 번들번들하다. 차의 자동 개폐문이 고장이 나서 둘은 8호 정류장에 닿자 서둘러 옆 칸으로 건너갈 수밖에 없다. 비싸디비싼 값으로 들여왔다지만 어느새 폐차처분 직전의 상태에 있는 이 전동차의 자동은 오히려 수동만도 못해서, 고장만 났다 하면 문제인 것이다. 차라리 손으로 열리기라도 했으면…… 세상이 온통 '자동'에 미쳐버려, 뭐든 자동이면 제일이라고 다투어 자동화하고 있지만 그 자동이 주는 폐해란 결코 간단히 넘겨버릴 수 없을 만큼 심각하다.

언젠가의 일이다. 364호는 제01류세(옛날의 국세. 지방세는 제02류세라고 한다) 중의 01—003세(소득세 중 갑근세) FY 94—2기분 고지서를 받았는데 컴퓨터가 계산해 냈다는 세액이 터무니없는 액수로 나타나 있어서 이를 즉각 관할 제 5군구 지방 01류세청에 정정해 주도록 요구했다. 그런데 거기서 하는 애긴즉, 날씬하게 생긴 자동 전자계산기가 산출 근거에 입각해서 산정해 냈을 뿐 아니라 일련번호에 따라 자동으로 찍혀 나간 고지서에 대해 감정의 변화가 심하고 따라서 부정확하기 이를 데 없는 인간으로는 그의 불합리함 여부를 주장할 수 없다는 것이었다. 그러니까 세액이 온당하지 않다고 생각하는 건 부정확하고 부정직한 인간의 오만불손에서 오는 것이지 결코 모든 자료를 입체적으로 검토한 자동 전자계산기의 잘못이 아니라는 애기였다.

답답한 나머지 364호는 자동기계들의 멍텅구리 같은 사고 행각에 대한 여러 가지 예를 들면서 반론을 제기했다. 스위치만 넣어놓으면 적당히 굽힌다는 토스터의 변덕으로 숯덩이가 돼버린 빵조각, 탑승 능력을 넘으면 자동으로 경적을 울리도록 되어 있다는 것만 믿고 침묵하는 승강기에 빼곡하게 몰려들었다가 지하층 바닥으로 떨어져 죽은 사람들, 섭씨 50도는커녕 100도가 넘어도 터지지 않아 23층 건물 하나를 홀딱 태워 먹은 스프링클러, 고객을 가둬둔 은행의 고장난 자동문, 도둑을 몰라본 자동경보기, 하루 한 번도 맞지 않는 자동시계, 기념사진을 망쳐버린 카메라 자동조리개…… 삼십 분은 충분히 알아듣게 예를 들었는데도 계원은 그의 친절을 한마디로 묵살했다.

"우린 모든 사무를 자동기계에 의해 보고 있다 이겁니다."

364호는 하는 수 없이 엉터리 컴퓨터를 재판에 회부하기에 이르렀다. 제3급 법원(옛 지방법원)에다 제7법(조세법) 제94조 처분(납세고지서 효력정지 가처분)을 해주도록 소송을 제기한 것이다. 그런데 그 소송에 또 문제가 있었다. 제7법에 대한 재판은 무인(無人) 재판에 의해 판결하도록 되어 있어 컴퓨터가 자동으로 소추 사건의 합법 여부를 가려내는 것이었다. 컴퓨터가 컴퓨터와 인간을 재판한다면 누구 편을 들겠는가.

결국 364호는 이 조그마한 송사로 제1급 법원(대법원)까지 올라가지 않으면 안 되었고, 사람에 의한 최후의 재판에 가서야 가까스로 승소하기에 이르렀던 것이다.

“잘 가, 364호.”

“또 만나세, 586호.”

364호는 586호와 작별하고 곧장 회사로 내달린다. 폭격당한 도시처럼 군데군데 무너져버린 건물과 더러는 절반쯤 부서진 채로 서 있는 건물로 해서 도시는 을씨년스런 풍경을 이루고 있다. 매연에 고사해 버린 가로수. 한겨울의 냉기 속이라서 더욱 그런 느낌이 드는지 모르며, 일년내내 맑은 하늘이나 햇빛 한 번 볼 수 없는 찌뿌드드한 매연 때문에 더더구나 그런지 알 수 없다. 걷는 사람이건 버스를 탄 사람이건, 끝없이 뻗은 택시 속에 앉은 사람이건 간에 시원스레 웃고 있는 상판을 찾아볼 수 없을 정도로 모두가 하나같이 뇌랗게 뜬 얼굴이다. 그건 요즘 새로 나왔다는 94년형 메리카 승용차에 의젓하게 기대 앉은 사람이라고 예외일 수가 없다. 돈으로 안 되는 일이 없다고 으스댈진 모르지만 그도 역시 숨을 들이마셔야 하는 한 하늘을 자오록하게 덮은 공기 오염에 호흡기 질환 하나쯤 안 가질 수 없는 형편이니 말이다.

회사 정문에 이르자 364호는 공연히 짜증이 난다. 오늘 하루 또 숨막히는 매연과 난무하는 기호 속에서 지내야 하는 것이다. 그렇다고 어쩌겠는가, 목구멍이 포도청인 담에야. 한 가지 위안이 있다면 오늘이 바로 봉급날이란 점이랄까. 예나 지금이나 봉급을 받는 날은 역시 즐겁다.

언제나 생활 걱정 없이 살아볼 것인가. 그달 봉급으로 빠듯하게 그달을 살아가는 형편을 면할 수만 있다면 더 이상 바랄 것이 없을 성싶도록 이십 년 너머를 하루같은 긴장 속에 살아오고 있는 것이다. 아니 나이 탓인지 점점 더 허무한 생각이 드는 것이다. 십 여 년 전만 해도 오늘의 그가 하루살이 같은 월급쟁이로 허덕이리라 생각하진 않았잖은가.

다른 날에 비해 조금 늦은 탓으로 그가 사무실에 들어선 지 십 분이 채 못되어 사원 조회시간이었다. 조회라야 별 것 아니다. 사장실에 앉은 사장의 얼굴이 각 방마다 설치된 화상기에 나타나 일방적인 훈시를 하는 것이 그 전부인 것이다. 파이프를 문 사장은 흔들의자에 비스듬히 드러누워 말하기 시작한다.

"본 A1은 이미 누차 강조한 바와 같이 우리 사원들의 봉급날을 어기지 않는 것을 회사 경영의 유일한 모토로 삼고 있습니다. 물론 그동안 본의 아니게 약속을 이행하지 못한 경우가 수차 있었지만 그는 국가 재정과 더불어 불가피한 회사 형편에 의한 것이며 본 A1은 이미 천명해 온 회사 경영의 모토를 취소 또는 수정할 생각이 추호도 없음을 명백히 해두고 싶습니다. 오늘은 우리 친애하는 사원들이 노력한 만큼 응분의 대가를 받게 되는 페이 데이, 이번 달도 이상 없이 지불되게 되었음을 여러분과 함께 기뻐합니다. 다만 한 가지, 본사도 풍요의 2천년대를 맞기 위해선 오늘의 침체를 벗어나야 한다는 점을 강조하고자 합니다. 우리는 언제까지나 사진 사업만으로 만족할 수 없습니다. 우리나라가 머리카락이나 지푸라기, 이른바 토산 공예품으로 수출의 대종을 삼을 수 없었던 것처럼, 우리도 외국 관광객한테 사진첩이나 만들어주고 있을 수만은 없는 것입니다. 왜냐하면 오늘의 사진 기술은 너무나 발달하여 모든 관광객들이 너무나 성능 좋은 카메라들을 너무 많이 들고 들어오기 때문입니다. 우리는 머지않아 우리의 사진기 앞에 나와 설 외국 관광객이 없어질 날을 맞을 것이기 때문입니다. 그러므로……”

사장의 훈시는 오늘따라 끝없이 계속된다. 돈을 주는 마당에 생색이나 낸다는 사장의 버릇은 제18무역회사란 간판을 달기 훨씬 이전의 사진관 주인 시절부터 계속되어 온 것이니까.

오후 다섯 시가 되고, 봉급지급 통보가 내려오자 1과 4계에는 복도까지 사람들이 꽉 들어찬다. 언제나같이 사원들보다 객꾼이 더 많다. 그 모두가 한 달치의 외상 카드를 결제하기 위해 온 사람들이다. 364호도 그들 사이에 끼여 호명을 기다린다.

“c014번(이 번호는 마20364호의 회사 사원번호이다).”

“네.”

“시민등록번호는?”

“거기 적혀 있을 텐데요.”

“잔소리말고 빨리 대.”

“200318─2943620번.”

“고유기호는?”

“마20364호.”

“여기.”

하고 계원 a007번은 돈 봉투를 c014번 앞으로 내던진다. c014번 곧 마20364호 혹은 줄여서 364호 곧 200318─2943620번은 월급봉투를 받아 들고 그 옆자리로 옮겨간다. 한 달 동안 쓴 카드의 지출을 정리하기 위해서다. 구매카드는 의, 식, 주를 완전히 해결할 수 있도록 α(衣), Ω(食), γ(住) 카드의 세 종류로 되어 있으며, 한 달 수입이 얼마라는 것이 머리에 표시된 종이쪽만 내밀면 어떤 상점에서든 현금 없이 아무거나 살 수 있다. 옛부터 외상이라면 황소도 잡아

먹는다고, 이 종이쪽처럼 편리한 것도 또 없다. 다만 한 가지 섭섭한 점이 있다면 그놈의 종이쪽은 전혀 융통머리 없는 것이 돼놔서 한 달 수입에서 십 원만 넘어도 물건을 사려 하면 한사코 손을 내흔든다는 것이다. 개별카드에는 언제나 세 개 카드의 지출을 종합해서 뺀 잔고가 적혀 있어 그 범위를 넘지 못하도록 장치를 해놓은 것이다.

364호는 지난달 치를 말끔히 정리하고 나서 받은 다음달 치의 카드를 속주머니에 넣고 회사를 나온다. 어디 가서 막걸리라도 한잔 걸치자 해서다. 막걸리라니, 그것도 옛애기지 지금 막걸리라는 술이 어디 있는가. 술이란 술은 하나같이 양주를 흉내낸 화학독주밖에 없다. 364호는 텁텁한 탁주 생각이 문득문득 난다. 당국은 나이 듬직한 사람들의 이런 향수를 전근대적이고 국가 발전을 저해하는 수구적 사고방식이라고 윽박지르며 단호히 말살해야 한다고 기회 있을 때마다 강조한다. 막걸리 없는 술집 생각을 하자 구미가 싹 가셔져 364호는 발길을 돌려 백화점으로 간다. 아이들 겨울 내복이나 한두 벌 사고자 해서다. 아침 출근길에 아내가 신신당부하지 않던가. 오메간가 하는 종이쪽을 술집에 갖다주겠거든 알파 카드 내밀고 그 값어치되게 애들 옷가지나 사 들고 들어오라고.

5호 백화점도 역시 봉급날답게 여간 붐비지 않는다. 어물어물하다가는 발등 밟히다가 말 지경이다. 웬놈의 인구는 이렇게 많은지. 거리고 건물 안이고 사람들이 걸치적거려 도무지 옴치고 뗄 자리도 없을 지경이니.

이래서는 안 되겠다싶어 364호는 사람들 사이를 비집고 α부(피복부)로 바짝 들어선다.

"어이, 8번 아가씨, 여기 좀 보자구."

하고 소리치는데 저쪽 편에 섰던 사나이가 불쑥 나서며 참견한다.

"왜 그러슈?"

말투로 봐서 감독쯤 되는 모양이다. 364호는 자신 없는 목소리로
대꾸한다. 누구든 억세게 나오는 사람 앞에 가면 기부터 죽는 것이
쉰줄 가깝게 살아오는 동안 자신도 모르게 몸에 배어버린 버릇이다.
그러지 않으면 힘없는 시민들의 생활은 더 고달파지는데 어쩌랴.
　"내복을 산다? 현금 가졌수?"
　"아니, 카드인뎁쇼."
　"나중에 오슈. 오늘은 알다시피 바빠."
　"고를 것두 없으니 후딱 건네주구 다른 손님 맞으세요."
　"좋아, 시민등록번호부터 대슈."
　"200318－2943620번"
　"고유기혼?"
　"마20……"
　"뭐, 마?"
　"네."
　"가보슈. 오늘은 월급날이라니까. '마'까지 돌아갈 게 없다구.
'AA가'도 있고 'A가', '가', '나', 하다 못해 당신보다 위인 '다', '라'
도 있는데 '마'에 돌아갈 게 어딨소. '마'에 미리 팔았다가 그 웃사
람들한테 물건 없어 못 팔게 되면 난 어떻게 되고. 누구 잡혀가는
거 보고 싶어서 그래?"
　이래서 백화점이고 상점이고 오기가 싫어 여편네를 내보내려 해
도 누구나 괄세 받는데 즐거워할 사람은 없어서, 여편네도 한사코
물건 사러 가기는 싫어한다. 죽기보다 싫어한다. 가게 주인 애기처
럼 무엇보다 현금 우선이고(설령 현금을 가졌대도 '마'는 역시 제
순서를 기다려야 한다) 그 다음에야 카드를 받지만, 애기대로 인간
등급에 따라 'AA가'로부터 주문을 받으면 '마'에 이르기 전에 물건이
동나거나 남는 경우에도 다 골라 가고 난 찌꺼기밖에 없다. 그래도
'마'라면 평균 수준 훨씬 위쪽에 속하는데, 하물며 '바'이하 '타' '파'

‘하’에 이르러서야 두말해 무엇하랴.

개개인의 생활규모를 국가가 정해줌으로써 보다 합리적이고 균형 잡힌 생활을 영위할 수 있게 되고, 또 한 계단이라도 더 올라서기 위한 부단한 노력을 기울이게 된다고 하여 만들어진 이 제도는 그런 목적 외에도 국가행정을 모든 면에서 용이하도록 도와줄 뿐 아니라 특히 민심의 동향, 국민소득의 행방, 자본유통의 질서, 국민의 담세 능력 등을 일목요연하게 파악할 수 있게 되어 있어서 제13부(租稅部) 같은 데선 저들의 빈틈없는 조세행정을 자랑하고 있는 실정이다.

퇴짜를 맞은 마20364호는 맥빠진 걸음걸이로 백화점을 나온다. 어느새 밖은 어둠이 검은 나래를 펴고 있어, 질주하는 자동차 불빛과 명멸하는 네온으로 길 모퉁이들은 더욱 짙은 어둠에 물들고 있다. 짧은 겨울의 낮시간은 보람 없이 분주하고 추운 마20364호의 하루처럼 거짓말같이 지나가버린다.

“더럽다, AA가가 뭐길래.”

하고 364호는 눈이 부시는 불빛을 바라보며 혼잣말로 중얼거린다. 언젠가 이십 여 년도 전에 이웃 일본에 AA그룹이라던가 하는 게 있었다는 애길 들었지만 그건 또 뭐였을까.

공연히 엉뚱한 상념에 속을 끓이다가 지하철을 잘못 타서 두 번이나 갈아타고서야 제5군구 제2호 정류장에 내린 364호는 집찰구를 거쳐 계단을 다 추어 오르자 거기 포장을 치고 잔술을 파는 노점 술집 안으로 들어선다.

“여기 술 한 잔 주시오, 아주머니.”

“몇 번 술로 드릴까요?”

“소주로 주시오.”

“네, 3번 술요. 안주는 어떻게 할까요?”

“빈대떡.”

"네, 6번 안주로. 술잔은요 ? "

"마음대로 하시오. "

육순은 거의 됐을 여인이 3번 주전자와 2번 접시에 담은 6번 안주를 목판 위에 올려놓으며 말한다.

"2번 술잔이에요. 날씨가 춥죠 ? "

"날씬 몇 호고 추운 건 몇 번인지 알아야 대답하죠, 아주머니. "

"불평 말구 술이나 드세요, 빈대떡 식겠어요. "

"아주머닌, 아니 할머닌 몇 호시오. "

"나요, 카347538호라던가. "

"잘도 외셨군. "

"외잖구. 잊었다간 경을 치게요. "

364호는 몇 잔을 마셨는지 얼큰하게 술기운이 오를 즈음해서 포장주점을 나선다. 휘장을 들추고 밖으로 나오자 추위가 몇 번인진 모르지만 하여튼 매서운 번호다. 저녁상을 차려 놓고 기다리느라 목을 길게 뽑고 있을 마20365호 아내와 마20366, 7호 아이들을 생각하자 웬지 서글프고 처량한 느낌이 든다.

우리는 왜 내일이면, 내일이면 하고 외치기 좋아하는 사람들의 말을 의심없이 믿어만 오는가. 적어도 우리에게 있어서의 내일은 희망의 상징이기 전에 위협적인 존재가 아니던가. 그럼에도 우리는 무엇을 했던가. 깡마르고 쇠잔한 죽은 가지에 희망이란 꽃을 피우겠다고 부지런을 피워 물을 주었단 말인가. 마20364호는 가래침을 퉤 뱉고 나서 냅다 고함을 지른다.

"내 이름은 마20364호, c014번도 아닌 김인국(金仁國)일 뿐이다, 제기랄. "

이 어두운 날의 미아

영오는 일순이를 사랑한다. 그래서 빨간 수를 놓은 털 스웨터 하나를 사주고 싶다. 스타킹 한 켤레를 사주고 싶었는데 덕칠이 녀석 애길 들으면 그건 큰일날 일이란다. 신은 건지 안 신은 건지 얼른 봐선 분간할 수도 없는 그놈의 스타킹을 신은 걸 한번 봤으면 원이 없겠는데 말이다.

일순이 말로는 눈으로 봐서만 분간이 안 가는 게 아니고 만져봐도 잘 모른다는 것이다. 고게 한번 신어 보지도 않았다면서 어째서 그렇게 잘 알까.

"전쟁 이후 늘어난 건 여자들 나이롱 스타킹하구 또 뭐라는 말이 있잖니."

침을 튀기며 기차게 유식한 얘기까지 늘어놓는 걸 봐선 한번 신어 봤음 하는 게 분명했으므로 영오는 돌아서서 손가락을 탁 튕겼다. 알았다, 네가 좋아하는 건 스타킹이로구나. 사실은 슬쩍 떠본 것인데, 일순이가 눈칠 못 차리고 잔뜩 열을 올렸으므로 영오는 가슴이 펄떡거리도록 기분 좋았던 것이다. 영오는 당장 덕칠이를 찾아갔다.

돈을 좀 꾸자 해서였다. 그런데 얘기를 듣던 덕칠이가 별안간 그의 뒤통수를 냅다 쥐어박는 게 아닌가.

"에라이 이 빙신아, 좋은 거 알아냈다, 좋은 거."

"아야, 왜 사람을 치구 야단이야, 요담 월급날 틀림없이 갚아 준 단 말야."

"그래도 자꾸 빙신 같은 소리만 한다."

"더럽게 짜다, 정말"

덕칠이는 더 이상 대꾸를 않고 칠하던 페인트 붓을 양철통에다 텀 벙 집어던졌다. 작업복 주머니에 손을 쑤셔 넣고 오만상을 찌푸리는 걸 보면 꽁초를 찾는 모양이었다. 뚱딴지같이 영문 모를 소릴 지껄 여 놓고선 뜸만 들이고 있는 덕칠이의 입에서 무슨 말이 또 떨어지 나 하고 영오는 눈치만 살피고 있는데, 정작 꽁초를 찾아 문 녀석은 눅어 빠져 알갱이만 자꾸 잡아먹는 성냥을 그어 대는 데만 정신이 팔려 있다. 제기랄, 무슨 애길 하겠다는 거야.

"니가 말이다" 하고 나서 덕칠이는 마침내 불붙은 성냥불을 갖다 대느라 또 말을 끊었다. "그 식순이한테 홀딱 반한 건 존데."

"이새끼, 또 그 소리야!"

이젠 입버릇처럼 돼버린 식순이라는 말보다 반했다는 말에 얼굴 이 화끈 달아올라 영오는 주먹을 을러메고 달려들었다. 덕칠이는 담 배 연기를 뻐끔거리며 달아나는 시늉을 하느라 주춤주춤 뒷걸음질 쳤다.

"홀딱 반해 갖고 그라는데…… 으떻드노, 식순이 젖가슴? 뽈록하 드나, 고게 벌써? 앙이다, 니 증말 손목 한번이라도 만지보고 오 줌을 잘잘 싸는 것가?"

둘은 창고 안에서 맴을 돌았다. 영오가 잔뜩 약이 오르자 신이 난 덕칠이는 이제 못하는 소리가 없다. 영오는 생각할수록 참을 수가 없어 드디어 나무막대기를 집어들고 달려들었으나 덕칠이 녀석은

어느새 휘두르는 각목 끝을 잡아채고는 혓바닥을 널름거리지 않는
가. 둘은 숨을 헐떡이며 창고 바닥에 주저앉았다. 영오는 속으로 다
신 일순이 애길 꺼내지 않으리라 다짐한다.
　“그기 아이고, 널 위해서 하는 소린기라.”
　“안 위해 줘두 좋아. 필요 없어. 돈두 꾸지 않을 테야.”
　“바본 할 수 엄다. 니, 가시나한테 양말 사주만 우째된단 말 몬
　들었나, 안죽?”
　덕칠이 녀석과 헤어져 돌아오며 영오는 정신이 아뜩했다. 왜 하필
이면 스타킹을 사줄 마음이 났던 것일까. 아니 덕칠이한테 의논하지
않았던들 어쩔 뻔했느냐. 발길에 차이다니. 스타킹을 사 주고 그 양
말 신은 발길에 냅다 차이다니…….
　덕칠이는 말했다. 여자한테 양말이고 구두고 간에 발에 신는 거
선물했다간 두말 없이 차이고 만다는 것이었다. 차이고 나서 노랗게
떠가지고 비실비실거릴려면 그놈의 가랑이까지 올라가는 스타킹 사
다 주라고 윽박지르면서. 녀석은 적어도 가시나한테 반하기 전에 그
정도의 상식쯤은 알아둬야 되지 않겠느냐고 으스댔다. 뿐만이 아니
었다. 덕칠이는 만약 일순이가 손수건을 선물하거든 귀싸대기를 후
려치라는 말까지 했다. 그걸 받으면 눈물 닦고 돌아서게 된다나. 녀
석은 풀이 죽어 돌아서는 영오 등받이에다 대고 냅다 소리쳤다.
　“식순이 젖가슴에 달걀 안 들었다이. 깨질라 걱정 말고 칵 주물러
　줘라, 이 빙신아!”
　영오가 돌을 집어들고 돌아섰다. 그러나 녀석은 창고 문 안으로
몸을 숨기고 서서 또 소리쳤다.
　“아이고 몸살난다, 식순아!”
　집어든 돌을 창고 문을 향해 힘껏 동댕이치고 나서 영오는 재빨리
공장 뒤쪽으로 뛰어갔다. 녀석이 더 길게 늘어놓기 전에 눈앞에서
사라지는 게 상책이었다. 그리고 또 어딜 쏘다니느냐고 염씨가 벼락

을 내릴지도 몰랐다. 덕칠이 놈 죽어 놀 자식, 한번만 더 식순이래 봐라, 주둥일 찢어 놓고 말 테니.

일순이를 두고 식순이라고 부르는 건 물론 덕칠이만이 아니었다. 공장에서 일하는 고만고만한 또래의 아이들 치고 구내식당에 있는 일순이를 그렇게 부르지 않는 놈이 없었다. 하기야 처음엔 영오마저도 식순이, 식순이 했으니 더 말해 무엇하랴. 영오는 지금도 그 생각을 하면 얼굴이 화끈 달아올라 일순이를 쳐다보기조차 민망하다. 식당에서 밥을 나르고 그릇을 닦는 것만도 억울한데 그런 일을 한다고 아무나 식순이라고 불러세우니 얼마나 화가 날까.

영오는 참을 수가 없었다. 그래서 한번은 대판으로 싸우기까지 했다. 시멘트 블록을 실은 삼륜차를 따라온 조수 아이는 잘봐 줘야 열여섯 살이나 됐을 애송이였는데, 요게 생판 처음 만난 자리에서 다른 사람들이 그런다고 따라서 식순이 식순이 하는 게 아니더냐. 뿐만 아니라 놈은 되바라진 주둥아릴 함부로 나불거리면서 추근추근 일순이를 괴롭히기까지 하지 않더냐.

"어이 식순이, 이쁜데. 어때, 나?"

못 들은 척하고 앉았자니 밥맛이 싹 가셔서 어금니만 뿌드득뿌드득 가는 판인데 놈은 수작만 붙이는 것도 아니었다. 손목까지 잡으려 들었던 것이다. 영오는 자기도 모르게 냅다 밥그릇을 놈의 면상에 집어던지고 말았다. 요행이었는지 어떤지는 모르지만 놈은 밥그릇을 뒤집어쓰고도 별다른 큰 상처는 입진 않았다. 밥풀투성이가 된 놈이 몸을 발딱 일으켰다. 급기야 영오가 걸상을 걷어차며 달려들고 둘은 한데 엉겨붙어 털퍼덕 진창구덩이 위를 뒹굴었다. 덕칠이를 비롯한 여럿이 우루루 달려들어 둘을 떼어 말렸다. 그러자 코피와 밥풀때기로 칠갑을 한 얼굴로 놈이 빠락빠락 악을 쓰기 시작했다.

"이 새끼야, 남이야 뭐래든 네깐놈이 무슨 상관이야. 저게 네 동
생이야, 네 깔치야?"

주둥아릴 찢어 버리려고 했지만 영오가 참은 것은 일순이 때문이었다. 일순이가 눈물이 글썽해서 영오를 붙잡고 매달렸던 것이다. 그리고 나중에 가선 손해 배상을 물린다고까지 악다구니를 빡빡 쓰던 놈도 덕칠이한테 귀빰 한 대를 얻어 걸리고 나자 팍 기가 죽어 버렸다. 알고 보니 그 자리에 있던 공장 아이들 치고 이를 갈지 않은 아이들이 없었다. 저네들끼린 서슴없이 식순이, 식순이 하면서도 생판 낯선 놈이 그러는 건 못 봐 줄 판인데 막돼먹은 게 한술 더 뜨고 나서는데는 참을 수 없었던 모양이었다. 양은그릇 두 개가 쭈그렁바가지가 됐는데도 식당 주인조차 뭐라 불평을 늘어놓을 형편이 아니었다.

물론 그런 일이 있은 뒤에도 애새끼들은 여전히 일순이를 더 좋게 부르려 들지 않아, 용준이 같이 기계에 모빌유를 치는 놈은 말할 것도 없고, 덕칠이처럼 빈 창고에 들어앉아 온갖 것에다 페인트칠이나 하고 앉은 칠쟁이 조수, 다 된 물건을 묶고 받아 내고 하는 제품과 아이들, 영오와 함께 공장 울타리를 매느라 가시철조망에 매달려 있는 자식들까지도 계속 식순이라고만 불렀다. 영오는 어느 날 점심을 먹고 나오면서 일순이한테 화가 난 목소리로 말했다.

"일순인 여기 그만뒀으면 좋겠다."

사실이지 삼륜차 조수놈과의 일이 있은 후로 영오에겐 신경 쓰이는 일이 한두 가지가 아니었다. 우선 무엇보다도 아이들이 여전히 일순이를 식순이라고 부르는 것은 일순이를 본격적으로 깔보기 시작한 징조가 아니고 무엇이랴. 그리고 다음으로 마음 놓이지 않는 것은 그놈 말마따나 동생도 깔치도 아닌 담에야 모두 쳐다보고만 있는데 혼자 달려들었을 턱이 있느냐 하고 다른 아이들이 이상한 눈초리로 두 사람을 쳐다보는 것 같은 점이었다.

그러나 참다 못해 말을 꺼냈는데도 일순이가 무슨 소리냐는 듯이 나오는 데는 더욱 화가 나서 견딜 수 없었다. 일순이는 영오의 말에 대꾸조차 않고 마치 이 철딱서니 없는 자식아, 하듯이 히죽 웃음기를 띠기만 했으니 말이다. 영오는 약이 오른 나머지 얼굴을 찡그리고 말했다.

"웃어?"

"신경쓰지 마. 괜찮아, 난."

"어째서?"

"어때?"

영오는 그만 울화통이 치밀어 바람을 일으키며 홱 돌아서서 뛰어갔다. 사람들만 없었으면 쥐어박아 버리고 말련만. 식당문을 와장창 밀어붙이고 나오면서 영오는 속으로 일순이한테 욕바가지를 퍼부었다. 저런 바보가 다 있을까. 쓸개 빼먹은 기집애, 남의 속도 모르고. 식순이, 그래 듣기도 좋겠다, 어이구.

어느새 따라붙었는지 덕칠이가 영오의 어깻죽지를 잡아젖히면서 너스레를 떨기 시작했다.

"영오 니, 식순이 좋아하제. 인제 식당에서 너거 둘이 뭐라꼬 쏙 닥거렸노? 살짜끔 만나자 그랬나?"

"뭐라구?" 하고 영오는 어깨 위에 얹힌 덕칠이의 턱을 돌아보며 빽 고함을 내질렀다. 화가 나서 말투가 제대로 나오지 않았다. "너 말 조심해, 괜히."

"만나자 캤다가 딱지 맞았나?"

"잇자식이……"

"학실하구나, 딱지 맞은 기. 아이고 이 빙신아, 가시나들은 그래 갖고 안 되는기라."

싫은 내색을 나타내면 더 신바람이 나서 능청을 떨고 달려드니 덕칠이란 녀석은 도무지 어떻게 할 도리가 없는 녀석이었다. 네 맘대로 지껄여라 하고 영오는 내버려두는 수밖에 없었다. 첨 만나자부터 녀석은 그 모양으로 개차반이었으니 더 말해 무엇하랴.

“어데서 이런 쥐 뜯어먹다 만 것 같은 기 나타났노 ? ”

영오와 처음 마주친 녀석이 내뱉은 첫마디란 다짜고짜로 이랬다.
정작 쥐 뜯어먹다 만 것 같은 쪽은 누군데. 허옇게 검정색이 빠진데
다 그나마 가랭이와 무릎은 너덜너덜 해지고 엉덩짝은 보기 흉하게
기운 염색 군복바지와, 단추가 다 떨어져나간 구제품 저고리를 걸친
꼬락서니 하며, 온통 새가 집을 지으려 들게 산발인 머리통은 아무
리 잘 봐주려 했자 거지꼴도 그런 거지꼴이 없었다. 영오는 약이 올
라 눈꼬리를 낚시바늘같이 째려 뜨고 녀석을 쏘아보았다. 그러나 녀
석은 갓 배달되어온 석간신문 뭉치를 엉덩짝 밑에 깔고 앉아 조금도
기가 죽지 않았다.

“임마, 닌 고만 집에 가서 누룽지나 씹어 묵고, 대신에 너거 아부
　지 내보는기 낫겠다. ”

그때 조금만 빨랐어도 영오는 녀석의 마빡을 걷어차고 말았을 것
이지만 요샛말로 타이밍이 맞지 않았다고나 할까. 영오가 드디어
“잇새끼가 ! ” 하고 한 발짝 나서려는 찰나에 옆에서 누군가 “야 ! ”
하고 고함치는 사람이 있었기 때문이다.

“노가리 그만 까구 빨리 신문값이나 내라우, 임마. 신문을 팔든
　못 팔든 내레 무슨 상관이가. ”

“그라입시다. ”

하고 나서 덕칠이 녀석은 저고리 주머니에서 절반 접은 종이돈 뭉치
를 꺼내어 자전거에 걸터앉은 남자 앞으로 내밀었다.

“이거 얼마가, 맞아 ? ”

“몬 믿겠거든 시보소, 왜. ”

그러나 남자는 돈뭉치를 세어 보지 않고 바지주머니에 쑤셔박기
무섭게 자전거를 몰아 횡하니 사라졌다. 잠깐 뜸을 들이고 앉아 멀
어져가는 청년을 바라보던 덕칠이 녀석이 그제서야 생각이 났는지
엉덩짝을 떼고 일어서며 잔뜩 인상을 긋고 서 있는 영오를 쳐다보았

다.

"아따, 그자석 꼬라지보다 성질 있다이. 니 그라다가 신문 안 사
겠다 카는 사람 보면 안 두들기패겠나."

"아가리 닥쳐."

"아이고, 니 성질 직이라. 그래다간 신문 한 장도 몬 판다. 내 거
짓말인가 한번 뛰봐라. 사는 놈은 엄고 빡빡 신경질날끼다. 자,
모두 돈부텀 내라."

빙 둘러선 다른 애들의 조바심 때문인지 녀석은 더 이상 능청을
떨지 않고 신문을 나누어 주기 시작했다. 애들은 돈과 맞바꾸어 든
신문을 옆구리에 끼기 무섭게 돌아서서 달아났다. 그때 덕칠이 녀석
이 무슨 생각에선지 애들을 밀치고 영오 앞으로 손을 내밀었다.

"내 오늘만 니부터 먼저 주마. 무신 신문 주꼬?"

영오는 갑작스런 녀석의 호의에 스스럼이 붙어 쭈뼛쭈뼛하는 몸
짓으로 신문 뭉치를 받아들고는 다른 애들이 하던 것처럼 돌아서서
냅다 줄행랑을 놓았다. 동대문 운동장 쪽으로 네거리를 다 건너와서
힐끗 돌아보니 계림극장 앞 한구석에는 아직도 한 무더기의 아이들
이 엉덩이를 하늘로 쳐들고 몰려 있었다. 영오는 침을 한번 찍 갈기
고 나서 내쳐 뛰었다.

"자식 두고 봐라, 가만 두나."

그러나 그날 밤 열 시나 돼서 길에서 우연히 만난 덕칠이 녀석은
또 엉뚱했다. 그토록 능글맞던 낮에와는 영판 다른 데가 있었던 것
이다. 그때까지 뛰고도 석 장밖에는 팔지 못한 영오의 신문을 대신
팔아 주기까지 했으니 말이다.

"아이고 이 빙신아, 안죽 다 몬 팔았나. 이리 내라, 내 팔아 주꾸
마."

"관둬, 임마."

"이리 내라 카이. 따라온나."

덕칠이 녀석은 신문 뭉치를 뺏아 들고 줄행랑을 놓았다. 다방이고 사무실이고 덮어놓고 기어들어 가야지 길바닥에서만 왔다갔다 했다 간 다리만 아팠지 맨날 공치고 만다고 줄창 주워섬기다가 무슨 생각이 났는지 녀석은 이렇게 꼬리를 달았다.

"니, 그 성질 직이라이, 안 좋다."

녀석 뒤를 밟아 이리 뛰고 저리 뛰고 하는 바람에 영오는 와들와들 떨리던 추위도, 고프던 배도 잊어버릴 지경이었다.

순식간에 신문 열일곱 장을 다 팔아치우고 난 덕칠이 녀석은 소매 끝으로 이마를 쓱 문지르면서 말했다.

"기부이다. 오늘은 니가 한턱 내라. 해장국 한 그럭씩 묵자."

둘은 말 없이 해장국집으로 갔다. 영오가 녀석의 이름이 덕칠이란 것을 안 것도 거기서였다. 그리고 정수리에 쇠똥도 안 벗겨진 두 동생과 함께 리어카꾼 형한테 얹혀 산다는 애길 들은 것도 거기서였다. 그런데 한턱을 내라 해놓고 녀석은 나올 때 제가 계산을 치렀다. 약속 위반이 아니냐고 우기는 영오의 말엔 대꾸도 않고 녀석은 밖으로 나오자 또 엉뚱한 소릴 했다.

"우리 리야까 형님 내보고 맨날 머라는 줄 아나. 누가 혹시 양친이 구존하시냐고 물으면, 그건…… 무슨 말인고 하이, 아부지 어무이가 다 살아 있나, 라는 뜻인기라. 예, 불효스럽게도 조실부모했심더 하고 대답해야 된다고 맨날 노래하듯이 안 하나. 우리 형님은 그거밖엔 모르는 기라. 근본이 있는 양반은 말버릇이 그래야 된다나. 양반? 참, 웃기제."

"웃기는데."

"녀도 양반이가?"

"모르겠는데."

"그라믄 넌도 조실부모 아이가?"

"한쪽은 있는데……"

"어느쪽이고?"

"바깥쪽. 어머닌 못살겠다구 도망가구. 동생은 기집애 둘, 사내 하나."

"오늘은 돈 벌었으이 까자봉지 사들고 퍼떡 가봐라."

이렇게 해서 영오는 덕칠이 녀석과 사귀게 되었다. 그리고 차츰 정이 들고보자 녀석은 때로 턱없이 어른스러운 데도 있었다. 꼬박 3년을 계림극장 앞에 살다시피하고 난 지난해 여름 어느 날인가 덕칠이는 느닷없이 페인트 애길 꺼냈다. 요즘 한창 세월 좋은 모양인데 이놈의 신문팔이 백날 해봤자 용돈도 안 되니 뛰자는 것이었다.

"난 붓도 잡아본 일이 없는데."

"누군. 실실 따라댕기면서 배우는기라. 그까짓 거 안 쉽겠나."

"좋다, 뛰자."

해서 둘은 숨이 막힐 정도로 다닥다닥 새 집이 들어앉은 서울 변두리를 찾아다니며 '시다'라기도 하고 '시다바리'라기도 하는, 아마도 조수라는 말일 성부른 일자리를 구하러 다녔다. 그러나 그렇게 많은 일터에도 모두 임자들이 따로 있어서 말을 붙이려들면 별볼일 없으니 다른 데나 가보라는 사람들밖에 없었다. 둘은 처음 들어설 때와는 달리 금세 기운이 싹 빠졌다.

그러나 사흘 만인가, 영오한테 얻어걸린 것이 자리가 빈 반나절 짜리였는데, 만약 그나마도 찾아내지 못했던들 그들은 영영 돌아서 버리고 말았을지도 모른다. 반나절 일에 둘이 한꺼번에 달려들어 붓을 휘두르고 나자 거뜬히 자신이 붙었다. 그래서 그들은 하청업자 손씨한테 바짝 매달렸다.

"잠깐 잡아봤는데 붓끝에 자신이 딱 붙십디다."

"빽끼 많이 들구 적게 드는 건 휘발유 타기에 달렸더군요."

"손에 익을 만하면 도망가는 건 아니겠지?"

"그기 무신 소린교. 지가 가봤자 어딜 가겠능교. 가봤자 아현극장 무대 아인교. ”

“좋다, 싼맛에 쓴다. ”

“그라믄예. 우리같은 건 똥값 아인교. ”

다음날부터 오기로 하고 돌아오는 길에 영오는 덕칠이한테 물었다. 웬 뚱딴지 같은 아현극장은 들먹거렸는지 영오는 궁금하기 짝이 없었다. 아현극장에서 페인트칠할 거라도 봐뒀다는 애긴가. 그러나 덕칠이 녀석의 애긴 생판 엉뚱했다. 녀석은 우선 으하하 하고 한바탕 웃어젖히고 난 다음에야 뚱딴지 같은 아현극장 이야기를 들려 주었다.

덕칠이의 형이 쌍팔년도 추석에 마누라를 데리고, 그러니까 덕칠이의 형수를 데리고 영화를 보러 갔는데 그들이 찾아간 극장이 바로 아현극장이었다는 것이다. 그때는 온통 극장마다 서부활극이 판을 치고 있을 때여서, 땀냄새와 지린내가 코를 찌르는 아현극장에서도 역시 미국 활극을 틀고 있었다. 얼마나 많은 사람이 들이닥쳤는지 한증막같이 숨이 탁탁 막히는 속을 마누라 손목을 잡고 뚫고 또 뚫어 봤지만 자칫하면 활동사진 그림자도 못 보고 말 판이었다. 덕칠이의 형은 흘러내리는 땀을 연신 손등으로 문지르며 끈기 하나로 한 발짝 한 발짝 밀고 들어섰다. 얼마만인가 마침내 먼지를 뽀얗게 일으키며 말을 달리는 인디언 하나를, 역시 말을 타고 백인 셋이 뒤쫓는 장면이 보였다 막혔다 하기 시작했다. 덕칠이의 형은 마누라의 손목마저 놓친 채 발뒤꿈치를 잔뜩 세우고 목을 뽑았다. 등뒤에서 마누라가 혼자만 본다고 옆구리를 꼬집고 등어리를 두들겨패고 야단이 났는데, 앞에서 기세 좋게 씨부리던 변사가 느닷없이 말하기 시작했다는 것이다.

“이 불쌍한 인디안 추장아, 네가 달아나면 어디까지 달아나겠다는 거냐. 아무리 뛰어봤자 아현극장 무대다. ”

덕칠이는 말을 끊고 담배꽁초를 찾느라 주머니를 뒤졌다. 담배에

성냥불을 그어대고 나서야 녀석은 말을 이었다. 요즘도 그의 형은
소주 한잔 걸치고 들어오는 날이면 으레 그놈의 아현극장을 한 곡조
씩 뽑는다는 것이었다. 그리고 그럴 때마다 형수와 싸움이 붙는다고
했다. 그 장면을 혼자만 봐치워 놓고선 누구 약을 올리느냐고 덕칠
이의 형수가 쏘아붙이면서 불이 붙으면 차츰 목소리가 높아져서 결
국은 양은 밥그릇과 찌그러진 밥상이 날아간 다음에야 스르르 가라
앉는다는 것이었다.

 "그를 때 우리 헹님이 끝맺는 말은 딱 정해 놓고 두 마디뿐인기
 라. 하나는 '보진 몬해도 듣긴 했으이 됐지머', 또 하나는 '서푼도
 없는 눔이 마누라 위해 봤자 가슴만 아팠지 머 우짤끼고'인기라,
 명어이제 ? "
 "조카는 몇이나 되니 ? "
 "서이. "
 "네가 열심히 벌어야겠다, 그지 ? "
 "속상하는 소리 마라. 난도 한번 해볼라꼬 아현극장 캐싸민서 손
 씨 혼을 뺀 거 아이가. "

 그러나 그렇게 시작된 칠쟁이 '시다바리'는 좀 재미를 붙이려는
순간 어느새 겨울이 덜컥 닥쳐오는 바람에 둘은 탈탈 손을 터는 수
밖에 없었다. 그랬으면서도 다시 신문팔이를 시작할 순 없다고 덕칠
이가 우겨서 둘은 섣달 한 달을 빈둥빈둥 까먹고 놀았다.

 "열일곱 살이만 우리도 인제 어른인기라. 앵이꼬아서 신문 들고
 댕길 수야 있나. "
 "그럼 얼쩔거냐 ? "
 "실실 댕기보자, 머 있는가. "

 둘은 눈을 부릅뜨고 시장 언저리며 길거리를 쏘다녔지만 추위에
손발만 얼었지 신통한 구석이라곤 나서지 않았다.

 그러던 정월 어느 날, 덕칠이 녀석이 갑자기 종적을 감추고 말았

다. 영오는 이상한 생각이 드는 한편으론 괘씸하기 짝이 없었다. 며칠 쳐박혀 앉아 따져 보자고 해놓고선 혼자 달아나다니…… 영오는 날개 하나를 잃은 새처럼 풀이 죽어 계림극장 근처를 오락가락했다. 어떻게 된 게 밖을 나갔다 하면 꼭 을지로 6가 언저리만 어물거리게 되는지 몰랐다. 거기 누가 기다리는 사람이라도 있다는 것인지, 큰맘 먹고 나서봤자 다른 데 가면 더 희망이 절벽같이만 느껴지니 말이다.

영오는 생각지도 않은 철공소에 취직이 되었다. 고물장수를 하는 아버지가 머리가 땅에 닿도록 사정을 해서 얻어낸 자리라고 했지만 정작 가서 보니 이름만 철공소지 콧구멍만한 가게 안에 두엇이 쪼글뜨리고 앉아 소꿉장난 같은 짓을 하고 있는 곳이었다. 그런들 어쩌랴. 영오는 다음날부터 사라진 덕칠이 녀석을 후들겨패는 기분으로 쇠뭉치를 연신 두들겼다. 여간 힘에 부치는 일이 아니었다. 밤이면 영오는 빨아 놓은 행주처럼 되어 코를 드르륵드르륵 골았다.

그날도 밤이 으슥해서야 일이 끝난 영오는 터덜터덜, 쇠뭉치보다 더 무거운 발을 옮겨 옥수동 고갯마루턱을 기어오르고 있었다. 그런데 지겹도록 꼬불꼬불한 산허리 골목길을 감고 돌아 거의 집에 다다를 즈음이었다. 어둡고 좁은 골목길을 걸어내려오는 시커먼 그림자는 뜻밖에도 덕칠이 녀석이었다. 짜식이 먼저 영오를 알아보고 소리쳤다.

"니 영오제."

"그래 임마!"

"너거집에 댕기 오는 길이다. 뻐스 스는 데서 기다릴라 캤는데 여기서 만나네."

"혼자 도망칠 땐 언제구."

"미안하다 안 카나. 그래도 닌 그단새 일자리 안 구했나."

"골병드는데."

“엔간하그던 참아라.”

알고 보니 덕칠이녀석은 그동안 멀리 갔던 것도 아니었다. 집에 안 붙어 있었다 뿐이지 서울 밖이라곤 파주까지밖에 나가 보지 못했다는 것이었다. 그런데도 그동안에 참 역사가 많았다면서 녀석은 어둠 속에서 히죽 웃음을 흘렸다.

“허풍 떨지 마, 임마.”

“증말이다, 역사가 창창한 기라.”

“무슨 사길 쳤길래?”

“사기? 니 말조심해라이. 이번엔 참말로 심각했다 아이가.”

“뭔데?”

“내 연구 끝에 거울 장살 안 했드나, 그 동안에.”

“뭐야?”

“요즘 인간들은 거울을 너무 안 보는 기라. 자기 얼굴을 비추볼 줄 모른다 아이가.”

“웃기네.”

“캐싸믄서. 사실은 그기 아이고, 거울장사가 댈 것 같드라 이기다.”

“그런데?”

“그른데 안 대드라.”

덕칠이 녀석은 말을 끝내자 답지 않게 한숨까지 푸우 내쉬었다. 허풍이 아니라 정말 뭔가 있었구나 싶은데 녀석의 애긴즉 정말 이해할 만도 했다.

녀석이 거울장사를 시작하려 했던 것은 들어보니 사실이었다. 말대로, 거울뿐이 아니고 각목을 구해다 얽은 물건걸이까지 만들어 들고 녀석은 광화문 지하도까지 진출했었다는 것이다. 어둠침침한 지하도 한구석에 턱 자리를 잡고 서서 각목을 세운 다음 가장자리에다 조각까지 한 그중 요란스런 거울을 골라 들었다. 그걸 걸이에 갖다

걸기 전에 푸르뎅뎅하게 언 제 얼굴부터 먼저 비춰보았다나. 너도
참 한심한 놈이구나 싶었지만 녀석은 씩 한번 웃어주고 나선 그걸
못에다 척 걸었다는 것이다. 속으로는 이제 곧 냅다 외쳐댈 말을 되
뇌어보면서——여러분은 거울을 보십니까. 보시면 가슴 속까지 비
춰 보십니까, 어쩌고 저쩌고.

그렇게 말할 생각이었다는 걸 보면 녀석은 정말 어딘가 거울이라
는 데 홀려 있기도 했던 모양인데…… 그런데 무슨 놈의 그런 일이
다 있느냐. 분명히 못에다 걸었는데 거울은 그러기 바쁘게 가슴을
찢는 소릴 내며 지하도 바닥에서 박살이 나지 않느냐. 미처 돌아서
기도 전에 비명을 울리며 산산조각이 나는 유리 파편을 보는 순간
덕칠이는 정신이 아뜩했다.

"증말이다, 거짓말 안 보태고 눈물이 핑 돌드라카이. "

남은 거울은 발로 밟아버렸노라고 말하는 녀석의 목소리가 약간
떨리어 들렸다. 모조리 밟아버리고 난 다음에야 녀석은 구경꾼들을
밀치고 지하도를 빠져 나왔다고 했다. 한걸음에 계림극장 앞까지 달
려와 조간신문이라고 외치고 다니는 아이들을 보자 좀 정신이 드는
것 같더라는 것이 아니냐.

"한분 해볼라 캤디 참 지지리도 안 되드라. 양놈 부대가 있다는
파주꺼정 가봤는데 거기도 나겉은 놈은 할끼 없드라. "

"왜 말두 않구 혼자 야단이냐, 임마. "

"가망 있으만 같이 해볼라꼬 시험삼아 해본 기라. "

덕칠이 녀석은 고개를 떨구고 돌아섰다. 그렇게 기가 꺾인 모습을
일찍이 본 일이 없으므로 영오는 정말 가슴이 아팠다. 아니 왈칵 신
경질이 났다.

그러나 덕칠이는 역시 풀이 죽어서만 지낼 녀석이 아니었다. 긴
겨울이 가고 봄기운이 돌자 또다시 녀석은 재빨리 칠쟁이 조수가 되
었다. 그리곤 어떻게 뚫었는지 영오한테, 훨씬 힘이 덜 들고 월급도

오백 원이나 더 많은 용접공 조수 자리를 얻어 주었다. 녀석의 말에 의하면 용접공하고 페인트쟁이는 실과 바늘같은 사이라서 잘만 하면 늘 같이 붙어다닐 수 있고 서로가 일자리를 만들어 줄 수도 있다나.

이 구로동 수출공단 공사장에까지 용케 같이 와서 이미 석달을 얼굴 맞대고 지낼 만큼 녀석의 말이 맞은 셈이었다. 다만 한 가지 해결 안 된 것이 있다면 수입이지만, 그걸 무슨 재간으로 맘대로 올려 받을 수 있으랴. 월급이 아니라, 하는 대로 먹는 덕칠이 녀석이 평균 돈 천원 정도 나은 편이었지만, 그래봤자 그게 그거지 첫새벽부터 버스를 두 번씩이나 갈아타야 하는데 고작 4, 5천원 수입 가지고서야 찻간에 깔고 나면 둘 다 남는 게 없기론 마찬가지였다. 그래도 덕칠이 녀석은 배짱 두둑한 놈처럼 늘상 콧노래를 흥얼거리며 지낸다.

영오가 현장으로 돌아왔을 땐 아직 점심시간이 끝나지 않았는지 다른 사람은 둘째치고 염씨도 담배만 뻑뻑 빨아 댈 뿐 핀잔을 주지는 않았다. 영오는 철조망 밑에 엉덩이를 깔고 앉아 일순이 생각을 했다. 곰곰 따져 보면 일순이더러 식당을 그만두라고 한 건 당치도 않는 억지밖에 아니잖느냐. 그만두고 나면 식순이 소리 안 들을 일자리를 구해줄 수 있다는 거냐 뭐냐. 일순이가 주제넘은 자식이라고 비웃고 있는 것 같아 영오는 얼굴이 화끈거렸다. 공연한 소릴 지껄였지.

그러나 일순이의 쓸개 빼논 짓거리엔 화가 안 날 수 없었다. 아니, 영오의 말에 콧방귀도 뀌지 않은 것은 아무리 잘봐 줘도 괘씸하기 짝이 없는 일이었다. 일순이한테 스타킹 말고 뭘 사주면 좋을까. 초침이 팽글팽글 돌아가는 여자 손목시계 하나 사주고 싶다만 그 비싼 걸 무슨 재간으로 사나.

그러다가 마침내 생각난 것이 수를 놓은 스웨터였다. 영오는 그걸 생각해 내는 순간 너무 기분이 좋아 손뼉을 치며 벌떡 일어섰다. 그렇다, 바로 그거다. 노란색 스웨터다. 그걸 하나 사주고 싶다.

"하나 사주고 싶다, 제기랄."

"이 자식아, 뭘 사줘. 미친 소리 말고 빨리 일이나 해."

영오는 머리를 긁적이면서 산소통 곁으로 걸어갔다.

스웨터로 정하기만 하고도 당장 그걸 사 온 것처럼 기분이 좋았으므로 영오는 이튿날 점심시간에 일순이한테 다시 말을 붙이려 했다. 그러나 눈치를 보아 가며 가까스로 기회를 잡자 이번에는 말이 나오지 않았다. 가슴이 뛰고 입 안엔 쉴새없이 침만 고였다.

"저어, 일순이 말이야……"

"내 걱정은 않아두 된다니까 그러네."

"아니, 그게 아니구……"

"글쎄 염려 마."

"내 애긴……"

"정 그렇담 내가 얘기해 줄까. 나 보름 뒤부터 공장으루 들어간단 말이야. 그래두 걱정이야? 이제 더 이상 식순이 소리 듣지 않게 됐는데두?"

"아니, 그게 정말이야? 언제부터라구?"

"보름 남았다니까."

"그럼……"

"그럼, 정식 공원이지. 밤마다 견습했거든."

"그래?"

"그렇다니까."

영오가 뭐라고 해야 할지 어리뻥뻥 입만 하 벌리고 있는데 일순이는 벌써 빈 그릇을 거둬 들고 저만큼 걸어가고 있지 않은가. 어깨를 덮은 긴 머리채가 발을 떼 놓을 때마다 반들반들 윤기를 냈다. 영오는 갑자기 온몸이 찌릿해오는 것을 느꼈다. 쫓아가서 말할까. 스웨터

이야기를 해버릴까. 덕칠이 자식 같으면, 있다가 좀 만나자고 벌써 말했을까. 젖가슴에 달걀을 넣었느니 어쨌느니 했지만 녀석도 아마 당하면 좋아한다고 선뜻 말하지 못할 걸…… 이래저래 속만 태우던 영오는 용기를 내어 자리를 차고 일어섰다. 그러나 분명히 주방으로 들어가는 걸 봤는데 아무리 기웃거려도 일순이는 그 안에 보이지 않았다. 뿐만 아니라 그 다음날에도, 그 다음날에도 영오는 먼 눈으로 바라본 것이 고작이고 축하한다는 말 한마디 할 기회도 없이 드디어 보름이 지나 일순이는 식당에서 사라지고 말았다.

영오는 가슴을 쳤다. 낭패였다. 여공들의 식사시간은 남자들과 달라서, 이젠 손님으로 식당에 나타날 일순이의 얼굴마저 쳐다볼 길이 없이 된 것이다. 생각할수록 영오는 자신이 한심스러웠다. 그게 어디 가슴만 태우고 있어서 될 일인가 말이다. 덕칠이 녀석은 맥이 쑥 빠져 있는 영오를 보자 대뜸 소리쳤다.

"니, 식수이 땜에 상사병났제. 에라이, 이 빙신아. 가시나 하나 놓고 맹물 마시지 마라, 큰일 몬한다. 가른서 간단 말 한 마디 엄 는 가시날 놓고 골빈 놈 아이가. 치아라, 치아."

그건 그랬다. 일순이가 없어진 건 딱히 보름 뒤도 아닌 열사흘째 부터였다. 그날 점심시간부터 일순이가 식당에 보이지 않았다. 잠깐 자릴 비웠으려니 했지 그걸로 하직일 줄이야 누가 알았나. 떠나기 전에는 세상 없어도 한 마디 축하하고 말겠다 다짐에 다짐이던 영오 가 아니었더냐. 그랬는데 그 기집애가 거짓말로 사람까지 속이고 감 쪽같이 숨어버렸다니. 이놈의 전자회사 가시철조망 울타리 일도 이 제 일주일이면 너끈히 끝이 날 테니 일순이를 다시 만나긴 영영 죽 쏜 게 아니냐.

그런데 꿈같은 일이 일어났다. 때론 인심 쓰는 하느님도 더러 있 는 모양이었다. 영오는 일순이를 발견하는 순간 가슴이 철렁 내려앉 았다. 덕칠이가 옆구리를 쿡쿡 찔러 고개를 들었을 때 일순인 덕칠이가 있는 창고문에 살짝 등을 기대고 서있지 않던가. 그러나 덕칠이가 얼른 가보라고 등을 떠미는데도 영오는 발이 떨어지지 않았다. 마침내 녀석의 떠벌이 본성이 고개를 들기 시작했다. 그나마 용케 식순이란 말을 뺀 건 얼마나 다행한 일이냐.

"야가 그만 얼었구나. 정신 차리라, 애인 찾아왔다. 참 야속하게, 한 마디 말도 엄시 갈끼 멋꼬. 멀쩡한 아아 하나 상사병나고 안 말았나."

영오의 발은 덕칠이 녀석의 너스레에 놀라 저절로 떨어졌다. 더 망신살이 뻗치기 전에 녀석의 입을 틀어막아야 했기 때문이다. 창고 입구로 걸어가는 영오의 등에다 대고 녀석은 신바람이라도 난 놈처럼 더 큰소리로 소리쳤다.

"임마야, 용기내라. 용길 내갖고 사랑한다고 했뿌리라."

영오는 당황한 나머지 문간에 선 일순이를 확 밀치다시피하여 재빨리 창고 밖으로 나왔다. 덕칠이 녀석을 기계 부속처럼 어딜 뜯어내고 갈아끼울 수 있다면 딱 한 가지, 그놈의 주둥일 다른 것으로 바꾸어 끼련만. 이럴 때 점잖게 아가리 닫고 있어 주면 오죽이나 좋으랴. 나중 단둘이 있을 때야 무슨 소릴 지껄인들 누가 뭐래나. 영오는 속이 상할 대로 상해서 안절부절 몸둘 데를 몰랐다. 일순이를 바로 쳐다보기조차 창피했다. 워낙 질겁을 한 탓일까, 뭐라고 말을 해야겠는데 입마저 떨어지지 않아 영오는 저쪽 울타리 너머로 한창 짓고 있는 타이어 공장 공사판을 초조하게 건너다 보았다.

"그게 정말이야?" 하고 일순이가 먼저 허두를 떼고 물었다. "저 어기가 하던 말?"

"뭐가?"

"상사병났단 거."

"무슨 소리야, 저 자식 워낙 바람이 쎄. 그거 곧이들어?"

"그럼 안 보구 싶었단 말야?"

"괜히 일순이 놀려주려구 하는 소리라니까, 망할 자식!"

순간 일순이가 갑자기 앵도라진 몸짓을 하며 창고 담벼락 쪽으로 걸어가기 시작했다. 파란 제복을 입은 일순이의 어깨 위에 길게 자란 머리채가 얹혀 있었다. 영오는 엉거주춤 허수아비처럼 팔을 벌리고 서서 어쩔 줄을 몰랐다. 이럴 땐 도대체 어떻게 해야 하는 건지 생각이 나질 않았다. 빌어먹을. 그보다도 일순이가 왜 저럴까.

"난 그래두," 하고 한참만에 일순이가 발끝을 내려다보고 서서 말했다. "점심시간이라서……"

"그럼……"

"그럼, 거길 보구 싶었단 말야."

영오는 정신이 아뜩하고 코끝이 찡해 왔다. 잘못 들은 건 아닌가, 가슴이 조여 더더구나 말이 나오지 않았다.

"아니……"

"그렇다니까, 자기 보러 왔다니까."

"정말이야?"

"관둬. 나 갈래."

일순이는 말하고 나서 몸을 움찔거렸다. 놀란 영오가 다급하게 일순이 앞을 막아서며, 그게 아니라고 팔을 활활 내저었다.

"내가 여기 있는 줄 어떻게 알았어?"

"철조망 치는 데 없길래 일루 왔지 뭐."

"맞았어."

"나 이제 가봐야 돼. 요전에 말두 않구 가버려, 그 얘기하러 왔어. 갑자기 고향에 갔다 왔거들랑."

"고향이 어디길래?"

"경기도 광주."

"언제…… 또 만날 수 있을까?"

"내가 일루 올게."

“난 사흘밖에 안 남은 걸. 일 다 끝나버렸어.”

“벌써? 그럼 어쩌지. 으응 있잖아, 다음 일요일날 말야, 공장 뒤쪽 철조망 밖으루 와볼챠, 밤 아홉 시쯤?”

영오는 더 들을 것도 없이 눈을 끔벅이면서 연거푸 고개를 주억거렸다. 그러자 일순이가 앞을 막아선 영오를 비켜 공장 건물을 향해 팔랑팔랑 뛰어가기 시작했다. 무겁게 드리워졌던 머리채가 좌우로 춤을 추고 있었다. 영오는 모든 것이 꿈만 같았다. 이미 건물 안으로 사라져버리고 보이지 않는 일순이의 뒷모습을 멀뚱멀뚱 지켜보는 영오——일순이가 찾아오기까지 하다니, 도무지 믿어지지 않는 일이었다.

“이 혼 빠진 꼬라지 좀 봐라” 하고 덕칠이가 어깻죽지를 나꿔챘을 때도 영오는 금방 알아차리지 못했다. 덕칠이는 멍청하게 서 있는 영오를 창고 안으로 끌어들이며 말했다. “빠져도 단다이 빠졌구나. 내 숨어 갖고 너거들 하는 이야기 다 들었는데, 니 사나이가 그래 갖고 안 대겠드라. 쫌 화통하게 나가라. 와 그리 빌빌 매노.”

“너, 정말 다 들었단 말야?”

“와아, 또 떤다. 니가 우짜는가 보자 싶어서 들어봤다, 충고해 줄라꼬. 요담 일요일 밤에 만내그던 말이다, 덮어놓고 뽀뽀부터 해라, 철조망 새로 대가리 딜이밀고.”

“잇자식이……”

영오는 그렇잖아도 녀석이 엿들었다는 말에 화가 나서 속이 부글부글 끓는 판인데 한술 더 뜨고 나서는 데는 견딜 수가 없었다. 아픈 곳을 정통으로 찔린 데서 느끼는 자신에 대한 분통이랄까. 어쨌거나 그런 것까지 다 트집잡는 녀석이란 정나미가 떨어졌으므로 영오는 단호한 몸짓으로 녀석과 헤어지고 말았다.

예정대로 사흘 만에 모든 일은 끝나고 영오는 약속이 어긋나는 거나 아닌가 하는 불안에 싸여 대일 전자회사 공장을 마지막으로 떠났다. 마침 같이 일을 끝낸 덕칠이 녀석과 함께 산소통이 뒹구는 삼륜차 짐실이에 타고 가게로 돌아오면서, 영오는 가겟문을 닫는 대로 곧장 남대문 시장에 들를 계획을 세운다. 그러나 막상 시장으로 쫓아가자 너무 늦은 시각이어서 피복점 골목은 거의 문을 닫아 건 뒤였다. 몇 집 남은 가게를 훑어 나온 덕칠이가 말했다.

"다시 생각해라. 천오백 원이만 니 반달치 월급이다."

"당장 산다는 게 아냐, 돈이 있어야지. 값이나 알아볼려는 거야."

"난중에라도 그릏지, 그기 어데 간단한 문제가."

영오는 울화통이 터졌다. 이틀을 기다린 일요일 밤에 구로동으로 내달릴 때는 더욱 신경질이 났다. 영오는 듬성듬성 매달린 외등 밑이 아니고는 시커먼 어둠뿐인 철조망 울타리를 가슴 조이며 따라 걸었다. 시간이 어떻게 됐는지 알 수 없어 마음이 더 놓이지 않았다. 물론 그나마 일요일이 아니었더면 못 빠져나왔을 테지만. 가겟문을 닫으려면 한 시간은 더 기다려야 하는데 통사정이 먹혀들어간 것도 전적으로 일요일 덕이었다. 그러고 보면 일순이가 일요일로 정한 건 벌써 그런 것까지 계산한 것인지 몰랐다.

공장 뒤쪽으로 다가가자 철조망에 바투 붙어 지어 놓은 변소 건물 옆에 사람 그림자 같은 것이 어른거리는 것 같았다. 영오는 갑자기 요동을 치는 가슴을 쓸며 쏜살같이 뛰어갔다. 불안하게 서성거리고 있는 그림자가 일순이란 것을 고대 알 수 있었다.

"나야!" 하고 영오는 일순이쪽에서 기척을 알아차린 다음에야 소곤거리듯이 말했다. "오래 기다렸어?"

"아니, 약간. 여기까지 너무 멀지?"

"괜찮어."

"있잖아, 이제 오지 마. 혹시 나가는 날 있음 미리 얘기해 놓게."

"덕칠이한테?"

"여튼 오지 마, 힘들어" 하고 나서 일순이는 철조망 앞으로 바짝 다가서서 손을 쑥 내밀었다. 영오도 일순이의 손을 잡기 위해 재빨리 철조망 구멍으로 손을 쑤셔 넣는 바람에 그만 턱이 철조망 가시 위에 얹혔다. 둘은 마주친 손을 으스러지도록 꽉 쥐었다. 영오는 숨이 가빠지면서 아랫도리가 뿌듯해 오는 것을 느꼈다. 오분이나 그렇게 서 있었을까. 잡힌 손을 뽑으며 일순이가 말했다.

"이제 가봐야 돼."

말하고 나서도 한참 동안을 그대로 서 있던 일순이가 몸을 홱 돌려 뛰어갔다. 잠에서 깬 듯 영오가 다급하게 소리쳤다.

"나 다음 일요일날 또 올 거야."

그러나 주춤하고 뜀박질을 멈추는 것 같던 일순이는 못 들은 척 내쳐 공장 안으로 사라졌다. 영오는 철조망을 잡은 채 아무것도 보이지 않는 휑한 공터를 들여다보고 있었다. 그러다가 한참만에야 돌아서서 냅다 달아나기 시작했다. 허허벌판으로, 넓고 평평한 공단 도로를 말망아지같이 이리 뛰고 저리 뛰면서 영오는 소리소리 내질렀다. 공단 입구까지 나와 버스를 기다리면서 영오는 손바닥이 끈끈한 건 페인트가 묻어서인 것을 알았다. 덕칠이 녀석이 벌써 울타리를 칠하기 시작한 모양이었다. 그럼 녀석이 일을 끝낼 날도 얼마 남지 않았다는 얘기가 아니냐.

영오는 지겹게 일요일을 기다렸다. 하루해는커녕 한 시간도 지루했다. 그런데 네 번째로 일순이를 만나러 갔을 때는 어느새 몸이 후둘후둘 떨릴 만큼 겨울이 성큼 다가와 있었다. 일순이는 어깨를 움츠리고 서서 말했다.

"이제 정말 오지 마. 우리 이러는 것 눈치챈 사람 있단 말야."

"눈칠?"

"변소에 앉았다가 봤대."

"그래, 야단맞았어?"

"난 줄은 몰라. 자꾸 그럼 알게 된단 말야. 그렇게 됨 난 몰라."

“그럼 그땐 까짓 관둬 버리지.”

“어머머, 그럼 거기서 나 월급 줄챠, 뭘루?”

“일순이 집두 그렇게 못 살어?”

“잘 삶 뭣하러 이짓 해, 그러니까 오지 마.”

“그럼 어떻게 하지?”

“덕칠이라는 사람 편에 연락할게.”

그날 밤 영오는 처음으로 일순이와 입을 맞추었다. 덕칠이 녀석이 가르쳐 주던 대로 철조망 구멍으로 머리통을 들이밀고 일순이의 목을 끌어안았다. 그러자 가시철망이 꼭 쇠목걸이처럼 목둘레를 꼼짝 못하게 둘러싸버려 영오는 속으로 철조망 얽은 놈을 무지막지하게 욕했다. 영오는 그것을 누가 얽어맸는지 깜빡 잊어버리고 있었던 것이다.

영오는 양심에 가책이 가서 그 얘기를 덕칠이한테 들려주지 않을 수 없었다. 왜냐하면 철조망 구멍으로 대가리를 쑤셔박으라고 녀석이 말했을 땐 배가 터지도록 욕을 해놓고선 고스란히 그대로 써먹었으니 말이다. 예상했던 대로 그 얘기를 들은 녀석은 꼭 건방진 하느님처럼 날뛰기 시작했다.

“봐라, 내 말만 들으락 안 카드냐. 절대 손해 안 보고 절대 실패 안 한다. 내 말은 곧 진린기라. 아뭇 소리 말고 앞으로도 내 하라는 대로만 해라.”

녀석은 그러고 나서 몇 마디 더 물어 보더니 당장 영오의 손목을 잡고 일어섰다. 어딜 가는 거냐고 다그쳤지만 녀석은 대꾸도 않았다. 마침내 이상한 골목에 들어섰다는 낌새를 알아차린 영오가 날쌔게 줄행랑을 놓지 않았던들 그날 저녁, 뚝심이 보통이 아닌 녀석의 손아귀를 빠져나오진 못했을 것이다. 이튿날 밤에 만난 녀석은 점잖게 충고했다.

“아이고 이 빙신아, 똥줄 빠지라 도망치는 꼬라지 보기 좋드라.

그 가시나 만나고부터 걸핏하면 아랫도리가 무주룩하다고 니 입으로 안 그랬드나. 그거 뽑아냈부리야지 그양 두만 속빙되는 기라, 속빙. 니 주제론 그 가시나 치매 몬 빗길끼고.”

그 말만은 도저히 그냥 참고 넘어갈 수 없어 영오가 아구통을 한 방 돌릴 참인데, 녀석은 잊었다는 듯이 일순이에 대한 애기를 꺼내는 게 아닌가. 다음 일요일에 일순이가 드디어 외출을 얻어냈다고. 영오는 움켜 쥐었던 주먹을 풀고 녀석 곁으로 잔뜩 다가서면서 다음 말을 기다렸다.

“돈 없는 인간들 만나기는 공원같은 데가 젤로 존데 겨울이라 몬 갈 끼고 해서 내가 고만 안 정해 줬나, 서울역 삼등 대합실에서 만나라꼬. 아침 아홉 시다, 알아서 해라. 가시나들이란 고이 모시 놓고 보는 화초 아이다. 횡 날아갔부리기 전에 중국집 이층으로 데불고 가는 기 좋을 끼다.”

영오는 끝내 참지 못하고 덕칠이 녀석의 주둥이를 후려치고 말았다. 그러나 너스레를 떨 때는 언제나 불의의 기습을 당할 위험이 따른다는 것을 알고 있던 녀석이었는지 잔뜩 경계태세를 갖추고 있는 녀석의 아구통을 돌리는 일은 그리 쉽지 않았다. 녀석은 겨우 핏기가 묻어나는 침을 퉤퉤 뱉으며 잇몸이 2센티는 찢어졌다고 엄살을 부렸다.

영오도 따라 비윗살 좋게 엄살을 부렸다. 토요일 아침부터 오만상을 찡그리고 끙끙 앓는 시늉을 시작한 것이다. 골치도 뻐개지는 것 같고, 오한도 들고, 사지 육신 어디 가릴 것 없이 바스러지듯이 쑤시지 않는 데가 없고, 눈까풀이 무겁고……어쩌고저쩌고. 그건 틀림없는 몸살 증세였고 가게 주인도 그렇게 진단을 내려주었다. 다만 그러면서도 주인은 끝내 영오를 일찍 돌려보내 주지 않았고, 무리가 되면 다음날은 쉬라든가 하는 애기를 비치려고도 하지 않았다. 그러나 영오는 일단 몸살이란 이름의 병자임을 공인 받은 이상 다음날은

자연스럽게 빠질 수 있었으며, 그것은 곧 병세가 악화됐다는 것으로
여겨질 것이므로 마음이 편했다.

일순이는 영오가 서울역 삼등 대합실에 들어선 지 얼마 안 되어
나타났다. 짤막한 스커트에다 융같은 천으로 지은 셔츠만 입고 있었
으니 그렇기도 하겠지만 첫눈에 몹시 추위를 타는 모습이었다. 영오
는 갑자기 스웨터 생각이 불길같이 솟구쳤다. 당장이라도 시장에 갈
수만 있었으면…… 그러나 영오의 주머니에 든 돈은 덕칠이 녀석한
테 꾼 돈 이백 원까지 합쳐서 전 재산 오백 원뿐이니 어쩌랴.

영오는 얄팍하고 짧은 옷을 입고도 산꼭대기라도 올라갈 수 있다
고 장담하는 일순이한테 한없이 감사하면서 잠시도 어물쩡거려서는
안 될 아까운 단 하루라는 데 조급증이 났다. 그러나 그러면서도 막
상은 막연하고 너무나 창창하게 긴 하루해를 어떻게 보낼지 엄두가
나지 않았다. 이미 열두 번도 더 짜보고 또 고쳐 짠 것인데도 역시
오백 원으로는 감당해 낼 것 같지 않아서였다. 하지만 덕칠이 녀석
도 욕심부리지 말라고 하지 않았느냐.

'잘하면 오백 원으로 세상 하날 다 살 수도 있고 잘 몬하면 더럽
  고 추저운 지폐 몇 푼 땜에 녹초가 되고 마는 기다. 제발 욕심부
  리지 마라.'

영오는 퍼렇게 언 일순이와 얼굴을 맞대고 서서, 이미 세 번째로
물어 보는 줄 스스로도 알면서 다시금 의견을 물었다. 그리고 지나
다니는 사람한테 쉴새 없이 어깨를 떠밀리는 일순이의 대답도 한결
같았다. "자기 맘대루 해." 밤 아홉 시에 철조망 사이로 만날 때보
다 더 어렵고 서먹하고 막연하고 거북하였다. 영오는 드디어 화가
난 사람처럼 일순이의 손목을 낚아채고 역사(驛舍)를 빠져나갔다.
얼굴 맞대고 앉아, 추위에 떨지 않고 배고프지 않고 다리 쭉 뻗고
푹 쉬는 거다. 단 하루만이라도. 영오는 서울역 건너편으로 보이는
여인숙 간판을 향해 줄달음치듯이 걸어갔다. 거의 출입문 앞에 이르

렀을 때였다. 손을 맞잡은 채 열심히 따라 붙던 일순이가 주춤하고 물러섰다. 일순이는 잡고 있던 손을 뿌리치면서 물었다.

"지금 어딜 가는 거야?"

"저 집" 하고 영오는 집덩치보다 더 큰 여인숙 간판을 가리켰다. 그리고 가리키는 순간에 아차, 하는 생각이 들었다. 남자와 여자가 그런 집엘 들어가는 데는 설명이 필요했다. 아니 설명만이 아니라 양해를 얻어야만 들어갈 수 있었다. 너무나 자기 생각에 골몰했던 나머지 영오는 그 중요한 절차를 빼먹고 있었던 것이다. 더구나 그걸 알아차린 영오가 지금이라도 재빨리 순서를 밟아야겠다 서둘렀을 땐 이미 때를 놓쳐 버려, 일순이는 아찔하도록 날카로운 목소리를 내고 있었다.

"나쁘다, 참."

"그게 아냐" 하고 영오는 낭패감에 사로잡혀 말을 떠듬거렸다. "오해하지 마."

일순이는 들은 척도 않고 골목을 도로 걸어나가고 있었다. 여관방에 들어가지 않아도 좋았다. 영오는 해명만이라도 하지 않으면 안 되었다. 사방을 두리번거리고 나서 영오는 일순이를 앞질러 뛰어갔다. 그러나 일순이는 이미 화가 난 얼굴이었다.

"제발 오해하지 마."

"나 돌아갈 거야."

영오의 목구멍에서 뿔대가 솟구쳤다. 놓쳐버린 절차에도, 오해를 고집부리는 일순이한테도 모두 화가 났다. 도대체 어떻게 할 수 있다는 거냐. 영오는 일순이 앞을 막고 서서 소리쳤다.

"오해랬잖어. 일순인 몹시 추워하잖어, 피곤하구. 나두 그래. 난 일순이의 그런 걸 한꺼번에 다 풀어주구 싶어. 그런대두 난 오백 원밖에 없단 말야. 그걸 갖구 춥지두 않구 다리 쭉 뻗구 애기두 하구 할 재간이 어딨어."

일순이는 대답 대신 엷게 웃음을 머금은 얼굴을 하고 영오의 팔을 끌었다. 처음부터 다시 순서를 밟는 셈이나 같았다. 일순이가 빨리 이해해 주었으므로 영오는 더 이상 난처한 시간을 연장하지 않아도 되었다.

둘은 여인숙의 출입문을 열고 집안으로 들어섰다. 낮 동안만 머무를 방을 묻자 주인은 시골에서 올라오는 길이냐고 물었다. 일순이가 앞질러 나서며 그렇다고 대답하고 나서 겸연쩍었던지 남매간이라고 덧붙였다. 영오는 일순에게서 서슴없이 튀어나오는 능란한 거짓말에 한편 감탄하면서도 혹시 어느쪽이 형이냐고 물으면 뭐라고 대답해야 하나 가슴이 조였는데 주인은 다행히 그런 것까진 묻지 않고 엉뚱한 일을 가지고 혀를 찼다.

"이 추운 겨울에 어떻게 갈 데두 없이 꾸역꾸역 올라오기만 하니. 도무지 알 수가 없구만, 어쩌자는 건지, 쯧쯧."

여주인은 디룩디룩한 몸집과는 달리 꽤나 친절하고 잔소리가 많은 편이어서 방바닥을 훔쳐냈다는데도 다시 한번 닦으라고 여남은 살이나 먹었을까 한 어설픈 계집아이를 몰아세우고 있었다.

그중 뜨뜻한 방이라더니 들어서고 보니 정말 얼굴이 후끈 달아오를 정도였다. 둘은 바닥을 말끔히 훔쳐낸 방에 털썩 주저앉았다. 한숨을 내쉰 다음 영오는 행여 일순이가 아랫목에 깔린 이불에 신경을 거슬릴까, 아무렇지도 않은 듯 거기다 다리를 쓱 밀어넣으면서 중얼거렸다.

"야아, 뜨뜻하구나."

일순이도 따라 다리를 이불 밑으로 길게 파묻었으므로, 둘은 지친 눈길로 마주 웃었다. 뜨뜻한 것은 역시 기분 좋았다. 그래서 졸립지나 않을까 두려웠다. 아니 잠이 올 턱이야 없겠지만 이런 데서 한잠 늘어지게 자버렸으면 싶기도 했다.

"난 말야" 하고 나서 영오는 씨익 소웃음을 흘렸다. "드러누울 테야."

"맘대루."

영오는 벌렁 나자빠졌다. 그렇게 번듯이 드러누운 다음 영오는 또 히죽 웃었다. 미소를 머금고 마주 내려다보는 일순이의 표정은 어른 스럽다 할 만큼 의젓한 얼굴 같았다. 영오가 그런 일순이의 얼굴을 덮치고 달려든 것은 거의 순간적인 일이었다. 눈알을 멀뚱멀뚱 굴리 며 번듯이 누워 있던 영오가 어느 순간 발작처럼 몸을 벌떡 일으켰 다. 일순이의 몸이 방바닥으로 나자빠지자 견디기 힘든 숨을 몰아 쉬며 둘은 서로를 끌어안고 입을 맞추었다.

긴 얼싸안음에 이어 영오는 덕칠이 녀석의 허풍이 터무니없다는 것을 알았다. 아무리 마음을 독하게 먹어도 일순이의 스커트를 벗길 수는 없는 괴롭고 괴로운 순간만이 초조하고 지겹게 되풀이될 뿐이 었던 것이다. 그건 일순이에게 있어서도 별로 다를 것이 없었던 듯 영오의 몸무게를 받아들이고 밀어내는 어려운 순간순간을 넘기고 난 일순이의 눈꼬리엔 짙은 쓸쓸함이 서려 있었다.

"우린 참아야 해, 안 된단 말야."

"미안해, 첨부터 그럴렸던 건 아냐."

"누가 거기 맘 모르나, 씨이."

둘은 그러고도 왈칵왈칵 들이닥치는 어려운 소용돌이를 겪곤 했 다. 영오는 그 안쓰러움을 벗기 위한 안간힘으로 자칫했으면 털스웨 터 애기까지 꺼낼 뻔했다. 영오가 그딴 수작이 튀어나오려는 입을 틀어막고 일순이를 건너다봤다.

"말이야, 일순인 몇 살?"

"거기부터."

"희망이 절벽이야, 벌써 열여덟 살이나 됐으니."

"어마, 같어, 나하구."

남의 논밭 다섯 마지기를 맡아 짓는 아버지와 쪼르름이 낳은 네

아이들 키우는 어머니를 광주에 두고 내 땅 한 뙈기라도 갖는 것을
천하의 소원처럼 외는 아버지 때문에 집을 나왔다고 말하는 일순이
의 애기를 들으며 영오는 갑자기 몰려드는 피로에 시달렸다. 영오에
겐 그걸 이루기 전엔 집으로 돌아가지 않겠다고 말하는 일순이의 조
그마한 결심이 울화통 터지게 싫었다. 그것이 싫어서 무겁디 무거운
몸을 일으켜 일순이를 다시 끌어안았다. 그것만이 일순이의 입을 틀
어막을 수 있었기 때문일까. 영오는 몸부림쳤다. 여자의 치맛자락이
찢겨져 내리는 허깨비가 쉴새 없이 눈앞을 어른거렸다.
    일순이는 헤어져 돌아가면서 말했다.
    "공장 그만둘지두 몰라, 나."
    "뭐라구?"
    "월급이 없는 걸. 남는 게 없어…… 그래두 참구 견뎌 볼려군
해."
    "그래, 견뎌 봐, 참구."
    영오는 일순이와 헤어지자 덕칠이 녀석한테로 내달렸다. 녀석은
겨울이라서 집에서 빈둥거리고 있었다. 무슨 일이 있어도 다음 만날
때는 털스웨터를 들고 나올 테다, 하고 영오는 헐레벌떡 언덕을 추
어오르며 소리쳤다. 일순이는 다음 달 같은 날 나오겠다고 했으니
까. 그리고 보이지 않거든 그 다음날 면회를 와 달라고 말했다.
    영오는 덕칠이 녀석을 끌고 거기로 갔다. 덕칠이는 도장주머니에
꼬불쳐 넣어 뒀던 오백 원짜리 두 장을 꺼내 주고 나서 히죽 열쩍은
웃음을 흘리며 먼저 여자를 따라 방으로 들어갔다. 녀석은 영오가
그 돈을 쓰자고 스스로 나설 때 그 돈을 기꺼이 여자한테 바치겠노
라고 벌써부터 선언해 왔던 것이다. 뿐만 아니라 녀석은 틀림없이
영오가 머리를 숙이고 기어들 날이 있다고 장담까지 했었으므로 녀
석의 의기양양해 하는 꼬락서니에 밸이 틀렸지만 참을 수 없는데야
어쩌랴. 괜스레 마빡을 쓱쓱 문지르며 어느새 마당가에 나와 서 있

던 덕칠이 녀석은 영오가 뒤늦게 방문턱을 넘어서기 바쁘게 또 그놈
의 떠벌이 본성을 드러내기 시작했다.

"색시, 이 빙신 그거 어떻든기오? 형편없겠지 머. "

문지방 안에 퍼들치고 앉아 콧노래로 박자를 맞추고 있던 여자가
맞장구를 쳤다.

"에이, 젖비린내 나. 밥맛 없어. "

신발코를 꿰던 영오가 되돌아서서 주먹을 울러메고 달려드는 시
늉을 했지만 여자는 혓바닥만 쏙 내밀 뿐 움쩍도 않았다. 밖으로 나
온 덕칠이 녀석이 물었다.

"그래 으떻드노? "

"몰라, 임마. "

"지 가시나한텐 손도 몬대 보고. 아이고 이 빙신아. "

영오한테 위안거리가 있다면 바로 그 점이었다. 일순이를 그대로
돌려보낼 수 있었던 것, 그것으로 영오는 기분 좋아지려 애썼다.

그런데 영오는 놀라지 않을 수 없었다. 그렇게 개차반으로 큰소리
쳐 온 덕칠이 녀석이 사실은 그런 데 간 일이 한 번도 없다는 것이
아니냐. 뿐만 아니라 오늘도 녀석은 끝내 실패하고 말았다지 않느
냐.

"증말이다. 안 되드라. 아무리 맘을 독하기 묵어도 바지는 몬 벗
겠드라. "

영오는 녀석의 속임수에 넘어간 것 같은 배신감에 사로잡혀 자신
도 모르게 녀석의 따귀를 후려갈겼다. 그리곤 사람들이 몰려들기 시
작하자 둘은, 걸음아 나 살려라 하고 줄행랑을 놓았다. 녀석은 헤어
지기 전에 풀죽은 목소리로 중얼거렸다.

"내 사과하게. 그래도 닌 오늘 일순이를 그양 돌리 보냈다 아이
가. 그럼 됐지. "

"아냐, 잘못한 건 나다. 끝까지 잘못한 건 나야. "

일순이는 약속한 날, 서울역에 나타나지 않았다. 그리고 다음날 대일 전자공장으로 면회를 간 영오는 일순이가 이미 한달 전에 공장을 나가버렸다는 사실을 알았다. 영오는 허망하고 쓸쓸한 마음으로 공단을 걸어 나왔다. 동생들한테 죽을 죄를 지었노라고 속으로 빌고 또 빌어서 산 털스웨터를 안고 영오는 강둑을 따라 걸었다. 성급한 기집애, 견뎌 보겠다고 거침없이 말해 놓고선. 그래 놓고 일순이는 그날로 사라져 버렸음이 분명했다.

덕칠이는 일순이가 절대로 나빠지지 않는다고 장담했다. 일순이는 무사히 헤어진 영오가 두려워서도 나빠질 수 없다고 우겼다. 영오는 그날 일순이를 공장까지 데려다 줄 생각은 않고 바짓가랑이를 움켜잡고 덕칠이한테로 내달리기 바빴던 것이 두고두고 후회되었다.

"시간은 가고, 넌도 고만 거짓말끝이 잊았부리게 되는 기라."

봄이 되고, 덕칠이에게도 다시 일거리가 생기면서부터 영오는 녀석과도 좀처럼 마주칠 기회 없이 자질구레한 용접공 일에 몰려 지냈다. 남의 집 채양을 땜질하는 일에서부터 끊어진 쇠창틀을 잇는 일까지 사천 원짜리 용접쟁이 조수는 눈코 뜰 새가 없을 지경이었는데도 일순이는 잊혀지기커녕 점점 더 또렷하게 영오의 눈앞을 어른거렸다. 밤이면 영오를 찾아와 쉴새없이 치마끈을 풀어내리기도 했다. 그리곤 꼭 한마디씩 덧붙이는 말이 있었다. 젖비린내나는 애송이는 삼 년 재수없다고.

영오는 덕칠이를 만나기 위해 금호동으로 그의 형네를 찾아갔다. 일순이를 찾아보아야 하는지를 물어보고 싶어서였다. 그리고 두어 달 뜸한 사이에 무슨 일은 없었는지도 궁금했다. 그런데 마침 녀석도 집을 나서던 참이라지 않느냐.

"이눔아야, 할 이야기가 있다. 내가 일순이를 만났다 아이가, 오늘."

"뭐야?"

“그른데 놀라지 마라이, 그 가시나 베렀드라.”

“무슨 소리니?”

“오늘 창경궁에 갔다가 그 가시날 안 봤드나, 왜놈들하고 히히덕 거리는 걸.”

영오는 믿어지지 않았다. 녀석이 무슨 팔자를 타고 났다고 대낮에 창경궁엘 갔다는 거냐.

“증말이다, 거기 삐둘기집에 빵기칠하러 안 갔드나. 우리 형 집보다 그늠의 삐둘기집이 몇 밴 낫드라 카이.”

녀석은 거기서 색동저고리에 다홍치마를 입고 일본 관광객들을 쫄래쫄래 따라다니는 일순이를 봤다는 것이다.

“그게 사실이라면 왜 못 잡아 왔니. 거짓말 마라, 이새끼야.”

“맞다, 난도 잡을라꼬 쫓아갔다 아이가. 그른데 빵끼붓을 놓고 금방 쫓아갔는데 고만 그단새 어데 숨었는지 없어짓부린 기라. 날 봤는지 몰라.”

“이런 병신, 그 기집애가 일본 사람은 왜 따라다니니?”

“병신, 몸 판다는 이야기도 몬 들었구나.”

영오는 하늘이 노래졌다. 녀석은 관광호텔 일주일만 뒤지면 찾아낼 수 있을 거라지만 그 짓을 어떻게 한단 말이냐. 새벽에 호텔 뒷문을 지켜 서 있으라니. 거기서 혹시 정말로 일순이와 맞닥뜨리게 되면 그야말로 어쩌느냐. 그럴 수는 없었다.

둘은 다음날 아침 창경궁으로 내달렸다. 만나더라도 거기서라면 참을 수 있을 것 같았고, 못 찾더라도 가볼 수 있는 유일한 곳도 거기뿐이었다. 영오는 후들후들 떨리는 다리를 끌고 고궁 안으로 들어섰다. 봄이 되면서 부쩍 늘어났다는 소문이 실감나도록 관광여행자들이 이리저리 눈망울을 굴리며 무리를 지어 돌아다녔다. 저 어정쩡한 호색한들이 일순이를 잡아먹어 버렸다니. 영오는 찾으려는 마음과 마주치지 않기를 바라는 또 하나의 착잡한 눈길로 사방을 두리번거리며 덕칠이를 따라 안으로 안으로 깊숙이 걸어들어가고 있었다.
　그러나 그들은 거기서 결국 일순이를 찾아내지 못했다. 영오는 창
경궁 하늘을 쳐다봤다. 새 잎을 피우기 위해 뽀록뽀록 움을 트고 있
는 나뭇가지들 때문에 하늘은 거의 가려지고 보이지 않았다. 영오의
눈에 뜨겁고 아린 물기가 서리기 시작했다.

현장실습

　구월의 타는 햇볕이 따갑게 목덜미를 지지는 속을 타박타박 걸으면서 여교사 윤희(允喜)는 허기를 느꼈다. 넓지 않은 운동장을 다 쳐나가는 것이 지겹도록 지루했다. 윤희는 기분 나쁘게 기어 내리는 목줄기의 땀을 닦으며 고개를 들고 운동장 구석자리로 아린 시선을 보냈다. 네 귀퉁이마다 나란히 세 개씩의 천막을 세우는 바람에 운동장이 손바닥 만하게 작아져 버렸는데도 아직 천막에 닿으려면 여남은 걸음은 더 남아 있었다. 윤희는 고개를 비틀어 계단 위에 올라앉은 본관의 교무실 자리를 건너다보았다. 양쪽으로 길게 뻗은 화단을 뚝 자르듯이 하여 만든 계단을 걸어 내려와 뙤약볕이 이글거리는 운동장을 뚫고 온 것이 까마득하게 느껴질 정도로 멀어 보였다. 턱 끝에서 땀방울이 뚝뚝 떨어졌다.

　"그러다가 더위 먹을라."

　언젠가 어머니는 이마에다 허옇게 소금을 말려 붙이고 나타난 딸을 보고 혀를 찼다. 사내라도 온전하지 못하겠다고 대뜸 짜증부터 늘어놓던 것이다. 눈꼬리에 찌들린 피로를 달고도 꼭 신들린 사람처

럼 학교 사정에만 열을 올리는 딸을 어머니는 언제나 못마땅해 해왔
으니까. 윤희는 그런 어머니가 싫었다. 아니 어머니만이 아니라 집
안 식구 모두에 대해 울화통이 솟구치도록 불만이었다. 격려를 보내
고 후원은 못해 줄지언정 교육계에 사십 년 이상 몸을 바쳐 오고 있
다는 걸 가지고 늘상 당신 스스로도 대견하게 생각하며 공로 표창장
이나 쳐다보고 사는 아버지마저 펄쩍 뛰기 일쑤인데는 어이가 없었
다. 학교에 나가면 의젓한 위엄에 숙달이 된 그런 몸짓을 하는 교장
아버지의, 집에서의 모습이 그렇게 다르게 나타나는 데 윤희는 환멸
을 느꼈다. 낡아빠지고 위선에 찬 아버지의 몸짓에 모멸의 눈초리를
보내지 않을 수 없기까지 하던 것이다. 윤희는 잔뜩 부아가 치민 목
소리로 쏘아붙였다.
　"쓰러지지 않을 테니 걱정마세요. 그리구 설령 이러다 쓰러지는
　한이 있더라두 그때까진 뛸 거예요. 전 왜놈들 밑에서부터 교단에
　서신 아버지가 사십 년 동안 한번도 쓰러진 일이 없다는 게 여간
　신기하지 않아요."
　"원, 저것이……"
　"신기하잖구요, 교육자시라는 아버지가 말예요."
　"아니 조년의 주둥아릴 그만……"
　아버지가 들고 있던 부채를 접어 닭 주둥이처럼 쪼며 달려들자 급
기야 석간신문을 뒤적이는 체하던 오빠가 재빨리 아버지 앞을 막아
서며 윤희의 뺨따귀를 후려치는 소동이 벌어졌다. 그녀는 그렇게밖
에 반응을 보이지 못하는 집안에 분노같은 것이 왈칵 치밀어 그만
울음을 터뜨리고 말았다. 얼음에 잠긴 수박덩이를 화채 그릇에 담던
손을 멈추고 어리벙벙해 하던 어머니가 딸의 학교를 찾아온 것은 바
로 그 다음날이었다. 보나마나 어머니는 도대체 뭐가 어떻게 됐길래
아버지한테 다 달려들고, 안 하던 짓을 하는가 해서 와 본 것일 터
였으므로 윤희는 당장 어머니의 손목을 잡고 학교 뒷등으로 올라갔

다. 우선 집안 식구 한 사람이라도 눈을 바깥으로 돌려 깨닫게 해주고 싶어서였다. 그래서 윤희는 등성이며 산허리, 개골창 할 것 없이 자오록하게 들어찬 천막들을 가리키며 일일이 설명을 붙였다. 겨를이 없더라고 기회를 놓치지 말고 말썽꾸러기들을 학교로 보내 달라고 독촉을 대느라 샅샅이 누비고 다닌 그 천막들을 손가락으로 가리키며 윤희는 새삼스럽게 목이 죄어 말이 잘 나오지 않았다. 그러나 어머니를 설득한다는 것은 애시당초 가망 없는 욕심일 뿐이어서 뻣뻣한 고개를 지루하게 돌리면서 초점 잃은 눈길로 따라다니던 어머니의 눈은 설명을 끝낸 윤희를 향해 이렇게 결론지었다.

"저런 천막집 애들 학교에 나오래 봤자 기성회빈들 받아내겠니, 어디. 아무리 운이 없었기루 그래, 네가 이런 비렁뱅이 고장에 와서 선생질을 하다니. 네 아버지보구 맨날 큰소리만 떵떵 치지 말구 서둘러 옮겨 달래야겠다, 딴 데루. 좋은 학교루 말이다, 쯧쯧."

"난 딴 학교루 안 가요."

윤희는 뒤통수에 화딱지를 붙이고 언덕을 내려가기 시작했다. 바로 뒤를 따르며 사뭇 병나겠다고 주워섬기던 어머니는 헤어지기 전에 재차 말했다.

"오늘두 또 늦어지니? 제 몸 제가 생각 않음 누가 생각해 주는 줄 아니. 사내두 아닌 계집애가. 네 혼자 힘으로 뭘 어떻게 하겠다는 거냐? 본래부터 가난은 나라두 못 구한댔잖았니."

"여긴 나라가 버린 사람들이 모여 있는 곳이라구요. 얼른 돌아가세요."

윤희는 잡념을 떨 듯이 도리질을 하고 나서 여남은 걸음 남은 천막 교실을 향해 잰걸음으로 다가갔다. 학교를 찾아왔던 어머니 생각이 갑자기 난 것은 정말 병이 나려는 것은 아닌가 하는 불안이 머리를 쳐들었다. 오전 수업을 마치고부터 맥이 탁 풀리고 목젖이 깔깔

해 오는 게 어딘가 심상찮은 구석이 없지 않았던 것이다. 가뜩이나 교원이 모자라 쩔쩔매는 판에 지금 몸져 누워서는 큰일이었다. 나날이 짜증만 늘어가는 동료 교원들에게 드러내 놓고 불평하게 만드는 결과를 가져올 것이었다.

그러나 교실 문턱을 넘어선 윤희는 그런 생각을 까맣게 잊고 있었다. 숨이 막히는 천막 속의 열기도 의식 못한 채 곧장 주저앉아 버릴 것 같던 몸은 교단으로 올라서는 순간 가뿐하게 가벼워지고 지끈거리던 머리도 맑아지는 것 같았다. 단지 신경이 쓰이는 것은 무엇보다 오늘도 여전히 소식이 없는 사라진 세 아동이었다. 이 판에 학교가 다 뭐냐고 버럭 소리를 치던 외다리 목각수(木刻手) 정씨의 아들 칠성이, 밀가루 수제비를 훌쩍이다 말고 천막자락을 들치고 뺑소니를 치던 순자, 애 아버진 차돌이라고 민적에 올렸는데 무슨 소리냐고 펄쩍 뛰는데도 무식한 호적계원 잘못인지 초본엔 엉뚱하게 차돌이 아닌 이름으로 되어 있는 냉석(冷石)이——모두가 또 하룻밤새 보따리를 쌌을지 몰랐다.

물론 아이들이 이렇게 비는 것은 지금까지 한두 번 있어 온 일은 아니었다. 들쭉날쭉 정신을 차릴 수 없을 지경이지만 하루 이틀 안 나온다 싶어 찾아가 볼라치면 거개는 어느새 행방을 알 수 없는 게 보통이었다. 하기야 이따위 저주받은 땅같은 불모지를 떠나간 사람들을 생각하면 저절로 한숨이 나올 정도로 차라리 안도감이 앞서기도 하지만 가슴을 죄는 것은 바로 그 아이들이었다. 전학서를 떼어가지 않고는 어디서건 다시 받아 주는 학교가 없지 않은가. 그건 유독 떠나가는 아이들만이 그런 것도 아니었다. 제발 학교에 보내 달라고 졸라 대어 쭈뼛쭈뼛 나타난 아이들도 철거당해 오기 전에 다니던 시내 학교에 가서 전학 수속을 밟아 오라고 하면, 열이면 열 그대로 종무소식이었다. 그 땐 다시 천막을 누비고 찾아가 종용해 봤자 타박만 맞고 돌아서기 십상이니 의무교육이라면서 몰아낼 기회

만 노리는 것 같은 까다로운 전학 절차란 도대체 무엇인가. 그녀는
화딱지가 치밀지 않을 수 없었다.

수업을 끝낸 윤희는 동료 여교사 이성주(李星珠)와 함께 마을로
나갔다. 운동장에 너저분한 천막을 치고도 새까맣게 몰려든 애새끼
들을 칠팔십 명씩 한 방에 처넣어야 하는 판에 무슨 놈의 취학 독촉
을 나서느냐고 쑤군거리는 중에도 몇몇 교원만은 적령기의 아이들
이 학교에 나오도록 해야 한다는 교원으로서 당연히 해야 할 일에
이의가 없었다. 윤희와 동년배인 이성주가 그랬고 집집마다 찾아 나
설 정도는 아니지만 그밖에도 젊은 두 남자 교원이 불평하는 다른
교원들의 목소리가 커지지 못하도록 막아 주고 있었다. 두 남자 교
사는 손기원(孫基元)과 최영모(崔永模)가 바로 그 사람들인데, 그
들이 같이 뛰어 주면 훨씬 효과적이고 용기도 나련만 사나이들이란
원채 규모가 큰 일을 보다 거창하고 놀랍게 일거에 이루는 인간들처
럼 거드럭거리는 허풍선이들이어서, 처음 한 달포쯤 비지땀을 뻘뻘
쏟으며 헐레벌떡 뛰어다니던 그들은 어느 날 갑자기 털썩 물러앉아
버리고 말았던 것이다. 꼭 그 따위 자질구레한 방법으론 아까운 청
춘만 늙고 만다는 투의 표정을 그리고서……

"아니, 손 선생님. 오늘은 왜 이렇게 능장을 부리시죠?"
하고 윤희가 책상머리에 서서 다그치자 옆자리에 있던 최영모가 먼
저 대꾸하고 나섰다.

"다 소용없는 짓입니다, 그런 방법을 가지곤."

"벌써 지쳐 버리셨군요."

"그까짓 가을 마당에 콩 튀어 달아나듯 하는 애새끼들 백 날 주워
모아 봤자 감옥이 아닌 담에야 붙들어 두긴 틀렸고 조 선생도 괜
히 소용없는 짓거리에 날씬한 각선미만 버리지 말고 그만두쇼."

"알았어요, 고작해야 농담할 정도의 자세였다는 걸."

"하 답답하니 그러는 거지 우리도 농담하고 싶은 거 아니라구요.

이 일들 하나하나가 아니라 전체를 하나로 묶어 근본적으로 해결하는 거란 말예요. 두고 보슈, 우리가 어떻게 하는가."

물론 단지 발뺌하기 위한 구실로만 그런 터무니없는 허세를 부린 것이야 아니겠고 자기들 딴에는 뭔가 다부지고 비장미마저 서린 다른 대책 수립에 희망이 엿보여서 그랬겠지만 뾰족한 대책이 나설 게 뭔가. 그런 지 이미 두 달이 지나고, 더구나 그 동안에 세상을 들쑤셔 놓은 천막민들의 생존 항쟁이 장마 속에 터져 더 이상 초연할 수 없는 실정이 드러났으면서도 쉬쉬하면서 하루하루 잊혀져 가고 있는 판국에 꿀먹은 벙어리처럼 눈망울만 씀벅이고 있는 그들이었다. 아니, 윤희와 시선이 마주치면 당장 겸연쩍어하거나 당황한 낯빛을 드러내면서 눈길이 흔들리는 것이었다. 원, 천하대장군같이 멍청한 사내들이라니.

임시 가옥 번호 83호에 사는 청년 한민수(韓民樹)가 언덕 위에 서서 윤희가 추어 오르는 모습을 지켜보고 있었다. 윤희는 거의 청년 곁에까지 다가가서야 거기 사람이 버티고 서 있는 것을 알아차렸다. 그는 뒷잔등으로 마지막 햇살을 막고 하늘 가운데 서 있어서 꼭 육중한 동상을 대하는 것 같았다. 한민수는 윤희가 곁으로 다가서는 것을 기다려 거칠게 말했다.

"오늘은 또 뉘네 애새끼가 결석했수?"

"바로 댁의 동생 순자가요."

"그랬으면 보따리 싸갖고 야반 도주했나보다 할 일이지 예까지 올라오면 어떻게 하겠다는 거요!"

"학교루 데리구 가야죠."

"돈독 든 세상에 고거라고 물들지 말란 법 있소. 쫄쫄 굶고 천막학교에 앉아 허기진 헛소리를 내지르느니 돈 벌어 배부르겠다고 벌써 달아났수다."

"아니, 그게 정말이세요?"

“그렇잖아도 기운 없는 판에 왜 힘들여 거짓말을 하겠수. 조 선생
네 식모 구하는 중이면 당장이라도 불러내 오지요.”

“오빠라구 아무렇게나 말해두 되는 게 아녜요.”

“내려가시오. 지금 우리한테 필요한 건, 자꾸 학교 가자고 우겨서
아직도 세상엔 한 가닥 희망이 남아 있는 것같이 착각시키는 알량
한 선심이 아니라구요.”

윤희는 가슴이 미어지는 것 같았다. 목줄기에서 울음이 탔다. 그
러나 용케 참아 내면서 그녀는 청년을 비켜 언덕을 올라섰다. 거적
때기를 들치자 석유등이 빤하게 켜진 천막 안에 뜻밖에도 순자는 혼
자 동그마니 앉아 있었다. 안으로 한 걸음 성큼 들어선 윤희를 알아
본 소녀는 잽싸게 땅바닥에 얼굴을 박았다. 윤희가 새우같이 처박힌
아이의 옆구리에 손을 넣어 일으켜 앉히려는 순간 마침내 소리내어
울기 시작했다. 그녀는 발버둥치는 아이를 안아 일으키면서 되풀이
이름을 불러세웠다.

“순자야 순자야 순자야, 선생님 앞에서 이러면 못써요.”

축 늘어져 버둥거리던 소녀가 발딱 몸을 돌리고 그녀의 품속으로
달려들었다. 그녀는 소녀의 등을 안기 위해 무릎을 꿇었다. 어깨를
들먹이며 소리 죽여 흐느끼는 아이한테 뭐라고 말해야 하는지 생각
이 나지 않았다. 그녀는 꺽꺽거리는 목소리로 띄엄띄엄 떼어 놓았
다. 순자보다 더 배고픈 것을 참아 낸 위대한 사람들이 많다고. 그
들처럼 끝까지 참고 학교에 나와야 한다고. 그러나 아무리 위로할
목적이라지만 위대해지기 위해선 가난해야 한다는 거짓말은 나오지
않았다. 아이가 고개를 들고 잠시 그녀를 쳐다보았다.

“선생님 전 돈 벌러 갈 테야요. 훌륭한 사람 싫어요. 배고팠던 사
람들이 많이 훌륭해졌는데도 배고픈 사람들만 왜 자꾸 많아지나
요? 전 식모로 갈 테야요.”

“순잔 그런 생각하면 못써. 훌륭한 사람은 그렇게 조그맣게 생각

하지 않거든. 이제 곧 많은 훌륭한 사람들이 나설 거야. 그리구 그분들이 가만 있으면 순자가 커서 그런 일을 해야 해."

흔들리는 석유등불 때문에 얼른 알아차리지 못했지만 자세히 보니 자꾸만 고개를 외면하는 소녀의 이마엔 퍼런 멍자국이 있었다. 윤희는 아이의 얼굴을 젖히고 놀란 목소리로 소리쳤다.

"너 이마가 왜 이러니, 순자야?"

순자는 대답을 않고 다시 입꼬리를 일그러뜨렸다. 분명했다. 식모살이를 가지 않고 버티다가 드디어 혼구멍을 만났음에 틀림없었다. 그러나 순자는 뜻밖에도 오빠한테 두들겨맞았다고 말했다. 학교를 다니느니 식모로 가겠다고 우기다가 오빠의 주먹에 맞아 정신을 잃었다면서 소녀는 울먹였다. 철 지난 참외 몇 개를 광주리에 담아 이고 나갔다는 어머니와 일거리도 없이 그냥 나갔다는 아버지가 돌아올 때만 기다린다는 소녀를 남겨 두고 돌아서며 윤희는 기어들어가는 목소리로 한번 더 다짐을 주었다.

"순자, 내일 학교 안 나오면 선생님 화낼 테야. 오빠두 그러실 거구. 오빤 순자가 배고픈 걸 참고 이겨내어 훌륭한 사람이 되길 바라는데 순자가 잠시 딴 생각을 하니까 화가 나신 거야."

순자의 오빠 민수는 이미 어둠이 침침하게 내려덮인 산마루에 여전히 장승처럼 버티고 서 있었다. 그는 윤희가 다가서는 기척에 약간 몸을 일그적거리고 나서 한숨을 삼켰다. 외면하고 딴전을 피우는 품이 아무래도 말 붙이지 말기를 바라는 투였지만, 그러나 윤희는 그를 스쳐 지나기 전에 우정 뚜렷한 목소리를 만들어 말했다.

"집으루 들어가세요, 순자 혼자 있어요. 혼자 내버려 두는 건 좋지 않아요." 하고 나서 그녀는 걸음을 떼놓기 전에 다시 덧붙였다. "아직은 손찌검해서 만류할 만큼 자란 소녀가 아니에요, 어린애라구요."

"일 없수다."

“좋게 달래서 내일은 꼭 학교루 보내 주셔요.”
“난 거짓말은 못합니다.”
“거짓말이 아녜요.”
“그래요? 그렇다면 한 가지 묻겠는데, 소리를 크게 내지 않는다고 불볕 아래 끝없이 세워 두고 부른 애국가를 또 불러라 또 불러라 소리친 것에 대해선 뭐라구 해야 참말이 됩니까. 허리를 움켜잡고 되풀이 애국가만 불러 대면 배가 불러진다고 했는데 그게 사실이냐고 그 아이는 물었으니까 거짓말을 하지 않고 한번 대답해 보시우. 나는 결국 그렇지 않다고 단호히 말할 수밖에 없었으니까. 하지만 그앤 내가 머뭇거리는 동안에 스스로 대답했수. 배가 불러지기는커녕 나중에는 입을 벌려도 소리가 나오지 않더라고. 그 따위 선생들을 그래도 거짓말쟁이로 몰지 않으려 머뭇거리다가 나만 궁지로 몰려 버렸수. 신용을 잃은 내 말을 그앤 이제 더 이상 믿지 않을 거요.”
윤희는 언덕을 내려오며 되바라진 교감 얼굴을 떠올렸다. 나이값을 못하고 때도 없이 촐랑대는 교감은 2학기 개학식을 마치자 식순 중의 애국가 제창이 중놈의 염불보다 못했다고 빠락빠락 악을 쓰면서 아이들을 거푸 볶아쳤던 것이다. 그나마도 뙤약볕 아래 허기져 섰던 아이들 서넛이 피식피식 쓰러지지 않았던들 교감의 그 경박한 짓거리는 얼마나 더 오래 계속되었을 것인가.
순자는 사흘 만에 다시 학교에 나타났다. 냉석이도 바로 이튿날부터 나오기 시작했으나 칠성이만은 여전 행방이 묘연했다. 또다시 두 아이가 보이지 않아 그날까지도 순자가 나타나지 않으면 마을로 나가는 걸음에 또 들러 볼 밖에 없다고 마음먹고 있는 판에 순자의 얼굴이 보였으므로 윤희는 여간 반갑지 않았다. 순자는 아직도 멍자국이 생생한 이마를 한 손으로 가리고 곧장 옆으로 고개를 비꼬았다.
“괜찮아요. 애들 묻거들랑 어디 받혔다구 해요.”

“어머닌 다 삭아 없어지기 전엔 학교 가지 말랬어요.”

“잘했어. 오빠 이제 작업전표 타냈겠지?”

“내일 하루치 얻었대요. 일주일 만이예요. 오빠 안 되겠대요. 그래서 멀리 가 봐야겠대요.”

“어디루?”

“모르겠어요.”

막노동을 하고 싶어도 일자리가 없어 전표 배당이 나오기만 기다리고 있는 장정들. 그 판에 노쇠한 가장들이야 막상 전표를 들고 공사판까지 나가서도 퇴짜를 맞고 돌아서기 일쑤라니, 그래저래 천막민들은 가을도 채 오기 전에 겨울나야 할 걱정이 태산 같았다.

점심 시간에 도시락을 들고 마주 앉은 이성주가 풀죽은 목소리로 말했다. 사흘 전에 없어진 아이 둘이 여태 돌아오지 않았는데 그 동안에 또다시 다섯 아이가 나오지 않고 있다고. 일반대학을 나온 윤희와는 달리 강원도에서 진짜 교원 교육을 받은 교육대학 출신의 그녀는 그래서 그런지 요모조모 자상하게 마음쓰고 재어 보는 순진한 소녀티를 갖고 있었다. 낙도(落島) 여선생이 제격인 진품 교원의 표상이라고 동료 교원들로부터 걸핏하면 농담 반 진담 반의 평판을 듣곤 하는 그녀지만 실상 그녀를 붙들고 있는 것은 기독교라는 신앙인지 몰랐다. 조상 대대로 믿어 온 것도 아니고 그렇게 빠질 수밖에 없었던 무슨 계기가 있었던 것도 아니면서도 재학중 어느 가을날 하교길에 우연히 동행하게 된 여전도사의 포교에 설복당한 것이 그처럼 독실한 교인이 돼버린 동기라고 그녀는 말했는데, 윤희로선 그 점이 늘 불안했다. 워낙 내성적인 성품이어서 쉽사리 외곬으로 빠져버리는 그녀를 사로잡은 것이 지금은 종교이지만 또 다른 유혹의 손길이 그녀를 홀리지 않으리란 법은 없기 때문이었다. 더구나 그녀로 하여금 지금 달아나는 아동들을 찾아 나서게 등을 떠미는 것도 기독교의 경전이 단정적으로 못을 박은 교원으로서가 아닌 충직한 신자로서의 의무를 다하고 있는 것으로 생각하려 드니 말이다. 어느 정도냐 하면 그녀는 이 천막촌에 교회 간판을 걸고 있는 한 돼먹지 못한 목사가 그녀를 찾아와 아홉 살박이 소년 하나를 당장 퇴학 처분하라고 호통을 쳤을 때 왼뺨을 맞은 예수는 오른뺨을 돌려 대지 않았느냐는 말 한마디도 해주지 못했던 것이다. 그 돼먹지 못한 목사는 문제의 아동이 자기 예배당 유리창에 돌을 던져 유리 한 장을 깼다면서 코흘리개의 멱살을 잡아 학교 교무실까지 질질 끌고 나타났었다. 하필이면 이성주의 반 아이일 게 뭔가 하고 속을 태우던 윤희가 괴로움에 떠는 그녀를 밖으로 불러 냈다.

"박애를 통한 구제를 부르짖는 기독교 목사로선 그럴 수 없잖아. 고민할 거 없다니까. 이 고장엔 예배당이 너무 많아. 천막을 누비듯이 하면서 적어도 서른 개 이상의 교회가 십자가를 쳐들고 박혀 있으니 눈 감고 돌팔매질을 해도 교회당 유리창이 깨질 거야."

윤희는 말하면서 그녀가 자신의 종교에 대해 쉴새 없이 회의를 품을 기회가 있어서 보다 여유 만만하고 튼튼하게 폭을 넓힘으로써 느닷없이 들이닥친 어떤 충격으로 설혹 파문을 당하는 경우에도 인간으로서의 파멸만은 맞지 않게 되기를 빌었다. 그런데도 그 뒤 그녀에게서 시련을 겪고 있는 듯한 냄새가 맡아지지는 않았다.

윤희는 일곱 아이를 찾아 나서는 이성주를 따라 마을로 올라갔다. 움직이는 거라곤 시뻘건 황토 흙먼지를 달고 내닫는 자동차뿐인 것 같은 착각이 들 정도로 해거름의 개골창길은 기갈에 한껏 지쳐 있었다. 푸성귀나 찐 고구마를 늘어놓고 앉은 사람도 그 언저리를 비치적거리며 지나가는 사람도 입을 다물고 멀거니 바라볼 뿐 말을 붙일 기력이 없었다. 두 여교사는 '증산 수출 건설 푸른 내 고장으로'라고 쓴 현수막이 커다랗게 펄럭이는 밑을 지나 걸음을 재게 놀렸다. 어느 새 해가 뉘엿뉘엿 넘어가고 있어서 서둘지 않으면 다 찾아다닐 것 같지 않았다.

이튿날, 첫시간을 마친 윤희가 전날의 가정 방문 성과가 어떤지 알아보기 위해 이성주 선생 자리로 다가서고 있을 즈음이었다. 등 뒤에서 사환 아이가 다급하게 소리치면서 그녀를 불러 세웠다.

"조 선생님하고 이 선생님 교장실루 오시래요."

두 사람은 어리뻥뻥한 눈길을 나누고 난 뒤 교무실 끝으로 걸어갔다. 교장실엔 낯선 사람이 교장과 마주 앉아 이야기를 나누는 중이었다. 그러다가 그들이 들어서자 교장이 애기를 끊고 두 사람을 향해 말했다.

"이리들 좀 앉으시오."

낯선 사람이 자리를 옮겨 앉고 두 여교사는 쭈뼛쭈뼛하는 몸짓으로 건너편 안락의자에 앉았다. 뭔가 수상쩍은 분위기를 느끼며 두 사람은 교장과 낯선 사나이의 표정을 번갈아 쳐다보았다. 자리를 비키지 않는 걸 보면 그 사나이가 바로 무슨 용무를 가지고 있는 것같이 느껴져서였다.

"그러니까 이분이……" 하고 교장이 마침내 사나이를 가리키며 말했다. "두 분을 좀 만나 보기 위해 오신 분이십니다."

그때까지도 두 사람은 영문을 몰라 교장의 얼굴만 쳐다보고 있는데 소개를 받은 사나이가 재빨리 말을 걸었다.

"어느 쪽이 조 선생이십니까?"

"저예요." 하고 윤희가 빨리 받았다. "왜 그러시죠?"

"굉장히 젊으시구만. 내 얘기를 들어 보면 차차 알게 됩니다, 찾아온 용건을. 그런데 두 사람 다 줄곧 천막인들과 접촉하고 있다는 게 사실입니까?"

"그래서요?"

하고 윤희가 물었다.

"그래서가 아녜요. 교사가 수업이나 할 일이지 천막 속을 왜 뒤지고 다니는 거요?"

“뒤지다니요 ?”

“특히 조윤희 선생이 더 심하다는 걸 우린 다 알고 있소. 내일부
터 당장 중지하지 않으면 피차간에 재미 없는 일이 생긴다는 걸
명심해 두시오.”

사나이의 애긴즉 두 사람이 천막민을 찾아다니며 할 소리 못할 소
리 다하고 다닐 뿐 아니라 특히 윤희의 경우엔 공공연히 불평과 불
만을 늘어놓아 그렇잖아도 구실이 없어 끙끙거리고 있는 천막민들
을 간접적으로 선동하기까지 한다는 것이었다. 윤희는 같은 내용의
말을 반복하는 사나이의 말을 더 듣지 않고 발딱 몸을 일으켰다. 도
무지 어이없는 수작이었던 것이다.

“그렇게 잘 알구 계시면 한 번 더 조사해 보실 생각두 없으시겠군
요. 상관 없으니 더 듣지 않겠어요.”

윤희가 의자 밖으로 몸을 빼자 이성주도 자리를 일어섰다. 그러나
그들이 발을 떼어놓기 전에 사나이가 말했다.

“앉으시오. 아직 애기 다 끝나지 않았어.”

“그럼 들어 드리지요.”

사나이는 다시 말하기 시작했는데, 이번에는 주로 교원이기 때문
에, 그리고 그 중에도 여교사이기 때문에 특별히 고려하여 서약서
한 장 쓰는 것으로 일단은 종결짓되 서약을 어기지 않도록 하는 게
여러 면으로 좋을 거란 요지의 수작을 늘어놓았다. 윤희는 단호히
거부했지만 교장까지 합세하여 완강히 다그치는 바람에 그녀는 서
약서 대신에 사표를 써서 내던지고 교장실을 뛰쳐나와 버렸다. 온몸
이 와들와들 떨리고 눈물이 쏟아져 견딜 수가 없었다. 간신히 자리
로 돌아온 윤희는 엎어지듯이 책상에 머리를 처박았다. 어깨가 무섭
게 들먹였다. 이성주는 끝내 붙들려 앉아 쓰고 있는지 뒤따라 나오
지 않는데, 심상찮은 낌새를 눈치챈 손기원과 최영모가 발소리를 죽
이고 교장실 앞으로 살금살금 다가가고 있었다.

얼마나 시간이 지났는지 윤희는 누군가 어깨를 두드려 부시시 고개를 들었다. 머리카락이 온통 푸석하게 헝클어져 눈앞을 가로막았다.

"이거 찢어 내버리시오." 하고 말한 사람은 교장이었다. "조 선생 참 잘했어. 이 선생도 혼자 남아 끝까지 잘 버터 주었고. 결국은 두 사람한테 되레 설득당해 돌아간 셈이지만, 그렇더라두 두 분은 당분간 조심해 줘요. 좋은 게 좋으니까."

윤희는 아무 대꾸도 하지 않았다. 교장이 놓고 간 사직서는 두 겹으로 접혀 그녀의 눈앞에 내던져져 있었다. 그녀는 그제야 생각이 나서 이성주의 자리로 시선을 돌렸다. 그러나 그녀는 자리에 없었다. 건너편 창턱에 기대 서서 손기원과 최영모 두 남자 교사가 불안한 눈길로 지켜보고 있는 것을 그녀는 직감적으로 느낄 수 있었다. 윤희는 갑자기 창피스런 생각이 들어 사직서 종이를 손아귀 속에 쭈굴뜨려 쥐었다. 두 사나이가 드디어 창턱에서 몸을 떼고 이쪽으로 걸어왔다. 최영모가 먼저 말했다.

"우리가 더욱 면목 없게 됐는데, 어쨌든 용기 잃지 마슈."

"확실히 세상은 거대한 한 개 신경쇠약증 환자야, 당연하게도."

이성주가 수건으로 눈자위를 문지르며 교무실 입구로 들어섰다. 그녀는 퇴근한 게 아니라 세수를 하고 들어오는 길인 모양이었다. 윤희도 자리를 떨고 일어섰다. 아무래도 그냥은 교문을 나설 수 없을 것 같았다.

그날 저녁 두 여교사는 뻑뻑해진 눈자위를 비비며 두 남교사를 따라 음식점으로 갔다. 부득부득 저녁을 대접하겠다고 나서는 사나이들을 뿌리칠 방법이 도무지 없었다.

"동지가 괴로워할 때 같이 술잔을 기울이지 않는 건 커다란 불찰이기 때문이오."

"그게 아니고, 그 동안 무능했던 우릴 속죄해 달라고 빌고 싶어서

요. 허지만 두고 보슈, 우린 결코 끝까지 이러고 있진 않는다구
요.”

위로회랍시고 허튼 농짓거리도 간간히 섞으며 사나이들이 꽤 세
심하게 신경을 써 준 편이었지만, 윤희는 좀처럼 분을 풀 수 없었
다. 아니, 오히려 그들을 만나고 있는 시간이 쉴새 없이 그 사건을
확인하는 과정일 뿐이어서 헤어질 때의 윤희는 걷잡을 수 없는 불쾌
감에 휩싸여버려 급기야는 그게 집안 식구들 앞에서 폭발하고 말았
다. 가만히 내버려 뒀던들 무사히 넘겼으련만 공연히 안색이 나쁘
느니 헛고생만 뼈빠지게 했지 시집갈 혼수감 하나 제 손으로 장만
못할 것이라느니 하면서 가족들의 자린고비 본성이 노골적으로 고
개를 드는 바람에 기어이 터져 버리고 말았던 것이다. 더구나, 그러
니까 빨리 손을 써서 가깝고 좋은 학교로 옮겨 주어야 한다는 애기
를 결론처럼 모두가 들고 일어났을 때 윤희의 부아는 극도에 치달았
다.

“나 학교 옮기지 않는다구 분명히 말했어요.”

“옮기지 않음 어쩌겠다는 거냐, 그 고생을.”

“아침 굶구 학교에 나오는 아이들도 있어요.”

“그게 어디 네 잘못이냐, 네가 책임질 일이구, 책임진다고 해결될
일이냐.”

“우리 식구들은 바로 그 점에서 너무 볼품없이 타락한 사람들이란
말예요. 옹졸하구 폐쇄적이구 표독살스런 이기주의자의 표본이 우
리 식구들이예요.”

방송국 총무부에서 경리를 보는 그녀의 오빠가 다급한 몸짓으로
팔을 끌었다. 밖으로 나온 경리계원이 말했다.

“너 그 아수라판에서 시달리더니 좀 이상해진 것 같구나.”

“거긴 결단코 수라장을 이룰 만큼 넉살 좋구 기력 있는 사람들이
몰려 있는 곳이 아녜요. 기진맥진한 사람들이 자꾸만 아래로 가라

앉고 있는 곳예요."

"그렇게만 생각하는 것도 다 이상해진 탓이야. 아무래도 너 너무 과로한 것 같애."

"그렇게밖에 안 보일 테죠, 우리 집안 식구들에겐."

"그럼 네가 우리 집안을 뜯어고치겠다는 거냐, 지금 와서?"

"오빠 왜 겁을 내세요. 왜 초조해서 안주하려구만 하세요. 탄탄한 담벼락 속이 아녜요. 고인 물은 썩거든요."

"하지만 두 분이 너를 그대로 내버려 두지 않을 걸."

"시집 보내려 드시겠죠."

"아마 그럴 거야. 변한다는 것만이 좋은 건 아냐. 넌 아직 어려."

"타락하지 않았죠. 변하는 것과 나아진다는 것은 다른 거예요."

"어쨌든" 하고 오빠는 돌아섰다. "넌 변했어."

변화와 발전을 혼동해서 보는 한에서 그것은 사실이다. 윤희는 스스로 생각해 봐도 놀라울 정도로 변해 있었다. 그녀가 희떠운 대학 생활을 마치고 직장을 찾아나선 것은 매몰찬 물신에 들린 집안의 압력 때문이 아니었다. 사십 년을 용케 헤엄쳐 온 아버지에 대한 반발도 중요한 단초가 됐다. 단지 집안과의 사이에 쉽사리 찾아진 타협점이 있었다면 도시 초등학교로만 발령이 나면 요즘 세상에선 봉황을 잡은 거라고 지레 입맛을 다신 가족간의 타협으로 해서 그녀가 교원이 되는 일에 반기를 든 사람이 없었다는 사실이다. 물론 그랬다고 해서 윤희가 처음부터 옹골차게 의지나 신념 같은 것에 흔들림 없는 결의를 세워 마지않았다고 말하기는 어려웠다. 어느 편이냐 하면 다소는 자신의 능력에 자만하는 20대 청년의(더구나 처녀로서의) 수액(樹液) 짙은 감수성이 깃발을 휘둘러댔고 잡힐 듯 말 듯 손짓하는 여자의 아련한 형체에도 매료되어 쉽사리 눈뜸을 자부하는 뿌듯한 역량에 몸을 떨고 있었다고나 할까.

그렇게 하여 가슴 속에서 '나가자!' 하는 외침이 초조하게 차례를 기다릴 즈음 채용 교사 합격 통지서에 이은 발령장이 날아들었고, 윤희는 마침내 사정없이 뛰는 맥박을 재며 지금의 학교로 내달렸던 것이다. 그리고 먼지와 어수선한 천막 속을 뚫고 헤맨 몇 달 동안에 더욱 또렷해진 역사의 윤곽을 잡아 집안과 젊은 오빠에게까지 경악을 안겨 주고 만 것이다.

윤희는 밤새 심하게 앓았다. 이튿날은 도저히 움직일 수 없을 지경으로 눈앞이 어찔거렸지만 그녀는 이를 악물고 집을 나섰다. 기회다 하고 달려들 집안 식구들의 반격이 싫어 그녀는 어떻다 내색조차 나타내지 않았던 것이다. 부들부들 떨리는 다리를 지탱하고 그녀가 교무실로 들어서는 순간 기다렸다는 듯이 최영모가 그녀 앞으로 성큼성큼 다가왔다. 그는 윤희의 옆구리에 손을 넣고 복도로 끌었다. 최는 언제나 수선을 떠는 편이어서 그녀는 뿌리치고 싶도록 귀찮은 느낌이었지만 그럴 겨를이 없었다. 복도로 나선 최가 여유를 주지 않고 말했다.

"조 선생, 오늘도 천막촌에 갈 판이슈?"

"같이 가시겠어요?"

"그게 아니고 오늘은 그만두슈. 아니 당분간은 나가지 않는 게 좋겠는데."

"교장 선생한테 세뇌당하셨구먼."

그게 아니라는 것이었다. 최는 갑자기 심각한 얼굴이 되어 말했다. 누군가 윤희를 노리고 있다는 것이 아닌가. 말하자면 테러를 하겠다고 벼르는 사람들이 있다는 것인데, 최는 그 정보를 한민수로부터 들었노라고 주장했다. 순자의 오빠가 그에게 그 사실을 귀띔해 주며 제발 가정방문만은 나서지 않도록 붙들어 달라고 부탁했다는 것이었다.

"괜한 소리 마세요. 뭣 땜에 그래요?"

"잠자코 들으슈. 불행한 일을 우정 불러들일 것까진 없잖우."

최는 앞뒤를 곰곰 따져 보면 충분히 있을 수 있는 일이 아니냐고 우겼다. 오히려 귀띔을 받기 전에 이쪽에서 미리 예상 못한 미련스러움이 부끄럽다고까지 말했지만 윤희는 최의 너스레를 그대로 신용할 수 없었다.

윤희는 한민수를 만나 확인해 보려고 수업이 끝난 해거름에 마을로 나섰다. 운동장에서 올려다보이는 황토흙 둔덕은 마지막 햇볕에 벌겋게 타고 있었다. 그녀는 다시 두통이 시작되고 푸드득푸드득 경련이 오는 다리를 끌고 교문을 나섰다. 그러나 그녀는 문 밖을 벗어나기 바쁘게 한민수와 마주쳤다. 그는 아마도 거기 어디 담벼락 밑에 서서 그녀를 기다리고 있었던 모양인지 그녀가 교문 밖으로 모습을 나타내는 순간 손을 활활 내저어 이쪽이 알아차리게 했다.

"멀리 떠나신다구 들었는데 아직 계셨군요."

윤희는 한민수가 몸을 비켜 선 골목으로 들어서면서 말했다.

"여러 가지 일로 쉽게 떠나게 안 되는군요. 하지만 이제 곧 갈 겁니다."

"순자 붙들어 주셔서 고마워요."

"조 선생 덕분이지요." 하고 나서 한민수는 목소리를 낮추어 말했다. "우린 지금 일을 하고 있습니다. 손 선생과 최 선생도 결의를 세우고 같이 의논하게 됐죠."

"그분들이요?"

"대단합니다."

윤희는 더 묻지 않았다. 무슨 일인지에 대해서도 물론 물어 보지 않았다. 단지 한 가지, 최 선생이 하던 말에 대해 물어 볼 수 있는 기회만 노리고 있었다. 그때 한민수가 먼저 대답했다. 역시 그건 사실이었다. 한민수는 바로 그 애길 전하기 위해 문 밖을 지켜 서 있었노라고 했다.

"최 선생님한테서 이미 들었는데요."

"알고 있습니다. 최 선생님을 낮에 만났더니 조 선생이 미심쩍어 하는 기색이라면서 직접 전해 달라 부탁하더군요."

둘은 말을 끊고 버스 정류장을 향해 나란히 걸었다. 사람이 옹기 종기 모여 선 큰길까지 거의 나왔을 때 한민수가 다시 입을 열었다.

"우리 같은 막노동꾼한테 조 선생 같은 분은 참 소중한 존잽니다. 모두들 많은 암시를 받고 있죠."

"무슨 그런 말씀을……"

윤희는 한민수와 헤어져 정류장을 향해 뛰어갔다. 이런 것이 단련 일 것이라는 생각이 퍼뜩 들었다. 그리고 한민수가 하던 마지막 말이 머리 속을 맴돌았다. 그녀가 이 고장에서 최소한 일 년만 참고 견딜 수 있다면 그땐 더욱 큰 일을 해 내게 될 것이며, 그러고 나면 이곳 사람들은 어느 때에 가서 그녀를 기리는 돌을 깎아 세우고 싶어할 거라고 그는 말했다. 그녀는 그런 돌을 조금도 원하지 않았다. 단련할 기회를 준 그 고장 사람들이 고마울 뿐이었다.

윤희는 땅거미가 내려앉는 허공을 올려다보며 조용히 소리쳐 본다. 나는 절대로 물러서지 않을 것이다——하고.

풍화(風化)

지난 해 여름 어느 날 오후였다.

나는 그때 지쳐 떨어져서 시청 앞을 걷고 있었다. 왜 거기를 걷고 있었는지 확실하지는 않지만 아마도 나는 자기 변명에 급급한 한 거물을 만나고 회사로 돌아가던 길이 아니었던가 생각된다. 하지만 내가 왜 거기를 걷고 있었든 그거야 누구도 추궁할 수 없는 눈물겨운 내 자유에 속하고, 단지 문제가 있었다면 잠시 뒤 덕수궁 돌담을 따라 걷다가 친구 하나를 만났다는 사실이다. 그렇다고 만난 친구가 무슨 첩자라도 됐다는 얘기는 아니다. 그렇다. 물론 당치도 않은 얘기다. 그는 우리가 길거리에 나서면 얼마든지 만날 수 있는 그런 한 개 소시민에 지나지 않으니까. 아니, 소시민치고도 그런 방면이라면 털끝만큼도 의심의 여지가 없는 영악스런 소시민이라는 것을 나는 그가 구성원의 하나로 있는 모임을 통하여 재삼 확인했으니까. 육구 클럽이라는 그 모임은 조직체 이름이 벌써 암시하듯이 1969년에 결성된 그와 나의 대학 동창 10명으로 조직된 모임이었다. 왜 졸업년 도를 사용하지 않을까 하는 의구심이 들면서도 나는 그런 종류의 모임 자체에 조금도 흥미가 없었으므로 묻지는 않았다. 내가 그런 모임을 싫어하는 이유는, 그런 모임이란 으레 성원이 되기 바쁘게 시작하는 것이 상부상조라는 명분을 내건 곗돈 묻기 수작이고, 그렇게 몇 차례 돈을 걷다 보면 그만 사람 머릿수가 돈뭉으로만 보여, 주고받는 눈길에 시뻘겋게 핏발이 서기 때문이다. 그랬으면서도 내가 그 육구 클럽에 나가지 않으면 안 되었던 전후 사정을 얘기하자면 불가불, 거의 십여 년 만에 친구와 맞닥뜨린 덕수궁 돌담 밑 얘기로부터 시작하지 않으면 안 된다.

나는 그와 만나 악수를 하는 중에 그만 실수를 했던 것이다. 내가 그때 벌겋게 얼굴이 상기되어 단조롭고 짧은 상황 얘기를 되풀이 되뇌이던 그 거물의 모습을 떠올리고 있었는지 모르지만 어쨌든 나는 생각에 시달리고 있던 나머지 그만 실수를 저지르고 말았다. 그것도 고양이 울음 소리를.

나는 기분 나쁘게 땀이 끈적한 그의 손에 잡혀 있던 내 손을 뽑아내자마자 재빨리 얼굴을 가리고 고양이 울음 소리를 냈던 것이다.

야옹——.

물론 그는 당황하여 눈이 휘둥그레졌지만 나는 그때까지도 내 생각에서 깨어나지 못하고 있었으므로 여전히 실수는 계속되었다.

"관두자구. 누가 믿어, 백주에……"

"아니, 자네 왜 그러나?"

그렇다고 내가 그때까지 그를 못 알아보았다는 얘기는 아니다. 나는 내가 걸어가는 반대방향에서 팔을 벌리고 달려드는 친구가 공무원한다던 권성조라는 것을 이미 몇 발짝 앞에서 제꺽 알아보았던 것이다. 아니다, 그렇지는 않다. 이름만은 생각이 나지 않았다. 내가 이름을 안 것은 아무리 기억을 되살리려도 성조차 기억이 나지 않아 궁여지책으로 그의 명함을 요구하기에 이르렀을 때, 그 명함 종이에 권성조라는 당연히 생각이 났어야 할 이름이 적혀 있었던 것이다.

"그래, 요즘 어때?" 하고 권성조는 내가 제대로 정신이 들자 물었다. "지면을 통해서는 자주 자네의 활약을 대하네만."

"자네란 말, 별로 기분 안 좋은데. 너무 의례적인 냄새가 나. 금방 늙어버린 것도 같고."

나는 말하고 나서 실수에다 무안까지 준 거나 아닌가 하는 생각이 들어 그가 건네준 명함 종이를 가까이 들여다보며 다시 덧붙였다.

"너 출세했구나, 벌써 사무관인데?"

"무슨 소리야, 이제 겨우 3을인데 출세라니."

"허긴 너 여기 들어간 지 오랬지?"

"자그마치 십 년이야. 혜택이 있었다면 그동안 외국에 두어 번 다녀왔다는 것뿐야. 기술교육 받으러 미국과 구라파에 삼 개월씩."

"그랬어? 몰랐군."

"사 년 전과 이 년 전에."

"그랬으면 이제 그 분야에 없어선 안 될 인물일 텐데 뭘 그래."

"아냐, 출발도 잘못됐지만 체신분 틀렸어, 유명하잖어?"

"언젠가 어떤 훈장 녀석 만났더니 그 친구도 그런 소릴 하더군, 실업고등학교는 틀렸다고."

"실업, 그럴 수밖에. 진학반이 적으니 말갛거든."

"전부, 모조리 질척질척하는 자리로 쑤셔박는 방법은 없나, 홀딱 벳겨먹게."

이 정도면 길거리에 서서 할 수 있는 분량의 얘기는 어지간히 다 한 셈이고, 무엇보다도 나는 그의 불만을 풀어 줄 수 있는 위치에 있지 않으므로 이제 작별을 고하기에 알맞은 때라고 생각했다. 그런데 내가 주춤주춤 헤어질 채빌 차리고 있는 순간에 권성조는 느닷없이 새로운 화제를 찾아 냈다.

"참, 왜 한 번도 안 나오지, 우리 모임에?"

"모임이라니?"

"왜, 우리 모임 있잖어, 박가랑 전가랑 유기욱(柳基旭)이 걔들."
"첨 듣는데."
"있어, 열 명이서. 우린 모이면 자네 애기 꼭꼭 하는데. 바쁘니까 잘 틈이 안 나겠지만 한 달에 한 번 모이니까. 이번 달은 모렌데 시간을 내서 나와."
"모여선?"
"어, 우리 그동안 기금을 만들었어. 이젠 제가끔 두셋씩은 되는 애들 학교 보내고 해서 말이야. 교육 자금으로 쓸 겸, 가재 도구도 들여놓자면 목돈이 들잖어."
"자가용 같은 것 말이겠지?"
그러나 나는 내가 지금 와서 그 계꾼으로 합류하자면 그들이 역사적으로 부어 온 오늘까지의 액수를 한꺼번에 다 들어부어야 하므로 도무지 감당할 재간이 없다는 명백한 이유를 들어 참가를 사양했다. 그러자 권성조는 자기들보다 조금 많은 액수를 정하여 지금까지 그들이 부은 부금 납입고를 서서히 채울 수도 있잖으냐는 절충안을 내놓으면서, 그들이 그 기금을 만들 때 별도의 결의가 없는 한 향후 십 년 동안 적립, 그로부터 오 년 뒤부터 비로소 지출하기로 하였다는 사실까지 일러 주었다. 그러므로 지금 참여하는 것은 오히려 긴 적립 기간의 초반에 해당할 뿐 아니라 주저하여 시간이 흐르면 흐를수록 그 원대하고 보람 있는 계획에 참여할 절호의 기회를 점점 놓치는 결과밖에 아니라는 취지의 말을 권성조는 누누히 강조했다. 그러나 그때의 그는 나를 설득하려거나 종용하고 있었던 것이 아니라 스스로가 손에 잡힐듯 내다보이는 그 먼 내일의 결실에 일찌감치 도취되어 있을 뿐이었다. 십오 년, 이십 년 뒤의 현실감이라는 환상이 허락되는 시대라면 오죽이나 좋으랴. 하지만 그렇대도 그들은 다른 어떤 일을 하려는 것도 아니다. 다급한 채무자의 목을 졸라 새끼를 치는 독살맞은 돈놀이꾼이 되어 배보다 배꼽이 더 큰 돈의 10대조

(代祖)가 되고 싶은 것뿐이다. 나는 갑자기 너무 오래 이야기를 계속했다는 생각이 들어 잽싸게 손을 내밀었다. 울화통이 터졌다. 권성조 때문이 아니라 잠시 잊고 있던 며칠 사이의 사건 생각이 펀뜩 떠올라서이다.

"꼭 기금에 참여하라는 것은 아니야. 모두들 자넬 만나고 싶어한다구. 잊지 말고 모렌 꼭 나와 줬으면 좋겠어. 여섯 시 반에, 종로에 있는……."

"안 나갈 거야."

나는 권성조의 손을 놓고 돌아섰다. 화가 정수리로 치밀어 올라 머리밑이 욱신거렸다. 두어 발짝도 떼어놓지 않아서 쨍하고 뒤통수에 와 박히는 것이 있었지만 나는 걸음을 늦추지 않았다. 권성조는 어디를 가는 길이며, 나는 왜 그의 사무실이 있는 건물을 목표로 해서 걸어가듯이 그 쪽으로 달려가고 있던 것일까. 아직도 신문기자가 그렇게 보일까, 병든 병아리들처럼 맥없이 비치적거리는데도. 그러나 권성조가 나를 돌려세워 놓고 내뱉은 몇 마디는 좀체 사그러지지 않고 머리 속에 파문을 지어갔다. 그는 신문기자라고 말했지만 사실은 그게 아니고 나 개인의 수양 부족을 탓했기 때문이었다.

"모두들 그러더니, 정말 더럽게 도도하군. 신문기자면 다 저런가."

신문사로 돌아오기 바쁘게 당수와의 면담 기사를 쓰기 시작했으므로 나는 권성조와 만났던 사실은 곧 잊어버리고 말았다. 사진부 최 기자는 이미 흥분한 당수의 얼굴을 다섯 장이나 뽑아 놓고 있었던 것이다. 나는 다시 문제의 사건 속으로 함몰되어, 이틀 뒤에 모인다던 육구 클럽 건은 기억이 되살아날 겨를조차도 없이 지나가 버리고 말았다. 기억하고 있었다고 해서 내가 그 모임에 나갔을 리는 물론 없지만. 그들의 비난을 내가 책임져야 할 일이 아닌 한에서는 나는 그들의 평판에 신경 쓸 필요가 어디 있는가.

내가 설채희(薛彩喜)의 전화를 받은 것은 그로부터 며칠 만이던가. 어쨌든 다소 방황하던 초기의 사건 보도 제동 방향이 순식간에 완벽한 수준으로 기준이 서버려서 외신에나 한두 줄 비칠 정도 외엔 모두들 손을 탈탈 털지 않을 수 없는 상황에 이르렀을 즈음의 어느 날 퇴근 무렵이었다. 나는 우선 내 전화라는 말에 생기가 도는 것을 느낄 정도였다. 해도 떨어지기 전에 대문을 들어서는 비참한 이변을 아내에게 내보일 수도 없고 그렇다고 낙지집에 가기에는 아직 때가 일러 나는 그때 난처한 궁지에 몰려 있었던 것이다. 그런데 전화의 상대가 뜻밖에도 여자의 목소리였고 그것도 소식을 모르고 지내던 설채희가 아니던가.

우리는 다방에서 만났다. 냉방이 시원찮은 실내에 앉아 휴지쪽같이 된 신문지로 화달화달 바람을 내고 있던 설채희는 나와 눈이 마주치자 싱긋 웃음기부터 띠었다.

"살아 있었군." 하고 나는 여자의 맞은편 의자에 엉덩이를 끼어 넣으며 말했다. "별로 늙은 기색도 없고."

여자들은 그렇게 비위를 맞춰 주는 것에 속아넘어가고 싶어한다지만, 사실 내가 흘린 말은 여자가 허무하게 늙어버린 것에 놀란 나머지 튀어나온 억설일 뿐이었다. 그 여자는 그렇게 늙어 있었다. 변하지 않은 것이 있다면 전통적인 쾌활이어서, 그녀는 어색하게 느껴질 정도로 유쾌하게 지껄이기 시작했다.

"신문 기자만 살아 있으란 법 있어? 남의 귀를 즐겁게 해 줄 외교사령이나 터뜨리고 말야. 왜 그래, 나두 폭싹 늙어 버렸지만 거긴 왜 그렇게 영감탱이가 돼 버렸지?"

"한심하지?"

"그렇잖구. 하기야 동정두 가는군, 사회의 목탁을 두드리느라 고생하는 걸 생각하면."

"비웃지 마."

"비웃는 건 희망이 있을 때 사용하는 무기 아니던가? 직책으로
뛰는 것이 아니라 처자식 멕여 살리려 고개를 틀어 멘 샐러리맨
보구도 탓하는 사람 봤어?"

"채희마저 그럴 거야, 신문을 휴지쪽으로 만들어 들고서?"

"역시 동정이라는 망명처를 요구하는군. 밖에서는 모른다고 소리
치고 싶지? 약하다, 쯧쯧."

나는 정말 화가 났다. 어느 정도냐 하면 나는 12년 만에 처음으로
만난 자리에서 이렇게 최소한의 예의마저 저버릴 수 있는가 하는 참
으로 옹졸하고 치사하기 짝이 없는 경멸감까지 품을 정도였다. 그래
서 나는 말을 끊고 담뱃갑을 찾기 위해 주머니를 뒤졌다. 채희가 말
했다.

"그럴 거야. 역시 밖에서는 사정을 모른다구 말해야 옳겠지. 세상
고민을 제각기 혼자서 지고 다니는 것이 기자 선생들이라는 얘기
들었어, 권가한테서. 요전에 권성조 사무관 만났었다며?"

"그럼?"

"그럼, 나두 당당한 육구 클럽 회원이지."

"그랬어?"

"회장님으론 피아니스트 박사가 수고하시지만 재무상이라는 이름
의 계 오야에는 내가 만장일치의 지지를 얻어 취임했지."

"무슨 영문인지 모르겠군, 설 여사."

"세상에 꼭 영문을 알아야 감정처리가 되는 일밖에 없어? 기정
사실화라는 요식행위만이 중요한 것 아닌가."

"사뭇 일방적인 칙어만 발하시는데."

"마지막 칙어는 내가 차관 사절로 파견됐다는 통첩이지. 장기 고
리의 유리한 이율을 조건으로 한 차관 계약을 체결하고 돌아오라
는 것이 내게 떨어진 육구 클럽의 훈령이야, 십 년 거치 오 년 상
환에다 역차관도 가능하다나. 그렇지만 나는 처음부터 김 기자님

에 대해서만은 강요할 생각이 없어."

"건 또 왜 그렇지?"

"예감이야, 안 될 것 같은."

"예감?"

"요전에 권가 만났을 때 누군지 알아보지두 못했다며? 위대한 네 거리 사색을 방해 말라는 투로 딴전을 부리다가 나중엔 냉소적인 장난기마저 보이더라구 권가가 열을 올렸지."

"개자식."

"아냐, 농담이구. 권가 애긴 거기가 부분적으로 불완전한 상태에 놓여 있는 것임에 틀림없다면서 어떻게든 육구 클럽에 입원시켜야 한다구 역설했을 뿐야."

"이젠 정신병자로 모는군."

"안심해, 내가 감정한 바로는 아직은 정상을 유지하고 있으니까."

"채휜 그렇게 고마운 진단을 내려 줬다 하고, 그 자식들은 그래 정신병자 보고 차관을 내놓으래, 떼먹으려고?"

"그들의 논리는 돈을 내야 모임에 애착이 질겨져서 꼬박꼬박 참석한다는 거지."

"난 절대로 그 친구들하곤 어울리지 않을 거야."

아무리 시간이 흘러도 징그러운 가난의 주름에 대한 안쓰러움이 가셔지지 않을 만큼 충격적인 모습을 한 설채희를 외면하고 나는 식어 빠진 커피를 한 모금 마셨다. 나는 그동안 그 여자가 살아온 그늘 긴 세월을 여기 저기를 통해 단편적으로는 들어 온 편이었던 것이다. 무슨 근거를 가지고 건너가게 되었는지 확실히 알 수는 없지만 그녀의 남편이 약간의 사진 기술을 구사하고 있었으므로 아마도 그런 인연을 통해서가 아닌가 추측되는, 졸업 이듬해에 결혼한 남편을 따라 그녀는 캐나다로 건너갔었다. 그러나 내가 그녀 부부의 이민을 전해 들었을 때는 이미 그들이 출국한 지 일년이 훨씬 넘은 때여서, 그때의 그들은 미국 시카고 근방의 어느 시골 읍으로 옮겨 앉아 있다고들 했다. 그녀가 떠나버리다니, 하고 나는 그때 약간 허망한 생각에 사로잡혀 며칠을 보내야 했다. 결혼식을 사흘 앞두고 신문사로 나를 찾아왔던 채희의 모습이 떠오르곤 했다. 채희는 그때 나를 만나자 좀 알아듣기 곤란한 말을 늘어놓았는데 예를 들면, 현실같은 사진이나 사진같은 현실이란 것이 존재할 수 있느냐는 것도 그 중의 하나였다. 나는 몹시 기분이 상했다. 왜냐하면 나는 그녀가, 학과는 다르지만 같은 학교의 동기이므로 서로 얼굴을 알아보는 사이이며 결국은 그녀의 남편이 되어 버린 문제의 그 카메라쟁이 애기를 하려는 것이라고 단정했기 때문이다.

"사진에 관한 한 그 카메라쟁이한테 물어 볼 일이지 내가 어떻게 알아. 사람 약올리는 거야?"

"그게 정말이야, 정말 화나? 질투심이라구 말할 수 있어?"

채희는 그때 대꾸가 없는 나를 계속 다그쳤는데, 나는 왜 그랬는지 알 수 없지만 어쨌든 조금도 약오르지 않는다고 말하지 않으면 안 된다는 생각에 매달리느라 줄곧 침을 꿀꺽꿀꺽 삼키고 있었다. 그러곤 결국 한껏 냉소적인 어투로 그렇게 대답했다. 대답을 듣고 난 채희가 한참 동안 말을 끊고 앉아 있었다. 침묵이 흐르는 동안 나는 내가 대답해 준 말을 바꾸어야 할지 어떨지를 결정하지 못해 초조하게 조바심쳤다. 그러나 채희는 내 조바심이 끝나기 전에 그것을 뚝 끊어 버리고 말았다.

"역시 그렇군."

내가 만약 그때 채희가 결혼식 날을 정해 놓고 있었다는 사실을 알았더라면 그렇게 대답하진 않았을 것이다. 나는 그녀가 결혼식을 올렸다는 소식을 전해 들었을 때 그런 결론을 내렸다. 채희는 나한테 다녀간 사흘 뒤에 소식도 없이 결혼식을 해버렸던 것이다. 나는 허탈감에 빠져 술을 퍼마신 끝에 그녀가 던진 질문에 대한 답을 편지로 쓰기로 했다.

　조잡한 정물적 복제(複製)로서의 사진이야 말할 건덕지도 없지만 극복의 의지가 표현된 최상의 사진이라면 예술이므로 예술작품을 현실 그것이라고 말할 수는 없지 않겠습니까. 따라서 사진 같은 현실이란 곧 우리가 추구하는 이상입니다. 행복을 빕니다.

　그러나 나는 그 편지를 끝내 띄우지 못하고 말았다. 편지 발송에 실패한 것이 나를 더욱 그렇게 만들어 버렸는지도 모르지만 어쨌든 결혼 소식이 안겨 준 허탈감에 비례한 나의 그녀에 대한 관심은 시간이라는 것에 얹혀 급격히 산화되어 갔다. 한가한 시간이면 나는 때때로 그 풍화의 속도를 재어 보았으며, 그럴 때마다 나는 그것의 무상한 흐려짐에 스스로 놀라곤 했다.
　내가 그녀 남편의 죽음을 들은 것은 그로부터 훨씬 뒤의 일이다. 아니 내가 처음 들은 것은 그 남자의 죽음이 아니라 그녀의 귀국 소식이었다. 채희가 시카고를 버리고 끝내 돌아오고 말았다는 것이었다. 그녀가 돌아와 주었다는 데에 어딘가 안도감 같은 것이 있던 나로서는 이응오(李應五)의 다음 말에 경악하지 않을 수 없었다.
　"그 카메라쟁이가 죽어 버렸대."
　"뭐야, 그게 정말이야?"
　"원래 비실비실하던 치였잖어, 카메라만 둘러메도 어깨가 기울 정도로."
　"아가리 닥쳐!" 하고 나는 소리쳤다. 어떤 종류의 죽음이든 죽음이란 경건한 것이란 생각이 들어서였다. "사인은 뭐래든?"
　"그걸 내가 어떻게 알겠어. 하지만 뻔하지, 미국 백정들한테 맞아 죽었을 테지 뭐."
　"지금은 서부 시대가 아니야."

"옳지, 그러니까 초현대식 무기가 등장하는 갱영화는 서부 시대거 였구나. 왜 이래, 피는 못 속인다구. 그런데 우리가 왜 이러니, 무슨 상관이라고. 나 간다, 시간 안에 들어가야 돼."

학원 강사 이응오는 팔을 저어 보이고 나서 휙 사라져 갔다. 카메라쟁이가 하필 남의 나라에 가서 쓰러지고, 돌아왔다는 소식에 반가웠던 설채희가 사실은 남편을 거기다 묻고 돌아온 미망인이라는 소식은 나를 착잡한 심경으로 휘몰아 넣었다. 그러나 나는 곧장 그녀를 찾아가 봐야 하리라 했던 처음의 생각을 고쳐먹었다. 찾아볼 용기가 나지 않았다기보다 나만은 나타나지 않는 편이 그녀가 자신의 비극에서 보다 빨리 회복하는 데 도움이 될 것 같은 건방진 생각이 들어서였다. 뭐라고 할까, 그녀가 최후로 나를 찾아왔을 때 소아적 자존심의 노예가 되어 긍정적인 대답을 들려 주지 못함으로써 결국은 그녀로 하여금 학원 강사 말대로 사진기만 울러메도 어깨가 휘는 카메라쟁이한테로 돌아서는 반발심을 불러일으키게 한, 영원히 보상해도 모자랄 과오를 책임지기 위해선 나는 채희 그녀로부터 멀리 떨어져 서서 그녀의 억센 투지를 빌어 줘야 한다고 생각하고 있었던 것이라고나 할까. 그러나 나는 얼마 가지 않아 나의 그런 생각이 얼마나 건방지고 치기만만한 것인가를 깨닫게 되었으며 그것이 내가 그녀의 좌표에 그려진 내 위치에 대해 자못 심각하게 고민한 마지막 기회였다. 물론 나는 그 뒤에도 나 위주의 편의주의에 따라 몇 차례 그녀의 소재에 대해 수소문을 해 본 일이 있었으나 번번이 실패였으므로 나도 그만 내게 대답을 들려 준 친구들 얘기대로 설채희가 행방을 감추어 버렸다고 단정짓고 말았다. 그녀의 행방에 대해 질문을 받은 친구들은 한결같이 그렇게 말했던 것이다.

그들은 그들 자신이 찾아보지 않았다는 말을 하는 대신에 설채희가 소재를 알려 오지 않았다는 이유 하나만으로 모든 책임을 그녀에게 덮어씌우고 있었다. 행방을 감추었다는 말에는 왕왕 불온의 냄새가 난다는 뜻이 포함되기도 하는 나라에 살면서.

그러나 사실에 있어 아무리 가까운 사람이라 해도 뿔뿔이 흩어져서 제가끔씩 자기 몫의 생활에 목을 매달고 아등바등 사는 판이고 보면 그들 하나하나가 처박힌 구석을 찾아 낸다는 것은 여간 어려운 일이 아니다. 사람들이 꾸준히 연계를 맺고 있는 경우라면 예외 없이 육구 클럽 같은 이해관계로 얽힌 경우뿐이니까 말이다. 그런 판에 하물며 상대가 여자임에랴 하고 나는 움직일 수 없는 이유를 내세워 나 스스로에게 강변했다.

그랬던 것인데 이게 뭔가. 육구 클럽의 전통 깊은 한 구성원이었다는 설채희의 느닷없는 등장은 그때까지 내가 지탱하고 있던 편리하고 합리적인 모든 이유가 사실은 얼마나 안이한 허구에 지나지 않는 것이었던가를 여지없이 드러내 버리고 만 사건이던 것이다.

"나 말야," 하고 나는 꺽꺽 걸리는 목소리로 말했다. "정말 채희 만나니 면목 없군. 충격적인 소식 듣고도 한번 찾아보지도 못하고. 솔직히 말해 전화 받는 순간 가슴이 철렁했지."

"우린 서로가 서로를 기피해 온 것 아냐?"

"글쎄. 그렇대도 난 그래선 안 되었잖아."

"그 말, 좋게 봐서 새삼스런 의리파의 탄생 같구, 나쁘게 봐선 좀 시건방지게 들리는데?"

"그렇게 말해 주니 오히려 해방감을 느끼겠군. 하여튼 사과하고 싶다."

"뭐라고든 화제를 마감하지 않으면 안 될 대답을 들려 줘얄 텐데 얼른 생각이 안 나. 이렇게 말할까, 지금부터 입을 먼저 여는 쪽이 저녁 사기루?"

"좋아, 우리 나갈까."

우리는 다방을 나온 이후로 줄곧 음식점만 찾아 헤맸다. 마음에 드는 음식점이 숨바꼭질을 하고 있기라도 한 것처럼 우리는 공연히 모든 음식점을 퇴짜 놓으면서 돌아다녔다. 우리 사이에 서려 있던 담담하던 분위기가 다방을 나서면서부터 갑자기 을씨년스러워졌기 때문이었는지 모른다. 우리는 허튼 농지거리를 변함없이 주고받으며 위장을 할 지경이었으니까. 아니, 그건 나 혼자만의 생각이었는지 알 수 없다. 나는 곱창에다 소주까지 곁들여 마시면서 적어도 한 시간 이상 버틴 음식점을 나올 때쯤해서 더욱 분명히 그럴지 모른다는 생각이 들었으니까. 반면 그녀는 조금도 어색한 구석을 내비치지 않고, 시종 가볍게 대해 주고 있었던 것이다. 헤어지기 전에 그녀가 물었다.

"어때, 육구 클럽이란 델 한번 나와 보겠어?"

"이미 대답한 걸로 아는데."

"취재한다는 기분으로 한 번쯤 나와 봐두 될 텐데."

"굳이 그렇다면 한번 생각은 해 보지."

"그때 가서 연락할게. 잘 가, 오늘 즐거웠어."

나는 설채희와 헤어져 집으로 돌아오는 동안 그녀의 모습을 여러 번 떠올렸다. 분명한 모습을 떠올릴 수 없었던 탓이었는지는 모르지만 차중에서의 생각은 그녀가 처음 받았던 인상만큼 그렇게 폭삭 늙어 버린 것은 아니라는 느낌이었다. 그럴 수도 있었다. 여자로서는 감당하기 어려웠을 엄청난 난관을 혼자서 뚫어 냈다는 선입견이 그녀를 실제보다 더 늙어 보이게 했을 수도 있으니까.

그러나 내게 무엇보다 기분 좋았던 것은 그녀가 그 격랑을 헤쳐 오는 동안에도 쾌활을 잃지 않고 있었다는 점이었다. 외관이야 어찌 되었든 표정에 그늘이 끼지 않았다는 것은 얼마나 기분 좋은 일인가. 어쩌면 설채희는 낙천주의의 천재인지도 몰랐다. 그녀는 캐나다로 건너가기 전에 삼 년 동안 나간 일이 있는 여학교에 다시 자리를 얻어낸 지난해 전까지만 해도 서적 월부 주문을 받으러 다녔다지 않던가. 귀국 초기에는 안 해 본 일이 없다고 했다. 남의 집 빨래도 거들어 주고 공사장에 나가서 자갈 소쿠리를 들어 나르기도 하고. 나는 이제 다시 안정을 되찾은 여교사일 것이 분명한 설채희를 떠올려 보는 일에 즐거움을 느꼈다. 그래서 얼마 후 그녀가 전화로 나를 불러냈을 때 나는 곧장 쫓아나갔다.

그리고 한번 나가 보겠노라고 해 놓고 다시금 이유를 달 수도 없었으므로 나는 두 말 없이 그녀를 따라 나섰다. 신문사가 여전히 너저분한 월급쟁이들의 사랑방처럼 보일 정도로 모든 대소 사건에 대한 국민용 망각제 구실밖에 안 되는 신문을 찍어 내는 데 충실하고 있는 것도 내가 따라 나선 이유 중의 하나라면 하나였지만.

육구 클럽의 월례 모임 장소는 종로에 있는 큼직한 한식집의 삼층 구석방으로 정해져 있는 모양, 적어도 거기 복도를 다니는 종업원치고 설채희를 몰라보는 사람이 하나도 없었다. 나는 그런 광경에 약간의 위화감이 느껴져 굳은 표정으로 그녀 뒤에 서서 열어 젖혀지는 문 안쪽을 들여다보았다. 제일 먼저 눈에 띈 것이 C 제약회사 선전부장 유기욱, 그 다음이 문제의 권성조, 그 옆에 미 8군 교회에서 매주 이틀씩 찬송가를 연주해 주는 것으로 먹고 사는 피아니스트 박주봉(朴周鳳) 등이 앉아 있었다. 여기 오는 차중에서 설채희는 내가 모르고 있는 동창들의 직장에 대해 자세히 설명해 주었으므로 나는 녀석들의 뒤를 모조리 알고 있었다. 그녀를 따라 나는 방 안으로 들어섰다. 그러자 쪽마루에 선 그녀에 가려 보이지 않던 쪽에 K 토건회사 장비과장 전유만(全裕萬), 학원 강사를 하다가 때려치우고 지금은 여의도에 있는 아파트단지 관리장이라는 이응오, 조경회사 상무 나경수(羅京洙), 텔레비전상회 주인 고영곤(高永坤), 오퍼상 오지근(吳志根) 등이 앉아 있다 말고 나를 보자 일어설 기세로 엉덩이들을 들썩거렸다. 결국 나는 순식간에 흰종이를 덮은 길다란 상을 가운데 두고 둘러선 스무 개의 시선과 대치하면서 엉거주춤 입구를 막고 선 격이 되어 버렸다.

"모두들 오래간만이다." 하고 나서 나는 자리에 앉으며 덧붙였다. "우리가 좀 늦었던 모양이구나, 다 모여 있는 걸 보니."

"아냐, 우리두 막 들어서는 길이야. 알맞추 왔어."

권성조가 받아 말했다. 그때서야 나는 설채희가 전해 준 권성조의 내 악담을 기억해 냈다. 분위기가 뜻밖으로 냉랭했던 이유가 거기 있었다. 그러니까 녀석들은 내가 어떻게 부분적으로 정상이 아닌가를 조심스럽게 관찰하느라 말을 붙일 여유가 없었던 것이다. 나는 어이가 없었으나 내가 분위기를 깨고 말을 하거나 행동을 하면 녀석들이 재미있어 할 것이 분명했으므로 잠자코 관찰을 당하는 도리밖에 없었다.

궁지에 몰린 나를 구출해 준 것은 음식이었다. 음식이 들어오면서부터 조금씩 흐트러지기 시작한 녀석들의 주의력은 그것을 입으로 퍼넣고 씹어 삼키고 술잔을 비우고 하는 번거로운 자기 일에 골몰하면서부터는 더러 띄엄띄엄 농지거리가 밥상을 건너다닐 정도에 이르고 있었다. 그런데도 어떻게 된 노릇이 쓸개빠진 녀석들이 완전히 분위기를 바꾸어 놓기까지에는 그렇게 오랜 시간이 걸렸다. 나는 화가 치밀어 올랐음으로인지 취기가 빨라, 녀석들이 한창 기분 좋아하고 있을 즈음이 되었을 때의 나는 이미 곧장 목구멍까지 기어올라오는 욕지거리를 꿀꺽꿀꺽 되삼키느라 안간힘을 다하고 있었다.

그때 설채희가 내 귀에다 대고 소곤거렸다.

"기자 선생, 오늘 자기두 모르게 시험당했다는 사실 알아두라구."

"알고 있어."

"그래, 뭔데?"

"내가 부분적 정신병자인지 아닌지 알아보려는 것."

"야, 기자 선생의 눈친 역시 빠르다. 사실 내가 꼭 한번 나오자구 우긴 이유가 바로 거기 있었다구. 권가가 하두 단호하게 강조해서 말이야."

　"그럼 여사께서 그때 날 찾아오신 것도 그 단호한 진단에 대한 확
인차셨군."
　"그렇지만 그땐 내 개인적인 관심에서였지 이 클럽 대표로선 아니
었어."
　"여러 가지로 고마울 뿐이지만 사실은 여자를 포함한 이 계꾼들이
야말로 중증 환자들 아냐?"
　나는 그날 밤 어떻게 집에 들어갈 수 있었는지 전혀 기억이 없을
정도로 취하고 말았다. 음식점에서 나온 이후로 통역장교 출신답게
우리말엔 반벙어리이고 싶어하는 제약회사 선전부장의 선심에 끌려
설채희를 포함한 몇 사람과 함께 양주집으로 간 것까지는 기억이 나
는데 그 이상은 도무지 오리무중이었다. 다만 내가 그렇게 고주망태
가 돼 버린 것은 녀석들이 문제의 계꾼으로 둔갑해 버린 데서부터
비롯되었다는 것만은 확실했다. 녀석들이 저마다 오천 원씩의 곗돈
을 부스럭부스럭 털어내 놓고 오백 원은 회식값으로, 나머지 사천
오백 원은 적금으로 분류해 내느라 호명을 하고 돈뭉치를 들고 부산
을 떨고, 명부에 써넣고, 다시 확인을 하고 하는 동안 나는 할 일이
없었으므로 하는 수 없이 혼자서 술만 들이키고 앉아 있었던 것이
다. 의심이 많은 녀석들은 그 간단한 일을 끝내는데도 그렇게 시간
이 걸렸다.
　이튿날 아침 아내가 일러준 말로는 나는 거의 통금시간이 다 되어
서야 어떤 여자의 부축을 받으며 대문을 들어섰다고 했으니 나를 데
려온 것이 설채희임에 틀림없을 것이었다. 그녀가 어떻게 내 집을
알았을까 갑자기 의아한 생각이 들었으나 그것을 아내한테 물어보
진 않았다. 아내가 그 사정을 알 턱이 없다면 공연히 물어 봤다가
되려 설채희의 신원에 대해 추궁당하기 십상이라는 생각이 들어서
그랬던 것인데, 나는 어딘지 모르게 아내를 상대로 설채희를 명쾌하
게 설명하는 데 뭔가 근거가 희박할 것 같은 두려움을 갖고 있었던

것이다.

그래서 나는 아내가 의문을 표시하지 않는 한 모르는 척 덮어 두자는 심산으로 대문을 나설 때까지도 끝내 침묵을 지켰다. 그런데 나를 떠나 보내기 위해 전에 없이 대문까지 따라 나오던 아내가 먼저 입을 열지 않는가.

"그 여자분 연락되시면 고맙다는 인사나 전해 주세요. 우리 집을 몰라서 전화까지 걸구 찾아오셨어요. 전화번호는 당신 수첩을 뒤져서 찾아 냈대요. 집을 못 찾고 헤매느라 통금시간 거의 다 돼서야 도착했으니 아마 그분은 집에 못 들어가셨을 걸요. 집이 이 근방이었다면 다행이지만. 어저께 동창회가 있었다면서요?"

"어? 그랬어."

나는 대답을 얼버무리고 재빨리 걸음을 떼어놓기 시작했다. 설채희가 사는 곳이 어딘지는 나도 모르지만 아무래도 같은 동네일 것 같지는 않았다. 그렇다면 그녀는 나를 집까지 데려다 놓고 대신 여관에 들었단 말인가. 나는 생각지도 않은 신세를 진데 대한 불만을 가지고 회사에 나갔으나 그녀는 신문사로 연락을 취해 놓고 있지 않았다. 퇴근 시간까지 그녀로부터는 아무런 연락이 없었다. 집으로 돌아오자 아내가 재차 물었으므로 나는 마침 연락이 있어 아내가 그녀에 대해 품고 있는 감사의 뜻을 전했노라고 거침없는 거짓말을 할 수밖에 없었다.

그녀와의 연락은 그날 이후로 완전히 끊어져 버리고 말았다. 나는 내 무책임한 타성을 탓하면서도 그저 막연히, 내일은 연락이 있겠지 있겠지 하는 안이한 생각만으로 지리하고 긴 하루하루를 보냈다. 설채희가 정작 다시 전화를 해 온 것은 그로부터 거의 석 달이 지난 12월 중순이었는데도 나는 그때까지 가만히 자리에 앉아서 연락 오기만을 기다리고 있었던 것이다.

날씨가 꽤나 차가운 날이어서 사람들은 목을 한껏 움츠려 넣은 구

부정한 모습으로 거리를 동동걸음치고 있었다. 나는 신문사 건물을 벗어나자 어깨를 쭈그려뜨리고 백 여 미터 떨어진 곳에 있는 다방을 향해 뛰어갔다.

그녀는 꼭 근처까지 와서 전화를 걸어 주고 있으니 얼마나 세심한 배려인가.

"도대체 그렇게 연락 않는 사람이 어딨어." 하고 나는 그녀 앞자리에 엉덩이를 걸치자마자 대뜸 항의했다. "감사의 뜻마저 전할 길이 없게."

"무소식은 희소식이라는 것만 믿구 있음 돼."

그녀는 세워 두었던 외투깃을 접어 내리면서 춥다는 시늉으로 몸을 한번 부르르 떨었다. 날씨가 정말 갑자기 너무 춥다. 나는 담배에 불을 댕기고 나서 물었다.

"춥지, 나갈까?"

"퇴근했어?"

"꼭 퇴근 무렵 돼서 밥 사달라고 전화 걸면서 무슨 소리야."

"그래, 저녁 좀 사줘. 술두 사준다면 사양 않구."

우리는 차도 마시지 않은 다방을 그대로 나왔다. 해마저 넘어간 겨울 날씨는 불붙은 담배 개비를 들고 다니기에도 성가실 정도로 쓸쓸했다. 다방 입구 계단을 걸어 내려오면서 설채희가 물었다.

"요즘은 기사 쓰는 보람 좀 느끼지?"

"얼마나 갈지. 여러 가지로 말이 많아. 종잡을 수가 없다는 얘기지."

"요즘도 그참으루 술 못 먹어서 벌벌 겨?"

"원래는 안 그래, 그때 나 실어다 놓고 여관 신세졌지?"

"지나간 얘긴 지나간 얘기루 끝나는 거라구. 난 공치사 받구 싶어 하는 사람 아냐."

"그렇지만 마누란, 여사한테 꼭 좀 공치사를 해야 직성이 풀리겠다구 염불을 하거든."

"거기, 참 부인 잘 얻었더라. 자칫했음 나 그날 붙들려 그 집에서 잘 뻔했어."

"왜 그 집에서 자선 안 되나?"

"글쎄, 어쩐지 그래선 안 된다는 생각이 들더군."

우리는 몇 달 전, 그러니까 여름철에 들렀던 음식점까지 걸어가면서 너무 추워서 되도록 입을 조금씩 열고 얘기했다. 그런데 막상 그 음식점 출입문에 코가 닿을 정도로 바투 다가서고 보자 휴업중이 아닌가. 우리는 추위 속을 더 헤맬 수가 없었으므로 그 휴업중인 음식점 옆에 붙은 왜식집 문을 열고 들어섰다. 뒤따라오던 설채희가 혀를 차며 중얼거렸다.

"어쩐지 내 예감이 그럴 것 같더라."

"아니, 이 흔해빠진 음식점 문짝 여닫는 것까지 알아맞히는 고성능 예감을 갖고 있단 말야?"

"그게 아냐."

"그게 아니면?"

"아무것두…… 오늘은 할 얘기가 있어 왔으니까 내가 밥 살게."

"얼씨구, 여긴 내 관할 공화국인데."

우리는 벌겋게 달아 오른 석유난로 하나가 중앙에 놓인 음식점의 한쪽 구석자리를 차지하고 앉았다. 그녀가 할 얘기를 갖고 있다고 말했기 때문이었다. 우리는 전골로 저녁을 주문하고 나서 반주로 정종 반 되도 덧붙여 요구했다. 높직한 둥근 의자가 놓인 바에 앉아 정종을 홀짝홀짝 들이키고 있는 세 사나이를 빼면 손님이라곤 우리밖에 없었다. 아직 저녁 먹긴 좀 이른 탓인지 몰랐다. 나는 한 개비를 빼고 난 담뱃갑을 식탁 위에 올려 놓으며 물었다.

"그래, 할 얘기란 뭔데?"

"누가 숨넘어가나, 몸부터 우선 좀 녹여."

그러나 채희는 몸 녹일 동안만 연기하자던 얘기를 전골을 거의 다
건져 먹어치울 때까지도 꺼내지 않았다. 나는 그녀가 뭔가 얘기 꺼
내기를 망설이고 있다는 것을 알아차렸다. 그녀의 눈꼬리가 분명히
초조에 떨고 있었던 것이다. 그녀의 말문에 걸린 자물쇠를 내가 따
주지 않으면 안 된다는 생각이 들었으므로 나는 조그마한 사기잔에
깔려 있던 술을 목구멍으로 털어 넣고 나서 잔을 그녀 앞으로 내밀
었다.

"나한테도 약간 둔감하긴 하지만 아직 못쓸 정도는 아닌 예감이라
는 것이 있는데, 말할까 ? "

"······. "

"채흰 오늘 의외로 자신을 잃고 있군, 얘기를 못 꺼내고 있어. "

"사실이야. "

"나 단단히 준비하고 있을 테니 얘기해. "

"정말이지 ? 단 간단한 내 얘기 끝날 때까진 아무것두 묻지 않는
다는 조건으루. 혹시 그 얘길 왜 자기한테 하느냔 생각이 들 경우
라면 중단시켜두 좋아. "

"주문이 까다로운 편이지만 약속은 지키지. " 하고 나서 나는 그
녀의 얼굴을 조심스럽게 뜯어보았다. 그때의 나는 이미 빠져나갈 수
없는 입장이었던 것이다.

"내가 육구 클럽 계주라는 건 이미 알고 있는 사실이구, 그동안
햇수로 오 년이 됐는데 적립된 돈은 이백 오십만 원 전후야. 이걸
지금 계원한테 분배하면 한 사람 앞에 이십 오만 원씩 돌아가구.
그런데 내가 하고 싶은 얘기는, 나는 그 돈을 혼자서 가지기로 결
정했다는 사실이야. 한 가지, 오해해두 상관은 없지만, 나는 이런
계획을 이 계 모임 초장부터 품고 있었던 것은 아니란 것을 말해
두구 싶어. 용도까지 말해야겠지. 나는 결코 이 돈을 고아원 같은
데나 갖다주려구 하는 게 아냐. 나 개인이 써. 나는 이걸 달러로

바꿔 가지구 구라파 여행을 떠날 거야. 육천 오백 불 좀 못 되더라구. 내 애긴 끝났어.”

나는 내용이 너무나 놀랍고 파국적이긴 했지만, 그것이 결코 지금까지 다부지게 살아온 그녀의 정상적인 사고를 거쳐서 계획된 것이라고는 볼 수 없는, 어떤 우발적 충동에서 얻어진 것이라고 단정했기 때문에 한 마디로 잘라 안 된다고 선언했다.

“그건 찬성 못해.”

“난 가부를 묻지 않았어. 그리고 난 거기가 내 이번 계획에 대한 통보를 받을 입장이 아니라구 생각될 땐 애기를 중단시켜 달라구 했어. 난 중단당한 일이 없으니 통보를 한 셈이야.”

“그걸 알려야 할 이유는 ?”

“건 몰라.”

“난 채희가 그렇듯 손쉽게 자기를 파멸시킬 단순한 여자가 아니라고 생각하는데.”

“어째서 그것이 자기파멸이라구 생각하지. 내가 어쨌게? 그 돈의 노예들이 돈을 끌어 모아선 뭘 하겠다는 건데. 아니 내일도 내다볼 줄 모르는 세상에서 돈을 모은다구 쓰게 되기나 하구. 설령 쓰게 된대두 쓸 줄이나 아나. 그들은 단순히 자기 주머니의 실감보다 열배나 높은 돈의 단위에 현혹된 인간들일 뿐야. 그들은 쌓이구 쌓인 잔고가 곧 자기 것이라는 착각을 오랫동안 즐겨 오는 동안 차츰 치기만만한 정신분열자들이 되어 가구 있었다구, 고작해야. 그런 인간들한테 돈을 맡겨선 안돼.”

“너무 지나친 우월감은 지나친 열등감보다 더 큰 사회적 문제를 야기할 수도 있거든. 아니야, 난 그런 애기보다 아까부터 하고 싶은 애기가 있었어. 채희의 그런 계획은 어쩌면 자학의 한 다른 표현이 아닐까 느껴진다는 점이야. 그런데 채흰 지금 자학에 빠질 아무런 이유도 없거든.”

"자학이라구? 천만에. 그리고 난 일단 결정한 이상 논리는 싫어."

설채희는 말하고 나서 신경질적으로 술잔을 들이켰다.

"난 암스테르담으로 갈 거야."

"시가지를 가르고 지나는 운하를 보러? 그 중세의 고도가 바닷물에 떠내려가지 않도록 삼백오십 개나 되는 다리가 운하 양쪽을 꼭꼭 얽어매고 있다며?"

"우리 같이 갈까? 난 그 고도가 동서 스파이들의 소굴이 돼버린 것을 보구 싶어."

"중세 고풍은 유지돼야 한다는 입장인가?"

"그런 단정적인 질문 방식은 안 좋아. 난 거기 우글거리는 인간의 악의를 보구 싶을 뿐야."

"어때, 레만 호수 가운데 서서 제네바 은행 거리를 건너다보는 것은? 세계의 모든 독재자, 부정축재자들이 살찌우고 있는 그 비대한 은행 건물들을 바라보는 것이 더 실감나지 않을까? 난 그런 정서적 차원으로라면 웬지 이스탄불이 가보고 싶더라. 동서가 마주치는 곳."

"모두 가보구 싶지만 돈이 모자라. 이스탄불두, 제네바두, 베를린의 브란덴부르크두……."

"돈이 떨어지면? 육천 불 정도랬지?"

"돈은 안 모자랄 거야. 난 많이 먹지두 않구, 단련두 잘돼 있거든."

"그래도 떨어지면? 아니, 곗돈 적립된 통장도 도장도 다 채희가 갖고 있어?"

"그럼 그 정도의 준비두 없이 이러는 줄 알았어? 물론 도장은 피아니스트가 보관하구 있지. 그 플라스틱제 예수 말이야."

나는 더 말을 않는 것이 좋겠다고 생각했으므로 한참 동안 잠자코

술만 마셨다. 잘못된 화제가 분위기를 완화시켜서는 결코 안 될 순
간이었기 때문이다. 계획 자체의 앞뒤에 대해 너무 많은 얘기를 나
누어 그녀로 하여금 내가 방조자 같은 느낌을 갖게 한다는 것은 결
국 그녀의 계획에 대해 용기를 북돋울 위험이 있었다. 그러나 나는
내 이러한 계획적인 침묵을 너무 오래 연장시켜 버렸는지 몰랐다.
끈기를 다한 설채희가 그만 울음을 터뜨리고 말았으니까. 나는 갑작
스런 사태에 너무 당황한 나머지 재빨리 그녀 옆자리로 건너가 그녀
의 어깨를 꼭 껴안아 주었다.

"무슨 얘기든 해 줘. 견딜 수가 없어."

"답지 않게 그게 무슨 소리야."

"쾌활을 위장하려구 내가 얼마나 안간힘을 써왔는지 아마 모를거
야. 내 남편이란 사람이 어떻게 죽었는지 모르잖아. 카메라를 움
켜안고 죽은 그 사람 말이야, 사진 같은 현실을 찾아 헤맨다던 그
가 말이야. 난 이제 지쳐 버렸어. 그래서 어디로든 떠나구 싶어,
이름두 갈아치우구. 그렇게 나를 객관화시켜 놓구 한번 들여다보
구 싶어. 이대루 지탱할 수가 없어."

"그건 지나친 자학이다. 좀 가혹하게 들릴지 모르지만 채희의 모
든 사정을 사회적인 병인으로 따져 주지 않는 세상이야. 채희가
실패하고 캐나다로 건너갔을 때도, 그리고 그곳에서도 실패하고
되돌아왔을 때도 백치 같은 이 사회가 뭐라고 괴로워한 일이 있
어? 모든 건 잽싸게 개인적인 원인으로 돌려야만 귀찮지도 않고
경비도 덜 들거든. 그리고 개인적인 것으로 낙인 찍힌 모든 이유
에 대해 제삼자들은 어떤 의미도 타당성도 부여하지 않으려 작정
하고 있어. 내가 힘이 돼 줄 수 있는 일이라면 뭐든지 도와 주고
싶어. 한번 노력해 봐, 힘껏 부축해 줄게."

"난 이성적이기보다는 감성적이야. 말려두 안 될 것 같아."

"아냐, 채흰 그 반댈 거야. 우리 나가서 겨울 바람 좀 쏘이자. 딱

딱하고 추운 겨울을 만져 보고 나면 좀 나을지도 몰라.”

우리는 음식점을 나와 팔짱을 끼고 얼음이 밟히는 거리를 걸었다. 몸을 떨고 있는 것이 옆구리로 전해 오는데도 설채희는 춥지 않다고 계속 우겼다. 적어도 삼십 분은 충분히 걷고 났을 때였다. 그녀는 침묵을 깨고 뜻밖의 질문을 던졌다.

“오늘 집에 들어가야지?”

내가 적절한 대답을 찾지 못해 잠시 머뭇거리고 있을 때, 그녀가 다시 말했다.

“피아니스트 박가는 미국에 가 있는 마누라한테 보고하기 위해 일 기를 쓴다더군. 청교도투의 거짓말을 열심히 적어 넣구 있겠지. 인간이 살아간다는 위선은 참 우스운 거야.”

“그 성직자께서?”

“그러게 플라스틱제 예수지. ……이제 돌아가야지?”

“글쎄” 하고 나서 나는 한참 동안 생각해두었던 대답을 들려 주었다. “안 돌아간들 갈 데도 없잖어?”

“그렇지” 하고 그녀는 한참 만에 힘없이 대꾸했다.

나는 그녀를 택시에 태워 보냈다. 그녀는 차에 오르기 전에 던진 내 질문에 대해 한 달만 기회를 달라고 했다.

“내가 한 달 내에 찾아가면 작별 인사를 하러 온 줄 알구, 그때까지 나타나지 않으면 그냥 주저앉은 걸루 생각해. 그 경우엔 육 개월 뒤에 찾아갈게.”

“그건 너무 길다.”

“물러앉게 되는 경우엔 나한테 끼어든 모든 찌꺼기를 깡그리 털어 내는 작업을 해야 하는데두? 육 개월 전엔 아무도 안 만날 거야, 괜히 방해할 생각은 마.”

“그럼 육구 클럽은?”

“물론 나가지 않을 거지.”

“그럼 기다릴게. 잘 가.”

나는 그녀를 보내고 난 한 달 동안을 전전긍긍, 촉각을 세우고 기다렸다. 그녀에게서 전해 오는 위압감만이 아니었다. 신년으로 접어들자 갑자기 모든 것이 얼어붙어 버려 편집국 분위기는 터질 듯이 옥죄어들었고, 집에서는 아홉 살배기 사내놈이 그 얼어붙은 얼음판에 미끄러져 다리가 부러지는 조그마한 소동까지 빚었다. 그러나 정월 중순의 어느 날, 한 가지 임무를 완수한 기분으로 나는 곤드레가 되도록 술을 마셨다. 한 달 하루가 지나도록 설채희로부터 아무런 연락이 없었던 것이다. 이젠 기분 좋게 육 개월을 기다릴 차례였다.

황량한 시대일수록 사람들은 꽃을 기르는 데 더욱 열을 올린다던가. 그러나 이 말은 손바닥만한 마당을 두고 십 년 내내 상추씨만 뿌리는 나를 보고 아내가 한 말이다. 그래서 나는 불만에 가득찬 아내의 소원을 풀어 주는 기분으로 지난 유월 둘째 토요일, 수유리로 달려갔다. 이렇게 말하면 마치 내 스스로 마음을 다지고 찾아간 것 같이 들릴지 모르지만 사실은 그게 아니고 내가 소속하고 있는 부의 부장이 회사 차를 잠깐 빌려 타고 거기 있는 장미원을 다녀오겠다고 소문을 낸 것이 동기가 되었을 뿐이다. 나는 모처럼 기동력을 발휘하여 부장을 따라붙었다.

“어이, 빠리에 가면 이천 종이 넘는 장미꽃밭이 있다며?”

“그래요?”

“나뽈레옹이 누굴 위해 명령한 거라던가?”

“그래요?”

내 눈엔 파리 같은 것은 그만두고 수유리의 것도 탄복할 정도로 좋았다. 내 둔한 후각으로 그 희소한 향기를 맡을 재간은 아예 없었으므로 나는 뒷짐을 지고 커다란 강아지가 되어 부장의 뒷꽁무니만 졸졸 따라다녔다. 부장이 좋다고 점찍어 주는 것만 있으면 당장 뽑아들 태세를 갖추고. 그렇게 장미밭을 어슬렁어슬렁 돌고 있을 때였다. 누군가 내 이름을 부르는 소릴 들은 것 같기도 했으나, 그럴 리 없었으므로 나는 부장의 손가락 끝에서 시선을 떼지 않고 있는데 이번에 부장이 나를 부르지 않는가. 부장은 돌아보지도 않고 말했다.

“누가 부르고 있잖어. ”

정말이었다. 피아니스트 박가가 저 아래쪽 귤나무숲에 끼여 서서 팔을 활활 젓고 있었다. 나는 녀석한테로 걸어가기 전에 부장한테 다짐을 두었다.

“혼자 돌아가시면 안 됩니다. ”

박가는 웬일이냐고 했다. 예수님이야말로 피아노를 버리고 웬일인가. 그는 아직도 미8군 채플에서 피아노 건반을 두드린다고 했다.

“계꾼들은 요즘도 잘 모이고 ? ”

“그거 풍비박산난 지 언젠데 ? ”

“뭐라고 ? ” 하고 나는 순간적으로 배신당한 기분에 젖어 소리쳤다. “풍비박산이 나다니, 무슨 소리야 ? ”

“그럼, 그거 아직도 모르고 있었단 말야 ? ”

“그거라니, 뭐 ? ”

“돈이 행방을 감춰 버렸단 말야, 감쪽같이. ”

아, 역시 그랬구나, 하는 생각이 들었다. 동시에 맥이 쑥 빠지는 것 같았다. 그러나 나는 짐짓 시치미를 떼고 느긋하게 물을 수밖에 없었다.

“오야가 누구였는데 ? ”

“오야는 수수께끼 같은 한 마디를 남기고 죽어 버렸어. 설채희였는데. ”

나는 놀란 나머지 엉겁결에 박가의 팔목을 덥썩 끌어 잡았다. 그러나 그녀는 죽은 뒤가 아닌가. 나는 박가의 입에서 ‘살인자’라는 소리가 나올 것만 같아 몸이 오싹 조여들었다. 그러나 그의 입에서는

끝까지 돈 애기밖엔 나오지 않았다. 설채희가 분명히 통장을 누구한
테 맡긴다고 전해 왔었는데 아무도 맡았다고 나서는 사람이 없다는
것이었다.

　"설채희가 죽기 직전에 나한테 전화를 걸었거든. 갑자기 어디론가
떠나게 되었다면서 여기저기 연락을 해 봐서 당장 약속이 되는 친
구한테 통장을 맡기겠노라구 했단 말이야. 그런데 아무리 수색을
펴도 통장을 맡은 자가 안 나타나."

　"넌 왜 전화 받고 달려가지 않았니?"

　"너도 그렇게 생각하는군. 바로 그 점이야. 내가 왜 달려가지 않
았느냔 거야. 달려갔을 거란 거지. 하지만 생각해 봐, 그게 현금
이 아니고 통장인데. 그리고 등록된 도장은 내가 보관하고 있는데
당장 나갈·수 없는 상황에 있던 내가 무리를 해가면서 쫓아갈 이
유가 뭐야. 더구나 설채희도 내가 그 시각에 나갈 수 없는 사정을
알고 있었단 말야. 그날은 일요일이었거든. 또 그날이 아니면 내
게 전화 연락도 안 되고. 8군 전화였으니까. 내가 한 주일에 두
번밖에 더 나가. 그래서 다른 사람한테 전한다는 사실을 내게 전
하노라 설채희는 말했단 말야."

　"은행에 든 돈은 언제 찾아갔는데, 설채희가 죽은 뒤야?"

　"열두 시간쯤 뒤에. 사람은 섣달 그믐날 새벽에 죽고 돈은 그날
은행 시간이 된 뒤에 찾아갔다는 것이 확인됐어."

　섣달 그믐날이라면 나와 만난 지 보름이 채 못 되지 않는가. 나는
마치 내가 그녀와 만났을 때 붙들었어야 했는데 방치한 것 같은 후
회감에 몸을 떨었다. 그녀는 죽으면서도 돈을 그들의 손에 넘겨주지
않았을 뿐만 아니라 영악스런 이해관계로 얽힌 육구 클럽을 해체시
킬 미묘한 계책까지 짠 여인이 아닌가. 누가 그녀의 죽음을 그렇게
괴롭혔는가.

　박가의 말에 의하면 처음 얼마 동안은 도장을 갖고 있는 그가 결

정적인 혐의를 뒤집어쓰고 달달 볶였으나 도장 하나밖에 단서가 없는데다 그의 집에 보관되어 있는 그 도장마저도 어디다 넣어 두고 있는지를 모르는 친구가 없었으므로(계모임의 초기에는 매달 가정 방문식으로 회식을 했기 때문에) 그의 완강한 결백 주장과 함께 명예훼손죄까지 들먹인 반격에 모두들 주춤 물러서고 말았다는 것이다. 박가의 말에 의하면 그 뒤 육구 클럽은 돈의 행방 수색과 대책 마련을 위해 수시로 모임을 가졌는데, 재미있는 것은 구성원 모두가 원고와 피고를 겸하는 묘한 기현상을 빚어, 서로가 서로를 의혹의 눈으로 관찰하는 한편으론 서로가 혐의를 벗으려고 온갖 지혜를 다 동원하고 있어서, 거기 나가기만 하면 큰소리를 칠 수도 없고 그렇다고 뒷전에 물러앉아 있을 수도 없는, 말하자면 그런 가시방석이 또 없었다는 것이다. 그렇다고 '자, 떡 사먹은 셈치자' 하고 누가 결론을 선언할 수조차 없는 것은, 그렇게 말하는 자가 즉각 착복한 자의 낙인을 면할 수 없기 때문이라는 것이다.

 "하여튼 만나자면 안 나갈 수도 없고, 나가면 숨도 크게 못 쉴 지경으로 진절머릴 치게 되니, 도무지 요즘은 죽을 맛이야, 벌써 반년째."

 박가는 심지어 차라리 죽은 설채희한테 가족이나 가까운 친척이라도 있었더라면 오죽이나 좋았겠느냐고 했다. 그랬다면 모두들 돈이 흔적을 지우면서 그쪽으로 넘어갔으려니 결론을 내렸으련만 가족이나 친척은 고사하고 죽은 설채희의 머리맡엔 화장지낼 돈도 제대로 남아 있지 않았다는 것이다. 박가의 애길 들으면서 나는 속으로 그래봤자 설채희는 그 돈을 고작 고아원 같은 데다 보낸 것이 아닐까 생각했다. 돈뭉치를 들고 도시 중심가에 있는 건물 꼭대기로 올라간 것이 아니고. 올라가서 거리를 향해 활활 전단 뿌리듯이 날려 버린 것이 아니고.

 나는 박가를 건너다보며 말했다.

“고생이겠구나.”

“말씀 아니야, 돈이 뭔지.”

“그놈의 심판이 언제까지 계속될지 아무도 모르는군.”

“고양이 목에 누가 방울을 달아?”

박가는 새해 들어서면서부터는 모두들 용돈 넣고 다니는 것까지도 사방을 두리번거리면서 눈치를 살핀다고 했다. 봄에 냉장고를 들여 논 것이 발각난 권성조는 자금 출처에 대한 추궁을 당하다 못해 결국 어둠침침한 술집 골방에서 돈을 건네준 업자를 모임에 출석시켜 증언하게 하는 고역까지 치뤄야만 했다는 것이다.

그때 부장이 나를 불렀으므로 나는 측은한 얼굴을 만들어 박가를 한두 마디 위로하고 나서 그와 헤어졌다. 그 동안에 부장은 내 몫의 장미 두 그루까지 골라 지프에 실어 놓고 있었다.

“이거 얼마나 가는 건지, 제 푼수에 웃도는 건 아닌지 모르겠네.”

“관둬, 내가 선물하지. 자네가 아니고 자네 부인한테.”

그러나 나는 모처럼 생색을 내기 위해 부장의 선물이란 말은 감쪽같이 감춰 두고 우정 수유리까지 달려가서 사 온 것이라고 열을 올렸는데도 웬일인지 아내는 시큰둥한 얼굴을 하고 있었다. 알고 보니 철 다 지나가는 지금 와서 난쟁이 같은 장미 두어 그루 들고 들어와서 무슨 공치사가 그렇게 크냐는 것이었다. 그랬다, 지금이 바로 설채희가 연락을 하겠다던 때로부터 정확히 육 개월 뒤가 되는 때 아닌가. 나는 언제나 이렇게 너무 굼뜬 것인가? 아니, 사건 보도에 대한 조건반사적 열패감이라는 잔인한 악습이 나를 이렇게 감정이 박제된 인간으로 만들어 버린 것일까.

장의사지 (壯義寺址)

"길 건너 저쪽으로 셋방 나온 것 없습니까, 참한 집으루?"

"셋방이 참하면 내 집 되나. 우선 들어와 앉기부터 하구려."

문턱에 기대 서서 빠끔 안을 들여다보던 나는 내키지 않는 몸짓으로 복덕방 주인의 권유를 받아들였다. 나는 사실 셋방이라곤 씨도 없다는 대답을 내심 기대하고 있었던 것이다. 이사라는 데 지칠 대로 지쳐버려서 무슨 핑계만 나선다면 나중에야 길거리에 나와 앉는 한이 있더라도 한자리에 눌러앉아 버티고 싶을 정도였으니까. 육 개월만 찼다 하면 제꺽 세를 올리겠다 달려드는 집주인하고 맞부딪히기가 싫어(맞붙어 봤자 칼자루 쥔 쪽은 뻔하지만) 해마다 두 번씩 꼬박꼬박 솥을 떼어 메고 허둥댄 것이 벌써 몇 햇수인가.

"참한 셋방이 몇 개나 있어야 하오?"

"방 둘은 있어야겠는데, 좀 큼직한 걸루요."

"큼직하자면 돈도 큼직해야잖소. 하기야 복더위를 겪을 때마다 나도 평 반짜리 이 방이 좁다 느끼지."

나는 그제서야 등받이 없는 막걸상을 엉덩이 밑으로 끌어당겨 앉

으며 두 사람으로 꽉 차 버린 듯한 복덕방 안을 휘 둘러보았다. 조
그마한 책상 하나에 등받이 안 달린 나무의자가 둘, 뭐라고 휘갈긴
너무 큰 표구 휘호 한 점이 정면 벽을 꽉 채우면서 걸려 있고 다 해
진 긴 의자 위에는 역시 다 해진 부채 두 개가 뒹굴고 있었다. 나는
나무걸상을 삐그덕거리며 손바닥으로 부채질을 했다. 책상 머리에
앉은 중늙은 복덕방 주인은 땀방울이 송글송글 내밴 대머리 이마를
번들거리며 조그마한 공책을 연신 앞뒤로 뒤적거리고 있었다. 품이
위탁받은 전셋방 목록을 훑어보는 게 분명했다. 나는 견디다 못해
냅다 소리쳤다.

"무슨 놈의 날씨가 이렇게 찌지."

대꾸가 없는 복덕방 주인과 마주하고 앉아 나는 다시 마누라한테
욕바가지를 퍼붓기 시작했다. 그중 조용하고 아이 보낼 학교 괜찮고
출퇴근 길 가깝다는 이유를 대고 노래하듯이 우기는 마누라의 독촉
에 떠밀려 창의문(彰義門)을 넘지만 않았던들 이처럼 달도 채우지
않고 도중에 방을 구하러 나서는 일은 없었을 게 아닌가. 일찌감치
변두리 쪽을 더듬었던들 말이다. 하기야 방만 있다면야 복덕방 말대
로 참해서 내 집 되는 것도 아닌데 딱 끊어 계약서를 쓰고 말겠건
만. 쪽마루짝을 들치고 밥솥을 얹는 문간방살이도 수삼 년을 해 온
터에 방이 참하고 자시고 할 게 뭐 있는가.

"어디서 이사 오시려는데?"

"어디가 아녜요. 바로 요 건너 세검동에 사는 걸요."

"거기 그냥 눌러 있지 왜 일루 건너 뛰려는 거요?"

"글쎄 말입니다. 이윤즉 애 하날, 요 앞 세검정 국민학교에 넣었
더니 집사람 얘기가 큰 길 건너 다니게 하는 게 아무래도 마음이
안 놓인다고 야단이잖아요. 기왕 셋방살이할 바엔 큰 길 안 건너
는 쪽으로 옮겨 앉자는 거지요."

"학교는 좋은 자린데, 북악 터널인가 뭔가가 뚫리고부턴 마구잡이

로 내달리는 차가 많아져서 원 위험하기 짝이 없다니까."
"학교가 좋을 건 또 뭐 있어요."
"허 참 모르시누만. 그 학교 자리가 무슨 터인지."
"무슨 텁니까, 거기가?"
"바로 장의사(壯義寺) 자리라고, 거기가. 신라 두 장군 장춘랑
(長春郎), 파랑(罷郎)을 위해 지은."
"신라 장군 흥미 없어요. 그리고 요즘 중들 봐선 절터라고 좋을
거 하나 없겠습디다."
"하긴 그렇구만. 한번 가서 남은 자리를 보기나 하시오. 석계(石
階) 둘이 흔적을 남기고 서 있으니까."
나는 흥미를 잃은 나머지, 이 먹고 살기 바쁜 세상에 그까짓 게
무슨 상관이냐고 짜증 섞인 말투로 얘기를 끊어 버렸다. 그러나 복
덕방 주인은 꼭 신비스런 영험의 말이라도 하듯이 이런 때일수록 꼭
한번 찾아보도록 하라는 것이 아닌가. 어딘가 좀 어눌하게 엉뚱한
면을 지닌 사람이라는 느낌도 없지 않았지만 만사가 귀찮아진 그때
의 나로서는 더 이상 그런 따위 얘기에 귀를 기울일 여유가 없었다.
나의 그런 태도에 주인은 적잖이 마음이 상한 게 분명하여 그는
느닷없이 내 신분에 대해 묻고 나섰다. 그 바람에 나도 화가 난 것
은 물론이었다. 상대방의 사정을 무시하고 사람을 일방적으로 자기
관심 속으로 끌어들이려는 무례가 너무 판을 치는 세상에 나는 짜증
이 났다. 나는 그런 무례를 당하고도 가만히 있을 그런 신분에 있는
사람이 아님을 과시하듯이 이죽거리는 말투로 상대가 알고자 하는
내 직업에 대해 대답해 주기로 했다.
"소설이라는 걸 쓰는 명색이 작가지만, 글쎄 책 읽지 않기로 유명
한 나라에서 그것도 직업이랄 수 있을는지."
라고 대답하고 나서 눈치를 살폈으나 기대와는 달리 소기의 목적을
달성하는 데는 전혀 만족할 만한 표현이 되지 못한 것 같아 나는 다

시 이렇게 덧붙였다.

"그것도 사회에선 어거지 치정이나 그리는 사람들이 유명한 줄 알고 그래 저래 돈도 잘 번다지만 셋방을 살기로서니 그렇게 타락하고 싶진 않고…… 한심한 노릇이지요."

나는 말하고 나서 더욱 분통이 터졌다. 복덕방 주인이나 상대하여 모처럼 한심한 직업 한번 으스대 보자는 것이 정말 한심한 수작이랄 밖에 없게 죽을 쑤었으니 말이다. 주인이 말했다.

"그렇담 정말 잘 만났소. 내 그러잖아도 소설가 양반 한번 만나봤으면 하던 참이었소."

나는 마침내 걸려들고 말았다는 생각마저 들었다. 당신들이 쓰고 있는 게, 그래 그게 다 소설이오, 하는 구박이 금방 떨어질 것 같아 나는 황망히 말머리를 돌렸다.

"이 학교 앞 건널목에서 자주 사고가 난다면서요?"

"잦은 편이라니까. 요전에도 사고가 나잖았소. 부인이 이사를 가자 한 것도 아마 요전에 있은 그 사고 때문일 거요."

"미군 지프였다면서요?" 하고 나는 얼씨구 위기를 넘겼다 싶어 바짝 다그쳤다. "사고를 낸 차가?"

"못 보셨군, 그 참혹한 광경을. 아홉 살배기 머슴애를 갈아붙였는데 차마 눈 뜨고 못 볼 정황이었지. 사람의 피가 원 그렇게도 많은 양인지, 글쎄 아홉 살짜리가 온 길바닥을 선혈로 물들였다니까."

"그래서 어떻게 됐나요?"

"뭐가 어떻게 돼. 차는 가버리고 삼대 독자를 잃은 부모는 길바닥을 손톱으로 긁어 살점을 모아 갔지."

이미 마누라로부터 열두 번도 더 들은 얘기인데도 나는 새삼스레 몸이 부르르 떨려 어금니를 악 깨물었다. 꼭 바짓가랑이에 피라도 튀어오른 느낌에서 벗어나기 위해 나는 좁디좁은 방 안에 걸린 위압적인 휘호에 시선을 주었다. 세상엔 같은 이름이 많다. 그러나 '불군(不軍)'이라는 아호에는 어딘가 강렬한 인상을 주는 데가 있었다. 그런데 휘호에 낙관한 이붕섭(李鵬燮)이라는 사람이 혹시 옛날 내가 배속되어 있던 부대의 부대장은 아닐까 하는 생각이 갑자기 들기도 했다.

"저 휘호 쓰신 분 혹시 군인 아니십니까?"

"왜 그러시오?"

"육이오 때 저분하고 이름이 같은 장군이 한 분 계셨길래요."

"장군은 아니었지."

"그럼 아시는군요. 저 분을?"

"당신은 어떻게 아오? 바로 나요."

"네? 지평리 전투를 지휘하신? 아, 살아 계셨군요."

"우린 같은 부대원이었던 모양이구만. 지평리에서 우린 비참했었잖소."

"워낙 중과부적이었으니까요. 정말 뜻밖인데요. 장군님을 이렇게 뵙다니."

"난 장군이 아니라니까."

이붕섭 장군은 당신이 장군이 아니라고 두세 번씩이나 강조했다. 비참한 전투에 동원됐던 전우일 뿐이었다는 것이다. 나는 장군의 그 말이 '不軍'이라는 아호를 지닐 만큼, 처참한 전쟁에 가담했던 쓰라린 경험에 대해 장군 자신이 모욕감을 느끼고 있는 데서 그러는 줄로 이해했다. 그러나 다음 순간 장군은 내가 전혀 알지 못하고 있던 뜻밖의 사실을 이야기했다. 장군은 당신이 이등병으로 강등되어 군복을 벗었다고 했다. 장군은 왜 대령에서 이등병으로 강등을 당하였는지 그 이유에 대해선 말하려 하지 않았다. 장군은 다만 그 사건이 다시 밀고 올라오던 길의 강경(江景) 근방 전투에서 일어났다고만 말했다. 나로선 도무지 짐작조차 할 수 없는 일이었다. 왜냐하면 바로 앞서 말한 지평리 전투로 나는 소속부대를 잃어버렸기 때문이다. 더 엄격히 말하면 내가 부대를 잃은 게 아니고 부대가 나를 잃어버렸던 것이다. 나뿐만이 아니라 그때 거의 대부분의 부대원을 부대는 놓쳐버렸다. 많은 숫자의 전사자를 냈으리라는 짐작은 했었지만 장군은 그때 살아 남은 사람이 불과 여섯밖에 없는 것으로 집계되었었다고 했다. 그래서 부대는 불가불 보충병을 받아 새로 편성될 때까지 해체된 상태로 보름 이상을 기다려야 했었노라고 장군은 말했다. 어쨌든 그때 패잔병으로 낙오된 나는 왜관(倭館)에 거의 다다라서야 보충대로 넘겨졌고 그 통에 장군의 부대와는 인연이 없는 다른 부대로 배속되고 말았으니 강경 사건을 내가 알 턱이 있는가. 내가 만약 장군의 애기를 듣는 중에 사건의 내용을 예상할 단서될 만한 것을 주운 것이 있다면 우연히 내뱉어진 미군이라는 한마디가 아니었을까. 나는 궁금하기 짝이 없었지만 장군이 말하고 싶어하지 않는 것을 물어볼 수는 없었다. 하지만 나는 옛 상관을 만나게 되었다는 것만으로도 감격적이었다.

"전 장군님을 뵐 기회가 없는 졸병이었기 때문에 오늘 처음부터 알아뵙지 못하였습니다."

"계급이 뭐였소?"

"제대할 때 이등중사였습니다."

우리는 강경 사건만을 뺀 많은 애기를 주고받았다. 끝없이 수행된 전투 이야기로부터 장군의 복덕방 경력, 셋방 이야기 등등 생각나는 모든 이야기를 모조리 해치운 듯한 느낌이 들 정도로 우리는 긴 애기를 나누었다. 장군은 옛 전우를 위해 합당한 셋방을 찾아내고 말겠다고 다짐하고 나서 이런 애기를 꺼냈다.

"내가 소설 비슷한 걸 하나 쓴 게 있는데 전우를 위해 한번 읽어 주지 않겠소?"

"장군님이 소설을요?"

“쓰다가 만 미완성이야. 내가 아까 소설가 만나고 싶었다고 한 것
도 실은 그 부탁을 하고 싶어서였지.”

“보여 주신다면 영광스런 독자로서 읽겠습니다.”

“고마워. 역시 우린 아직도 비참한 전우애를 갖고 있군.”

장군은 조그마한 책상의 서랍을 열쇠로 따서 열고 원고 뭉치를 끄
집어냈다. 나는 장군에게서 갈수록 점점 더 무인(武人)답지 않은
면을 발견하게 되는 것에 허전한 느낌마저 들었다. 장군은 원고를
건네주면서 거기서 읽지 말고 집으로 가져가서 읽어 달라고 했는데
이 점도 역시 장군으로선 답지 않은 주문이 아닐 수 없었다. 나는
원고 뭉치를 받아 들고 곧 자리를 일어서며 말했다.

“읽고 싶은 충동 때문에 곧장 돌아가야겠습니다.”

이 장군은 문 밖까지 따라오며 말했다.

“우리가 다시 만나게 되다니……”

“그러게 말씀입니다. 안녕히 계십시오.”

나는 집으로 돌아오기 바쁘게 곧 장군의 소설을 읽기 시작했다.
역사적 소재를 작품화한 그 원고를 장군의 허락도 없이 여기에 옮겨
소개하고 싶다. 이유는 이 작품을 널리 독자들한테 읽혔으면 하는
것이 장군의 뜻인 것으로 나는 파악하였기 때문이다.

즉위 6년(699년) 시월, 늦가을. 깊고 높은 하늘에 매달린 달은
요요한 정적 속에 잠든 서라벌을 비추고 있었다. 추녀 끝으로 짙게
드리워진 검은 그림자만 아니면 대낮이라 할 만큼이나 밝은 밤이었
다. 무거운 한숨을 깨물며 말없이 뜰을 거닐던 김춘추(金春秋)는
마침내 달빛의 유혹을 뿌리치지 못하는지 대궐 마당으로 성큼 내려
서고 있었다. 어느새 영근 서릿발이 사람의 발길에 짓밟히자 요란한
소리를 내며 부서졌다. 뒤따르던 김유신(金庾信)이 뜰에 선 채 근
심어린 목소리로 말했다.

"무리하시면 아니 됩니다. 자정이 훨씬 넘었습니다."

"처남은 먼저 돌아가시오. 밤이 깊었다 한들 잠이 와 주겠소, 어디?"

"너무 근심은 마십시오. 미구에 좋은 소식이 올 것입니다."

"참 답답도 하오, 처남은. 그걸 어떻게 좌단할 수 있단 말이오. 인문(仁問)이 당제(唐帝)에 숙위(宿衛) 간 지 도대체 몇 번째나 되며 얼마나 오랜 세월이오. 일곱 번에 스물 두 해에 이르지 않았소. 고종(唐高宗)의 총신(寵臣)이 되어 가까이 모신다던 녀석이 그렇게 단단히 다짐을 해 둔 일에 대하여 몇 달이 지나도록 하회를 보내 오지 않는 것은 황제의 결심을 얻어 내지 못했다는 증좌가 아니고 무엇이오."

"꼭 그렇게만 생각할 일이 아니지요. 왕자를 믿으셔야 합니다."

"누가 믿고 싶지 아니하겠소마는 사정이 그러하지 않소. 나는 아무래도 불길한 징후라는 생각을 떨쳐 버릴 수가 없소."

"소신의 말씀을 믿으십시오, 상감. 필시 연합군은 올 것이외다."

김춘추는 더 할 말이 없었다. 밤을 잊은 채 서리를 밟고 서서 허공을 올려다보는 그의 모습에는 어딘가 국사라는 막중한 짐을 짊어진 군왕으로서보다는 초조히 비감에 쫓기는 필부의 갈등 같은 것을 느끼게 하는 데가 있었다. 그는 달빛에 바래 드러나지 않는 별자리를 짚으며 과연 무엇을 생각하고 있는 것일까. 꽃다운 나이에 참변을 당한 딸 고타소랑(古陀炤娘)의 모습을 새삼 떠올리고 있는 것은 아닐까. 뒷짐을 지고 선 두 어깨가 별안간 부르르 떨리면서 왕은 김유신을 향해 몸을 홱 돌렸다.

"정말 소식이 올 것 같소?" 하고 왕은 원망이 어린 목소리로 물었다. "처남 말을 믿고 기다려도 되겠소?"

"그렇다니까 그러십니까. 소신의 말씀을 믿어 주십시오. 어찌 소신이라 초조하지 않겠습니까."

"그렇고말고. 이제 돌아가시오. 밤이 깊었소."

그러나 김유신과 헤어져 침실로 돌아온 왕은 잠을 이룰 수 없었다. 새벽이 가까워 오도록 마치 악몽처럼 엎치락뒤치락 몸을 뒤채어야 했다. 둘째아들 인문의 모습이 무시로 떠오르고, 그러노라면 희색이 만면한 녀석이 성큼성큼 다가오는 모습 앞에 왕은 오금이 저렸다. 그때였다. 누군가가 느닷없이 눈앞에 우뚝 멈춰서지 않는가.

"도대체 누구냐?"

"신(臣)이옵니다."

"웬놈이란 말이냐?"

"장춘랑이옵니다."

"뭐라고?" 하고 왕은 외마디 소릴 내면서 몸을 일으켰다. 이게 도대체 어떻게 된 영문인가. 내관은 어디 있는가. 소리를 치려 해도 목소리가 터지지 않았다. "장춘랑이라니 무슨 소리냐?"

"황산벌 싸움에서 죽은 저희들을 벌써 잊으셨습니까?"

"저희들이라니, 뒤에 선 자는 누구냐?"

"네, 신은 파랑이옵니다."

"네놈들 썩 물러가지 못하겠느냐? 어느 안전이라고 야밤에 사람을 희롱하려 드느냐?"

"신들의 목소리를 들어 보고도 기억을 못하시다니."

"도무지 알 수가 없구나. 그 화랑들이 죽은 것이 언제 일인데."

"마마, 불을 밝히오리까. 신들을 직접 보셔야 할 듯하옵니다."

누구의 손에 의해선지 갑자기 등촉엔 불이 켜지고 용상 앞에 장승처럼 떡 버티고 선 두 화랑의 모습이 거짓말 같은 자태로 드러났다. 왕은 두 손으로 얼굴을 가리고 소리쳤다. 등과 어깨에 살을 꽂은 채 선 두 장군의 모습. 성큼 한 발짝 앞으로 다가서는 그들의 찢긴 갑옷 사이로 쉴 새 없이 흘러 내리는 선혈은 발자국을 적시며 바닥에 고여들고 있었다.

"어서 불을 끄지 못하겠느냐? 내관 어디 있느냐?"

"마마, 놀라실 것 없사옵니다. 신들은 이미 죽어 백골이 된 지 오래지 않사옵니까?"

"그럼 그대들은 짐을 어쩌자고 왔단 말이오. 나를 명부(冥府)로 데리고 가겠다는 것이오?"

"만부당한 말씀이옵니다. 신들은 아직 명부에도 이르지 못하였사옵고 그동안 객풍이 써늘하게 몰아치는 황산벌 언저리를 하염없이 방황하고 있을 뿐이옵니다."

"어찌하여 그러하오? 나를 원망하였겠구려."

"원망이라니요. 저희는 감히 나라를 위해 죽었다 하옵지만 아직도 나라 위한 종군을 게을리하지 않고 있사옵니다."

"장한 일이로고. 내 어찌 그를 보답할 수 있으리오."

"성은이 망극할 따름이오나 신들은 따로 보답을 바라지 않사옵니다. 다만 아뢰옵고자 함은 저희가 나라 위한 종군을 하려 하여도 당장(唐將) 정방(定方)의 거들먹거리는 위세에 눌린다는 사실이옵니다."

"아니 무슨 말이오. 아직은 원군이 건너오지도……"

"원컨대 저희들한테 따로 적은 병력을 주소서."

"병력을 따로 달라니, 소정방을 치겠단 말이오?"

"원컨대 소군(小軍)을 주소서."

"어쩌자는 것인지?"

"소군만 주소서."

그러다가 어느 순간인가 깜짝하는 사이에 피투성이 두 장군의 모습이 온데 간데 없이 사라지고 말았다. 기겁을 한 왕은 몸을 벌떡 일으키자 우선 방바닥부터 더듬었다. 그러나 핏자국은 만져지지 않았다. 당황한 손끝에 놀라 왕비 문명부인(文明夫人)만 선잠을 깨어 더욱 경황 못 차리게 다그쳤다. 왕은 그제서야 자신이 꿈을 꾸었음을 알아차렸다.

"괴이하도다."

"마마, 왜 그러시옵니까. 무슨 일이옵니까?"

"참으로 괴이한 일이로고."

"몹시 염려되옵니다. 행여 오라버니가 무슨 말씀을 드린 것은 아니오이까?"

"아무것두 아니오. 그만 주무시오."

"아니, 지금 바깥을 나가시면 아니 되옵니다. 밤공기가 몹시 차옵니다."

"염려할 것 없소. 주무시오."

토함산을 넘어온 동해의 써늘한 바닷바람 속으로 나서자 왕은 더욱 을씨년스럽게 울적한 느낌에 사로잡혔다. 국왕이기 전에 한 개 무인(武人)으로서의 내가 어찌하여 이러는가, 하고 왕은 적막한 새벽 공기에 몸을 움츠리며 중얼거렸다. 서라벌이 통째로 가라앉고 있는 듯한 느낌이 들고, 그러는 한편으론 먼지를 일으키며 내달리는 말발굽 소리가 끊임없이 귓전을 괴롭혔다. 황산벌에는 사시를 두고 그렇게 흙먼지가 일었다. 마치 구름떼처럼 피어올랐다. 장춘랑과 파랑 두 젊은 장군은 야트막한 구릉 아래 포진한 진지를 떠나기 전에 기마(騎馬)의 등을 쓸고 있었다. 괴롭고 지친 표정이라기보다 넋 잃은 몸짓으로 줄곧 말등만 쓸고 있었다. 어딘가 석연찮은 낌새를 느낀 김춘추가 그들 곁으로 다가서며 물었다.

"그대들은 왜 그러고 있는가?"

"무슨 말씀이십니까, 장군님?"

"오늘 그대들의 거동에는 어딘가 이상한 것이 있다."

"그렇지 않사옵니다."

"말해 주어야겠어. 그대들의 석연치 않은 거동에 대하여."

"아니올시다. 저희는 단지 당나라에 대하여 생각이 미쳤을 뿐이옵니다. 오랫동안에 걸친 떨쳐 버릴 수 없는 의문으로."

"의문이라?"

"말씀드리자면," 하고 장춘랑이 말을 이었다. "신라에 있어서 당나라란 무엇인가 하는 의문이지요. 물론 전장에 나가는 병사는 두가지 일을 생각하지 않음을 알고 있지만, 그러면서도 저희들은 백제와의 이 잘못된 싸움이 승부 없는 지리하고 따분한 전쟁이라는 판정이 나는 어느 순간에 혹시 나당연합군(羅唐聯合軍)이라는 터무니없는 군대가 되어 전장으로 내몰리게 되지나 않을까, 행여 그런 날은 오지 않을까 두려운 것이지요."

"백제를 치려는 이 싸움이 잘못된 싸움이라고?"

투구 밑으로 좁게 드러난 김춘추의 미간이 찌푸려지고 눈썹은 곤두 일어섰다. 파랑이 재빨리 받아 말했다.

"장군께서는 저희들의 말씀을 혹시 오해하실지 모르겠습니다만 저희들 역시도 연전의 싸움에서 서랑 김품석(金品釋) 장군과 영애 고타소랑 부처가 백제군의 기습을 받아 산화하는 비통한 곤욕을 겪으신 후 원군(援軍)을 청하기 위해 죽음을 무릅쓰고 고구려를 찾아가신 장군의 망극하신 슬픔을 헤아리지 못하는 바 아닙니다. 하오나 저희는 그런 비극이 애시당초 왜 초래되었는가 생각하는 것이옵니다."

"닥쳐라."

"들어 주옵소서. 여왕께서는 비단을 손수 짜서 바치는데도 바다 저 건너 호피(虎皮) 용상에 오만무도하게 버티고 앉은 황제는 구구절절이 충성의 헌사(獻辭)로 수놓인 그 조공을 받아들고 뜻 숨긴 미소만 머금는 이 비틀린 나라 사정에 저희는 생각이 미치지 않을 수 없습니다. 당제의 태종(太宗)은 우리의 삼국 내전(內戰)을 내심으로 얼마나 기뻐하고 있을 것인지, 그리하여 우리 세 나라가 모두 기운이 쇠하여 쓰러질 지경에 이를 날을 손꼽아 기다리고 있을 것을 생각하면 이 싸움은 참으로 참기 어렵습니다. 동족이 힘을 합해야 할 위국의 반도 정세임에도 하필이면 그 중 발흥이 지진한 우리 신라가 반도강점(半島強占)의 야욕에 불타는 당제에 볼모되어 꼭두각시 싸움에 내몰림은 어인 일이옵니까?"

"닥치지 못할까. 너희들을 당장 삭탈관직하고 참수에 처하게 하리라. 나를 어찌 보고 함부로 그런 방자한 언사를 농한단 말이냐. 이 나라가 어떤 나라며 너희들은 어느 나라 군병이냐? 너희들은 군왕을 모셔 받들고 있는 나라의 군병들이 아니란 말이냐? 왕명을 받들어 싸움터에 나와 있는 자들이 어찌 그런 언사를 쓸 수 있단 말이냐?"

"고정하옵소서, 장군님. 소병이 곡해를 드렸나 보옵니다."

하고 파랑이 대꾸하자 장춘랑이 파랑의 어깨를 젖히고 나섰다.

"네, 그러하옵니다. 곡해입니다. 저희는 참수가 두려운 것이 아닙니다. 참수당하지 않아도 저희는 일각일각 죽음의 구렁텅이로 달려가고 있지 않습니까? 저희는 허허한 들판에서 죽어자빠질 것입니다. 품석 장군처럼 까마귀만 우짖는 땅에서 쓰러질 것입니다. 그러함에도 저희는 화랑의 계율을 어기지 않을 것입니다. 분골쇄신 나랏님에 충성을 다할 터이며, 전쟁에 나가서는 죽음으로써 물러서지 않을 것입니다. 저희는 그러한 저희가 점점 더 두려웠습니다."

"우리 신라국은 너희들의 의구심처럼 그렇게 되지 않을 것이다. 우리는 반도를 통일할 것이다. 두고 보라."

"고구려의 고토(故土)도 말씀이오니까?" 하고 장춘랑이 재빨리 되물었다. "당제는 분명코 우리의 선린(善隣)이오니까?"

"전장에 나온 무인은 한 가지밖에 생각하지 않는다. 너희들이 쌓은 그간의 적공(積功)에도 불구하고 내 너희들의 하옥을 간하지 않을 수 없음은 오늘의 언사가 무사로서는 용납받을 수 없는 국법의 범칙이기 때문이니라. 명심하여야 하리라. 싸움은 그 와중에 휩쓸려 있는 병사로선 가늠할 수 없는 법임을. 슬픈 일이로다. ”

“하오나 동족상잔의 비통함은 싸움터에 나선 일개 병사만이 알며 그만이 그것을 쓰라려 하옵지요. ”

“너희들은 나와 언쟁코자 함이냐? 그러하다면 내 너희들에게 묻노니 백제가 먼저 군사를 일으켜 공략해 왔느냐? 아니면 우리 신라가 싸움에 스스로 나섰느냐? 너희 두 놈을 즉시 포박하여 압송하리라. ”

“신라가 당제의 신속(臣屬)이 되어 사신을 입조(入朝)하고 조공을 바치면서 그 배경으로 조금 힘이 생겼다 하여 백제와 고구려를 넘보지 않았던들 그들이 당항성(黨項城 : 지금의 南陽)을 공격하여 당으로 통하는 길목을 끊고 나서겠나이까. 차라리 저희를 목베어 주십시오. ”

“저희를 참형하여 주옵소서. ”

하고 파랑이 읍하며 따라 말했다.

김춘추는 대꾸가 없이 두 젊은 무장 곁을 떠나갔다. 곧 군졸 다섯이 두 사람을 향해 달려왔다. 두 사람의 기마를 뺏고 싸움터에 나가지 못하게 엄히 지키라는 명령을 받았다고 군졸들은 말했다. 그리고서서 모두가 잠시 멈칫하는 사이에 뽀얗게 흙먼지를 일으키며 김춘추를 등에 태운 백마가 벌판을 향해 내달리는 모습이 보였다.

김춘추는 두 젊은 무장에 대하여 여왕한테 간하지 않은 것이 분명했다. 장춘랑과 파랑은 처연한 밤을 밝히기 며칠, 이제나 저제나 하고 죽음의 전갈을 기다렸으나 다시는 아무런 기미조차 보임이 없이 곧 도로 내어준 기마를 몰아 전장으로 나가는 수밖에 없었다. 두 사람이 다시 싸움터로 나간 것은 물론 군졸들이 눈치차리는 것이 싫었기 때문이었지만 그러면서도 두 사람은 도무지 알 수가 없었다. 김춘추가 우려한 것도 실은 바로 군졸들의 동향이었다. 그는 지혜롭고 덕망 있는 두 젊은 장군을 하옥함으로써 일어날지도 모를 전 전선에 배치된 군졸들의 동요가 염려되어 그들의 엄중한 범칙을 혼자만 알고 덮어 두기로 했던 것이다. 그가 그 중 염려한 것은 처남인 유신의 귀에 두 사람 애기가 들어가면 어쩌나 하는 점이었다. 말을 들으면 그 불같은 성품, 단칼에 베려 들 것이었다. 김춘추는 여러 가지로 불안한 마음을 떨쳐 버릴 수 없었으므로 병졸 하나로 하여금 두 무장을 빈틈없이 감시하도록 은밀히 이르기에 이르렀다. 만약 두 사람의 위험한 언동이 제장(諸將)들에 퍼지는 날이면 그에게서 더한 변이 또 없었기 때문이다. 나라의 기틀이 밑둥부터 흔들리지 않겠는가.

그러나 두 사람은 더이상 별다른 움직임을 보이지 않았다. 김춘추는 아마도 진덕여왕(眞德女王) 원년에 모반(謀叛)을 일으켰다가 참수당한 대신 비담(毗曇)과 염종(廉宗) 이하 삼십 명 도당에 대한 토평(討平) 사실이 그들 두 사람을 더이상 행동하지 못하게 하리라는 은근한 안도의 마음도 없지 않았다.

마침내 당제의 의관(衣冠)을 쓰고 영휘연호(永徽年號)까지 받들어 행하면서도 태평송(太平頌)을 지어 바치는 등 더더욱 왜소한 편방(偏方)의 소국으로 전락한 신라 여왕 진덕이 그 즉위 8년에 승하를 하고 군신들은 이찬(伊飡)인 알천(閼川)한테 섭정을 청하였다. 하였으나 알천은 굳이 사양하여 가로되 춘추공을 후왕(後王)으로 천거하노라 하였다. 그는 재상과 숙의를 거듭한 끝에 전왕을 극진히 섬겨 이찬을 역임하고 당제로부터 특진(特進)의 벼슬까지 받아 무인으로보다는 제세(濟世)의 슬기가 한층 영위(英偉)한 김춘추를 왕으로 즉위케 하기에 이르렀다. 그동안 태종이 죽고 새로 황제가 된 당의 고종이 신하의 나라 신라 태종 무열왕의 즉위를 윤허하여 개부의동삼사(開府儀同三司) 신라왕으로 책봉하고 지절사(持節使)를 보내 의례를 갖추어 주었다. 쉰 셋의 나이, 성골(聖骨) 아닌 진골(眞

骨)의 신분으로 음력 3월의 해동과 함께 29대(654년) 왕위에 오른 김춘추는, 그러나 집정하기 시작한 한 해를 채우기도 전에 다시금 외세 의존에 대한 고구려·백제·말갈(靺鞨)의 공분을 불러일으켰다. 왕은 변방 33성을 공취당하는 위급한 난국을 만나 청군사절(請軍使節)을 급히 당에 보내지 않을 수 없었다.

장춘랑과 파랑 두 무장이 일찍이 백제와의 싸움에 함께 전사하고 말았다는 보고를 받은 것은 그로부터 훨씬 뒤의 일이었다. 군신들은 두 사람의 전사를 즉각 왕에 알렸으나 당시의 그로서는 그런 보고에 유념할 경황마저도 없었던 것이다.

김춘추는 마치나 전운(戰雲)이 감돌듯 적울(寂鬱)에 휘감긴 새벽의 대궐 뜰에 서서 어느새 백발이 성성한 육갑 문턱의 연치(年齒)를 되새겨 보는 것이었다. 어찌하여 까맣게 잊고 있었던 두 화랑을 새삼 꿈길에서 만났단 말인가. 아무리 생각해도 괴이한 일이 아닐 수 없었다.

왕은 날이 밝기가 무섭게 특히 유신을 들게 한 자리에서 군신들을 향해 큰 소리로 말했다.

"내 간밤에 장군 유신공과 나랏일로 깊이 염려하던 중 잠자리에 들었는데 참으로 놀랍고 괴이한 꿈을 꾸게 되었노라. 연전에 적국 백제군과의 싸움에서 전몰한 장춘랑, 파랑 두 무장이 홀연히 현몽하여 가로되, 신은 비록 백골이 되었사오나 오히려 보국하려는 마음이 있어 어제 당나라에 들어가보니 황제 고종 폐하께서 대장군 소정방 등에게 명하여 군사를 거느리고 내년 오월 백제로 쳐들어온다는 것을 알아 내었습니다. 지금 대왕 전하께서 근심하고 계시는 중이므로 이를 알려드리려는 것이옵니다, 하지 않았으랴."

왕의 이런 능란한 거짓말에 누구보다 기꺼워한 것은 장군 유신이었다. 그는 오월이면 절후로 봐서도 녹음이 짙어가는 철이니 군졸들이 몸을 숨겨 적국 진지로 기어들기 그중 알맞지 않느냐고 반색을 하면서 그동안 정병 5만은 실히 양성할 것을 맹약하였다. 유신뿐만 아니라 조정에 도열한 군신 모두가 화답을 해 오고 충성과 용맹을 다투어 맹세하기에 이르자 왕은 자신도 모르는 사이에 스스로의 거 짓말에 스스로 속아 넘어가서는 일성하여 명을 내렸다.

"내 이 놀라운 꿈을 어여삐 여겨 두 화랑을 위한 절을 지어 줄 것 이다. 신들은 들으라. 지금 당장 한산주(漢山州 : 지금의 북한산) 로 가서 바람 자고 양지바른 곳에 절을 지어 그들 두 원혼의 명복 을 빌어 주도록 하라. 그리고 그들의 진혼을 위하여 하룻동안 모 산정(牟山亭)에서는 불경을 설하라. 내 새로 짓는 절을 장의사 (藏義寺)라 이름하리라."

왕은 거기에 그치지 않았다. 대궐 넓은 마당에 가무음곡(歌舞音 曲)이 높은 큰 잔치를 베풀게 하고 백성들에게도 하루를 마음껏 즐 기도록 영을 내려, 서라벌이 온통 떠나갈 듯하였으며 밤이 이슥하도 록 대낮같이 밝은 등촉은 꺼지지 아니하였다.

나는 이튿날 약속 시간에 맞춰 이 장군의 복덕방으로 갔다. 그리 고 다 해진 긴 의자에 엉덩이를 붙이고 앉기 바쁘게 서둘러 치사부 터 했다.

"불군 장군님 때문에 전 이제 밥 빌어먹기 다 틀렸더군요."

"장군이라 부르지 말라는데도 그러는군. 그런데 대체 그게 무슨 소리요?"

"무인은 두 가지 생각을 않는다 쓰셔 놓구선 어째서 그렇게 장군 님은 소설가로서의 재능마저 갖구 계시는지, 정말 놀랐습니다."

"나이 먹은 사람을 놀리는 법이 아니오."

"제 말씀을 빈말로 들으시지 마십시오."

사실 나의 이 말은 조금도 과장이 섞이지 않은 진정이었다. 솔직 히 말해서 나는 장군의 원고를 읽으며 한없는 수치감에 사로잡혔던 것이다. 한 장 한 장 읽어감에 따라 처음 장군을 만나 뭘하는 작자냐는 질문을 받았을 때 일말의 주저도 없이, 마치 거룩한 일이라도 하고 있는 것처럼 소설가다 왜, 놀랐지, 하는 투로 들이댔던 나의 경망스런 언동이 얼굴 뜨거워져서 견딜 수가 없었다. 소설나부랭이나 긁적거린다고 손톱 밑에 흙 끼워 다니지 않고 여기저기 기웃기웃 어물쩡거려 온 나는 도대체 무엇인가. 과연 무슨 일을 하였고, 무엇을 할 수 있는가. 내가 감히 장군의 원고를 읽고 사족을 달다니 있을 수나 있는 일인가.

"그럼 소설이 될 수 있단 말이오?"

"되다마답니까. 불군 장군님은 훌륭한 소설가시라니까요. 제가 감히 장군님 앞에서 소설갑네 당돌한 말씀 드린 것 지금이라도 깊이 사죄드려야겠습니다."

"내게 그 원고 얘길 하고 싶지 않은 모양이군, 당신."

"곡해하시면 제 입장이 더욱 난처해질 뿐입니다, 장군님."

"그럼 됐소. 나는 그것이 소설로서 얘기가 돼 먹었느냐 하는 데 관심이 있는 것이지 그 문장이 어떠하냐 하는 것은 내 상관할 바가 아니오. 문외한이 원고를 긁적거렸을 때에야 얘기에 끌리지 않고 무슨 짓을 하겠소?"

"읽는 중에 그러셨으리란 점은 짐작이 가더군요. 무엇보다도 두어 줄밖에 나와 있지 않은 기록을 뼈대로 삼아 이야기를 구성한 장군님의 작가적 재능을 경탄해 마지않았지요. 특히 《삼국사기》와 《삼국유사》의 상반되는 기록을 함께 수용하는 방법을 쓰신 부분은 절묘했습니다."

"관사(官史)와 야사(野史)가 상치될 땐 야사 쪽을 취해야 하겠지. 어찌되었든 이제 남은 문제는 하나요. 소설가인 당신이 내 그 긁적거려 논 얘기를 취택하여 한 편의 진짜 소설을 쓰는 일 말이오. 쓰되 어제 내가 얘기한 대로 나로선 더 이상 붓이 나가지 않

아 마무리짓지 못했던 남은 이야기까지 이어 붙여 세상 사람들이
그를 읽어주게 하는 일 말이오."

나는 물론 이 장군의 소설을 완성시켜야 할 사람은 누구도 아닌
바로 장군 자신임을 누누이 강조했을 뿐만 아니라 그것은 또한 어떤
경우에도 내가 원고에 손을 대는 주제넘기 짝이 없는 짓은 하지 않
으리라는 것이 내 결심이기도 했다. 그리고 이미 〈長春郞·罷郞將
軍記〉라는 제목까지 붙여 논(이 제목만은 다시 한번 생각하도록 권
유하고 싶었다) 이 작품은 미완성인 채로 둬서 이렇다 할 손색이 있
는 것도 아니었으며, 그런 뜻으로 보면 이 작품은 굳이 미완작이라
할 것까지도 없었다.

그럼에도 나는 마침내 빠져나올 수 없는 난처한 궁지에 몰린 나머
지 우선 장군이 쓰고자 하고도 써내려가지 못했다는 부분이 과연 어
떤 내용인지 얘기부터 듣자는 타협안을 내놓고 말았다. 장군은 내가
그 일을 장군 스스로 하지 않으면 안 되는 사정에 대해 긴 설명을
늘어놓자 그만 화를 벌컥 냈기 때문이다.

장군의 얘긴즉, 적어도 무열왕 7년(660년)의 소정방 군대 내습에
의한 백제 함락까지는 일단 써놓고 보자 했는데도 도저히 더 이상은
붓이 나가지 않았노라고 했다. 나는 장군의 얘기를 듣는 동안 그가
더 이상 글을 써 내려가지 못한 것은 1천 9백 척의 배에 실려 온
13만의 외군이 반도 남반부를 온통 쑥대밭으로 짓밟은 사실에 대한
무장으로서의 분격 때문이 아니었을까 하는 어렴풋한 짐작을 하게
되었다. 그러나 장군은 그렇게 말하지 않았다. 그는 황산벌의 최후
가 주는 강렬한 위압감 때문에 그 장면을 어떻게도 재현해 볼 길이
없었노라고 했던 것이다. 관창(官昌)이라는 애송이한테까지 명분
없고 무모한 충성심을 강요하는 잔인한 신라의 졸장들과 맞겨루지
않으면 안 되었던 백제 명장 계백(階伯)의 장렬한 산화를 무슨 말
로 쓸 수 있겠느냐고 장군은 말했다.

"계백과 성충(成忠)의 충절을 굳이 의자왕(義慈王)의 도성을 지키고자 하는 신하로서의 도리로만 봐야 하느냐. 나는 적어도 반도의 같은 민족 고구려가 신라 곧 당제에 맞서기 위해 끊임없이 백제와 힘을 합해 싸웠다는 기록에서 위대한 주체의식을 보지. 계백의 충절은 그래서 외세 틈입을 막고 민족을 하나로 지키려는 데서 발로된 거룩하기까지 한 정신인지도 모른다고. 삼천 궁녀의 치마폭에 안겨 국기(國基)를 썩힌 의자왕 같은 패륜아한테 충성을 맹세할 계백이나 성충은 아니야."
"장군님은 혹시 사료(史料)를 너무 적극적으로 해석할 우려가 있다고 생각하시진 않습니까? 무리하시면 때론 효과를 줄이는 수도 있기 때문입니다."
"그래, 바로 그 점이야. 무리다, 견강부회다, 국수주의다 뭐다 하는 것은 장인(匠人)으로서 읽은 역사 교재가 휴지가 되지나 않을까 전전긍긍하는 국사책 필경사들이 걸핏하면 내놓는 몽둥이야. 거기 속지 말라고. 그런 사람들일수록 자기비하엔 적극적으로 나선다니까. 그건 민족의 기량을 퇴락시키려는 음모야, 음모."
장군은 사정없이 격양된 상태로 서력 7세기 언저리의 반도를 종횡무진으로 덥석덥석 짚어 넘어갔다. 그 세기를 역사의 방향이 잘못 잡히는 비극의 고비로 장군은 규정짓고 있었다. 장군은 김춘추와 김유신으로 이어지는 삼국통일의 꿈이라는 미화 작업은 고작해서 터무니없는 아세배(阿世輩)들의 농간이라고 분개했다. 그들은 서로가 처남과 장인이라는 혈통 옹호를 위한 초조한 인연을 주고 받음으로 해서 개인적이고 족벌적인 영달이나 원한에 빈틈없는 야합을 이루었다고 장군은 말했다. 김춘추가 백제 공략에 그토록 혈안이 된 것도 알고 보면 딸 고타소랑 내외의 죽음에 대한 지칠 줄 모르는 복수라는 소인배다운 동기 외에 아무것도 아니었으며, 이런 타기할 개인적인 복수심이 당제의 반도 진출 책략에 역이용당한 것을 생각하면 통분을 금할 수 없다고 했다.

"천하의 권세를 한 손에 쥔 세도 가문으로서의 그 집안이 품은 개인적인 복수심이 얼마나 표독스러웠는지 어디 한번 생각해 보자고. 의자왕 이십년 칠월 열흘, 드디어 사비성(泗沘城 : 지금의 부여)이 함락되고 태자 융(隆)이 나당 연합군에 포로되었을 때 춘추의 아들 법민(法敏 : 뒤에 文武王)이 한 짓이라니, 융을 꿇어앉히고 얼굴에다 가래침을 뱉으며, 네 애비가 내 누이동생을 참혹하게 죽여 옥중에 묻어 놓아 나로 하여금 이십 년 동안 마음 아프게 하고 고민케 하였는데, 오늘이 드디어 왔구나, 네 목숨 내 손 안에 쥐었으니, 라면서 치를 떨지 않았던가. 이것이 한 나라의 군왕 될 세자가 망국의 태자를 상대로 취할 언동인가. 이런 희떠운 졸개한테 나라가 맡겨지다니."

"그러고도 법민은 융을 죽이지도 못했잖아요. 태자 융은 당나라로 끌려가더군요. 그때 끌려간 사람이 의자왕과 세 왕자, 군신 88명에 백성 1만 3천여나 됐다지요."

"제깐 녀석이 누굴 죽여. 상전이 허가 않았는데 무슨 권한으로. 어느 정도냐 하면 백제를 함락하는 데 5만 군졸을 끌고 따라 붙은 김유신이 약속된 날짜에 백제 땅에 설치된 당의 병영에 당도치 않았다고 소정방이 신라 독군(督軍)을 참형하려 들었을 정도였으니까. 백제를 치려 당을 끌어들였지만 소정방은 전쟁 뒤에 유신과 인문에게, 내가 얻은 백제 땅을 그대들에게 식읍(食邑)으로 삼을 만큼 나누어 주노라 하잖았던가. 당제의 도독부(都督府)가 도처에 연립하였으니 도대체 누구를 위한 전쟁이었던가."

장군은 마침내 작품 이야기로 돌아왔다. 삼국 통일이라는 이름으로 반도가 반 동강이 난 고구려의 멸망까지를 그렸으면 하는 것이 장군의 구상이지만 소설가가 봐서 거기에 무리가 있으면 611년 4월 19일 백제 잔군(殘軍)이 사비성을 도로 뺏고 신라군을 대파하는 데

서나 그해 6월 무열왕이 스스로 한많은 미결의 장(章)을 남긴 채 하세(下世)하는 데서 작품을 끝막을 수도 있잖겠느냐고 했다.

"어떻소, 당제가 군사를 거두자마자 신라 군사가 지키던 백제 옛 도읍지는 금세 실함이 되고 빈골양(賓骨壤)까지 패주했는데도 뒤따라 추격한 소수의 백제 잔군에 모조리 목을 베이는 사월 열아흐레의 마각(馬脚)으로 대단원의 막을 내리는 것이?"

"그 대패로 신라는 전사는 적었지만 병기구와 군량에서 막심한 피해를 입었지요."

"서라벌이 통째 사색이 됐겠지. 이런 형세로 여전 삼국 통일의 공갈을 소리치던 무열왕 김춘추가 그로부터 달포 남짓을 못 넘기고 비장미마저 어린 죽음의 길을 떠나니, 그 장면도 종막으론 역시 비길 데 없는 감격이 되지 않을까."

"저로서는 그 어느 쪽도 마음에 들지 않습니다."

"그건 왜?"

"생각만 해도 울화통이 터지는걸요,"

"하아, 당신도 소설쟁이되긴 틀린 인물이군. 그렇지, 울화 치밀고 말고…… 하지만 우리 참자구. 역사는 교훈이어야 하니까. 그걸 역사쟁이들은 역사에 대한 무리한 적극성이라고들 하지 않는가? 그러나 나는 역사는 이끌어져야 하는 당위(當爲)의 것이라는 관점을 양보할 수 없네."

불군 이붕섭 장군, 말을 마치자 이제 밥 굶기 전에 본업으로 돌아갈 때라면서 허허 소리내어 웃었다. 그리고는 고대 화제를 바꾸어 내가 부탁한 전셋방 얘기를 시작하는 바람에 나는 느닷없는 기습에 당황하여 그만 엉뚱한 소리를 지껄이고 말았다.

"장군님, 전 이제 소설 쓰는 것 그만 때려치울 생각입니다."

"이 친구 엉뚱한 데가 있단 말이야. 그건 또 왜야?"

"바위에다 주먹이나 칠까 하구요, 차라리."

“너무 조급한 생각 때문이야, 또한 오만한 태도이고.”

“그런 줄 알면서도 절망이 앞지르거든요.”

“역시 쟁이가 못 돼, 당신은. 순리가 있는 거라고 말하고 싶진 않소. 꾸준히 치면 부서지는 것이 바위요. 내 옛 전우를 위해 참한 보금자릴 물색해 줄 테니 의기 꺾지 말고 정진하시오. 절망이라고 한 것은 과장이오.”

“장군님, 저한테 소군을 주십시오.”

“허허, 참”

〈長春郎·罷郎將軍記〉의 처리 내지 마무리에 대해서는 좀더 시간을 두고 생각키로 결론을 보고 내가 든 전셋집에 대해서는 장군이 다음날까지 물색해 놓겠다고 했으므로 나는 그 이튿날 다시 찾아오기로 하고 장군의 복덕방을 나왔다. 문턱을 넘어선 다음 하직 인사를 하기 위해 돌아서자 장군이 보이기 전에 그 바위와 같이 너무 큰 휘호에 눈이 먼저 가 닿아 나는 결국 ‘願天加我以小勢’라는 글귀에다 절을 한 폭이 되고 말았다. 나는 그것이 《삼국유사》의 ‘장춘랑·파랑전’에서 딴 구절임을 절을 하면서야 알아차렸지만, 그러나 ‘유사’에는 天자가 아니라 王자로 이어진다. ‘원컨대 하늘이여, 내게 작은 병력을 주소서.’

마침 여름 휴가가 시작된 이튿날은 별로 할 일이 없었던 탓으로 이 장군과의 약속 시간보다 턱없이 일찍 집을 나선 김에 나는 아직 한번도 찾아가본 일이 없는 딸아이의 학교를 둘러보기로 했다. 아이의 공부하는 모습을 넘겨다보기 위해서가 아니라 그 학교 교정에 당간지주(幢竿支柱) 한 쌍만 남아 있다는 보물 235호 장의사 흔적을 한번 보고자 해서였다. 좁다란 골목길을 잠깐 걸어들어가자 이내 ‘반공으로 국토통일 생활 속에 자주안보’라고 쓴 넓고 높다란 생철판을 머리에 인 교문 기둥이 나타났다. 나는 공연히 생철판에 놀란 가슴을 쓸며 쭈뼛쭈뼛 교문을 지나 운동장 가장자리로 걸어 들어갔다.

사실이지 나는 코흘리개들을 상대로도 저렇게 어려운 구호가 필요한 것인지에 적잖이 놀랐던 것이다. 당간지주라는 4미터 가까운 아름드리 화강암 돌기둥 두 개는 교문 안 오른쪽 구석배기에 서 있었다. 바람 자고 양지 바른 한산주가 아니라 용케도 지린내와 시궁창 냄새가 등천을 하는 변소와 쓰레기장의 대각선 중앙을 골라잡아 그 유서 깊은 초석(礎石)은 서 있었다. 녹이 슨 철책 안에 세워져 있는 보잘것 없이 조그마한 안내판에는 장의사가 세워진 지 874년만인 연산군 12년(1560년)에 폐멸하고 말았음을 써 놓고 있었다.

나는 학교를 되돌아 나오면서 이 장군이 그렇게 한번 찾아보기를 권한 이유가 과연 무엇인지 생각해 보지 않을 수 없었다. 그러나 장군은 어쩌면 시궁창 냄새와 지린내에 절고 있는 두 무장의 비분을 확인하라고 나를 거기에 보냈는지 몰랐다. 나는 손목시계를 들여다보며 장군의 복덕방을 향해 느릿느릿 걸음을 떼어 놓았다.

자동차들이 무섭게 질주하는 큰길 어귀까지 걸어나온 다음에야 나는 뜻밖에도 길 건너쪽에 있는 장군의 '장춘 복덕방' 문이 닫혀 있는 것을 발견하였다. 조금 전 학교로 들어갈 때까지도 분명히 열려 있었던 것 같은데 이상한 일이었다. 혼자 지키는 방이니 밖에 나가자면 그때마다 닫아 둘 수밖에 없으려니 생각하면서 나는 길을 건너 복덕방 앞쪽으로 걸어갔다. 송판을 짜서 만든 덧문 틈새를 비비적거리고 안쪽을 들여다 보았지만 보이지 않았다. 나는 하는 수 없이 뙤약볕을 받으며 복덕방 앞을 서성거렸다.

"혹시 복덕방 영감님 찾아오셨나, 이 양반?"

소리나는 쪽으로 돌아다보자 복덕방 옆으로 붙은 탁약주 도산매집 여자가 너덜너덜한 휘장 사이로 얼굴을 빼꼼 내밀고 있었다.

"그렇습니다만."

"신 선생이쇼?"

"그런데요."

“이 쪽지 전해 드리라던데, 영감님이.”

“어딜 가셨나요, 그분은?”

“모르죠, 어딜 급히 가는지.”

“조금 전까진 문이 열려 있었던 게 아닙니까?”

“조금 전이라고요? 어제 닫힌 이후로 손도 댄 사람이 없는데?”

나는 잘 믿어지지 않는 내 착각에 고개를 갸웃거리면서 여인이 건네주는 종이쪽을 받아 들었다. 그리곤 장춘 복덕방의 송판 덧문 앞까지 와서 쪽지를 펴 읽기 시작했다.

—나 누가 데려가겠다 하여 따라가오. 다시 만날 날이 있겠지요.

나는 당신을 의심하고 싶지 않소. 不軍.

나는 어안이 벙벙하고 갈피를 잡을 수가 없었다. 무슨 영문인가, 이게. 마치 흉물이라도 넣고 있는 것처럼 조그만 종이쪽을 움켜쥔 손아귀에 쥐가 오르고 있었다.

나는 망연하게 서서 약국과 금붕어집과 TV상회, 양장 살롱과 잡화 가게가 다닥다닥 연이어 붙은 길 건너 쪽을 멀거니 바라보았다. 왜 장군에게 고작 한 평 반의 영지(領地)도 허용하지 않는가. 어째서 평 반 속의 통수권이 용납될 수 없는 것인가. 나는 갑자기 심한 공복감에 빠져 다급한 몸짓으로 옆에 붙은 탁약주 도산매집 문턱을 넘어 들어갔다.

제2선상

노현주는 그룹 데이트라는 걸 통해 알게 된 여대생이다. 내 일단의 친구들이, 그 학교는 반드시 불길에 싸이거나 일본 관광객을 위한 호텔이 되어야 한다고 줄기차게 주장해 마지않은 모 여자대학의 영문과에 적을 두고 있는 그 기집애는 걸핏하면 영문학 아닌 프랑스 문학까지 들먹였다.

그러나 적어도 내가 아는 한 천만의 말씀이다. 미8군 통역을 거쳐 미국에 가서 박사과정만 마치고 돌아온 교수한테 고작 헤밍웨이의 엽총 실력에 관한 얘기 정도를 들었으면 잘 들은 거다. 하지만 공연히 남의 집 귀한 따님에 대해 악담한다는 소릴 듣지 않기 위해선 미안하지만 내가 그 가시내와 나눈 얘기의 한 토막을 여기에 소개하지 않을 수 없다.

"니가 섭렵했다는 불란서 문학이라는 건 도대체 어떤 거냐?"
하고 나는 참다 못해 물었다. 분명히 밝혀 두지만 그건 테스트해 보려는 저의에서가 아니었다. 문학을 모르는 인간을 상대하는 것처럼 피곤한 일도 없다고 그 아이가 하도 닦아세우는 데 약이 올라서였다.

노현주는 의기양양해서 대답했다.

"까뮈와 쌩떽쥐뻬릴 읽었어, 왜!"

"뭘?"

"까뮈 걸룬 이방인, 페스트."

"하항, 그리고 쌩떽쥐뻬리 걸론 어린 왕자를 읽으시고."

"그건 초보야, 어린 왕자 다섯 번이나 읽었다구."

"하항, 줄줄 외겠다, 그지?"

"그리구 야간비행두 읽구."

"그리곤 이상 끝."

"이거 왜 이러실까, 그리구두 많다구."

나는 재미있었으나 읽어본 일이 없는 그 작품들의 내용에 대해선 물어볼 수 없었으므로 말을 딴 데로 돌렸다.

"그럼 넌 전과(轉科)하는 게 좋겠다. 영문괄 다닌다면서 불문학만 읽으니."

"영문학 작품은 왜 안 읽어?"

"하항, 뭘 읽었니?"

"누굴 테스트하는 거야?"

"아니, 아니, 건 오해야. 재미있으면 나도 한번 읽어보려고."

"써밍업, 서머셋 몸 거 말야."

"하항, 그건 언제 읽었니?"

"여고 시절."

"영화 제목 같으다."

"학원에 가서 한 권을 다 떼어버렸어, 왜 그래."

노현주는 이 정도다. 아니 영국말 작품에 대해선 좀더 길게 얘기했으므로 그 정도가 고작이라고 하면 좀 악담이지만 그래봤자 별거 아니었다.

하지만 노현주란 기집애에 대한 험담은 이쯤으로 해두는 게 좋겠다. 그건 노현주의 실상이 그런 건 줄 알면서도 내가 틈틈이 그 기집애를 불러내 왔었기 때문이다.

원래 그룹 데이트라는 게 워낙 운수소관이라서 제비 하나 잘못 뽑았다 하면 무쪽 같은 게 걸려들기 십상이다. 아니 그 정도는 면했다 하더라도 여럿을 놓고 내심으로 조게 걸렸으면 생각하게 마련이어서 점찍은 쪽이 안 걸리면 김이 새버려 좀처럼 뒤에 따로 만나게 되지 않는다.

그런데도 나는 노현주를 앞에서 말한 대로 가끔씩 만나 온 것이다. 그 기집애가 제비를 뽑기 전에 점 찍어 뒀던 상대가 아니었음은 두말할 필요가 없음에도. 그렇다고 뒤에 버스 속에서 우연히 만난 것도 아니다(노현주와 나는 우연히도 같은 노선버스를 이용하는 이웃 동네에 살고 있음을 알았으며, 단지 내가 2킬로쯤 변두리로 더 타고 나갈 뿐이었지만 그런 기회는 없었다).

내가 노현주를 자신있게 불러내게 된 건 처음 만났을 때 내가 매우 달콤한 애길 들려준 걸 재미있어해서였다. 나는 머리 나쁜 여자를 홀리는 아주 간단한 방법을 알고 있었으므로 자유시간이 되기 바쁘게 그 기집애를 한쪽으로 끌고 가서 곧 그것을 실천에 옮겼었다.

"난 이런 그룹 데이트니 미팅이니 하는 거 딱 질색입니다."

"어머, 왜요?"

"이렇게 노라릴 치다간 출세길이 막힙니다."

"그럼 제가 무슨 훼방을 놓았단 말예요?"

"결국은 그렇죠. 훼방꾼이죠, 노현주 씬."

나는 어리뻥뻥해 있는 기집애를 향해 계속해서 말했다. 기라성 같은 선배들이 있는 권위의 행정과생으로서 나는 앞으로 관계(官界)로 진출할 몸이다(이때 노현주는 '아유, 난 정치하는 사람 싫어요'라고 말했으므로 나는 정계라고 말한 일이 없음을 일깨워 주었다).

이런 돼먹지 못하고 허방한 나라에서는 관계로 진출하는 것 이상으로 빠른 출세란 없다. 보라, 그렇게 아우성을 치던 의대나 공대, 상대의 일부 학과까지도 이미 찬바람이 일게 한물가지 않았느냐, 대신에 법대나 인문계의 저 위세가 보이지 않느냐, 내가 졸업할 때의 일류 고등학교 사백 오십 명 졸업반 가운데 사대를 지원한 동기생은 단 한 명밖에 없었다, 반면에 법대 지원자는 나까지 포함해서 삼백 명을 넘었었다…… 등등으로.

"그래서요?"

"후진국에선 관계로 진출하는 게 출세의 지름길이고, 출세는 곧 권력과 부귀영화를 동반합니다. 현주 씨가 추구하는 것도 일신의 영화 아닙니까, 솔직히 말해서. 난 곧 그 뜻을 이루고 말 겁니다. 두고 보시오."

내가 처음 맘 먹은 이상으로 이렇게까지 건방지고 부도덕한 얘길 거침없이 늘어놓게 된 데는 노현주가 정치하는 사람은 싫다고 소리친 것에 암시를 받은 바 커서였다. 노현주가 정치인을 싫어하는 건 그들이 도대체 돼먹지 못한 짓거리를 하기 때문이라는 정의감의 발로가 아니었다. 언제 된서리를 맞아 주리를 틀릴지 모르는 그 끝없는 불안의 포로가 된다는 건 상상만 해도 소름이 끼치기 때문인 것이다. 즉 도박의 매력은 울타리 속의 안락보다 못하다는 논리였다.

나는 노현주가 화장대 위에 날름 올라앉은 게으른 고양이를 이상(理想)으로 갖고 있는 것을 지체없이 간파했다.

내 얘기가 끝나자 노현주의 눈은 과연 신기루를 본 대상(隊商)의 그것처럼 빛났다. 나를 대단한 야심가로 우러러보기 시작한 징조였다. 그리고 그 야심가를 벌써 품 안에 껴안았다고 생각하는지 몰랐다.

게으른 화장대 위의 고양이를 지켜줄 든든한 담보물로 부실 저당을 잡힌 나는 그 뒤로 세심한 주의를 기울였다. 담보 능력이 없다는 게 들통이 날까봐서가 아니라 혹시 내가 순간적인 실수를 범하여 노현주를 여관으로 데리고 가는 일이 없게 하기 위해서였다.

그래서만은 아니지만 나는 그해 겨울 내내 노현주를 거의 만나지 않았다. 그러자 노현주는 드디어 근저당권자의 권리를 서서히 행사하기 시작했다. 도대체 담보물의 소재도 파악되어 있지 않아 저당권 설정 자체가 위태한 지경에 놓여 있다는 것이었다.

"자기 집엔 전화 없어?"

"근방에 공중전화통은 하나 매달려 있더라만."

"피이, 그럼 주소 하나 적어 줘."

"건 뭣하게?"

"자기가 연락하지 않음 난 뭐야. 만날 길두 없잖아, 이 신경질나게 길구 지리한 겨울방학 동안."

"연애편지 보내면 난 울아버지한테 맞아 죽어. 주손 안돼."

"어머머, 하나 적어 줘."

"안 된다니까."

"그럼 연애편지 안 씀 되잖아."

"기집애한테서 오는 편지가 연애편지도 아니면 그걸 무슨 재미로 읽어. 그 시간에 차라리 써밍업을 읽지."

"그럼 뭐야?"

"뭐긴 뭐야, 체신부만 손해 봤지."

"알았어, 자기 맘."

"하항."

노현주와는 그날 앵돌아져서 헤어졌지만 나는 추운 겨울을 웅크리고 쏘다니면서도 연락을 하지 않았다. 실은 그때 나는 좀 바쁘게 돌아가고 있었다. 빳빳하게 긴장한 얼굴들끼리 은밀한 장소에서 자주 만나고 있었던 것이다. 번번이 장소가 옮겨지고, 나는 그때마다 숨이 가빠지는 긴장으로 헤어질 때쯤이면 머리가 뻐개지는 것 같은 두통을 앓곤 했다.

아무도 그룹 데이트 같은 것에 대해선 말하지 않았다. 주로 열심히 토론하는 건 여러 종류의 시간과 장소와 사람에 관한 것이었다. 그리고 눈앞에 어른거리는 건 나부끼는 깃발과 질풍노도였다.

겨울이 거의 완전히 걷혀 가고 개학이 가까워 올 무렵이었다. 나는 오랜만에 노현주를 불러냈다. 너무 오래 경련을 계속하고 있는 빳빳한 긴장을 풀고 싶어서였다.

노현주는 나를 만나자마자 눈초리를 무섭게 굴리기 시작했다. 잔뜩 독이 오른 고양이로 변해 있었다.

"자기가 뭔데 실컷 딴짓하다가 할 일 없음 연락하는 거야, 도대체! 내가 뭐 스페언 줄 알아."

나는 피곤했으므로 맘대로 할퀴게 내버려 두었다. 내가 반응을 보이지 않는 데 더욱 약이 오르는지 노현주는 입술을 파들파들 떨고 있었다.

그러나 나는 속으로 한껏 우월감을 만끽하고 있었으므로 침묵을 지키는 게 조금도 괴롭지 않았다. 오히려 멸시의 눈길로 나는 노현주를 지그시 바라볼 수 있었다.

중대한 것을 잉태하고 있는 지금 이 순간에 만나고 만나지 않는 그런 하찮은 문제를 놓고 열을 올리다니. 나는 노현주가 가련하고 한심스럽게까지 생각되었다. 나는 부담감을 느끼지 않으므로 아무렇게나 말할 수 있었다.

노현주가 드디어 선언했다.

"자기, 정말 그럴럼 다신 전화하지두, 만나자지두 마."

"그렇게 할까." 하고 나는 조금도 주저 없이 대답했다 "이제 연락 않는다, 까짓 거."

그리곤 태연스런 몸짓으로 휘파람을 불며 나는 다방을 나섰다. 너는 머지않아 네 그 매니큐어 묻은 괭이 발톱을 후회할 거다 하고 속으로 냉소를 던지면서——

　나는 짜릿한 흥분에 젖어 도시를 바라보았다. 생기있고 희망에 찬 모습으로 새 간판을 내걸게 될 건물들을 둘러보았다. 길 한가운데 버려진 채 불타고 있는 딱정벌레 같은 장갑차의 화염에 취하고 있었다.

　그러고 섰다가 제정신이 들었을 때 나는 잽싸게 주위를 두리번거렸다. 두말없이 느닷없는 불량배가 되어 다시 휘파람을 불며 걸었다.

　그러나 나는 이런 나의 모든 환영(幻影)이 개혁의 질풍노도에 대한 끊임없는 의지의 재확인 과정이 아니라 사실은 편승과 도피가 무시로 엇갈리는 불안의 한 변형이었다는 것을 훨씬 뒤에야 알아차리지 않았던가.

　그것을 알아차리는 순간의 나는 참으로 비참했다. 스스로의 가슴을 쥐어 뜯는 처참한 곤욕을 겪게 되었던 것이다. 어느 정도냐 하면 나는 이불을 뒤집어 쓰고 누워, 잡혀간 게 틀림없는 내 친구들과 나눈 모든 대화를 하나하나 되떠올려 보지 않고는 못 배길 지경이었다. 그 대화들을 기억해 내려는 안간힘 자체가 괴로운 악몽이었던 것이 아니다. 그런 몸부림이란 곧 그들의 약점을 찾아내어 내 변명의 건덕지를 삼으려는 치사하고 저열한 행위라는 것을 나는 알고 있었다. 그건 참으로 견딜 수 없는 부끄러움이었다.

　나는 배신자의 올가미를 벗어나려고 발버둥치는 내 처참한 본능을 저주하고 또 저주했다. 편승과 도피의 기회주의적이고 무책임한 대응으로 인해 친구들을 질긴 오랏줄에 묶여 가게 한 자신을 나는 피투성이가 되도록 자학하지 않을 수 없었다.

　어쨌든 어느 봄날 하룻밤을 외박하고 돌아온 이후의 나는 차츰 심한 실어증(失語症) 환자처럼 변해가고 있었다. 집에 돌아오지 않았다뿐 밤새도록 눈을 붙여 본 일이 없으므로 그건 외박일 수도 없는 하룻밤이었다.

가족들이 맨발로 마당까지 뛰어내려오며 무사히 돌아온 나를 묵시(默示)의 눈으로 환영해 주었을 때만 해도 나는 일시적이었지만 자홀에 빠져 내 명민한 대응을 우쭐대기까지 했다. 아, 하지만 그건 얼마나 가증스럽고 부도덕한 것이냐.

나는 그런 한순간의 눈먼 이성에서 곧 깨어났고, 그러자 골방 속에 처박혀 사월의 태양을 두려워했다.

내가 실어증 환자가 되어 골방을 기어나온 것은 계절이 여름의 문턱에 들어설 즈음이었다.

나는 몇 번 허리운동을 하고 나서 어슬렁거리며 대문 밖으로 걸어나갔다. 얼마 뒤 나는 느닷없이 학교에 나타나 있는 자신을 발견했다. 나는 거기서 처음으로 묵은 신문을 읽었다. 보도된 사건의 전모 곳곳에 내 과오의 무수한 편린들이 박혀 있었다. 순간 나는 마치 그 신문지가 세상에 남은 유일한 증거문서라도 되는 것처럼 발기발기 찢어버렸다.

"개새끼들이지?" 하고 그때 옆에서 누가 물었다. "너도 갔다 온 거구나?"

"넌?"

"가지 않고 배겨낼 재간이 있어?"

"그래? 그럼 썼단 말야?"

"쓰지 않구."

나는 너무나 기뻤으므로 짜식을 끌어안고 동성애자처럼 뺨따귀를 비벼댔다.

"야, 한잔 하자!"

나는 그날 엉망진창으로 취했다. 짜식은 혀꼬부라진 소리로 주워섬겼다. 누구도 갔고, 누구도, 누구도, 누구도, 누구도 자수했다고.

그건 배신의 고통을 이기려는 혼신의 몸부림임을 나는 알고 있었다. 알고 있었으므로 폭압이니 공포분위기니 하는 낱말을 동원하여 나는 짜식을 충심으로 위로했다. 그리고 그런 내 행동에 화가 나서 나는 쉴새 없이 술을 마셨다.

공범자의 말은 설득력이 있어서 짜식은 쉽사리 진정이 되었다. 우리는 곧 모든 정황이 불가항력의 공포분위기였다는 데에 의견을 모으고 그것을 빙자할 만한 방증을 찾아내는 일에 열을 올렸다.

짜식은 현장감에 너무 치중한 나머지 자신이 끌려간 건물 앞에 역설적으로 피어 있는 철쭉꽃 애기에서 취조실 철의자까지 애기하는 데만도 적어도 삼십분 이상을 잡아먹고 있었다. 애기를 끝내고 난 짜식은 내가 자기의 과장된 설명을 그래도 믿고 있다고 자신했는지 썩 기분 좋아했다.

짜식은 차츰 긴장이 풀린 보통 술꾼으로 돌아갈수록 나는 반대로 점점 더 우울한 기분에 사로잡히고 있었다. 그날밤 나는 결국 홱 돌아버린 짜식을 여관으로 끌어가는 일까지 하지 않으면 안 되었다.

나는 그 뒤로 서서히 정상을 회복해 간다고 우기는 부모들의 충직한 아들임을 증명하기 위해 매일같이 집을 나오지 않으면 안 되었다. 처음 며칠 동안은 꼬박꼬박 학교엘 나갔으나 곧 강의실엔 들르지 않는 날이 많아졌다. 공범자들 사이에 끼여 있으면 훨씬 덜 고통스럽고 위안이 되리라고 생각한 것이 실제론 전혀 그렇지 않았기 때문이다. 얇은 입술과 배신자의 선웃음이 묻은 그들의 뱀눈깔을 쳐다보고 있노라면 온몸에 소름이 주욱주욱 끼쳤다.

나는 학교 대신에 도시를 쏠고 다니기 시작했다. 다방으로 쫓아나온 노현주는 자리에 앉자마자 물었다.

"자긴 괜찮았어? 나, 얼마나 걱정했는데."

"고맙다는 말 안 할 거야."

"누가 그러래, 괜찮았냐구 물었지."

"괜찮잖고."

“정말 자긴 아무 일 없었어? 붙들려 가지 않았어?”

“스스로 갔지.”

나는 그렇게 말해 버리고 나서 후회했다. 참 잘했다고 말할 게 뻔한 기집애한테 사실대로 말해서 동정을 구할 게 뭐냐.

그러나 뜻밖에도 노현주는 어딘가 실망한 낯빛을 보이며 말이 없었다. 나는 당황하지 않을 수 없었다.

“그 동안 어떻게 지냈어?” 하고 나는 다급하게 아첨했다. “먼젓번에, 그러니까 그때가 언제지, 미안했어.”

“지금 와서?”

“그 뒤로 쭉 못 만났잖어.”

“왜 연락하면 안 돼서?”

나는 갑자기 화가 치밀어 핏대를 세우며 소리쳤다.

“내가 뭣 땜에 니까짓 거한테 연락을 하니? 나한테 그래야 할 의무가 있어?”

그랬는데도 노현주는 고개를 빤히 쳐들고 건너다볼 뿐 웬일인지 입씨름을 하자고 덤비지 않았다. 나는 내 예상이 판판이 빗나가고 있는 데 놀라지 않을 수 없었다. 무저항 비폭력주의자 앞에 나는 주눅이 들어 앉아 있었다. 속수무책이었다.

그날 우리의 회담은 음울하게 결렬이 되고 말았다. 나는 노현주와 헤어져서 소주를 마셨다. 그룹 데이트 때 기억이 아련히 되살아났다. 과거는 미화되므로 그것도 천연색으로 보였다. 나는 눈을 지그시 감고 앉아 갑자기 용솟음치기 시작하는 욕정을 음미했다. 그러나 그것만으로는 견딜 수 없었다.

나는 마치 발정난 수캐처럼 충혈될 눈으로 지나가는 여인들을 흘기며 사창가로 내달렸다. 그러나 아무리 헤맸지만 나는 그것이 어디에 붙어 있는지 알 수가 없었다.

나는 다급한 나머지 한 술주정뱅이의 팔소매를 잡고 물었다.

"도대체 그게 어디 있습니까, 저어……."
"글쎄, 나도 찾고 있는 중인데 알 수가 없어요."
"내가 묻는 게 뭔데?"
"뭐긴 뭐야, 여자겠지."
"맞아요."
"그렇다니까. 나도 바로 그걸 찾아다니는 중이오."
"재수 없군. 가보슈."
"아니 같이 가지 뭘 그래. 둘이서 찾는 게 훨씬 쉬울 테니까. 당
신 어느 학교 다녀?"
우리는 어깨를 끼고 비치적거리며 큰길가를 걷기 시작했다. 그러
나 우리는 어느 쪽도 동행자인 상대방에 대한 의식이 없었다. 오로
지 여자 생각에만 빠져 있었기 때문이었으리라. 우린 결국 어느 집
현관에 들어서서야 우리가 그 막막하고 지겨운 방황을 함께 해온 사
이임을 알아차리고 감격에 찬 포옹을 했다.
그건 어느 골목 입구에 있는 여관이었다. 우리는 큰길가에 서서
골목 안을 기웃거리다가 우연히 머리 위에 걸린 여관 간판을 발견했
던 것이다. 그제야, 아, 여관에 가면 되는 건데 하는 생각이 들었으
므로 우리는 곧장 그 집 출입문을 열고 들어섰다. 들어선 다음 서로
를 쳐다보며 우린 동시에 소리쳤다.
"어? 당신 여기서 또 만났구먼!"
우리들의 격렬하고 긴 포옹을 떼어놓은 것은 여관집 심부름하는
아이였다. 홀어머니를 섬기는 조숙한 효자처럼 말끔하게 상고머리로
깎은 아이는 비정하리만큼 사무적이었다.
"아저씨들 그러심 다른 손님들한테 방해되잖아요. 어서 팔 내리구
신발 벗으세요. 벗어 들구 따라오세요."
우리는 두말없이 명령에 따랐다. 신발을 들고 이층으로 올라가는
데 아이가 물었다.

“한방에 주무실 거죠. 손님들?”

“아냐, 임마!”

하고 우리는 또다시 동시에 소리쳤다. 자꾸만 합창이 되는 게 민망하여 내가 한 마디 더 꼬리를 달았다.

“너 골 벴어?”

우리는 각각 나란히 붙은 자기 방으로 안내받기 무섭게 문 밖으로 튀어나오며 고함쳤다.

“야, 우리, 여자 하나씩 불러와, 빨리.”

그러나 한참만에 쿵닥거리며 혼자 쫓아온 아이는 엉뚱한 개수작을 부렸다.

“너무 늦어서 다 팔리구 없대요.”

“누가 그래?”

“색시집에서.”

한껏 가슴을 조이고 있던 우리에게 그건 여간 절망적인 소식이 아니었다. 주정뱅이가 드디어 행패를 부리기 시작했다. 그는 복도로 베개를 집어던지며 소리쳤다.

“임마, 너 그딴 거짓말로 누굴 속이려 들어. 빨리 가서 여관 주인 오라고 해. 이놈의 자식 혼을 내줘야지.”

“우리 집 주인 정말 데려와요?”

“두 말하면 잔소리지, 임마.”

“우리집 주인이 경찰서장인데두요? 지금 야근하구 있는데 오라면 백차 몰구 올 걸요?”

우리는 입이 하 벌어졌다.

그날 밤 우린 결국 창부를 껴안고 자지 못하고 말았다. 고작 베개를 껴안고 자야 했다.

그런지 며칠만인가. 나는 무슨 일이 있어도 여관으로 끌고 가리란 결심으로 노현주를 다시 불러 냈다.

　노현주는 우울증에 걸린 사춘기 기집애 같은 얼굴로 나타났다. 나는 속으로 쾌재를 올렸다. 우수가 끼었을 때의 여자가 가장 유혹에 약할 때이므로.

　나는 다짜고짜 이렇게 물었다.

　"말이야, 어디 가보고 싶은 데 없어?"

　"있다면?"

　"있어?" 하고 나는 환성을 터뜨렸다. "그게 어떤 데야?"

　"없어."

　"(요런 맹추!) 참 한심한 여자다."

　"약올리지 마, 괜히. 여행해보구 싶지 않은 사람이 어딨어."

　"뭐 여행?"

　"그럼 뭐야, 어디라는 게?"

　나는 처음부터 잘못 표현하여 일을 그르치고 있는 나 자신한테 울화통이 터졌다. 하지만 여행이라는 고상하고 낭만적인 얘기를 하고 있는 기집애한테 여관을 들이댈 수는 없었으므로 나는 흥이 깨져 건성으로 물었다.

　"여행이 그렇게 좋아?"

　"그럼. 난 이 도시에 정나미 떨어졌단 말야."

　"그건 대단한 말 같지만 실은 여자가 그렇게 말하는 건 단순한 감상일 뿐야."

　"감상이 끼어들지 않는 여행이 어딨어."

　"있지. 인도차이나 전쟁을 다 협상해보겠다고 서류가방을 끼고 왔다갔다 하는 안경잽이."

　"그러니까 그건 더 웃기는 감상이지. 어쨌든 난 하다 못해 한려수도라두 배 타구 돌아봤음 좋겠어."

　"고작 그럴 줄 알았다. 나 같으면 이스탄불을 가보고 싶다고 말했을 거다. 추억의 이스탄불!"

"거봐, 자기도 금세 감상이 물씬거리지 않나. 그렇게 거창하게 나
갈 바엔 나 같음 아예 구라파를 찍겠어. 거기 어디 칙칙하게 이끼
낀 항구도시에 내려앉겠어."

나는 공연한 애길 시작하여 되레 말려들고 있었다. 노현주가 꽤
본격적으로 화제에 집중하고 있었으므로 나는 혀를 차면서도 계속
상대해 주는 수밖에 없었다.

나는 비아냥거리는 투로 물었다.

"왜 미국은 버렸을까, 뉴욕을?"

"뉴욕은 싫어. 할렘가(街)에서 맨하탄까지의 거리가 너무 멀어서
싫어. 거긴 거대한 폐허같이 느껴지는 곳이야."

"모처럼 꽤 똑똑한 소릴 하는군. 하지만 그 점에선 구라파도 마찬
가지야. 난 미국도 구라파도 다 싫어."

나는 말을 끊고 생각했다.

구라파나 미국——그 삭막하고 비정한 도시들. 지폐만이 제일인
속을 지친 군상들이 밀려가고, 살기 돋친 눈길로 남의 실수를 노리
고, 저마다 자작(子爵)의 후예나 자처하고, 주정뱅이도 에티켓을
지키려 안간힘 쓰고, 그런 모든 걸로 타락한 권위가 유지되는 줄 착
각하고. 어쨌든 온갖 첩보망이 거미줄 얽히듯이 한 구미(歐美)의
도시는 싫다. 거긴 인간이 출타하고 잘 길들여진 동물과 시시콜콜한
직업적 이중첩자들만 득시글거리는 곳이 아니냐.

나는 재차 이스탄불에 대해 강변했다.

"역시 난 추억의 이스탄불이 좋아. 적당히 우중충하고 적당히 습
기에 차고, 그래서 음산하고 지저분한 도시, 면도자국처럼 말끔하
게 페인트칠을 하지 않은 시골 같은 그 도시가 좋아."

나는 여행을 떠나려는 사람으로선 칫솔 하나도 준비하지 않은 상
태로, 이유없이 이스탄불에 매달리고 있었다. 집요하게 상상의 날개
를 타고 날았지만 그 도시는 조금도 가까워 오지 않았다. 내가 태어

나서 한번도 발 들여놔본 일이 없는 엉뚱한 도시에 대해 터무니없는 집착을 갖는 것은 내가 살고 있는 이 도시에 대한 심한 거부감 때문일까. 나는 나도 모르게 소리를 내질렀다.

"아, 나는 이놈의 서울에 넌덜머리가 난다."

노현주가 말 없이 내 얼굴을 뜯어보고 있었으므로 나는 목소리를 낮추어 중얼거렸다.

"정말이야, 이젠 더 참을 수가 없어. 미칠 것 같아."

"자긴 관계로 출세를 하겠다며?"

"관계? 내가 언제 그딴 소릴 했어?"

"어머머, 안 그랬단 말야?"

"그랬다면 그건 꿈에도 생각해보지 않은 맹탕 헛소리야. 관계, 허허."

"자긴 너무 자학하는 것 같애. 지금 국내망명객이 어디 자기 하나뿐야. 수없이 많다구 생각 안해?"

"쉿! 난 서울이 넌덜머리 난다구 말했어. 나라 전체라곤 말한 일 없어. 그보다도 현준 그 동안에 굉장히 유식해졌는데 웬일이야. 가정교사 됐어?"

"그만하면 날 얼마나 깔봤는지 알 만해. 웃기지 마. 자기가 나한테 맹탕 거짓부렁한 것처럼 나두 여태껏 안 그랬는 줄 알어. 난 까뮈구 쌩땍쥐뻬리구, 그런 거 읽은 일이 없다구."

"허허, 그렇다면 이제 어엿한 숙녀로 돌려보내야 할 것 같군."

"어디로?"

"현주의 길로."

"자학하지 말랬잖아. 난 다 알구 있어, 자기가 밀고자의 아픔을 앓구 있다는 거."

나는 노현주의 말이 너무나 놀라워 입이 딱 벌어졌다. 내가 드디어 이 여자한테서까지 신망 없는 인간으로 낙인 받고 있다는 수모감 때문이 아니었다. 벌써부터 알아차리고 있었다면서 경망스럽게 암시하려 들지 않고 깊고 끈질기게 참아온 그 신중함 앞에 갑자기 왜소해져 버리는 자신을 보았기 때문이었다.

—밀고자. 나는 노현주 앞에 무릎을 꿇고 싶어졌다. 신자들이 성모 마리아상 앞에 두 손을 모으고 꿇어앉는 것처럼 꿇어앉아 대죄하고 싶었다. 자비로운 마리아의 손길이 내 더러운 손을 씻어줄 것 같았다. 십년에서 사형에 이르는 선고를 내리는 데 쓰일 지극히 악의적으로 과장 왜곡된 문서를 쓸 수밖에 없었던 내 이 더러운 손을 씻어주십시오.

노현주가 나직이 말했다.

"자긴 밀고자도 신의를 저버린 사람도 아냐. 난 자기가 너무 안이했을 뿐이라고 생각해."

"거짓말 마!"

나는 벽력같이 소리쳤다. 그러나 참으로 이상한 일이었다. 나는 노현주에게서와 같은 기소유예의 판결을 그 후의 어느 날에 다시 받았던 것이다. 나는 짜식이 영등포 교도소 앞으로 출영을 가자고 찾아왔을 때 조소를 던졌다. 내가 야누스의 얼굴을 가진 줄 아느냐고 벌컥 화를 냈다. 짜식은 추위 속을 혼자서 갔다. 가서 허연 입김을 뿜으며 인구랑 모두를 무등 태웠다.

이튿날 짜식은 손가락을 삐어서 찾아왔다.

"짜식아, 너도 갔어야 했어."

"내가 철면피니!"

"……모두들 나왔었단 말야, 철면피들이."

"잘했어. 술도 마셨니?"

"무척. 인구가 물었다, 넌 잘 있느냐고." 짜식은 팅팅 부어오른 손가락을 들여다보며 덧붙여 말했다. "난 사실대로 말해 줬어. 니가 오지 않겠다고 도리질을 쳤다고."

나는 고개를 떨군 채 말하지 않았다. 나를 기억해낸 인구의 아픔
이 저리게 가슴을 압박해 왔다.

"인구가 뭐랬는줄 아니 ? " 하고 짜식은 뜸을 들이고 있다가 다시
말을 이었다. "짜식 그렇게 생각하면 안돼, 손목 한번 잡아보고 싶
었는데 라고 말하더라. 넌 안이했을 뿐이라고 인구는 말했어. "

인구는 제2선이 없는 전선은 무너지고 만다는 말도 했다는 것이
아닌가. 그랬다. 나는 이제 전열(前列)에 나와 있는 것을 알았다.
나는 짜식의 어깻죽지를 잡아 일으키며 소리쳤다.

"가자, 인구를 만나보러 가자 ! "

장군의 길

—高仙芝

1

"병기는 휴대하지 못한다. 당군(唐軍)은 그런 소리를 꾸준히 외치고 다녔느니라."

아버지 고사계(高舍雞)는 어린 아들 선지(仙芝)를 상대로 이미 옛일이 되고 만 뼈아픈 기억을 더듬는다. 그러나 선지는 이미 한두 번 들은 얘기가 아니므로 하품이 나오려 한다. 아버지가 말할 다음 얘기는 듣지 않아도 뻔하다.

"그런데도 우리는 활이며 창끝이며 칼을 품 속 깊숙이 은닉하고 흥안령(興安嶺) 그 서글픈 고개마룻길을 눈물로 넘었느니라. 너는 이 아비의 그 쓰라린 유배를 잊는 일이 있어서는 아니될 것이다."

아버지는 뭐 그런 말로 고국 고구려를 잃은 망국인의 서러운 유랑을 얘기할 것이다. 그 유랑이란 다름 아니고, 보잘 것 없는 변방 낙후소국(落後小國) 신라가 당제(唐帝)를 업고 이른바 자기들이 말하는 삼국 통일의 성업(聖業)을 완수한 이래 나라 잃은 가혹한 슬픔을 안고 고토(故土)를 떠나야 했던 고구려 유민들을 두고 하는 말이다.

총장(總章) 원년(668)에 나라를 빼앗기고 정처없이 떠나간 백성 가운데는 물론 망국한(亡國恨)을 이길 길 없어 스스로 유랑의 길에 오른 사람의 수효도 적지 않았지만 대부분은 당제가 반도 경영을 위해 무장 소정방(蘇定方)을 시켜 지체없이 설치한 각 지역 도독부(都督府)에 의해 강제로 추방당한 군병 출신들이었다. 그리하여 흥안령 산록 아래에는 모여든 옛 고구려인들로 이루어진 고을들이 날이 갈수록 더 많이 점재(點在)해 가기 시작했다.

이에 당제는 이들 유민들이 세력을 일으켜 옛나라를 다시 세우지나 않을까 겁을 집어먹게 되었고 이런 초조감은 끝내 그들 유민들을 지형 험준하고 절후 거친 땅으로 또다시 강제 분산시키기에 이르렀다. 총장 2년에서 의봉(儀鳳) 2년(677)에 걸쳐 수많은 고구려인을 강회산남(江淮山南)과 하남농우(河南隴右)에 강제 이주시킨 것이 바로 그것이다.

선지의 아버지 고사계가 망국민의 신세로 일가를 이끌고 하서군치소(河西軍治所)가 있는 양주(涼州)로 온 것도 바로 당제의 이 무자비한 잔존 세력 분산책략 때문이었다.

서장(西藏 ; 티베트) 고원에서 발원하여 농우와 삭방(朔方) 사이를 북쪽으로 흘러 만리장성을 두 번이나 자르고 다시 수도 장안(長安)을 이루기 위해 남하하는 황하(黃河)의 유장한 흐름, 거기 농우에서 북쪽 만리장성 밖의 길게 동서로 뻗은 사막지대와 나란히 멀리 돈황(敦煌)과 옥문관(玉門關)에 이르는 한 줄기의 녹지대, 예로부터 하서(河西) 또는 양토(涼土)라 일컬어지는 그 푸른 띠 속에 감주(甘州) 숙주(肅州) 과주(瓜州)와 더불어 양주가 있다. 기련산맥(祁連山脈)의 북쪽 기슭에 자리잡은 이 하늘과 맞닿은 고원 양주에

먼지 낀 짐을 풀게 된 고사계는 몸에 익힌 게 그것이므로 하서군에 투신하는 것 외에 달리 할 일이 없었다.

북쪽으로는 약수(弱水)를 따라 내려오는 투르크계(系)의 유목민과 청해(靑海) 지방의 서강종(西羌種 ; 티베트族) 산악민들의 잇따른 발호를 꺾고 그 지역을 진수(鎭守)하는 임무를 띤 하서군에 몸을 던진 고사계는 싸움터에 나가 거듭 전공을 세워 단박에 하서군의 중급 군관이 된다.

그런 고사계의 눈으로 볼 때 아들 선지는 여간 불안스러운 것이 아니었다. 그가 언제나 혼자 염려하는 것은,

　　—저것이 옳게 사람 구실이나 하게 되려나.

하는 데 있다. 그도 그럴 것이 선지는 성격이 너무나 유약하고 만사에 게으름을 피우려 드는 것이다.

　　—저런 것이 자라서 어떻게 망국인의 설움을 씻어주겠는가.

그런 초조하고 못마땅한 생각이 고국을 떠나 오던 때의 이야기를 여러 번 되풀이하게 만드는지 모른다. 아버지 고사계가 품은 남모르는 꿈이 있다면 그것은 같은 신세의 다른 수많은 고구려 유민들과 마찬가지로 그들의 자손들이 모름지기 무예를 갈고닦는 데만 전념하여 언젠가는 군사를 일으켜 나라를 되찾아 주었으면 하는 것이다. 아니, 나라를 잃은 힘 없는 백성이라 할지라도 그 기개만은 죽지 않아서, 비록 조국 아닌 당제를 위해 싸우게 되더라도 과연 고구려인의 용맹함은 비길 데 없다는 말을 듣도록 해주었으면 하는 것이다. 그렇다고 하여,

　　—너는 서로가 그 용무(勇武)함을 자랑하는 이곳 하서 지방 둔병(屯兵)들의 들끓는 기세가 보이지 않느냐.

하고 아들 선지에게 대놓고 꾸짖지는 않는다. 그것은 그 스스로가 나라를 잃은 떳떳하지 못한 아비로서 가족을 이역(異域) 만리 거친 땅으로 끌고 왔다는 죄책감도 죄책감이려니와, 그의 평소 생각은 무

장(武將)의 일거 일동은 사뭇 유원(幽遠)하여야 한다고 믿기 때문이다. 그것이 곧 부모가 자식을 훈도하는 법도라고 그는 믿는 것이다.

먼 발치에 서서 아들의 유약한 모습을 바라보는 아버지의 저린 가슴——고사계는 서북 군벌의 지세 드센 땅을 뒹구는 아들 선지가 뒤에 동서 고금을 통해 그 용맹함과 고매한 인품을 따를 자 없는 명장(名將)이 되리라고는 비록 소원은 하였을 망정 상상조차 하지 못하였던 것이다.

그러나 차츰 나이를 먹어 가면서 더욱 그 용모가 아름다워지고 말타기와 활쏘기에 뛰어나며, 그리고 용기있고 과단성이 더해져서 무인의 체취를 더없이 드세게 풍기기 시작한 선지는 그 아버지 고사계가 거듭 전공을 세우고 누진하여 마침내 안서도호부(安西都護府)의 안서 사진교장(四鎭校將)으로 영전 부임한 얼마 뒤에는 이미 도호부 유격장군(遊擊將軍)이 되었고 곧 이어 그 아버지와 동반(同班)의 무장에 오르기에 이른다.

중앙 아시아——영전한 아버지 고사계를 따라 처음으로 높고 험준한 산과 먼 사막을 헤치고 닿았던 그 땅, 가도 가도 끝간 데 없이 망망대해처럼 펼쳐진 사막 북단에 점점이 흩어져 있는 작은 고도(孤島)처럼 성을 쌓아 이룬 안서 4진, 북으로 병풍처럼 둘러쳐진 천산산맥(天山山脈)과 남으로 곤륜산맥(崑崙山脈)이 평행을 이루다시피하며, 타림강(江)의 메마른 흐름이 자지러든 타클라마칸〔莫賀延磧〕 사막을 에워싸고 있는 기슭에 카라샤르〔焉耆〕 쿠차〔龜玆〕 카쉬가르〔疏勒〕 코탄〔于闐〕의 네 도독부가 있으니 이것이 곧 안서 4진이다. 그리고 이 삭막하고 거친 타림 분지의 성채(城砦) 도시가 바로 장차 선지가 그 웅지를 펼 땅이 될 줄은 선지 그 자신도 알지 못했다. 이때 그의 나이 갓 스물에 이르고 있었으니 말이다.

2

전후 13년에 걸친 긴 서역(西域) 여행을 끝내고 돌아온 한(漢)나라의 장건(張騫)이 무제(武帝)한테 바친 《서역 삼십육국(西域三六國)》을 들쳐 볼 것도 없이 지도만 펴놓고 보아도 당제의 서북 변경 안서 4진(지금의 新疆省)이 전국의 다른 6진처럼 단순히 변경의 수비와 치안을 위해서만 중요한 것이 아니라는 것은 금방 알 수 있다.

즉 이 지세 거세고 풍설 고약한 서북 변경은 결코 국경 방비라는 소극적인 군사적 중요성만을 지니고 있지 않았던 것이다. 동서 두 세계가 맞부딪는 이른바 비단길의 막바지인 이 요충이 당제의 날로 팽창하는 국세(國勢)가 그 촉수를 뻗고자 하는 제1의 거점으로 점 찍힌 것은 너무나 당연했다. 이미 오랜 세월을 두고 전대의 제왕들이 흉노(匈奴)와 돌궐(突厥) 토번(吐蕃)을 상대로 끈질긴 분쟁을 계속하여 왔거니와 이는 말할 필요도 없이 동서를 연결하는 간선통로(幹線通路)가 지나가는 이 지역을 서로가 확보하고자 하는 데에 그 원인이 있었다.

후세의 독일 지리학자 리히토호펜이 처음으로 비단길이라는 이름을 붙인 이 대상로(隊商路)는 천산산맥 너머 페르카나 분지에 거점을 두고 천산산록을 넘는 천산 북로(北路)나 파미르 고원의 북단을 횡단하는 천산 남로(南路)를 말한다. 한없이 험준한 산악지대를 넘고 계곡을 건너 뛰며 꼬불꼬불 이어지는 이 길은 그럼에도 결코 도중에 끊어지는 일이 없이 마치 비단필을 풀어 놓은 것처럼 끝없이 계속되어 기어코 산맥 동쪽의 타클라마칸 사막 북단에 점재하는 이리〔伊吾〕 카쉬가르 야르칸드 코탄 쿠차 등의 성곽 도시로 이어진다.

낙타를 몰고 서방의 소 말 모피 보석 등을 가져온 이들 서역 상인들은 여간 인색하고 강인하지 않아서 수지타산이 맞아 떨어질 때까지는 아무리 오래 머물러도 돌아가지 않으며 돌아가서는 결코 물자를 낭비하는 법이 없는 철저한 상혼(商魂)의 소유자들이었다.

이들은 타클라마칸 사막에 흩어져 있는 오아시스 취락들을 전전하면서 가져온 물건들을 처분하고, 그러고 나면 차(茶)와 비단으로 바꾸어 가지고 다시 험준한 산록의 벼랑에 한둔하면서 페르카나 분지로 넘어간다. 동으로 넘어온 소 말 모피 보석 등속은 오아시스 마을 사람들에 의하여 다시 당제국 전국에 퍼지고, 서쪽으로 넘어간 차와 비단 역시 서방 여러 나라에 팔려나가 로마에까지 닿는다.

그러므로 비록 험난하기 이를 데 없는 고산 준령과 영구 빙하(永久氷河)의 골짜기를 뚫고 지날지언정 유일한 동서간의 교역로(交易路)인 이 길을 당제가 확보 장악하려는 것은 서역 36국이 나누어 취하고 있는 중계무역의 폭리(暴利)를 독점할 수 있다는 경제적인 이득 때문이다. 인구가 많고 열사(熱沙)에서 불어오는 찌는 듯한 열풍으로 고통을 겪는 페르카나 분지 주민들이지만 그들은 이 중계무역의 이득으로 부귀를 누리고 있으니 이를 빼앗고자 하는 것은 동서고금을 통하여 변함없는 정복자의 꿈이 아니랴.

고선지가 아버지를 따라와서 약관(弱冠)의 끓는 피를 재어보며 조심스럽게 발돋움하던 안서는 바로 당제가 이렇게 서역 경략의 야심을 품은 전진(戰塵)의 비늘로 희번덕거리는 곳이던 것이다.

아버지의 조국 고구려가 멸망의 쓰라림을 겪기 전부터 시작된 서역 경영에의 꿈은 저 잊지 못할 태종(太宗)이 이미 그의 재위 연간에 숙적 서돌궐 세력의 구축을 명하기에 이르렀던 것이다. 이에 당군은 지체없이 병마(兵馬)를 몰아 고창(高昌)과 쿠차를 공략하여 서돌궐 세력을 서북쪽 벼랑으로 내모는 데 성공하였으며, 이어 등위(登位)한 고종(高宗) 역시 병사를 일으켜 천산산맥 북록(北麓)까지 돌궐을 밀어붙이는 전공을 세움으로써 당제는 카라샤르에 있던 도호부를 쿠차까지 전진시켰는가 하면 치명적인 타격을 입은 서돌궐은 그 세력이 와해 직전에 다다랐다. 이것이 현경 3년(658), 고구려가 패망하기 꼭 10년 전의 일이다.

이어 현종(玄宗)이 즉위하여 선대의 뜻을 이어받고 다시 원정군을 내어서는 전열을 가다듬고 포진한 서돌궐의 1성(姓)인 튀르기스〔突騎施〕를 토벌하니 이제 당제는 서북 변방 동서문물의 교역로만은 일단 장악하게 된 셈이었다. 이것이 개원(開元) 27년(739)의 일.

고선지도 홀로 전의(戰意)를 가다듬으며 이 충천하는 국세의 용틀임을 바라보았다. 그의 초기 약장(弱將) 시절은 이렇게 평범하고 외로웠다. 그러나 막연한 예감으로는 결코 이 먼지 이는 분지에 태평스런 영화의 구가만이 있을 것 같지는 않았다.

남북으로 곤륜 천산산맥만이 둘러쳐진 것이 아니고 동으로는 알틴타그의 남산산맥(南山山脈)이, 서쪽으로는 파미르의 덩그렇게 솟은 고원이 반석처럼 가로 누운 안에 뿌옇게 내려앉은 이 타원형의 사막 분지. 험준한 산록에 자지러들고 말아서 바깥 세계의 습기조차도 스며들지 못하는 동서 6천 리, 남북 1천 5백 리의 타클라마칸. 메마른 공기와 사막에서 불어오는 열풍으로 일년 내내 변덕스런 기후와 살인적인 바람만 부는 곳. 법현(法顯)이 '위에는 나는 새도 없고 땅에는 뛰는 짐승조차 볼 수 없다'고 탄식한 죽음의 계곡……

이 거친 땅은 어딘가 모르게 전운(戰雲)을 예비하고 있는 것같이 보였다. 세계의 지붕이라 일컬어지는 파미르 고원, 그 높은 서쪽의 평원 위에 불현듯 낯선 깃발이 펄럭일 것만 같았던 것이다.

그도 그럴 것이 바로 그때의 고원 너머에는 폭발적인 세력으로 일어난 사라센 제국의 세력이 이미 지중해의 연안 나라들을 차례로 집어삼키고 동으로 이동하여서는 시리아와 페르시아를 쓰러뜨린 다음 호라산(呼羅珊) 평야에 멈칫 멎어 서 있던 때가 아니냐. 잠시 지축을 뒤흔드는 말발굽 소리를 멈추고 파미르의 높은 평원을 올려다 보고 있는 것이 아니랴.

　물론 하급 무장인 선지로선 거기 그런 무서운 한떼의 병마가 도사리고 있다는 사실을 알 턱이 없었다. 서돌궐 제국이라는 완충지대마저 없어진 세력 판도에서 두 세력은 운명적으로 창끝을 맞부딪쳐야 한다는 것을 그는 모르고 있었던 것이다. 그에게 찌릿하게 전해 오는 것은 다만 하나의 범상치 않은 예감뿐이었다.

　그런, 몸을 떨게 하는 다감한 청년기의 예감을 붙안고 선지는 투르크와 티베트족이 사는 쿠차의 좁은 성채 안에 거의 갇혀 있다시피 하며 때를 기다리고 있었다.

　그러자 기다리던 때는 마침내 선지 앞에 하나의 조용한 예시(豫示)처럼, 그러나 일순에 들이닥쳤다.

　그것은 전인완(田仁琬) 개가운(蓋嘉運)에 이어 새로 부임해 온 안서 절도사(節度使) 부몽영찰(夫蒙靈詧)의 총우(寵遇)에 의한 기회였다.

　절도사는 어느 하루, 부임해 온 이래 눈여겨 보아 오던 선지를 불러 이렇게 말하였다.

　"자네는 지체없이 코탄으로 떠나라."

　"코탄으로……?"

하고 선지는 자기도 모르게 복창하듯이 중얼거렸다. 코탄이라면 비단길 남단에 있는 거진(巨鎭)으로 옥(玉)이 나는 땅이 아닌가.

　"그렇지. 바로 코탄이 자네가 용무를 펼 곳이야. 내 그동안 자네의 사람됨과 이곳 지형 지세를 익히려는 무인으로서의 자질을 눈여겨 보아 왔지."

　"과분한 말씀이옵니다."

　"자넨 용장 고사계 장군을 가친으로 모시고 하서에서 온지 그리 오래지 않았다지?"

　"그러하옵니다."

"곧 떠나도록 하게. 자네라면 소임을 다할 줄 믿네."
"어긋나지 않도록 분골쇄신하겠사옵니다."

그리하여 선지는 일각을 다투어 코탄으로 병마를 몰았다. 그러나 그가 코탄에 부임한 지 얼마 안 되어 부몽영찰은 그를 다시 옛 도호부 자리인 카라샤르로 보내고 진수사(鎭守使)에 임명하였으며, 이어 기반이 없는 망국의 유민으로서는 여간한 영달(榮達)이 아닌 부도호(副都護)로 승진시켰다. 절도사 부몽영찰이 일개 초등 무명 군장(軍將)을 이렇듯 중용한 데는 연유가 있었다.

그것은 다름 아니고 타림 분지의 거칠고 메마른 풍진을 뚫고 부단히 단련하여 온 선지의 의지력과 경험을 높이 사 주어 그로 하여금 변강(邊疆)의 확장과 안전을 이룩하자는 데 있었던 것이다. 장안 조정의 지면(知面)과 신임이 두터운 부몽영찰로서는 이 기회에 선지를 앞장 세워 주변에 도사리고 있는 부중(部衆)들을 치게 함으로써 이를 발판으로 조정의 더 두터운 신임을 획득코자 한 것이다.

무릇 그런 때에 번득이는 장래성이 예감되는 하급 군장을 골라 파격적인 예우를 하는 것은 발탁된 자로 하여금 능력 이상의 기량을 발휘하게 하고 자신에 대한 간단없는 충성심을 맹세하게 하는 실로 현명한 용인술이 아니랴.

원래 서강종(西羌種), 즉 티베트족 출신의 부몽영찰은 성깔이 급해맞은 정치적 인물이긴 하였으나 그가 선지를 중용한 것은 물론 꼭 그런 야심에서만은 아니었다.

질서가 문란해진 위부제(衛府制)를 틈타 절도사들의 횡포는 날로 우심해져서 병마대권(兵馬大權)은 물론 징세(徵稅)를 자의로 자행하고 둔병을 마구 사병화(私兵化)하는데도 중앙의 치력(治力)이 얼른 미치지 못하던 때인 이 시기에 부몽영찰이 위계(位階)를 어기고 선지를 편애하다시피하였다는 것은 다른 절도사의 발호에 비하면 오히려 정상에 가까웠다. 그는 단지 판단력과 정신력이 뛰어나고 용맹함과 영특함이 따를 자 없는 선지를 중용함에 있어 야기될 수 있는 군장들의 불평을 문란해진 위부제의 실태를 구실로 무산시킬 수 있다고 판단하였는지 모른다.

그것은 부몽영찰이 선지를 안서 도호부의 부도호로 파격적인 승진을 단행하자 얼마 안 있어 그로 하여금 달해부(達奚部) 정벌을 명한 것으로 보아서도 능히 짐작할 수가 있다. 달해부는 천산산맥의 서단(西端)에 포진한 부르크족의 한 부중으로, 이의 토벌을 위한 원정군을 일으키라는 명령을 내린 것은 원래 현종이었다.

국위가 더욱 성하던 개원 말년, 현종이 절도사 부몽영찰에 칙령을 내리고 이를 명하자 부몽영찰은 이를 다시 선지에게 명했던 것이다. 이에 선지는 마음을 가다듬고 전의를 새롭게 하였다. 이 기회야말로 그가 불세출의 군장렬(軍將列)에 낄 수 있느냐 없느냐 하는 첫고비였기 때문이다.

선지는 잠자리에 들어서도 잠이 오지 않았다. 공략의 전략과 용병에 대한 끝없는 고구(考究)에도 불구하고 사뭇 미흡하고 어설프기만 하였다.

거기다가 선지에겐 그 무렵 봉상청(封常淸)이라는 도무지 시원찮은 한 독서인(讀書人)의 지분덕거림이 계속되어 가뜩이나 날카로워진 신경을 더욱 곤두서게 하고 있었다.

봉상청이 처음 선지의 앞에 나타나 겸종(傔從)을 강청한 것은 이미 몇 삭(朔) 전의 일이다. 그는 선지 앞에 무릎을 꿇고 말하였다.

"소인은 어려서부터 고빈(孤貧)하게 자랐사옵니다. 소인의 외조부가 안서군에 몸담고 있어서 그 슬하에서 오직 독서하며 소일하였사옵니다."

"그런 독서인이 어찌하여 나를 찾아왔소?"

"네, 도지병마사(都知兵馬使)의 위풍과 그 영용(英勇)하심은 이미 군중(軍中)에 널리 알려진 바 아니오이까. 하여 소인은 장군

께 앙청하거니와 모쪼록 소인을 장군 곁에 겸종케 하여 주십사 하
는 것이옵니다. ”
　봉상청은 얼굴을 들고 대답을 기다렸다. 깡마르게 여윈 몸집에 외
눈, 거기다가 조금 전 들어서는데 보니 다리를 절뚝거리고 있지 않
았는가. 아무리 학문이 깊고 당돌한 강복(剛腹)의 소유자라 한들
이런 불구의 몸을 끌고 어찌 전진을 내달릴 사람의 예하에 들겠다
하는가.
　선지는 한 마디로 거절하였다.
　“안 되오. 사람은 제각각 할 일이 따로 있는 법이오. 돌아가서 독
서에나 꾸준히 정진하시오. ”
　“소인의 나이 서른을 넘겼사옵니다. 그렇다면 치기(稚氣)는 아닐
것이옵니다. ”
　“안 된다면 안 되는 줄 아오. ”
　선지는 벌떡 자리를 차고 일어서며 말했다.
　봉상청은 다음날 다시 글로써 강청하여 왔다. 그러나 선지는 면전
이 아니었으므로 더욱 단호히 거절하는 답신을 주었다. 그 초라하고
볼품 없는 풍채를 가지고는 도움은커녕 귀찮은 존재가 될 것이 너무
나 분명하였다. 한데 그 외눈의 절름발이는 불손한 접근을 다음 날
도 그만두지 않고 오히려 더욱 강복한 글을 보내 왔다.
　“장군은 재기(才氣)를 보고 사람을 쓸 줄 알아야 사대부도 장군
을 따를 것입니다. 그렇지 않고 만약 외모만 봐서 사람을 쓴다면
유능하고 심복이 될 만한 인물을 놓칠 줄 아시오. ”
　이런 것이 독서인 특유의 오기임을 이미 능히 알고 있는 선지로선
전날보다 더욱 단호한 한 마디로 거절하였다.
　그런데 문제는 거기에서 끝나지 않았다. 봉상청은 그런 박절한 거
절을 거푸 당한 사흘 뒤부터는 아예 선지의 집 문전에 와서 수십 일
째 버티어 오고 있는 것이다. 문전복배(門前伏拜)의 끈기로 그의

고집을 꺾고야 말겠다는 심산인 모양이었다.

2천 병력을 거느리고 출정(出征)하려는 대발진(大發陣)의 마당에 이 무슨 귀찮은 존재인가. 선지는 왈칵 부아가 치밀어 방문을 열어젖혔다. 한걸음에 쫓아 버리리라.

밖은 어스름한 어둠에 뒤덮여 있었다. 선지는 성큼성큼 문간으로 다가갔다. 파수를 선 병졸들도 야심한 삼경을 못이겨 꾸벅꾸벅 졸고 있는 앞에 죽은 듯이 엎드려 있는 봉상청, 인기척을 듣자 고개를 젖혀 올려다보지 않는가.

선지는 짧게 소리쳤다.

"냉큼 일어서라!"

봉상청은 저는 다리를 끌고 뒤뚱 일어섰다.

"밤이 깊었으니 오늘은 돌아가고 내일 내 곁으로 나오라."

"알겠사옵니다. 곧 돌아가겠사옵니다."

봉상청은 마침내 선지 군중의 일원이 되었는데 이런 계기로 이루어진 두 사람의 관계가 그 뒤 장군의 가열(苛烈)한 최후에서 보인 죽음을 초월한 숭고무비의 인간관계로까지 평생 변함없이 지속하게 될 줄은 그 당사자들인들 짐작이나 했겠으랴.

영명하고 강직하며 뛰어난 지략의 소유자인 봉상청이 처음으로 그 재기를 발휘한 것은 선지를 받들고 참전한 달해부 정벌에서 개선하였을 때였다. 선지로서도 처음으로 치룬 대원정이었지만 파미르 북원(北原)의 능령(綾嶺)을 넘어 투르크족을 무찌르는 장쾌한 장면을 체험한 봉상청의 감격 또한 여간만 큰 것이 아니었다.

그는 선지로부터 이런 감격을 대승(大勝)의 첩서(捷書)로 쓰는 영광까지 얻었으니 그 문장이 과연 어떠하였겠는가는 짐작하기 어렵지 않다. 그의 뛰어난 문명(文名)은 군중에서도 상찬의 대상이 되었지만 이때 쓴 조리 있고 소명하며, 고선지 장군이 심중에 품은 바를 그대로 표현한 이 첩서는 뒤에 조정으로 보내어져 현종을 또한 감격케 하였던 것이다. 그로 말미암아 고선지 장군은 마침내 현종이 기억하는 무훈의 용장이 되었다.

그러나 달해부 정벌에서 돌아온 선지에게는 또 하나의 전장(戰場)이 예비되어 있었으니 이것이 바로 동서의 정세를 판가름한 역사적인 소발률(小勃律) 원정이다. 후세 사가(史家)들이 세계 전사상(戰史上) 일찍이 보지 못한 전략과 통솔력으로 이뤄진 싸움이었다고 격찬한 대출정(大出征)이 전진을 쓰고 돌아오는 파미르 고원의 풍운아를 기다리고 있었던 것이다.

3

안서도호부가 있는 쿠차의 성진 안은 갑자기 몰려든 당군(唐軍)의 야영 막사(野營幕舍)로 온통 빼곡히 들어찬 듯싶었다. 군사 1만에 군마 1만 필이 집결되어 있으니 그럴 밖에 없다.

날이 밝기 바쁘게 뜀박질치는 소리, 활시위 튕기는 소리, 하늘을 가르고 나는 살 소리, 말발굽 소리, 칼날 부딪는 소리, 감군(監軍)들이 호령 호령하는 소리, 펄럭이는 감군기(監軍旗), 구름 떼처럼 이는 흙먼지로 온통 경황을 못차리게 부산스럽다가도 밤만 되면 끝없이 펼쳐진 군영(軍營)은 간간이 쿠르륵거리는 준마들의 코방귀 소리를 빼면 쥐죽은 듯 요요한 정적 속에 파묻힌다.

멀리서 보면 막사는 보이지 않고 단지 어둠 속에 누운 광활한 한 개 개활지라 할 이 야영지의 오직 한 막사에만 빤하게 밤이 깊도록 등촉이 켜져 있다. 군령 한가운데쯤 있는 행영절도사(行營節度使) 고선지 장군의 막사이다. 이 막사에선 밤마다 작전회의가 열린다. 상좌에 고선지 장군이 정좌해 있고 몇몇 휘하 장군들은 이마를 맞대고 둘러앉아 시간가는 줄 모르고 끝없이 숙의한다. 둘러앉은 휘하 장군들의 면면들을 살펴보면 이사업(李嗣業) 단수실(段秀實) 봉상청 등 고선지 장군의 일급 참모들이다. 더러는 감군 변영성(邊令誠)과 술사(術士) 한이영(韓履泳)이 동석할 때도 있지만 거개는 이들이 동석하지 않은 가운데 토론과 숙의가 거듭된다.

이들 장군들의 끊임없는 관심은 자연 그 많은 군사를 이끌고 여하히 원격한 사막과 험준한 고산을 넘을 것이며, 그 동안의 군량(軍糧)은 여하한 방법으로 조달할 수 있을까에 집중되고 있었다. 그것만 무사히 해결할 수 있다면 연운보(連雲堡)의 공략이고 아노월(阿弩越)의 정복 같은 것은 아주 손쉬울 것처럼 느껴질 정도로 두 가지 문제는 참으로 어렵고도 난처한 난관이었다.

그러면 일찍이 구법편력(求法遍歷)의 고승(高僧)들도 여간해선 그냥 지나가는 것조차 엄두를 내지 못했을 뿐 아니라 신라의 고승 혜초(蕙超)도 30년 전에 이곳을 지나면서 "산은 초올(憔杌)하여 수목과 풀포기조차도 볼 수 없는 땅"이라고 한 불모의 이 땅을 굳이 경략해야 할 이유가 무엇인가.

그러나 당제로선 원정군을 세우지 않을 수 없는 제국 경영상의 충분한 전후 사정을 가지고 있었다. 아니 오히려 그것은 시간을 재촉해야 할 절박하고 위급한 정황에 놓여 있었다. 즉 국력의 최성기(最盛期)에 있는 당제국이 그 변방 수비에서 가장 위협을 느끼는 강적은 바로 히말라야 산맥 북쪽 인더스강 원류 주변에서 힌두쿠시 산맥, 곧 대설산(大雪山)을 거쳐 파미르 고원 남단에 걸치는 여러 소국가군들——대발률(大勃律) 소발률 와칸〔護蜜國〕 쉬넌〔五識國〕——에 대한 교란 책략을 일삼는 토번(吐蕃 ; 지금의 티베트)이었다. 북인도의 돌출부가 되는 이 지역은 그 뒤에도 오래도록(지금까지도) 복잡하게 국경이 얽히는 인종적 분란이 끊일 새 없던 곳이지만 이러한 이곳 변강의 불안에서 당제가 가장 두려워했던 것은 뭐니뭐니 해도 토번이 서침(西侵)하여 소발률(길기트國)을 장악한 뒤 그 여세를 몰아 동진해 오는 서방 침공 세력 사라센과 손을 잡을지 모른다는 데에 있었다. 만약에 티베트 고원의 웅족인 이 토번이 한걸음에 힌두쿠시 산록의 설산을 넘어 아무르 강(江)의 상류인 옥서스 강의 중류지역으로 나가 신흥의 기운에 한껏 넘치고 있는 아바스조(朝)의 사라센 제국 동침세(同侵勢)를 영접하는 날이면 당제의 서진세력은 포위를 면치 못할 것이며, 나아가서는 중앙 아시아 지배의 판도마저 일순에 무너질 위험이 다분하였던 것이다.

물론 당제는 이런 위험을 일찍이 간파하여 안서군으로 하여금 전후 세 차례에 걸친 치열한 공략을 가하여 토번족들의 준동을 미연에 꺾으려 한 바 있다. 그러나 그들의 위협은 좀체로 줄어들지 않았을 뿐 아니라 오히려 정세는 당제가 우려하던 쪽으로 더욱 기울어져, 토번의 감언이설에 넘어간 소발률의 국왕 소실리(蘇失里)는 당나라와의 맹약을 어기고 토번과 손을 잡기에 이르고 있었던 것이다.

"우리는 귀국의 땅을 요구하지 않소이다. 다만 사라센을 영접하여 당제국의 4진을 공략할 수 있는 통로를 빌리고자 할 뿐이외다."

소실리가 이미 대발률을 휩쓸고(722) 온 토번의 이 한 마디에 간단히 성문을 열어 줌으로써 단숨에 온 나라는 토번 군사의 발굽에 짓밟히는 전쟁이 터지고 말았다. 그러나 워낙 열세(劣勢)인 소발률은 끝내 버티지 못하고 당제 현종 개원 29년(741)에 항복을 선언하고 말았다.

이로써 토번은 서북(西北) 20여 국을 그들의 세력 아래 두는 파죽의 세(勢)로 뻗어간 것이다.

원적(怨敵) 당제의 안서 4진을 치기 위하여 토번은 집요한 전진으로 사라센과 연결되는 통로를 확보해 가고 있었으나, 그러나 아직도 그들이 카스피해(海) 남쪽의 호라산 평야에 이르자면 적잖은 난관을 돌파해야 하는 것이다.

이에 선제(先制)를 가하고자 한 것이 바로 고선지 장군이 이끄는 1만 군사의 대장정이었다. 맹약을 어긴 소발률을 쳐서 이미 확보되었다고 장담하고 있는 토번의 후두부를 강타하자는 것.

병마의 단련과 물샐틈 없는 전략, 충천하는 사기로 대발진(大發陣)을 기다리던 1만의 군사들한테 드디어 출정의 날은 왔다.

천보(天寶) 6재(載), 서력 기원 747년 3월 어느날.

고선지 장군을 총수(總帥)로 하여 휘하 1만의 군세는 쿠차의 도호부를 첫새벽의 미명(未明)에 발진하였다.

말발굽 소리가 천지를 뒤흔들었다. 새벽잠을 깬 성민들은 집 앞에 나와 서서 조용히 무운 장도를 빌었고 군장들의 가족들은 아예 뜬눈으로 밤을 밝히다시피 하였다. 고선지 장군은 성채를 벗어나며 아내가 하던 말을 떠올린다.

"아무리 험준한 고산도, 가파른 협곡도 장군은 행군하실 수 있으시옵니다. 장군은 정복자이시니까요. 소첩, 개선하시는 날을 기다리고 있겠사옵니다."

유모가 그의 아들이며 이번에 같이 출정하는 낭장(郞將) 정덕전(鄭德銓)을 붙안고 눈물을 질금질금 쏟고 있는 옆에서 아내는 낭랑한 목소리로 그렇게 또박또박 말하지 않았던가.

고선지 장군은 여력이 북받쳐 자신이 탄 말에 박차를 가한다. 그러자 준마(駿馬)는 먼지를 일으키며 행군의 선두를 향해 질풍같이 내닫는다.

이렇게 시작된 행군은 분지 서쪽으로 번진 타클라마칸 사막과 천산산맥의 접점을 따라 일로 서진(西進). 그러나 비교적 평탄한 길임에도 원정군이 그 긴 대오(隊伍)를 끌고 비단길의 남북 교차점인 교통의 요충 카쉬가르, 즉 소륵에 닿은 것은 그 후 40여 일 만이었다. 여기서 다시 전열을 가다듬어 세계의 지붕 파미르 고원으로 가는 완만한 경사의 오름길을 행군, 그 남단 초입 샤리콜 지방의 타쉬 쿠르간에 이른 것은 그로부터 또 20일 뒤였다.

고선지 장군은 전략 요충 타쉬 쿠르간 성곽 안에 군사들을 집결시키자마자 지체없이 군장들을 한자리에 불러 모았다.

"지금부터 우리는 대당제국의 철옹성 파미르 고원 정상을 넘어 우리가 기어코 쳐서 유린코자 하는 역모배(逆謀輩)의 땅에 이르는 대정토(大征討)를 시작할 순간에 있도다. 우리는 오늘의 이 시간을 얼마나 오래 기다려 왔더냐. 호국영령들이 우리의 앞길을 지켜줄 것이로다."

장군은 짤막한 일갈을 끝내자 곧 전병력을 동·북·서군의 3군으로 나누는 오랜 숙고 끝의 행군작전을 실천에 옮긴다. 기동부대인 동군(東軍)은 파미르 고원 북쪽의 절벽을 등반하여 고원의 정상분수령을 넘어 남진, 내리막길로 쇄도하는 것이며, 북군은 가장 뒤처져 적불당(赤佛堂)으로부터 연운보에 이르는 최단 거리를 달리게 되고, 주력부대인 서군은 고원 저 너머 파밀천(播密川)의 계곡을 따라 와칸국과 오식닉국을 거친 다음 다시 연운보 쪽으로 회군하는 가장 원격한 지점을 우회하도록 하였다.

장군은 이어 3군을 지휘 통솔할 군장을 각각 임명하였다. 북곡로(北谷路)를 통과할 동군에는 조숭빈(趙崇玭) 장군이, 적불당로를 따라 진격할 북군에는 가숭관(賈崇瓘) 장군, 그리고 호밀로(護密路)를 거쳐 우회할 주력부대인 서군의 지휘는 장군 자신이 맡기로 하고 감군 변영성으로 하여금 그를 보좌토록 하였다.

"우리가 삼분군(三分軍)하지 않으면 안 되는 이유는 이미 누차에 걸쳐 소상히 말한 바 있어서 익히 알지니……"

장군은 마지막으로 치밀하게 세워둔 작전 내용을 다시 설명해 나갔다.

그것은 장군이 오래 고심해 온, 사막과 고산 준령을 거치는 긴 행군의 난관과 그동안의 가장 큰 난점인 군량 보급의 문제를 최소한으로 덜기 위한 데서 나온 절묘한 작전이었다. 무엇보다 군량 보급의 문제에선 전군 1만이 각각 군마를 가지고 있다는 것이 사료 보급에 있어 여간 큰 문제가 아니었다. 진격의 일사불란한 기동성을 위해선 또한 그보다 더 좋은 조건이 없음에도……

그러면 장군은 분군함으로써 이 난점들을 어떻게 해결하려 한 것인가.

장군의 작전은 적어도 일부 병력을 우회시켜서 상상 못할 험난한 진격로를 택하게 하는 한이 있더라도 전군이 목초라곤 찾아볼 수 없는 불모의 고원을 일진 행군함으로써 막상 적전(敵前)에 다다라선 군량과 사료가 바닥나는 낭패를 미연에 방지하려 한 것이다.

고원 정상을 횡단하는 길에 낙타나 노마(駑馬)를 끄는 교역대상(交易隊商)들을 만나 식량이나 사료의 소량을 양여받을 수 있다 하더라도 그것은 소수 병력과 병마를 위해서만 효율적인 보탬이 될 뿐이었다.

이런 작전의 묘책은 두 말할 것도 없이 군량과 사료의 보급을 장군이 이끄는 주력 서군이 책임지도록 하려는 데서 나온 것이다. 즉 분군하기 전의 최종 군량 보급선인 카쉬가르 곧 소륵에서 마지막 보급을 받고 떠난 장군의 서군은 동·북군을 타쉬 쿠르간에 남겨 놓은 채 선발, 파미르의 최고 지점을 넘어 20여 일의 행군 끝에 파미르 계곡에 이르고, 거기서 다시 20여 일을 더 행군하여 오식닉국에 당도, 풍부한 군량 보급원(補給源)을 장악하려는 작전이었다. 서군이 여기에 이를 때는 기동부대인 동군은 가장 보급이 곤란한 파미르 중심을 통과할 때며 동시에 제3부대인 북군은 기지를 출발, 샤리콜로 들어서고 있을 때이다. 동군은 장군의 서군이 고원 정상을 통과할 즈음 타쉬 쿠르간의 발진기지를 떠날 것이었다.

그리하여 전군을 위한 최대량의 군량을 오식닉국에서 확보한 장군의 서군은 지체없이 오식닉국, 즉 쉬넌을 발진, 곁을 스치고 지나쳐 온 연운보 공격 목표를 향해 와칸국 통로를 되돌아 달리고 있었다.

　한편 이때 기병(騎兵) 3천으로 편성된 동군은 이미 파미르의 분수령을 넘어 천년 빙하로 뒤덮인 옥서스 강(江) 지류 아브 이 판자 계곡을 따라 일로 연운보를 향해 동진하고 있었으며 최단거리를 쇄도하는 제3의 북군도 이미 해발 1만 6천 2백 영척(英尺)의 왁지르 산령을 넘어 역시 빙하의 아브 이 판자 계곡을 서진 중에 있었다.

　장군의 이러한 분군 진격은 물론 단순한 군량 보급상의 애로를 타개하려는 데만 있었던 것은 아니었다. 오히려 더 큰 목적은 토번군으로 하여금 연운보에서 한 발짝도 움직이지 못하게 함으로써 장군의 원정군이 목표 지점에 닿기도 전에 적과 조우(遭遇)하는 작전상의 차질을 미연에 막으려는 데에 있었던 것이다.

　즉 군사적인 거점을 파미르 고원 중심부의 연운보에 두고 고원 일대를 장악하고 있는 토번군의 척후병이 설령 당군의 이동을 발견하였다 하더라도 각각 다른 진격로를 통해 쇄도하는 다른 두 개의 평형을 이룬 군사 이동 때문에 거점인 연운보를 떠날 수가 없게 되어 있었던 것이다.

　이미 당군이 아라비아의 사라센 세력으로 통하는 토번군의 유일한 통로 오식닉국을 장악하였을 뿐 아니라 바로길과 다르코트[坦駒] 산령의 빙벽 쪽을 제외한 동·서·북쪽의 모든 통로가 차단당한 토번군은 연운보를 거점으로 한 천연 지형을 방어선으로 하여 수비전략을 세울 수밖에 없는 고립을 면치 못하였다.

　그러나 토번군은 고선지군에 버금가는 막강한 1만의 군사와 마침 창수기(漲水期)로 거센 물길이 넘치는 옥서스 강 지류 사륵천(娑勒川), 즉 아브 이 판자강의 급류를 방어선으로 하여 일전을 불사할 만반의 태세를 갖추고 대기하였다.

　연운보 성곽 안에는 1천여 병력밖에 없었으나 성곽 남방 15리 지점에는 산책(山柵)을 쌓아 둔을 친 적병 9천이 매복하여 있었다.

　7월 열 사흘(음력) 아침 일곱〔辰〕시.

고선지 장군 휘하의 당군 1만은 각각 동과 서, 그리고 북쪽의 아
브 이 판자 강안(江岸)에 집결하고 멀리 바로길 산령의 고산준령을
배경으로 하고 엎드린 연운보를 눈가늠하였다. 장군은 여기서 급류
가 용틀임치는 속을 뛰어드는 적전도강(敵前渡江)의 모험을 감행하
려는 것이다.

장군은 우선 제단을 차리게 한 다음 가장 날쌔고 용맹한 기마병
셋을 뽑아 지축을 뒤흔드는 소리로 쏟아지는 급류 앞으로 내세웠
다.

제단에 오른 장군은 조용히 눈을 감았다. 아니 가슴 속으로 조용
히 되뇌었다.

"이제 소군(小軍)은 여기에 이르렀나이다. 나라 경영의 대역사
(大役事)를 중책 맡고 노숙(露宿) 백여 일에 이제 여기까지 이르
렀나이다. 소군은 강을 건너야 하옵니다. 삼생(三牲)을 바쳐 하
신(河神)께 비오니 인마(人馬)가 무사히 도강케 점지하여 주소
서."

그리고 나서 제단을 내려 오자마자 장군은 3군이 도열한 앞에 뽑
아 세운 세 기마에 채찍을 갈겼다. 영민한 준마들은 채찍을 받자 주
저없이 격류 속으로 뛰어들었다. 이를 지켜 보던 모든 병마들도 포
효하는 함성과 함께 앞선 기마병을 따라 물 속으로 뛰어들었다. 모
험에 찬 적전 도강은 이렇게 하여 순식간에 성공적으로 이뤄졌다.

장군은 도강을 끝내고 군열(軍列)을 정비하는 1백여 일 군려(軍
旅)의 군사들을 지긋한 눈으로 바라보며 혼잣말로 중얼거렸다. 장
군의 말 옆에 나란히 선 감군 변영성이 귀담아 듣고 있었다.

"우리는 기어코 건넜다. 만약 우리 군사가 도강 중에 적의 반격을
받았더라면 어떻게 되었으랴. 우리는 궤멸당하고 살아 남지 못하
였으리라. 그러나 우리는 이렇게 도강을 끝내고 전열을 가다듬었
다. 하늘이 적의 운명을 내 손아귀에 쥐어 주었도다."

장군은 이미 승리를 예감하고 있었다. 장군은 크게 외쳤다.

"발진!"

연운보 수비군의 주력이 무너진 것은 이미 작전 개시 세 시간 만인 오전 열한 시경이었다. 그러나 잔당에 대한 섬멸전은 밤중까지 계속되었다. 피비린내나는 백병전이 종일토록 끝나지 않아 연운보 성곽을 선혈로 물들였던 것이다.

장군은 이 싸움에서 실로 장쾌한 대승을 거두었다. 적병 5천의 목을 베었고 천 명을 사로잡았으며 노획한 병기와 재물에 이르러서는 그 수효를 이루 헤아릴 수조차 없을 지경이었다.

그러나 이 연운보 싸움의 대승으로 원정군에게 지워진 정토(征討)의 사명이 끝난 것은 아니었다. 그것은 연운보의 함락만으로 토번족과 소발률 즉 길기트국과의 연맹이 끊어지는 것이 아니었기 때문이다.

장군은 충천해 있는 군사들의 사기에 박차를 가하여 곧 지난한 험로를 무릅쓰고 가야 할 아노월성 공략의 출정 채비를 차렸다.

장군은 봉상청을 돌아보며 명하였다.

"공은 여기 남아서 상병(傷兵)을 치료하고 후방을 수비토록 하오. 내, 약간의 병마를 남겨 놓을 것이오."

"아니옵니다. 소신을 동행 보필케 하여 주시옵소서."

"이 연운보를 수비하여 잔적(殘敵)이 아군의 후미를 위협하지 못하게 함도 아노월성 토색에 못지않게 막중한 임무임을 왜 모르오?"

봉상청은 더 이상 동행을 고집하지 않았다. 장군은 이에 그중 싸움 경험이 부족하고 체력이 떨어져 보이는 군졸을 가려 뽑아 봉상청에게 넘겼다. 이때 남은 병력은 상병을 포함해서 3천에 이르렀으니 장군의 군세는 소수의 전사자까지 합하여 거의 절반 가까이 줄어든 셈이었다.

그런데 문제는 엉뚱한 데서 야기되었다. 동행케 해달라고 간청하는 봉상청과는 달리 만년설(萬年雪)이 태고(太古)를 숨쉬며 덮여 있는 해발 1만 5천 4백 영척의 다르코트령〔坦駒嶺〕을 넘는다는 것은 무모하기 짝이 없는 작전이라고 반기를 들며 감군 변영성과 술사 한이영이 전진을 가로막고 나선 것이다.

감군이란 황제의 명에 좇아 각군에 배치된 군장이며 그는 군 총수의 작전과 거동을 일일이 지켜보아 이를 천조(天朝)에 보고할 뿐 아니라 부당한 처사에는 간섭하는 것도 주저치 않는 권한을 가지고 있었다. 그러나 거기서 진격을 중단한다면 이번 정토 대업은 아무런 뜻도 없는 것이 아니냐. 그것은 또한 천자(天子)의 뜻일 수도 없지 않으랴.

거듭 공략의 기치를 드높이며 장군은 일성(一聲)으로 변영성을 꾸짖었다.

"부장(副將)은 그것이 천자 폐하의 뜻이라고 생각한다면 여기 남으시오. 본관은 여기서 중단하여 회군하지 않을 것이며 후일 감군의 의견에 불복하였다 하여 책벌하려 한다면 그를 기꺼이 받을 것이오."

변영성은 끝없이 주저되는 무모에 가까운 모험이라고 생각하면서도 더는 만류하지 못하였다. 그러자 장군은 겁을 집어먹고 전진을 주저하는 변영성 한이영을 끝내 동행치 못하도록 하였다.

"공들은 폐하께 오늘을 직간(直諫)키 위하여서도 여기 머물러 살아 남으라."

장군은 남은 군사를 독려하여 마침내 상상을 절한 아노월성 공략의 비장한 발진을 소리 높여 외쳤다. 인도 북방을 경계짓는 힌두쿠시 산맥 주봉의 하나인 다르코트 산령을 넘기 위해 등고선(等高線) 1만 2천 5백 영척의 바로길 산령을 향해 출발한 것이다. 백설과 빙하와 희박한 공기로 생물이 발 붙일 수 없는 거부의 빙벽(氷壁)에 초인(超人)의 도전이 시작된 것이다.

장군은 혼자 외쳤다.

"산은 침묵할 뿐이다. 산은 용기 있는 인간에게만 우호를 베푸는 용서와 포용과 인내의 보고(寶庫)가 아니냐."

그러나 사흘 만에 바로길 산령을 무사히 넘어 다르코트 준령 앞에 서자 백전 백승을 자랑하는 용장 고선지 휘하의 당군도 독룡(毒龍)이 꿈틀거리는 것 같은 빙벽의 위압적인 자태에는 주저하지 않을 수 없었다. 군졸들은 주눅이 든 시꺼먼 얼굴로 깎아지른 듯 하늘에 닿은 준령 마루턱을 올려다보았다.

장군은 호령하였다.

"어찌하여 대당제국 군병이 주저하는 빛을 보이겠느냐. 신속히 진군하리라！"

장군은 우선 군졸들로 하여금 미리 준비하여 온 밧줄로 열 명씩 나누어 함께 몸을 동여 매도록 하였다. 열 명이 한 밧줄에 묶여서 만약에 그 중의 하나가 빙벽을 타다가 미끄러지더라도 무사히 끌어 올릴 수 있도록 하려는 데서였다.

진군은 다시 시작되었다. 그러나 단애 절벽을 짚고 오르는 행군은 더디고 더뎠다. 장군은 때로 스스로 앞장 서서 선진(先陣)을 끌지 않으면 안 되었다. 그러기 수십 차례, 마침내 다르코트령의 등고선이 눈앞에 다다른 듯 가까이 다가와 있는 것을 군병들은 꿈결처럼 올려다보게 되었다. 어느새……하고, 모두 스스로를 대견해 하지 않을 수 없었다. 그들은 오르기에 바빠서, 아니 발목 한번 삐끗하면 까맣게 내려다 보이는 빙설의 시꺼먼 공동(空洞)으로 떨어지고 말 것이므로 그때까지 아무도 정상을 올려다 볼 겨를이 없었던 것이다.

장군은 선진을 향해 소리쳤다.

"여기서 잠시 휴양하리라"

장군으로서는 더 이상 강행군만을 명할 수가 없었던 것이다.

상당수의 병사가 숨을 거칠게 내쉬며 모자라는 공기에 헉헉거리는가 하면 두통을 호소하는 병사도 적잖은 숫자로 늘어가고 있었던 것이다.

그러나 장군의 군사가 잠시 휴식을 취하고 있을 즈음 난데없이 몇 조각의 구름이 풋풋 몰려오기 시작하였다. 장군은 근심어린 눈으로 그 쏜살같이 달려드는 불길한 구름 조각들을 쳐다보았다.

그것은 순식간의 일이었다. 하늘을 희뿌옇게 묻으며 촌보(寸步) 앞도 가리지 못할 폭풍설이 쏟아지기 시작한 것이다. 참으로 종잡을 수 없는 상황이었다. 눈을 손으로 가리고 살피자 군사들은 밧줄에 몸을 묶은 채로 제가끔 무더기지어 여기저기 엉겨붙어 있었다. 그러나 그것도 잠시——

"아아!"

하는 외마디 외침이 들린 듯하자 그 소리는 눈보라에 휩쓸려 금세 산등성이로 흩어지고 말았다.

폭풍설의 기세가 약간 수그러진 다음에 보자 군졸 둘이 바위에 깔려 희생당하여 있었다. 바람에 굴러 떨어진 낙석(落石)에 두 군졸이 한꺼번에 즉사한 것이다. 남은 여덟 명이 아직도 한데 묶인 밧줄에 얽혀 있는 광경이란 참으로 그렇게 처참할 데가 없었다. 장군은 지체없이 줄을 끊도록 명하고 사자(死者)를 처치하였다.

바로 그때였다. 폭설이 자오록하게 물러가는 듯한 기미를 타고 한 떼의 낯선 군사가 산 위쪽으로부터 내리덮쳤다. 눈을 홈빡 뒤집어쓰고 앉아 있던 당군은 눈이 휘둥그레지지 않을 수 없었다.

"아노월군 아니냐!"

즉각 대적할 자세를 취해야 할 것임에도 당군은 망연히 앉아 그들 일단의 아노월 군사들을 멀거니 쳐다볼 뿐이었다. 그건 풍설에 경황을 못차린 뒤끝이기도 하지만 그보다는 스무 명이나 되는 그 군사들이 달려드는 조심스런 몸짓으로 보아 기습 공략코자 함은 아님이 분명한 듯하였던 것이다.

아니나 다를까, 스무 명의 아노월 군사들은 장군 앞으로 정중히 나아가 무릎을 꿇지 않는가. 장군은 타고난 위엄 있는 목소리로 묻는 것이었다.

"웬 군졸들이냐?"

"네, 대당제국의 성장(聖將) 고선지 장군께 문안드리옵니다. 소졸(小卒)들은 소발률국의 아노월성 수비병들이옵니다."

"내 너희를 한번 보고자 가는 길에 풍설을 만나 잠시 멎기를 기다리고 있었을진대 너희 소졸들이 어인 일이냐?"

"네, 저희는 대장군님을 출영(出迎)코자 여기 당도하였사옵니다. 소졸들이 국왕 소실리가 귀국 천자 폐하께 맹약드린 바를 어기고 만족(蠻族) 토번과 역모를 하여 장군께서 험로를 무릅쓰시고 여기까지 출진하시는 진노를 샀음을 저희 소졸들은 익히 알고 있사오며 어리석은 성 안 만백성들도 국왕의 과오를 꾸준히 성토하고 있사옵니다."

"그것이 사실이렸다."

"어느 안전이라고 사실을 여쭙지 않겠사옵니까. 저희 소졸들은 백성들의 뜻을 장군께 사뢰옵고자 야음을 타서 성을 빠져나와 며칠째 이곳으로 잠적하여 왔나이다. 통촉하여 주옵소서."

장군의 발 앞에 엎드린 아노월성 군사의 말을 듣고 있던 당군들은 일제히 탄성을 올리지 않을 수 없었다. 소발률국 백성들의 뜻이 그렇다 하지 않는가. 움츠러들었던 힘이 새로이 솟구치는 것 같았다.

도대체 장군은 우리를 어느 죽음의 구렁텅이로 끌고 가려는 것인가 하고 공포에 떨던 당군은 충천한 사기로 미친 듯이 날뛰었다. 더러는 턱에 고드름을 주렁주렁 매달고 있었다.

장군은 지체없이 진군 명령을 소리 높이 외쳤다.

"자, 발진이다!"

당군은 깎아지른 듯한 다르코트 준령을 넘어 만 길 아래로 곤추 내려박히는 야신의 죽음의 계곡을 맹수처럼 달려 내려갔다. 아니 독수리떼처럼 마구 날 듯했다.

군졸들 가운데, 그것이 고선지 장군이 꾸며낸 기계(奇計)라는 것을 아는 사람은 아무도 없었다. 그러나 실인즉 그것은 백여 일이나 행군을 강행하여 파미르의 준령을 넘은 대장정 길이 다르코트를 넘지 못하는 차질로 말미암아 수포로 돌아가서는 안 된다는 생각에서 안출해 낸 한 토막의 연극이었던 것이다. 아니 그것은 이미 봉상청의 암시에 따라 일찍부터 아노월성 군사의 병복(兵服)을 준비할 정도로 암암리에 계획되어 온 것이었다.

고선지 장군은 야신 계곡을 타고 내리기 시작한 지 사흘 만에 드디어 군사를 이끌고 소발률국의 수도 아노월성 앞까지 당도하는 데 성공하였다.

여기서 장군은 다시 1천 병력으로 짠 별동대를 본대에 앞질러 아노월성 배후를 치게 하였다. 성곽 후미를 쳐서 적의 전열에 혼란이 일어나는 틈을 타서 주력의 본대로 하여금 정면을 밀고 들어가게 하려는 작전이었다.

과연 장군의 이런 기동력 넘친 작전은 그대로 적중하여, 별동대의 기습이 있기 바쁘게 성 안은 걷잡을 수 없는 혼란에 빠졌다. 지금까지 토번군에 수종(隨從)하던 여섯 명의 대신들이 포박되기에 이르고 성난 백성들은 이들을 광장으로 끌고 나와 무참히 짓밟았다.

이에 장군은 입성에 앞서 장군 석원경(席元慶)과 하루여윤(賀婁餘潤) 등을 사절로 뽑아 소발률 소실리 국왕한테 보내고,

"내가 너희들의 성에 들어와도 등교(藤橋)는 끊지 않겠다. 다만 대발률까지의 진격로를 얻고자 할 뿐이다."

라고 전하도록 하였다. 위급한 소실리 왕은 무슨 요구든 듣지 않을

수 없었다.

그러나 아노월성 60리 밖에 있는 이 등나무 다리는 당군의 입성과 함께 지체없이 끊어졌다. 야신 계곡의 절벽에 걸려 있는 이 다리는 가설하는 데만 1년이 걸렸으며 대발률을 거쳐 소발률에 이르는 유일한 교통로로서 이의 절단은 토번군의 작전계획에 치명타를 가하는 것이 아닐 수 없었다. 토번군이 소발률로 들어선다는 것은 곧 서방 사라센 세력과의 연결을 뜻하는 것이기 때문이었다.

그러나 장군이 이 다리의 절단을 명한 순간의 절박한 사정이란 실로 숨막히는 상황이었다. 다리의 한쪽 끝이 막 떨어져 나간 것과 토번의 지원 기마군이 다리 끝에 당도한 것은 거의 같은 시각이었으니 말이다.

장군은 함락된 소발률국의 대궐 안으로 유유히 걸어 들어갔다. 국왕과 토번 출신의 공주, 그리고 조야(朝野)의 고관대작들로부터 항복의 예(禮)를 받는 일이 남아 있었다.

고선지 장군의 성명(盛名)은 이제 대당제국 안에서만이 아니고 파미르 고원 남서쪽 힌두쿠시 산록에 점재하는 수많은 약소제국들에게는 말만 들어도 산천초목이 떠는 신화적인 이름으로, 그리고 멀리 근동(近東)의 대식국(大食國—아라비아), 불림국(佛痲國—東로마)에까지 떨치게 된 것이다.

4

아노월성(城) 백성에 대한 초무(招撫)와 강행군 1백여 일에 이르는 장정(長征)의 전진을 씻고 고선지 장군은 마침내 다음 달인 8월, 포로로 한 소발률 국왕과 공주를 앞세우고 휘하 전 장병과 함께 개선의 장도에 올랐다.

장군의 개선이 안서 4진의 영광과 환호만이 아니었던 것은 너무나 당연하였다. 온 나라가 하나로 용장 고선지의 승전보(勝戰譜)에 들끓었고 9천여 리 떨어진 장안에서는 현종 이하 만조 백관들이 한 자리에 모여 풍악을 잡히고 호희(胡姫)가 따라주는 미준가주(美樽佳酒)에 잔을 기울이며 달이 이우는 줄도 모르고 장군의 개선을 기꺼워하였다. 그 격정의 도가 얼마나 뜨거웠으면 흥분한 사관(史官)은 마음의 평형을 찾기도 전에,

  "행영 절도사 고선지 장군의 소발률국 원정으로 무릇 72국의 서
  역 나라들이 모두 떨어져 항부(降附)하였다."
하고 과장하여 써버렸겠는가. 그러할 만하였다. 이제 당제국은 세계의 지붕을 타고 앉아 거칠 것이 없어졌으니 말이다.

서역의 불뚝거리는 사라센 맹장 지야드 이븐 살리도 고선지 장군의 초인적인 돌파력에는 간담이 서늘해지지 않을 수 없었다.

이러한 장군의 신화적인 대승은 물론 장군 자신이 끝없이 탐구해 온 중앙 아시아 일대의 험준한 지형지세에 대한 통달과 굽힐 줄 모르는 투지, 그 정신력과 왕성한 책임감, 천부의 빼어난 지략, 휘하 장병을 위압하는 거구의 풍모와 지휘력이 가져온 당연한 결과였다.

당시만 하더라도 변방의 다른 절도사들은 횡포와 착취의 가렴주구(苛斂誅求)를 일삼아 말썽이 멎을 날이 없었을 뿐 아니라 가혹한 수탈에 견디다 못한 백성들이 무능한 조정을 힐난하는 소리는 나날이 높아가고 있던 때였다. 장군만이 홀로 거칠고 드센 불모의 타림 분지를 묵묵히 지켜서 주위의 흠모와 수많은 추종자를 얻고 있었다는 것도 장군이 승리를 거두게 된 큰 이유 중의 하나였다.

장군의 이런 대인다운 면모는 무엇보다도 조정을 감동시키기에 충분하였다.

조정은 물론 만백성도 발호하는 다른 번진(藩鎭)들과 그 추종 군장들, 그리고 그들을 괴롭히는 감군들에게도 고선지 장군의 이러한 의연함이 하나의 귀감이 되기를 희망하였다.

　　장군의 승전 첩보가 천조에 올려지자마자 현종은 서슴없이 장군의 업적을 상찬하여 명예를 내렸다. 황제는 고선지 장군을 홍려경 어사중승(鴻臚卿御史中丞)에 보하고 우림장군(羽林將軍)이라 하였다.

　　그런데 앞에 말한 승전 첩서(捷書) 전달을 둘러싸고 장군에겐 뜻하지 않은 구설이 생겼다. 즉 장군은 소발률 정토의 개선 도상에서 유단(劉單)으로 하여금 서둘러 첩서를 올리도록 지시를 내렸는데 유단이 심혈을 기울여 며칠 사이 써낸 이 정토 보고문을 읽은 장군은 황망 중에 이를 그만 직속상부 인물인 부몽영찰에게 보내지 않고 경사(京師)에게로 직송해 버리고 말았던 것이다. 장군은 유단의 절필(絕筆)과 같은 명문에 깜빡 정신을 빼앗겼었는지 몰랐다.

　　이를 알아차린 부몽영찰은 배반감을 느끼지 않을 수 없었다.

　　"제까짓 게 전공을 앞세워 첩서를 경사한테 직접 상주해? 일개 무명 졸장을 발탁, 중용한 게 누군데 이 부몽영찰을 업수이 여기다니, 어디 한번 두고 보리라."

　　장군의 대승에 기대어 함께 빛을 보려던 꿈이 깨어지자 부몽영찰은 이를 갈았다. 그도 그럴 것이 정치적 인물인 부몽영찰은 천조에서 득세하고 있는 많은 고관들과 교분을 갖고 있지 않은가. 장군을 헐뜯기로 한다면 하루 아침에 벼슬을 떼버릴 수도 있는 그였다.

　　그리하여 부몽영찰은 장군의 대정토군이 안서의 쿠차로 개선할 때 코빼기도 내밀지 않았다. 성문이 활짝 열리고 열광하는 성민들의 환호가 하늘을 찌르는 것을 듣는 것은 그에게 얼마나 괴로운 일인지 몰랐다.

　　장군은 그때서야 자신의 과책을 알아차렸다. 마땅히 상좌에 보여야 할 안서 절도사 부몽영찰의 모습이 보이지 않았던 것이다. 장군은 잠시 망설였다. 곧 찾아가서 사죄를 할 것인가?

　　그러나 장군은 개선의 환영연을 취소하는 대신에 절도사를 찾아가 진사(陳謝)하는 일은 하지 않기로 마음먹었다. 적어도 장군의 오늘이 있게 한 계기를 만들어 준 인물이라면 그까짓 조그마한 실책을 탓하지 않으리라는 생각에서였다.

—절도사는 도리어 만족해 하고 있을 것이다. 자신의 형안(炯眼)을 자긍(自矜)하여 마지않을 것이 분명하잖은가.

장군이 부몽영찰을 찾아가지 않은 것은 그런 생각 때문만은 아니었다. 남아의 세계에서 실수는 실수로 끝나야지 그것을 가지고 이렇다 저렇다 변명한다는 것은 장군에게는 본래부터 구차스럽고 성미에 맞지 않았던 것이다.

이리하여 장군은 부몽영찰을 찾지 않았던 것인데 알고 보니 부몽영찰은 그런 장군을 더욱 마음 속에 깊이 접어두게 되었던 것이 아닌가.

그는 장군을 만나자마자 주먹을 부르르 떨며 달려들었던 것이다. 거듭 퍼붓는 욕설을 새겨 듣자 하니 장군은 정신이 아뜩하였다.

"이 구장(狗腸)을 먹일 고려 놈아!"

떠들어젖히는 말을 들으며 장군은 선친 고사계 장군의 모습을 떠올렸다. 선친이 이 말을 들었으면 지하에서 가슴을 치지 않았겠는가.

장군은 어금니를 꽉 앙다물고 한 마디 말도 하지 않았다. 뭔가 앙금처럼 가슴 밑바닥 깊숙이 가라앉았던 것이 흙탕을 휘저으며 와글와글 끓어오르고 있었다.

부몽영찰은 있는 말 없는 말을 끄집어내어 미주알 고주알 공치사를 하기 시작했다.

"내가 너 같은 볼품 없는 고려 놈을 발탁할 마음이 난 것은 네 놈이 처량해 보여서였노라. 그런데 은고(恩顧)도 모르고 어쨌어? 첩서를 상주하면서 나한텐 보이지도 않아? 방자한 놈이로고. 네 까짓 놈이 내 힘이 아니면 어찌 진수사가 되었겠으며…… 그것은

고사하고 부도호를 시켜준 것이 누구냐? 이 부몽영찰이 없고서
도 네 놈이 오늘 의기양양해 할 수 있었겠느냐 그말이다. 배은망
덕한지고.”

부몽영찰은 이어 좌중을 돌아보며 소리쳤다. 그의 손이 푸들푸들
떨리고 있었다.

“내, 이 고려 놈을 이번에 저지른 죄만으로도 능히 처참할 수 있
으되 그 동안 쌓은 적공(積功)을 참작하여 참형만은 그만두리
라.”

부몽영찰은 거기에 그치지 않았다. 열복(列伏)한 군장들을 흘겨
보다 말고 첩서를 직접 쓴 유단을 향해서는 이렇게 빈정대기까지 하
였다.

“유단은 정말 그럴 듯한 인걸이야.”

부몽영찰의 그런 거동으로 보아 상주 사건은 결코 거기서 끝날 것
같지 않았으므로 부몽영찰 앞을 물러나온 군장들은 수심이 가득차
서 숙의를 거듭하였다.

그러나 장군은 조금도 개의치 않는 표정으로 군영을 지켜나갔다.
어떻게 보면 너무나 비범한 것 같고 어떻게 보면 자포자기 같기도
하였으므로 휘하 군장들은 의중을 몰라 더욱 가슴을 졸였다.

이에 크게 결심을 세운 것이 감군 변영성이었다. 그는 천자의 칙
령을 받들어 안서군에 특파되어 있는 그 자신이 상소문을 쓰지 않으
면 누가 쓰겠느냐고 종용하는 동료 군장들의 재촉도 있고 장군으로
부터 입은 재부(財富)의 음덕도 결코 적지 않았으므로 드디어 천자
께 상주하기로 마음을 먹었던 것이다.

변영성은 행영절도사 고선지와 안서군 절도사 부몽영찰 사이에
일어난 난처한 알력의 전말을 소상히 적은 다음 이를 내밀히 뽑은
밀사 편에 부쳐 천조에 전달토록 하였다.

이윽고 이 상주를 받아보게 된 현종은 처음으로 안서군에 심상치

않은 사태가 일어난 것을 알게 되었고 그는 곧 조처를 취하였다. 천보 6재(747) 섣달, 조정은 고선지 장군을 부몽영찰의 자리인 안서 4군 절도사에 명하고 그동안 생사여탈권(生死與奪權)을 쥐고 휘두르던 부몽영찰은 탈관(脫冠)과 함께 조정으로 불러들였다.

이는 부몽영찰이 거드름을 피우느라 한 발 늦은 탓도 있었지만 무엇보다도 변영성이 상주문 끝에 덧붙인 소견 한 마디가 현종의 마음을 움직이는 결정적인 영향을 미쳤음은 말할 필요도 없다.

"이렇게 되면 차후로 천조에 충성하여 변강(邊疆)에 힘쓸 자 그 누가 있으리오."

이렇게 되어 첩서 상주 사건은 고선지 장군에게 뜻하지 않은 전화위복을 안겨다 준 폭이었지만 장군은 여전히 전과 조금도 달라진 데가 없었다. 각 성 안 백성들의 생활과 안정을 보살피는 일 한 가지가 더 불어났을 뿐 말단 군졸들의 일거일동도 지나쳐봄이 없이 자상하게 초무(招撫)하는 장군의 한결 같은 일과는 그대로 계속되었다.

그럼에도 평소 장군을 질시하고 기회만 있으면 헐뜯기 좋아하던 무리들은 이제 명실상부하게 생사여탈의 권한을 쥐게 된 장군을 두려워하지 않을 수 없었다. 장군의 한 마디면 종적을 감추고 말 초개 같은 목숨들이던 것이다. 부몽영찰을 추종하여 온갖 이간질을 다 붙이고 끝내는 필요 이상으로 성깔을 부리게까지 몰고 가며 충동질을 일삼아 온 부도호, 비서장격의 아압(牙押), 외사담당(外事擔當) 격인 행관(行官) 등의 벼슬아치들은 남 몰래 목덜미를 쓸어 보며 전전긍긍 불안에 떨고 있었다.

장군은 이런 자들의 모습에 쓴 웃음이 나오지 않을 수 없었다.

"왜들 이렇게 허리를 구부리고 죽을 상들인가? 남아면 남아다운 기개가 있어야 하지 아니하겠는가?"

장군은 호쾌하게 일갈하고 곧 돌아섰다. 그제서야 제관(諸官)들은 가는 안도의 한숨을 내쉬었다. 그들은 소인배가 되어 장군을 모함하고 시기한 전날의 자신들을 부끄러워하지 않을 수 없었다. 또한 그들의 그런 자괴(自愧)와 뉘우침은 장군을 향한 더욱 불타는 충성심을 불러 일으키기에 충분하였다.

장군의 이러한 인간미 넘치는 의리와 대범한 풍모는 특히 서로 생사를 초월하여 끝까지 우의를 아낀 봉상청과의 관계에서 더욱 바위같이 나타난다. 얼마 뒤 장군의 부재 중에 하나의 사건이 일어났으니 그것은 장군의 유모 아들인 정덕전의 방자한 소행이 빚은 실로 무서운 사건이었다.

장군의 친동생 같은 보살핌을 받으며 장군 곁에 늘 붙어다니는 낭장 정덕전은 본래부터 인간됨됨이가 경망스럽고 부박해서 장군의 총애를 받고 있는 것을 기화로 아래 위를 가림이 없이 마구 덤비는 버릇이 있었다. 장군도 정덕전의 그러한 점을 어렴풋이는 알고 있었지만 군영 안에서는 누구도 그의 방자함을 두려워하고 눈치를 살필지언정 장군께 항변하는 사람이 없었다.

그런데 이 정덕전이 하루는 마침 출타하는 봉상청에게 실로 돼먹지 않은 봉변을 가하였던 것이다. 정덕전은 다리를 절뚝거리며 걸어가는 봉상청을 얕잡아 본 나머지 뒤에서 말을 달려 봉상청을 냅다 들이받아 버렸다. 봉상청은 어떻게 할 겨를도 없이 흙먼지 구덩이로 나둥그러졌다. 그런데도 정덕전은 본 척도 아니하고 그냥 말을 달려 달아나 버렸던 것이다.

분개한 봉상청은 유후(留後)의 치소(治所)로 돌아오자마자 정덕전을 포박해 오도록 명하였다. 명령대로 잡아 오긴 하였지만 모두들 눈이 휘둥그레져서 혹시 봉상청이 세도 당당한 정덕전을 건드렸다가 뒤에 화를 입지나 않을까 가슴을 졸였다. 봉상청은 그런 그들을 문밖으로 몰아낸 다음 치소의 출입문을 모조리 걸어 잠갔다.

그리고는 따졌다.

"낭장(郎將)이 오늘 한 일을 잘한 일이라고 생각하는가? 장군의 위세만 믿고 영내에서 방자하게 행동하여서야 되겠는가?"

그런데 봉상청의 이런 훈계를 듣는 정덕전의 태도는 여간 오만불손한 것이 아니었다. 정덕전은 봉상청의 말에 눈꼬리를 접으며 시답잖다는 투로 대꾸하였다.

"왜 이러십니까? 제가 뭘 어쨌다고 야단이십니까?"

화가 난 봉상청은 목소리를 높여 추궁하였다.

"낭장이 저지른 일을 정말 모르는가?"

"무엇 말씀입니까?"

"오늘 말을 몰아 안하무인의 불손한 행패를 부린 일을 뉘우칠 수 없다는 것이냐?"

"제가 말로 어찌하였다는 말씀입니까? 아마도 눈이 하나라서 사람을 잘못 보신 것 아닙니까?"

"네 이놈, 사람을 넘어뜨리기까지 했으면 용서를 빌 일이지……"

"넘어진 것이야 다리를 저시니까 항용 있으신 일 아닙니까."

봉상청은 더 이상 참을 수가 없었다. 그는 깎아지를 듯한 목소리로 단호히 선언하였다.

"네놈을 군율에 따라 장형(杖刑)에 처함으로써 군기(軍紀)를 세우리라!"

그제서야 정덕전은 심상찮음을 알고 새파랗게 질렸으나 때는 이미 늦었다. 봉상청은 호상(虎相)이 되어 달려들었다. 장 몇 대에 정덕전은 벌써 방바닥을 물고 쓰러졌다.

"네놈을 매로 다스려 죽음에 이르게 하리라!"

이 소식을 전해 들은 정덕전의 친모와 고선지 장군 부인이 문 밖까지 달려와 울음으로 구명을 호소하였으나 봉상청은 발을 구르는 애원을 들은 척도 하지 않았다.

곤장 60에 정덕전은 미동도 없이 너부러져 버렸다. 봉상청은 피투성이가 된 정덕전을 문밖으로 끌어냈다.

쿠차를 떠나 다른 성진(城鎭)을 순시 중이던 장군이 이 급보를 접하고 달려왔을 때는 이미 시체가 된 정덕전이 장군을 기다리고 있었다.

장군은 끝내 봉상청의 너무 가혹한 처사에 대하여 한 마디 말도 하지 않았다. 사사로운 감정을 품을 줄 모르고 강직하기 이를 데 없는 봉상청이 보기에 정덕전의 소행이 오죽 했으면 그런 엄혹한 형벌을 내렸겠는가.

여기서 장군은 오히려 정덕전으로 하여금 방자한 마음을 일으키게 한 자신을 뉘우쳤다.

부몽영찰이 모욕의 언설을 퍼부을 만큼 망국민의 뼈아픈 설움을 지닌 고독한 장군은 유모를 친모 이상으로 공경히 대하였고 그 아들 정덕전 역시 피를 나눈 형제처럼 우애 깊게 보살펴 주었던 것이 사실이다. 그래서 장군은 그들 모자와 군영 내에서 한집 살림을 하여 오고 있었던 것이다. 그러나 그러하였다고 하여 봉상청에게 사사로운 감정을 앞세워 책임을 묻거나 할 장군이랴.

정덕전의 참살형 사건은 그것으로 끝이었다. 장군만이 끝내 그 일을 말하지 않은 것이 아니다. 봉상청 역시도 자신의 처사에 대하여 장군에게 일언반구 변명이나 설명이 없었다. 군율을 군율대로 지키는 것은 곧 장군의 군대를 더욱 군대답게 하는 것이다. 호삼성(胡三省)은 《자치통감(自治痛鑑)》에다 이 사건을 소개하며 이렇게 썼다.

　―봉상청은 군정을 능히 다스렸고 고선지는 가까이하고 있는 사람을 위하여 군법을 어기는 처사를 하지 않았다.

5

고선지 장군은 착잡한 심정으로 말을 달렸다. 그즈음은 무척 선친 고사계 장군의 모습이 자주 눈 앞을 어른거렸다.

"나는 비록 일개 무명장에 그치더라도 너는 꼭 우리 고려인의 용맹한 기개를 이 이역의 땅에 드높이 게양하여야 하느니라. 나라 잃은 슬픔은 너를 자칫 실의에 빠지게 할지도 모른다는 사실만 명심한다면 기필코 너는 분기(奮起)하여 이 아비의, 아니 잃은 내 나라의 소원을 이루게 되리라."

임종시에 당부하던 선친의 말이 새삼 귀에 울린다.

 —나는 지금 실의에 빠져 있는 것인가? 나는 그까짓 부박한 인간의 말을 아직도 가슴에 담고 있는 것인가?

장군은 자문한다. 그러나 언젠가 부몽영찰이 내뱉은 '고려 놈'이라는 말은 잊을 만하면 다시 생각키우고 하는 것을 어쩔 수 없었다.

어디를 어떻게 돌아왔는지 모른다. 4진을 순시하러 나갔던 장군은 어느 새 영내에 돌아와 있는 자신을 발견한다. 장군은 하늘 드높이 나부끼는 감군기를 물끄러미 올려다본다.

장군이 근래에 들어 이렇듯 착잡한 심정이 된 데에는 여러 가지 이유가 있었다. 부몽영찰에게서 받은 것은 차라리 모욕이랄 것도 없었다. 고려 놈을 고려 놈이라 하는데 무슨 모욕이냐. 그것은 다른 모든 뒤틀려 있는 것들이 풀리지 않는 데서 오는 하나의 향수이고 고독의 변형일 뿐이었다.

나라는 없어졌다 하여도 산천은 그대로일 아버지의 나라 고구려의 땅을 밟아 보지 못하는 심회. 장군은 거기 달려가서 일개 초부(樵夫)로 묻혀 살았으면 하는 때도 없지 않았다. 그만큼 싸움이 없는 장군을 하기는 어려웠다. 아니 군사가 없는 장군은 외로웠다.

장군의 휘하에 군사가 왜 없겠는가. 하지만 그것은 군사가 아니었다. 하나의 추한 직업일 뿐이었다.

당제는 이미 개원 말기(開元末期)로 접어들면서부터 위부제의 문란을 차츰 노골적으로 드러내기 시작하였다. 부패와 부정, 수탈과

포학을 일삼으며 내려준 용비(冗費)를 낭비하거나 착복 횡류하는 일이 도처에서 자행되어 현종은 부득이 칙령을 받드는 감군제를 안출해 각군에 배치 감찰케 하였으나 이 또한 아무 효험도 없었다.

감군이 누구보다 먼저 부패해 버리는 데야 어쩔 도리가 있는가. 각군에 특파된 감군은 수비군의 변방 토색 때마다 감군기를 드높이 쳐들고 따라다니다가 정토(征討)가 끝나면 노획한 각종 재보(財寶)를 자기한테 넉넉히 나누어 주지 않는다고 변방 도호들과 걸핏하면 티격태격하기 일쑤이던 것이다.

그리하여 현종은 고심 끝에 천보연간(天寶年間)으로 접어들면서 말썽이 잇달아 일어나는 위부제를 폐지하기에 이르렀는데, 일시에 폐지를 하고 보니 나라를 지켜 줄 군장들이 줄어들었으므로 조정은 부득이 투르크나 티베트, 거란의 만장(蠻將) 출신들을 군장으로 임명하여 자리를 메우는 궁여지책을 쓸 수밖에 없었다.

그런데 이것이 또한 말썽이었다. 만장들은 오로지 후한 상을 타내기 위하여 나라가 원하지도 않는 변방 정벌이나 토색(討索)을 쉴새 없이 자행했던 것이다. 유린하면 재보를 노획 약취하고 돌아와서는 군공(軍功)을 내세워 상을 받아내고 하는 일의 반복이었다.

그러자니 그들 만부(蠻部)는 실제로 싸움터에 나가 혈투를 벌이는 군졸들에게도 끊임없이 후대를 해주어야 그들을 전장으로 내몰 수 있는 새로운 고민도 생겨 더욱 앞다투어 변방 소국 공략의 경쟁이 벌어지게 된 것이다.

그들이 싸움에서 얻는 것은 온갖 재보와 후한 상뿐만이 아니다. 전공은 곧 끊임없는 당제에의 충성을 말하므로 그들은 그 적공(積功)으로 굳건한 지반을 닦으려 혈안이었다.

어찌되었건 이러한 만장들의 비인간적인 전쟁 행각의 악폐는 서서히 당제국의 전 전선에 배치된 군영으로 만연되어 가기 시작하여, 어떤 용맹과 충절만으로 성명(盛名)을 떨친 군장도 군졸도 재화(財

貨)에 눈독들이지 않는 사람이 없기에 이르고 말았다.

동서고금을 통하여 재화를 탐해서 추악한 죄인되지 아니한 자 있었던가. 재화는 마음만 먹으면 인간세계를 낙원으로 만들 수도 있고 죄악의 연옥(煉獄)으로 떨어뜨릴 수 있는 것. 용전(用錢)이란 외경심을 갖고 그것을 두려워할 줄 아는 세상에만 있는 말이거늘……그것은 또한 덕장(德將)의 용병(用兵)과 무엇이 다르랴.

그러나 용병이라는 것이 타락한 용전처럼 되었을 때는 어떻게 하여야 하는가.

고선지 장군의 감당할 수 없는 고통은 바로 거기에 있었다. 군사한테 흡족하게 나누어 줄 수 있는 재보가 있을 때 용병하는 것은 장군이 아니다. 재보 그것이 전지전능(全知全能)의 용병술로 장군을 대신한다. 하지만 그들에게 나누어 줄 아무 것도 장군의 수중에 없을 때는 그 누구도 움직여 주지 않는다. 군영(軍營)이 이다지도 무섭게 타락해 가고 있었던 것이다.

실제로 장군의 안서군에는 타군(他軍)으로 탈주한 군졸이 나타나기 시작했으며 남은 군사들도 아니 가리라는 보장이 없었다.

“다른 군에서는 후한 상을 내리고 보옥(寶玉)까지도 심심치 않게 준다더라만. 나도 그리로 찾아나설까보다. ”

이런 중상(重賞)이나 보옥에의 관심은 비단 군졸들에게만 있는 것도 아니어서 감군 변영성마저도 그것으로 장군을 늘 괴롭히던 것이다. 그는 다른 군의 감군과 조금도 다를 데가 없었다. 장군과 부몽영찰 사이의 알력이 생겼을 때 그가 천조에 상주하여 장군을 도운 것도 알고 보면 사실은 장군이 아노월성에서 노획한 상당량의 재보를 장군의 소유로 하지 않고 그를 비롯한 전군에 달라는 대로 나누어 준 데서 마음이 동한 것일 뿐이었다. 그렇다고 그것이 일종 보은(報恩)의 심정이냐 하면 그것도 아니었다. 그것은 말하자면 차후를 내다본 하나의 야합의 암시일 뿐이었다.

호쾌하고 대범한 듯하면서도 무엇 하나 지나쳐 보는 것이 없는 장군이 그것을 모를 리 없다. 장군은 군영 내의 모든 것을 너무나 잘 알고 있었고, 알고 있으므로 고통의 중압은 나날이 더 심해 가는 것이었다.

장군이 이런 고뇌의 시간을 보내고 있을 때 소발률 원정 이래 3년을 별 말썽이 없던 변방의 정세가 차츰 심상찮게 돌아간다는 보고가 있었다. 즉 끈덕지게 반당(反唐) 투쟁을 계속해 오던 토번이 급기야 힌두쿠시 산록의 성곽 국가 치트랄[羯師]을 손아귀에 넣고는 옛 소발률 남방으로 이어지는 연결선을 확보하려 하고 있다는 것이다.

뿐만 아니라 토번은 여기에 그치지 않고 다시 북상하여 파미르 고원 북단에서 발원하여 아랄 해(海)로 빠지는 아무 다리야 강 상류(옥서스江 支流) 오식닉국 북쪽의 평야 나라 토카라[吐火羅]에까지 압력을 가중시키고 있다는 것이 아닌가.

장군은 출정을 결심하였다. 물론 궤멸하다시피한 토번이 다시 군사를 일으켰다 하여도 그 멀고 험난한 파미르의 남단에서 서북으로 뻗은 연맹선을 북단까지 연결시킬 수 있을 것 같지 않고 또 설령 연결에 성공하였다 하더라도 그것으로 안서 4진이 직접 위협을 받는 것은 아니지만 소발률에 설치한 귀인군(歸仁軍)의 유지가 어려워지게 될 것이 염려되었기 때문이다.

안서군은 장군의 원정 계획이 알려지자 갑자기 활기를 띠기 시작하였다. 그동안 물론 소수 병력을 내는 규모 작은 소탕전이야 늘 있어 왔지만 대군이 출정하는 작전다운 작전은 3년 만에 처음 있는 일이었던 것이다.

이때가 천보 8재(749), 연말이 가까워 올 무렵이었다. 장군은 출정을 더욱 서둘렀다.

때마침 토카라 국왕 스리망갈라[失里忙伽羅]가 원병을 청해 왔던 것이다. 토번에 가담한 치트랄이 방해하여 카슈미르[迦濕彌羅]와의 교통이 막혀 버렸으므로 원병을 보내어 이를 좀 분쇄해 달라는 내용이었다.

이에 장군은 이듬해인 천보 9재 초에 군사를 이끌고 파미르 고원을 넘어 치트랄을 쳐서 굴복시켰다. 이 승리로 당제국은 이제 더 이상 거칠 것이 없는 파미르 고원의 주인이 되었지만 싸움의 내용만은 연운보나 아노월 싸움에 비길 것이 못될 정도로 초라하였다.

장군은 개선하여 돌아오면서도 그전처럼 격정에 사로잡히지 않았다. 다시 한번 닥치는 대로 무찌르는 숨막히는 싸움이 있었으면 하는 생각마저 들었다. 다감한 청소년기를 전쟁에서 무예만 닦으며 자라고, 그리고는 내내 전진을 쓰고 동서분주해 온 장군에게는 때로 불끈 솟구치는 전쟁에의 유혹이 있었다.

더구나 3년이나 녹슬고 있던 창검을 다시 움켜쥐어 보는 감회는 새삼스러운 데가 있던 것이다.

그러나 장군이 뭔가 음울한 기분이 든 나머지 느끼는 전쟁에의 유혹이 사실은 어릴 때부터 몸에 밴 상시공격(常時攻擊)의 강박관념 때문도, 개선 장군을 맞는 환호의 함성을 듣고 싶었던 것도 아니다. 군사들은 오랜 영내 정착생활로 싸움에 나서지 못했던 것이다. 그들의 칼은 무디고 활은 탄력을 잃어 살이 날지 않았다.

변영성은 파미르 고원을 따라붙던 양양하던 의기가 어디로 갔는지 나부끼던 감군기마저 내리고 보이지 않았다. 장군은 노획물이 적다고 불평이 대단하던 그의 모습을 떠올렸다. 장군은 무엇엔가 짜증이 났다. 무장으로서는 기피하지 않으면 아니될 짜증이 스르르 머리를 들고 일어났다. '이제야말로 소그드[粟特] 고원으로 나갈 때가 온 것이다. 제라프샨하(河)를 끼고 늘어서 있는 부하라[安國]로부터 사마르칸트[康國]를 거쳐 타슈켄트[石國]에 이르는 유역을 쳐서 함락시키는 것이 제국의 꿈이 아니었던가. 그러나 이미 때는 늦어 있지 않은가.'

장군은 안서로 개선하자마자 곧 봉상청을 불렀다. 그는 장군의 천거(薦擧)로 판관(判官)에 올라 있었다.

"공(公)은 호라산 평야에 머물고 있다가 드디어 일어선 사라센의 총독이 석국을 넘겨다보지 않는다고 생각하오?"

"사라센의 무장 아부 무스림 말씀이오니까, 장군?"

"그렇소. 동진 거점을 노리는 그는 이미 통상무역 통로인 안국과 강국을 유린하지 않았소."

봉상청은 아무 말도 없었다. 장군도 더 이상 말하려 하지 않았다. 봉상청은 장군의 다음 말이 무엇인지 알고 있었던 것이다.

장군은 석국 즉 타슈켄트를 칠 생각이 아닌가. 제라프샨하(河) 유역이 완전히 사라센의 수중에 떨어지기 전에 손을 쓰려는 것이 아닌가.

그러나 무역로로는 의미가 없는 소그드 최북단의 타슈켄트를 쳐야 할 이유는 없지 않은가. 그중 기름진 옥토를 가지고 있어서 사라센의 동침세(東侵勢)가 군량보급 기지로 하려는 속셈을 가질지는 모르지만 그러기엔 타슈켄트는 너무 뒤로 물러나 있는 곳이다. 그리고 당제국으로서도 타슈켄트를 서진 거점으로 삼으려면 너무 적진 깊숙이 들어가는 것이 아닌가. 거기다가 타슈켄트는 주변의 그런 정세를 감안하여 천보 2년부터 세 차례에 걸쳐 당제국에 조공을 바쳐 스스로 선린할 뜻을 꾸준히 나타내어 오지 않았는가. 일반으로 명석한 두뇌를 가진 이 지역 씨족들인지라 그들은 파미르의 왕자 고선지 장군의 위세와 용맹을 일찍이 가늠하고 있었던 것이다. 아무리 사라센이 동침(東侵)의 초조한 꿈을 버리지 못한다 하더라도 당군을 평원으로 끌어내리지 않는 한 평지로부터 고산 준령을 쳐오르는 싸움이라면 승산이 있을 것 같지 않았던 것이다. 정세가 이러함에 타슈켄트는 사라센에게와 마찬가지로 당제국에도 조공할 것을 결심한 것이다. 그것은 준령을 지키며 호시탐탐 토색의 기회를 노리는 당군의 기습을 면하자는 데 그 본뜻이 있었다.

한참 말이 없이 앉아 있던 장군이 다시 입을 열었다.

"공의 생각은 어떠하오?"

"석국은 바로 금년에도 조공하여 왔습니다. 그들의 충성심은 의심할 여지가 없습니다."

"석국의 조공이 석국을 군량보급 거점으로 삼고자 하는 사라센 온마야조(朝)의 야욕과 무슨 상관이 있소. 석국이 근년에 와서 내게 대한 번례(藩禮)를 소홀히 하여 온 것은 심상치 않은 조짐이라고 보지 않으오? 그들이 이미 온마야군과 내통하고 있지 않다고 어떻게 장담할 수 있소?"

"장군께선 석국을 치실 작정이십니까?"

"그렇소."

봉상청은 순간 낯빛이 변하였다. 장군이 싸움을 일으키려는 뜻이 반드시 거기에 있을까. 괴로운 얼굴을 하고 봉상청은 다시 말이 없이 앉아 있었다.

장군이 단호한 어투로 말했다.

"천조에 상주하여 곧 윤준(允準)을 얻도록 서둘러 주오."

"황송한 말씀이오나 장군께선 왜 싸움을 일으키시려 하십니까?"

장군은 잠시 대답이 없었으므로 봉상청이 연이어 말하였다.

"군사들에게 중상을 내리시기 위하여서입니까?"

"정복자의 군대는 싸움을 쉬면 안 되오. 방어에 긴장하는 수비군과는 다르오. 제국의 군사는 싸움이 없으면 곧 와해되어 버리오."

하고 장군은 큰소리로 말하였다. 전에 없던 역정 섞인 어조였다.

봉상청이 받아 말하였다.

"와해가 두려우십니까, 장군?"

"그것은 제국의 뜻이오."

"천자 폐하의 뜻이겠지요."

"군력이 팽대한 오늘의 제국은 이미 천자의 손을 떠났소. 영명하고도 근면하였던 황제는 요녀(妖女) 양귀비(楊貴妃)의 미태(美態)에 홀려 이궁(離宮)인 온천궁의 탕처(湯處)를 넓히고 화청궁(華淸宮)을 짓더니 태자를 얻겠다고 감업사(感業寺)로 귀비와 함께 불공을 드리러 가고 지금은 봉래궁(蓬萊宮) 자운루(紫雲樓)에 벌거벗은 임금으로 누워 가물가물 감로주에 취해 있지 않소. 이제 황제의 칙령은 궁궐에 켜진 새벽 잔등(殘燈)처럼 가물거리기만 하는도다."

봉상청은 곧 장군 앞을 물러나와 이사업·단수실과 숙의하고 감군 변영성에게도 알렸다. 절도사의 명령인대야 어쩌리오마는 희락의 빛이 역연한 변영성과는 달리 군장들은 전혀 마음이 내키지 않는 표정들이었다. 이사업이고 단수실이고간에 휘하 군장들은 봉상청처럼 모두가 장군이 품고 있는 정토 계획을 전하여 듣는 순간 심한 동통(疼痛)을 느끼지 않을 수 없었다. 타락한 군영도 경영하지 않으면 안 되는 장군의 고초에 생각이 미쳤기 때문이었다.

장군은 그러한 군영을 바라보며 얼마나 가슴이 아플 것인가.

6

천산산맥 서단(西端)에서 발원(發源)하여 서북으로 흘러 아랄 해(海)로 흘러드는 시르다리야 강(江)과 파미르 고원 북단을 떠나 역시 서북으로 뻗어 아랄 해로 흘러드는 아무다리야 강이 평행을 이루다시피하며 뻗은 두 강의 상류에는 물줄기가 얕은 제라프샨하(河)가 동서로 가로 누워 있으며 이 제라프샨 유역의 오아시스 지대가 바로 소그드 고원이다.

타슈켄트는 동서로 뻗은 이 소그드의 지세가 좀더 완만해지면서 평원을 이루고 북상하는 끝에 붙어 있는 챠시카르 산맥 서단의 성곽 국가이다. 좁고 길게 뻗은 하구(河口) 유역의 국가로는 최북단인 타슈켄트 아래로 조·강·미·하·안씨의 각각 다른 성받이를 가진 씨족들이 제가끔 조국(曹國—카부단), 강국 즉 사마르칸트, 미국(米國—마이마르크), 하국(何國—코샤냐크), 안국 즉 부하라를 각각 세우고 그밖에도 투르크계의 성곽 국가 소무구국(昭武九國)이 따로 나라를 세우고 있어 이 지역을 열국지대(列國地帶)로 만들고 있다.

일찍이 소그드 인(人)들이 유역의 기름진 땅에 정착하여 일종의 연합국가 형태로 나라를 일으키고 농경과 목축으로 뜨거운 열풍을 이기며 살던 이 지역에 처음으로 침공해 온 외군(外軍)은 그리스의 알렉산더 대왕이었다.

마케도니아 왕 필립 2세의 아들로 20세에 즉위한 알렉산더 대왕은 곧 그리스를 정복하고 페르시아 왕 다리우스가 이끄는 연합군을 격파, 시리아와 이집트를 차례로 점령한 다음 동으로 세력을 뻗쳐 대왕의 나이 27세 때인 기원전 329년에 마침내 이란계(系) 종족이 사는 이곳 소그드를 짓밟고 들이닥쳤다.

아무다리야 강을 도강하여 쳐들어온 알렉산더의 쌍두마(雙頭馬) 전차는 순식간에 소그디아나의 수도 말라칸다를 점령, 그곳에 수비대를 남겨 놓고 주력은 그대로 동진하여 시르다리야 강변까지 이르러 호젠트(지금의 레니나바드) 땅에 알렉산드리아 에스타타라는 거리를 건설하였다.

도시의 건설이 끝나자 불과 열이레 뒤에는 벌써 성 안에 민가가 늘어서고 길이 닦아졌다. 성민(城民)들은 모두 그리스에서 온 사람들이고 현지 주민은 노예로 채찍을 맞았다.

그런데 대왕이 새로 세운 도시를 돌아보고 그 끝에 이르렀을 때였다. 말라칸다에서 급히 사자(使者) 하나가 말을 몰아 달려왔다.

사자는 뜻밖의 보고를 하였다. 말라칸다 수비대가 소그드 무장 스피타멘이 이끄는 소그드군에 포위되어 한 사람 남김없이 도륙되거나 축출당하였다는 것이다. 이에 알렉산더는 곧 수비대를 구원할 증원군을 말라칸다로 급파하고 자신은 시르다리야 강을 건너 천산산맥 북록 일대에 퍼져 살고 있는 유목민의 소탕에 나섰다.

그런데 알렉산더는 도중에서 다시 사자를 맞았다. 두 번째 사자도 역시 뜻밖의 보고를 하고 있었다. 수비대를 구하러 가던 증원군이 도중에서 또다시 스피타멘 군사의 습격을 받아 보병 2천에 기마병 3백이 전멸하는 전군 궤멸의 참패를 당하였다는 것이 아닌가.

이에 알렉산더는 즉각 포고를 내렸다.

"만약에 이 패보(敗報)를 밖에다 누설하는 자는 사형에 처한다."

한번도 싸움에 져본 일이 없는 원정군이 뜻하지 않게 패배를 당하였다는 것은 그에게는 치욕이 아닐 수 없었다. 알렉산더는 스스로 정예를 이끌고 말라칸다로 쇄도하였다.

그러나 알렉산더가 말라칸다에 이르렀을 때는 이미 성 안에는 아무도 없었다. 스피타멘 군은 충돌을 피하여 성을 버리고 멀리 사막 가운데까지 퇴각해버린 뒤였다.

퇴각한 지장(智將)은 호응하여 온 마사게트 인과 더불어 기마부대의 대군을 조직하여 재차 소그디아나로 쳐들어갔다. 이에 알렉산더는 부하 장군 하나를 시켜 스피타멘의 군사를 맞아 싸우게 하였는데 소그드군은 여기서 참패를 당하고 군사 12만이 전사, 그밖에도 수많은 군졸들이 포로로 잡혔다.

알렉산더는 본때를 보여주고자 하였다. 포로 가운데서 용맹한 군졸 30명을 가려 뽑았다. 포로들이 보는 앞에서 목을 자를 작정이었던 것이다.

"용맹한 군사는 죽음을 두려워하지 않는다. 내, 너희 서른 명의 목을 자를 것이니 그리들 알라."

알렉산더는 도열하여 세운 서른 명을 상대로 호령하였다. 그런데 이상한 일이었다. 군졸들은 얼굴빛 하나 변하는 일이 없이 오히려 기쁨에 넘친 듯한 표정들이 아닌가. 괴이하게 여긴 알렉산더가 그 이유를 물었다.

"너희들은 목을 베려 하는데 오히려 기뻐하느냐?"

그러자 소그드 군사들이 대답하였다.

"알렉산더 대왕이라면 지금 세계에서 따를 자가 없는 영웅이십니다. 그런데 저희는 바로 그 영웅의 명에 따라 죽음을 당하게 되었습니다. 용감한 군사로서 그 이상의 영광이 어디 있겠습니까."

이에 알렉산더는 크게 경탄하여 그들의 참수를 제지하고 대신에 그 중 네 명을 자신의 친위대원으로 삼았다. 그리고 나머지 스물여섯 명은 살려서 돌려보냈다.

한편 소그드군의 무장 스피타멘은 침략군을 상대로 용감히 저항하였으나 날이 갈수록 이길 가망은 점점 더 희박해져 갔다. 부하들은 하나 둘 도망치고 매일같이 점령군의 집요한 추적을 피하여 도망치는 생활이 계속되었다. 스피타멘 자신도 지치고 병졸들도 지치고 아내도 지쳐버렸다.

이에 그의 아내는 어느 하루 조심스럽게 말하였다.

"이제 도망갈 데도 없거니와 그렇다고 이길 길도 없잖습니까. 차라리 자수하시는 것이 어떠합니까?"

아내의 말에 그의 아들 셋도 아버지 앞에 엎드려 자수할 것을 간청하였다. 스피타멘은 미모의 아내를 바라보았다. 아름답고 대담한 데가 있는 아내가 혹시 알렉산더와 뭔가 내통하고 있는 것이 아닌가 하는 생각이 펀뜩 들었다.

스피타멘은 아내를 단칼에 베고 싶은 분노를 억누르고 단호하게 말하였다.

"당신과 나는 같은 운명에 놓여 있소. 고생을 하더라도 같이 하는 것이오. 나는 알렉산더한테 항복을 하느니 차라리 죽음을 택할 것이오. ”

아내는 더 이상 말을 붙일 수 없었으므로 다시 도망의 고달픈 나날은 계속되었다. 스피타멘은 아내를 의심한 자신을 뉘우쳤다.

그런데 어느날 스피타멘은 나라를 잃은 분격을 못 참은 나머지 대낮에 술을 마시고 인사불성이 되어 아내의 손에 의하여 침대로 옮겨졌다. 남편을 침대에 눕히고 밖으로 나오던 아내는 순간적으로 생각이 났다.

여자는 다시 남편이 누워 있는 침실로 들어가 침대 옆으로 다가갔다. 남편의 허리에 차인 칼을 뽑아 들었다. 그리고는 남편의 목을 쳤다. 목은 극히 간단히 끊어졌다. 여자는 곧 남편의 목을 들고 알렉산더 앞으로 달려갔다.

스피타멘을 없애지 않고는 마음을 놓을 수 없다고 생각하던 알렉산더로서는 난데없이 눈앞에 나타난 스피타멘의 잘린 머리를 대하자 놀라지 않을 수 없었다.

그러나 다음 순간, 알렉산더는 미모의 여자에게 공적을 찬양해 주기 전에 제 남편을 죽인 죄를 벌하지 않을 수 없었다. 그 죄는 무엇보다 무거운 것이었다.

알렉산더는 큰 소리로 호령하였다.

“죽이지는 않겠다. 대신에 당장 여기를 떠나도록 하라. ”

여자는 떠날 수밖에 없었다. 사막으로 간 여자는 물론 영원히 돌아오지 않았다.

이렇게 하여 스피타멘은 자기 아내의 손에 의하여 비명에 갔지만 그 뒤로도 소그드 인의 저항은 그치지 않고 끈질기게 계속되었다. 알렉산더는 이를 무마하기 위하여 휘하의 군졸들로 하여금 현지의 여자들과 결혼하도록 권장하고 그 스스로도 제4비(妃)를 현지 귀족 출신으로 맞아들였다.

알렉산더는 휘하 장병들을 모아 놓고 역설하였다.

"마케도니아 인들은 들으라. 그대들이 이곳 원주민과 결혼하는 것은 이 땅의 지배를 확립하는 데 절대 필요하다. 이러한 방법으로만이 패자의 치욕감과 승자의 오만이 서로 융화, 상쇄될 수 있을 것이다."

그러나 알렉산더의 이러한 노력에도 불구하고 소그드 인의 저항은 결코 수그러들지 않았다.

제라프샨 강 유역이 알렉산더의 침공으로 인한 그리스의 지배 아래 들어감으로써 겪은 역사의 공백은 기원후 4세기까지 계속되었으며 이어 5세기에 소그드는 다시 돌궐의 지배를 받았다.

그리하여 많은 이곳 사람들은 파미르 고원을 넘어 중국으로 이주하였으니 학승(學僧) 강맹상(康孟詳) 강승회(康僧會), 비파의 명수 강곤륜(康崑崙), 명창 미가자(米嘉榮) 미불(米芾) 등은 모두 중국에 귀화한 이곳 출신들이었다.

이런 끊일 새 없는 외세의 침공을 견디어 겨우 독립을 찾은 소그드 인에게 이제 아라비아의 사라센이 또다시 침공해 온 것이다.

수많은 침략군들의 말발굽이 스쳐가는 동안에 온갖 피가 다 섞이어 본래의 이란계 혈통은 찾을 길도 없어졌고, 투르크의 피, 그리스의 피에다 페르시아의 피까지 섞인 이곳에 아라비아가 다시 그들의 피를 섞겠다고 달려든 것이다.

안국, 즉 부하라의 소수 세력이 사라센과 동맹하자고 주장하고 나선 데서 일어난 내란은 급기야 이를 진압한다는 명목으로 사라센을 불러들이고 만 것이다. 또다시 처절을 극한 전란이 일어난 수도 부하라는 회교도의 말발굽 아래 여지없이 짓밟히고 있었다.

피를 피로써 씻는 전투의 계속으로 도시는 불살라지고 침공군은 원주민으로 하여금 모두 회교도로 개종할 것을 강요하였다.

노예생활의 압제를 견디다 못한 주민들은 대대로 살아오던 고장을 버리고 모두 고난의 유랑길에 올랐다.

부하라 백성들도, 펜지겐트인들도 모두 같은 운명이 되어 천산산
맥 서단, 파미르 고원 입구에 있는 무구산으로 가기 위하여 밤중에
성을 나선 것이다. 현지 특산의 농작물에다 면직물과 목면사(木綿
絲), 가죽 제품, 버들가지를 엮어 만드는 바구니, 목제 칼자루, 방
패, 화살 등으로 윤택한 삶을 영위하던 그들은 하루 아침에 빈손의
유랑객이 되어버린 것이다.

낭떠러지 저 밑으로 제라프샨 강의 얕은 물길이 흐르는 고원풍
(高原風)의 구릉 위에 도읍을 정하고 살아오던 그들. 반대 쪽으로는
눈이 모자라는 대평원이 펼쳐지고, 그 끝으로 일년 내내 눈에 덮인
제라프샨 산맥의 능선이 가물가물 그림처럼 보이는 땅——.

밭갈기 위하여 성 안의 평야에 나온 농부는 길고 긴 시간을 내려
쬐는 태양이 마침내 먼 준령 끝에 걸리면 얼굴도 함께 붉은 노을로
물드는 땅. 눈이 내리는 일은 없다 하여도 길을 가다가도 들판에서
돌아오는 길에서도 배화교(拜火敎)의 신전(神殿)으로 발길을 옮기
면서도 한결같이 백설이 쌓인 먼 봉우리를 바라볼 수 있었던 백성들
이 하루 아침에 생활의 보금자리를 잃어버리고 만 것이다.

사라센군은 철저한 파괴와 약탈을 자행하였다. 성문은 파괴되고
신전은 불살라졌으며 민가의 토담벽은 부서져 내렸다. 제라프샨 산
맥과 터키스탄 산맥 사이의 협곡에 제라프샨 강을 숨기고 펼쳐지는
대평원은 급기야 선혈과 하늘을 찌르는 화염으로 붉게 물들기 시작
하였다.

사라센의 동침은 마침내 행동에 옮겨진 것이 분명하였다. 아부 무
슬림이 이끄는 군대는 부하라로부터 시작하여 펜지겐트·사마르칸트
를 차례로 쳐올라오고 있었으며, 그 잔혹함은 실로 가공할 지경이었
다.

그들은 뒤에 소그드 유민(遺民)이 집단으로 이주하여 정착의 터
를 닦고 있던 파미르 고원 입구의 '무구의 성'까지 뒤쫓아와 무차별

섬멸전을 펴지 않았던가.

사라센이 파미르 바로 너머의 수많은 성곽 국가들을 유린하면서 북상 중일 뿐 아니라 고원 입구까지 깊숙이 들어와 무구산을 짓밟았다는 보고가 들어온 이상 당제국으로서도 더는 관망하고만 있을 때가 아니었다.

때는 바야흐로 도전과 응전의 마지막 대결을 향해 숨막히게 내달렸다. 제국주의의 두 세력간에 그것은 피할 수 없는 숙명이기도 하였다.

7

조정으로부터 드디어 타슈켄트 원정의 윤허가 내려왔다.

천보 9재(750) 겨울, 설한풍이 몰아치는 천산산맥 북록을 넘기 위해——떼지어 넘어 오는 대상도 끊어진 겨울의 준령을 넘기 위하여 고선지 장군 휘하의 안서군은 비장한 대발진을 개시하였다.

7척 거구의 고선지 장군은 눈썹을 부르르 떨고 있었다. 봉상청이 우람한 장군의 풍모를 올려다보며 때늦은 질문을 다시 던졌다.

"장군, 석국을 꼭 치셔야 합니까?"

"거침없이 유린할 것이오. 정복자의 군대는 그러하오. 지금 양대 제국은 서로가 얼마나 잔인할 수 있는가를 경쟁하고 있소. 대당제국을 두려워하고 조공케 하기 위하여서는 우리도 주저없이 도륙하여야 한다고 천조는 생각하고 있을 것이오. 공은 그렇지 않다고 생각하오?"

장군의 말에 판관 봉상청은 다음 말을 잇지 못하였다. 장군이 다시 말하였다.

"그리고 제국의 군대란 언젠가는 그 스스로 무참하게 짓밟히게 될 것이오."

장군은 말을 마치기 바쁘게 질풍같이 말을 몰아 달렸다. 5척 장검(長劍)을 마치 나무토막 흔들 듯하고 있었다.

낙석(落石)이 구르는 눈보라 속의 강행군 끝에 천산 북록을 넘고 시르다리야 강을 도강하고, 그리고는 끝없이 펼쳐진 사막을 한둔하며 보름 이상 달린 머나먼 정토의 길에 비하여서는 타슈켄트는 너무나 무력하게 한칼에 무너졌다. 그러나 그것은 실로 처절을 극한 일방적인 도륙(屠戮)의 난무였다.

철판으로 문비(門扉)를 조인 폭 20척, 높이 12척의 아치형(型) 성문 열한 개가 모조리 부서져 나가고 구운 벽돌로 서른 다섯 척 높이 쌓은 성벽 꼭대기에는 어느새 당군의 기치가 나부꼈다.

배화교의 신전은 불타고 성 안 백성은 노약(老弱)을 가리지 않고 닥치는 대로 베어졌으며 장정은 포박되고, 그리고 철저한 약탈이 자행되었다.

피비린내 나는 살육과 약탈전 끝에 얻은 진물(珍物)과 보화(寶貨)는 황금만도 5, 6탁타(橐駝), 이 지방 특산의 금슬인 벽주(碧珠)가 10여 곡(斛)에 이르고 그밖의 아라비아 양마(良馬)를 비롯한 온갖 재보들이 산더미같이 쌓였다.

장군은 쌓아 놓은 노획물 더미를 내려다보며 목청껏 외치고 싶은 충동을 감당하기 어려웠다.

"자, 달려들어라. 가지고 싶은 것이면 무엇이든지 거리낌없이 가져라. 감군 변영성은 들으라, 네 마음대로 탐나는 것을 싸 안으라. 후련할 때까지, 가져갈 수 있거든 무엇이든지 얼마든지 가져가라!"

그러나 장군은 충동을 억누르고 옆에 서 있는 봉상청을 향해 나직이 말하였다.

"우리는 마침내 적세(敵勢)를 뿌리째 뽑았군."

"그렇습니다."

하고 봉상청은 억지로 대답하였다. 장군이 다시 말했다.

"오늘 우리의 이 싸움은 대당제국에 대한 충성의 표현을 어떻게 나타내야 하는가에 대한 하나의 표본이오. 제국이 걷는 길에 한 극한선을 그은 듯하오."

여전히 봉상청은 입을 다물고 있었다. 이사영도 단수실도 말이 없었다. 장군 혼자서만 간헐적으로 말하고 있었다.

"이 약취한 물건들을 보오. 이는 앞으로 우리가 쟁취할 승리의 원동력이 될 것이오, 어처구니 없게도 말이오." 하고 나서 장군은 이어 말하였다. "동시에 이것은 패배의 원동력도 될 것인즉……"

장군은 군사를 끌고 개선의 길에 올랐다. 항복의 저의가 어디에 있었는지는 알 수 없었다 하더라도 싸움이 시작되기 전에 사신을 보내고 그것을 약속한 바 있는 왕을 포로로 하여 돌아선 것이다. 천보 5재(746)에 당제국 스스로 회화왕(懷化王)에 봉했던 타슈켄트국왕 나구차비시(那俱車鼻施)가 당군에 포로되어 피로 물든 성문을 끌려 나가고 있었다. 자진하여 성문을 열겠다고 하였음에도 지체없이 떨어진 장군의 공격 명령에 의해 폐허처럼 부서져 나간 성문…….

장군의 개선길은 안서를 지나 일로 장안으로 내닫고 있었다. 곤륜 산맥의 옆구리를 따라 달리고 타림 강의 메마른 물길이 지치는 사막 길을 질풍같이 내달려 9천 리 동방의 장안으로 들이닥치는 것이다.

가려 뽑은 수백의 마병(馬兵)을 거느리고 타슈켄트의 국왕을 압송해 온 장군이 드디어 동관(潼關) 앞에 당도하였다. 수백 필의 명마(名馬)와 포로와 군기(軍旗)들이 함께 뒤따랐다.

장군은 여기서 발빠른 기병 하나를 뽑아 현종에게 개선을 알리는 사자(使者)로 보냈다.

"폐하, 기뻐하소서. 고선지 장군이 석국을 쳐서 국왕 나구차비시를 생포하고 수많은 포로와 군마를 거느리고 동관 밖에 개선하였나이다."

현종은 기쁨을 못 이겨 되받아 소리쳤다.

"통쾌한 일이로고. 왜 곧장 입궐하지 않는고?"

"벌써 동관을 들어섰을 줄 아옵니다."

"고력사(高力士)에게 이르라. 곧 병사를 거느리고 고선지 장군을 영접하도록 하라. 그리고 재상(宰相) 이하 만조 백관은 장군의 개선을 축하하는 잔치를 준비하도록 서두르라."

마침내 장군의 행렬이 뽀얀 먼지를 구름처럼 일으키며 장안으로 들어서자 성문에는 상승(常勝)의 명장을 보려는 사람들로 진로가 막힐 지경이었다.

장군은 환호하는 군중들을 뒤로 하고 깃발을 휘날리며 궁궐 앞에 다다랐다. 궐문을 지켜 섰던 군졸들은 장군을 발견하자 일제히 바라를 불어 장군의 궐 앞 도착을 알리고 있었다.

현종이 친히 방풍각(芳風閣)까지 나가 장군을 맞았다. 융복(戎服)을 받쳐 입은 장군은 무덕전에 들어서자 황제 앞에 무릎을 꿇었다. 단계(丹階)를 내려온 현종이 장군의 어깨를 끌어 일으키며 말했다.

"오, 고선지 장군, 연전연승을 하고 먼 길을 개선하였소. 짐은 기쁘기 한량이 없소."

"폐하, 모든 것이 성은(聖恩)을 입은 덕분이옵니다."

"장군의 충의지심은 천하 백성의 우러름을 받을 것이오."

"황공무지로소이다. 다만 안서 땅의 약장(弱將)일 따름이옵니다, 폐하."

"거, 무슨 겸사(謙辭)의 말이오."

신룡전(神龍殿)에서는 밤이 깊은 줄도 모르고 고선지 장군의 개선을 환영하는 잔치가 벌어지고 있었다.

등촉이 대낮같이 켜진 가운데 무희(舞姬)의 교태어린 춤과 사죽(絲竹) 소리가 은은하였다. 대소 신하는 모두 술에 취해 흐느적거리고 현종은 장군을 옆자리에 앉게 하고 술을 권하여 마지않았다. 마치 역모(逆謀)를 감춘 눈으로 양귀비만이 머리에 옥잠(玉簪)을 꽂고 홀로 말짱하게 깨어 있었다. 끝낼 기회를 놓친 듯이 한없이 계속되는 지리한 잔치였다.

장군은 장안에 며칠을 머물렀다. 어의(御衣)를 양귀비의 보료 위에 깔아뭉개고 있는 현종에게 무슨 말이든 직간(直諫)하리라 마음먹은 최초의 다짐은 실로 어리석은 생각이었음을 장군은 깨닫고 있었다. 아니 무엇인가 암묵리에 태동하고 있는 것 같은 어렴풋한 느낌이 피부로 전해져 오는 것이었다.

재상 이임보(李林甫)의 간악한 권모술수가 이끌고 있는 경조윤 왕홍(王鉷) 등의 중신 세력(重臣勢力)이 절도사 안록산(安祿山)을 노리고, 감문장군(監門將軍) 고력사(高力士)에다 칠보의자에 자주빛 모담(毛毯)을 밟고 명주전(明珠殿)에 도사리고 있는 양귀비와 그 일가가 국기(國基)를 아삭아삭 갉아먹고 있는데 충신 장구령(張九齡)은 치도곤의 국문(鞫問) 끝에 참형을 당하지 않았던가.

고선지 장군은 현종으로부터 보함을 받은 개부의동삼사(開府儀同三司)의 영예가 거추장스럽기만 하였다. 무장의 전진(戰塵)은 궐내의 명경수 같은 탕처에서도 씻기지 않았다.

장군에겐 태평성대를 구가하며 탕진에 날이 저물지 않는 장안보다 메마른 열풍에 살갗이 허는 타림 분지가 훨씬 그리운 곳이었다. 장군은 출발을 서둘렀다. 장안을 보기 마지막이리라는 이상한 예감이 머리를 스치는 가운데…….

그때 장군의 처소로 서생 같은 인물 하나가 들어섰다.

"대장군께 이 시 한 편을 바쳐 달라는 분부이셨사옵니다."

두루마리에 일필(一筆)로 휘갈긴 시편은 칠언고시(七言古詩)였다. 장군은 우선 두루마리 끝의 낙관(落款)부터 확인하였다. 놀랍게도 그 이름은 두보(杜甫)였다. 일찍이 나이 일곱에 벌써 신운(神

韻)을 얻었다는 낙양(落陽) 사람 두보가 오랜 만유(漫遊) 끝에 장
안으로 온 지는 이미 5년에 이르고 있었지만 서른 여덟의 그는 아직
도 "세상의 풍습을 맑게 하려는 큰 뜻을 품고 장안에 올라온 꿈"을
이루지 못한 채 극도의 적빈한 생활에 허덕이고 있다고 들었다.
　장군은 장군이 몰고 온 천하에 둘도 없는 명마(라고 일찍이 장건
이 大月氏國을 다녀와서 말하였다) 한혈마(汗血馬)를 시제(詩題)로
읊은 불우한 시인 두보의 시편을 선 채로 읽어내려갔다. 그가 뒤에
사시(史詩)의 거봉으로 길이 시성(詩聖)의 추앙을 받을 줄은 한 수
(首)의 시편을 직접 전해 받은 장군인들 알았으랴.

高都督 驄馬의 노래

안서라 고도독의 푸른 호말이
값 뛰고 별안간 동으로 왔네
싸움터 다다르면 당할 자 없고
주인과 한맘되어 큰 공 세웠네
위엄을 오로 받아 함께 다니니
머나먼 유사(流沙)에서 나는 듯 왔네
날랜 몰골 마구에 엎디단 말가
사나운 기운 쌈터만 그리고 있지
발목 밭고 굽 높아 쇠를 박차듯
교하(交河)의 배 얼음을 몇 번 깨쳤뇨
오색무늬 흩지어 몸에 감도니
만리라 한혈마를 이제 보았네
서울 안 장사쯤야 엄두 못내고
번개보다 빠르단 것 세상이 알아
푸른 실로 갈기 딴채 묶고 있으니
어느새 북문 길을 되달릴 건가

安西都護胡靑驄　聲價欻然來向東
此馬臨陣久無敵　與人一心成大功
功成惠養隨所致　飄飄遠自流沙至
雄姿未受伏櫪恩　猛氣猶思戰場利
腕促蹄高如踏鐵　交河幾蹴層氷裂
五花散作雲滿身　萬里方看汗流血
長安壯兒不敢騎　走過掣電傾城知
靑絲絡頭爲君老　何由却出橫門道

　장군은 다 읽고 나서 조용히 눈을 감았다. 시상(詩想)을 재삼 음미하여 보고 싶어서였다. 오랜 풍진에 시달림을 받은 무장의 정서가 굳어버린 각피(殼皮)를 채 벗지도 못했는데 장군은 이미 가슴 속으로 끓는 소회(所懷)를 풀어 버린 후의 피곤 같은 것을 느꼈다.
　장군이 무거운 눈을 떴을 때는 두보 시인의 사자는 보이지 않았다. 장군은 시인에게 한 마디 감격의 인사를 전할 기회마저 놓치고 만 것이다.
　장군은 아무도 없는 허공을 향하여 나직하게 외쳤다.
　"두보 시인, 이제 곧 떠나리다. 한혈마를 몰아 북문(北門)을 나서리다. 안녕히 계시오."
　그러나 서둘러 떠날 채비를 차려서 현종 앞에 하직 인사를 하러 대궐을 들어서던 장군은 실로 청천벽력과 같은 놀라운 소식을 접하였다.
　"장군, 석국 국왕을 궐하에서 참하였다는 사실을 아십니까?"
　"뭐라고? 그것이 사실이오? 당신은 누구요?"
　"하잘 것 없는 일개 환관(宦官)의 이름을 아서서 무엇하시겠습니까. 소인은 그저 석국을 정토하시고 나구차비시 왕까지, 아니 희화왕까지 포로로 하여 조정에 바치신 분이 바로 장군이셔서 말씀

드린 것뿐이외다."

장군은 들어서던 궐문을 되돌아섰다. 그리고는 두말없이 말을 달렸다. 앞으로 닥쳐 올 예측 못할 사태에 대한 예감이 전광같이 머리를 스쳐갔다.

"잔혹한 형부(刑部) 놈들. 정략(政略)에 눈이 먼 졸렬한 중신(重臣) 놈들. 아니 총명을 잃은 망령의 황제!"

장군은 일각을 다투어 귀환의 길에 올랐다. 말을 몰아 장안을 빠져나가는 장군은 거듭 채찍을 휘둘렀다. 그러나 끓어오르는 분노는 점점 더해가기만 하였다.

장안 백성들은 쏜살같이 달려가는 장군의 험악한 표정을 바라보며 저마다 혀를 찼다. 잔인한 장군인지고……

8

고선지 장군이 예상했던 대로 타슈켄트 국왕의 참수(斬首)는 타슈켄트 주변 여러 나라의 격분을 사기에 충분하였다. 한결 같은 여론은 외로운 국왕을 참하다니 있을 수 있는 일이냐는 것이었다. 그리고 그러한 주변국들의 여론은 자연히 그 화살이 장군에게로 날아올 밖에 없었다.

"잔학무도한 고선지의 안서군은 기필코 무찔러야 한다!"

그들이 장군을 비난하는 것은 장군이 국왕을 왜 장안으로 압송하였느냐는 데에 있지 않았다. 타슈켄트 국왕이 그의 성문 앞에 고선지 장군이 쇄도한 일촉즉발의 위국에 처하여 인명살상(人命殺傷)을 막고자 급히 사절(使節)을 내고 스스로 항복을 약속하였음에도 왜 장군이 공격을 명하여 성문을 격파하였느냐는 데에 비난의 초점이 있었다.

장군에 대한 그러한 비난은 당연하였다. 장군이 그리하였던 것은 사실이다. 나구차비시 국왕이 스스로 성문을 열겠다고 하였음에도 성문을 깨고 진입하여 피비린내나는 살륙과 약탈을 자행하기에 이르렀던 것이다.

장군은 물끓듯하는 주변의 그런 비난을 담담한 심정으로 받아들였다. 국왕의 항복 통보는 의외롭다 싶게 너무나 손쉬웠으며, 그러므로 아군의 허(虛)을 찌르려는 노회(老獪)한 한 개 작전이 아닌가 하였던 자신의 판단을 장군은 해명하지 않았다.

사실인즉 장군은 항복의 뜻을 전해 들었을 때 왠지 모르게 맥이 풀리고 허망한 생각마저 들지 않았던가. 오랜 날을 한둔하며 수만 리 지난(至難)의 험로(險路)를 달려온 것이 허사로 돌아간 듯한 느낌마저 들지 않던가. 장검을 움켜쥔 손이 부르르 떨리지 않던가.

장군은 역시 모든 것을 담담한 심정으로 수용할 뿐이었다. 반감의 씨를 잉태한 주변 나라들의 공당획책(攻唐劃策)이 재빠른 움직임으로 세력을 모아 가고 있다 한들 그것은 하나의 피할 수 없는 응보가 아니랴.

장군이 피폐해진 심신을 안서군영에 눕히고 있는 동안 씻을래야 씻을 수 없는 원한의 쓰라림을 안은 타슈켄트의 왕자는 이웃 투르크계의 여러 나라에 구병(救兵)을 호소하느라 동분서주하였다.

격분하고 있던 여러 소국가에서는 크게 호응하였고, 때마침 안국, 곧 부하라의 반란을 진압하고 일로 그 유역을 북상중이던 사라센이 이 소식을 듣자 당장 대군을 몰아오겠다고 나섰다. 자기네는 그래도 부하라가 내란을 진압하도록 원병을 청하여 왔을 뿐이라는 것이었다. 끝없이 동침의 기회를 엿보고 있던 사라센 제국으로서는 무슨 수를 써서든 그런 공당 기운을 놓쳐서는 안 되었다.

사라센은 분격하는 서역 여러 나라들을 충동하여 반당(反唐)의 기치를 높이게 하고 사방에서 군사를 일으켜 대당(對唐) 보복전의 연합군을 조직하기에 이르렀다.

고선지 장군이 죽음을 무릅쓰고 결행한 대원정으로 당제국에의 항부를 받아낸 수많은 나라들의 귀순은 타슈켄트 국왕의 참형 하나로 일말의 물거품이 되고 만 것이다.

사라센의 지야드 이븐 살리가 이끄는 연합군은 타슈켄트 북방의 소그드 고원 북단에 군사 거점을 긋고 전열을 가다듬었다. 비옥한 옥토지대인 그곳은 군량의 보급이나 인마(人馬)의 교체 투입이 손쉬운 요충이었다.

판세가 여기에 이르자 천산산맥 북록의 유목국가인 투르크계의 카를루크〔葛邏祿〕까지 내밀리에 동맹군으로 참전할 뜻을 제의해 오기에 이르렀다. 이제 그들은 대당제국의 거장(巨將) 고선지를 불러내어 최후의 결전을 겨룰 날만 기다리게 되었다.

천보 10재(751) 7월, 장군이 장안을 다녀온 지 반년 만에 마침내 파미르 고원의 등을 타고 앉았던 고선지 장군의 운명을 결정짓는 세기적 대회전(大會戰)의 날은 다가오고 말았다.

장군은 7만의 대병을 이끌고 천산산맥을 넘었다.

이에 앞서 봉상청은 다시 장군을 만류하였다.

"적이 천산산맥 북록까지 오도록 기다리심이 옳을 줄 압니다, 장군. 병마가 모두 지치고 군량이 딸릴 유사(流沙)의 먼 정벌길을 달려가시는 것은 큰 불리(不利)를 자초하시는 것이 아니겠습니까?"

"나의 불리는 곧 적의 유리(有利)가 아니겠소."

"그게 무슨 말씀이오니까, 장군."

하고 옆에서 이사업이 되묻고 있었다. 이에 장군은 엉뚱한 말을 하였다.

"모름지기 무장은 불리한 싸움을 주저하는 것이 아니며 불리한 싸움에서 이겨야 그 빛이 더한 법이오."

"하지만 장군……"

"아니오. 우리는 가야 하오. 동북의 거란(契丹)은 범양군(范陽軍)을 무찌르겠다고 누차에 걸쳐 쳐들어왔었소. 그러나 지금 나의 적은 멀리 서서 나를 오라고 하고 있지 않소. 사구(砂丘)를 넘어 불리하게 올 수 있어야 하지 않느냐고 하지 않소. 석국의 원한 깊은 어린 왕자가 나를 오라고 부르지 않소."

"우리의 우군 갈라록(카를루크)이 천산산맥 북록에서 전열을 가다듬고 기다리고 있으니 우리는 능히 적을 무찌를 수 있으리다."

장군의 결의가 움직일 수 없는 것임을 간파한 이사업 장군이 앞질러 이렇게 말하였다. 장군은 고개를 끄덕였다.

"그렇소. 공은 우리가 떠난 후방을 잘 지켜 주기 바라오."

봉상청을 향하여 하는 말이었다. 봉상청은 장군이 말에 오르기 바쁘게 움직이기 시작하는 누만(累萬)의 군사를 말없이 바라보았다. 가슴 속에서 울음이 끓고 있었다.

장군의 군대가 천산산맥을 넘어 그 북쪽 기슭으로 쇄도하여 내려가자 약속했던 바대로 수천의 카를루크군이 출진 준비를 갖추고 장군을 맞이하였다.

장군은 잠시 군사를 쉬게 하고 휘하 이사업·단수실 장군을 비롯한 카를루크군 군장들을 불러 놓고 작전회의를 가졌다.

카를루크 군장들의 주장은 적은 연맹군이라지만 하나의 오합지졸이므로 쉬 무찌를 수 있을 것이라고 장담하였다. 하나로 빈틈없이 통솔이 될 리 없기 때문이라는 것이었다. 그러나 카를루크 군장들의 이같은 주장에 이사업 장군은 다른 의견을 가지고 있었다.

"적은 오합지졸일지는 모르지만 결코 홀시(忽視)할 수는 없소. 그들은 다종(多種)의 동맹군이므로 일진(一陣)을 이루지 않고 여러 갈래로 분군하여 지휘 통할의 난점을 극복하는 전략을 세웠을 것이오."

"그렇지 않소. 음험한 침탈의 야욕을 품어 온 대식국(아라비아 곧

사라센)의 졸장 살리는 무엇이든지 독점하려 하는 탐욕의 화신이
오. 그 자가 공명심을 겸양하여 타국군으로 하여금 독자적인 싸움
을 운영하게 할 리 없소. 우리는 군력을 모아 그 거점을 쳐야 하
오. 그러면 오합지졸의 적은 일거에 삼지사방 패주하고 말 것이
오."

카를루크의 군장들은 이번의 싸움을 너무 소홀히 보고 있었으므
로 이사업 장군은 다시 반론을 겸하여 경종을 울리지 않을 수 없었
다.

"우리는 지금 막강한 적과의 싸움을 앞두고 있다는 것을 잊어서는
안 되오. 재차 말하거니와 적은 결단코 오합의 우중(愚衆)이 아
니오. 우리는 광역(廣域)에 퍼진 적을 차례차례로 섬멸하는 전략
으로 임하여야 하오. 그렇지 않고 한 거점을 향하여 전군이 돌진
한다면 우리는 도처에 매복한 적에 의하여 순간에 포위되고 말 것
이오."

고선지 장군은 더 이상의 토론을 막고 즉각 군사를 연운보 정벌
때와 같이 3군으로 분군(分軍)하였다. 그리고 제3군의 후미(後尾)
에 카를루크군을 배치하였다.

제1, 2군이 전방 양익(兩翼)을 이루어 돌진하면 그 뒤를 3군이 뒤
따르고 다시 그 뒤를 카를루크군이 받치고 나가는 작전이었다.

장군은 분군을 끝내고 나서 말하였다.

"만약에 1, 2군의 어느 하나가 초미(焦眉)의 위국에 처하면 뒤따
르던 3군이 일각을 다투어 그를 대신할 것이며 갈라록군은 그 다
음에 잔적을 소탕하는 일을 맡게 될 것이오."

장군이 카를루크군을 최후미에 세운 것은 아무리 그 군병이 동맹
군이라 할지라도 우군일 뿐이므로 가능한 한 희생을 줄이도록 당연
히 예우하여야 한다는 생각에서였다.

고선지 장군의 안서군 7만 군사와 카를루크의 수천 동맹군은 만

반의 전열을 갖추어 이윽고 파미르 고원에서 서북쪽 멀리 떨어진 탈
라스〔怚羅斯〕 대평원을 향해 사막길의 진군에 들어섰다.

　풀 한 포기 물 한 방울도 찾아볼 수 없는 사막의 오랜 행군은 군
졸들을 쉴새없이 지치게 하였다. 어쩌다가 거짓말 같이 나타나는 오
아시스도 마치 망망대해에 솟은 고도(孤島)처럼 이르는 데에 여간
오래 걸리는 것이 아니었고, 마침내 닿았다고 하여도 진주 시간은
고작 숨돌릴 잠깐밖에는 아니었다.

　그러나 가장 견디기 어려운 것은 갈증과 폭풍이었다. 폭풍은 한번
불어치기 시작하면 단번에 사람을 모래 속에 묻어 버리기에 충분하
였다. 희뿌연 유사(流沙) 속을 들여다 볼라치면 동료 군사는 모두
모래 속에 파묻히고 홀로 남아서 사라센의 대군을 맞아 싸우러 가는
듯한 고독감에 사로잡히기 일쑤였다. 모래 바람 속에선 그렇게 지척
앞도 보이지 않았고 몇 번 바람에 날려 말머리를 돌리다 보면 전진
하여 가야 할 향방이 어딘지도 분간이 불가능하여, 바람이 자고 모
래먼지가 걷힌 다음에 보면 상당수의 군병들이 엉뚱한 곳으로 뿔뿔
이 흩어져 가고는 하였다.

　고선지군은 이같은 천신만고를 겪으며 불길하기 짝이 없는 적진
깊숙이 길 잃은 미아처럼 걸어 들어가고만 있었다. 군사도 군마도
모두가 지쳐 떨어졌고 모두가 안질에 걸려 눈꼽을 더덕더덕 달고 있
었다.

　이런 싸움이었다. 사막을 드디어 주파(走破)하고 탈라스 평원의
단단한 땅에 올라섰을 때는 폭삭 주저앉고 싶지 않은 말이 한 필도
없었다. 그러나 주인은 촌각(寸刻)도 지체함이 없이 가혹한 채찍을
휘두르지 않을 수 없었으니……

　대당(對唐) 연합군은 고선지군이 평원을 들어서기 바쁘게 일제히
기습을 감행하였다. 미리 보내 보았던 척후병도 아직은 부근에 적이
보이지 않는다고 하였거늘. 이사업의 명민한 전략 판단은 그대로 적

중하였다.

 적의 소병력은 말을 버리고 활만으로 은밀히 매복하여 있다가 고선지군의 평원 도착을 기다려 일제히 살을 쏘아대기 시작하였던 것이다. 그리하여 당황한 장군의 군사가 미처 전열을 가다듬을 틈을 갖지 못하도록 하고서 동시에 대군이 쇄도하도록 하려는 작전임에 분명하였다.

 이사업 장군은 서둘지 않고 말하였다.

 "소탕하고 오겠습니다. 보잘 것 없는 복병일 뿐입니다."

 그는 곧 발빠른 기병 수백을 거느리고 살보다도 빠른 질주로 내달렸다. 그것은 장군으로 하여금 지체없이 전열을 갖출 시간 여유를 갖게 하려는 데서 나온 신속한 전황 판단이었다.

 장군이 이미 말한 대로 3군으로 분군된 1, 2군을 좌우에다 포진하게 하고 3군과 카를루크군을 뒤로 물려 세웠다. 먼 행군 끝에 숨돌릴 사이도 없이 당한 기습으로 하여 군사들은 미미한 희생에도 쉽게 안정을 찾지 못하여 우왕좌왕하는 군졸이 적지 않았다.

 그러나 그것도 잠시, 사라센의 대군은 드디어 하늘 높이 깃발을 나부끼며 넓게 앞쪽에서 나타나기 시작하였다. 동서가 회전하는 운명의 혈전은 마침내 쟁그렁 장검이 맞부딪는 소리를 낸 것이다.

 이사업 장군은 지체없이 귀환하고, 괴성을 울리며 무리지어 쇄도해 오는 적을 향하여 고선지군은 질풍같이 마주 달려갔다.

 장군은 자신을 향해 다시 한번 조용히 예감하였다. 그것은 어쩌면 오래 예비되어 온 패전의 예감이었다. 그리고 그것은 처음으로 머리를 명경수같이 맑게 하였다. 장군은 수많은 말발굽 끝에 서리는 자오록한 흙먼지를 따라 달리며 속으로 외쳤다.

 ─나는 대식국(아라비아) 군사는 능히 이길 수 있다. 석국의 왕자도 다시 한번 베일 수 있다. 그러나 나는 지금 지쳤다. 제국이 나보다 더욱 지쳐 있기 때문이다.

그런데 이것이 어떻게 된 일인가. 뒤를 따르던 우군 카를루크군이 난데없이 3군의 등을 찌르지 않는가.

카를루크군은 동맹을 가장하고 사막을 함께 달려온 무서운 적의 복병이었던 것이다. 이것도 또하나의 업보일 것인가? 고선지 장군은 어느 결에 이토록 외로운 무장이 되어 버렸던가.

장군은 3군을 돌려 세우며 벽력같이 소리쳤다.

"갈라록군부터 쳐라. 내 기필코 너희를 모조리 목 베리라!"

장군은 어떻게 하여서든 이 싸움에서 이기리라는 새로운 다짐을 세웠다. 피가 역류하여 머리 끝으로 솟구치고 부리부리한 두 눈에서 불꽃이 튀었다.

　　―나는 일찍이 이토록 큰 대군을 가진 일이 없는 7만의 군사를 이끌고 있지 않느냐. 나는 이기지 않으면 이 땅에서 죽으리라!

그러나 자꾸 좁혀져만 오는 복배수적(腹背受敵)의 협공 앞에 장군의 군사는 열세를 극복할 길이 없었다. 장군의 동분서주하는 탁발한 독전(督戰)도, 이사업·단수실 두 장군의 기민한 응전과 불사신 같은 용맹도 사주(四周)에서 주린 이리떼처럼 몰려 오는 적의 파상 공격은 당할 길이 없었다.

탈라스 평원을 붉은 피로 물들이며 5일 동안이나 계속된 이 동·서간의 대혈투는 결국 고선지군의 쓰라리디 쓰라린 참패로 끝이 나고 말았다. 그것은 일방적인 도륙이었다 할 것이다.

7만의 대군이 모두 전몰하거나 포로되고, 첩첩이 둘러쳐진 적의 포위망을 빠져나와 살아 남은 병졸의 수효는 겨우 기천에 불과하였다. 동·서 전쟁 사상 그 예를 찾아보기 어려운 참패의 공포 속에 단수실은 철석 같은 침착성으로 패전의 사졸들을 정렬하였고 이어 이사업은 초인적인 용맹으로 그나마 퇴각의 혈로를 뚫었던 것이다.

소발률 원정에서 세계전사상 그 유례를 찾지 못할 대승을 거두었던 고선지 장군은 탈라스 대회전에서 유례없는 대패의 기록을 남겼

다. 싸움에서의 승패는 병가(兵家)의 상사(常事)일까? 사가(史家)
의 붓은,

'역사적인 이날에 중앙 아시아의 운명이 결정되었다.'
라고 하였지만 무장으로서 난생 처음으로 욕된 패전의 독배를 마신
장군은 한 마디 말이 없었다. 아무도 말이 없었다. 남은 군사를 앞
세우고 안서의 군영으로 귀환한 장군의 지칠 대로 지친 모습을 맞은
사마 봉상청도 일언반사(一言半辭)하지 않았다. 선혈로 얼룩이 간
기치만이 군영 앞에 다시 게양되었다.

장군이 처음으로 입을 연 것은 조정으로부터 입조하라는 명을 받
았을 때였다. 장군은 생사를 같이 해 온 봉상청·이사업·단수실의
세 장군을 앉혀 놓고 낮은 목소리로 말하였다.

"이 몸은 탈라스에서 죽었어야 하였소."

장군의 눈시울에는 그 회환의 깊은 주름을 헤아릴 길이 없는 영롱
한 이슬이 맺혀 있었다. 이사업 장군이 떨리는 손으로 잔을 받쳐 들
고 말하였다.

"이 잔을 바치오니이다, 장군."

그러나 그는 끝내 참지 못하고 어깨를 들먹이며 장군의 무릎 앞으
로 엎어졌다.

"소인들은 어찌하오리까, 장군?"

"내 비록 참수를 당한다 할지라도 명부(冥府)에 가서도 제공들에
게 입은 은혜만은 잊지 못할 것이오."

"아니되옵니다. 장군께서 국문을 당하신다 하심은 있을 수도 없는
일이옵니다."

"모든 것은 제국의 뜻이오."

봉상청이 장군의 말을 받았다.

"바로 장군께서, 제국의 궁전에 켜진 등촉(燈燭)은 이미 그 빛이
쇄잔하였다고 하셨사옵니다."

사신(死神)의 그림자가 너울거리는 싸움터에서 서로 한몸같이 아껴주고 보필하던 세 군우(軍友)와의 단장의 석별을 하루 앞두고 마지막 밤을 술잔으로 달래고 있는 장군의 가슴은 터질 듯이 아팠다. 생사를 건 전장의 동지가 그렇게 헤어져야 하는 통한이 얼마나 큰 것인지는 그 당자들밖에 모른다. 그들은 드디어 대화가 끊어져 침묵 속에 앉아 있노라면 제가끔씩, 장군의 말처럼 왜 전장에서 일찍 죽지 못하였을까 하는 생각을 하는 것이었다.

그러나 어찌할 수 있으랴. 제국을 호령하는 천자의 어명(御命)을 누가 거역할 수 있는가. 패전의 책임을 물으려 함이 분명한 입조(入朝)의 명을 비록 참형을 당한다 한들 무장으로서 그것을 두려워하여서 아니될 것인데 하물며 그것이 어명임에랴.

조정은 패전의 급보를 접하자마자 지체없이 장군을 안서군 절도사에서 파직하고 그 후임으로 왕정견(王正見)을 임명하여 이미 왕정견은 장군의 쿠차 치소에 당도하고 있었던 것이다.

이렇게 하여 고선지 장군은 드디어 안서를 떠나 입조의 길에 올랐다. 일개 홍안(紅顏) 소년으로 아버지를 따라 이곳 타림 분지로 들어와서 거칠고 메마른 열풍에 다감한 정서를 씻겼던 곳——불모의 땅도 딛고 이기는 의지를 길러 마침내는 파미르 고원을 타고 앉는 무적의 왕자가 되기까지 장군이 그의 생애를 바쳐 열정을 쏟아 온 안서——가지가지 추억과 애환이 서린 땅을 등지고 오욕의 패장이 되어 떠나는 장군의 가슴에는 쓰라린 만감이 교차하지 않을 수 없었다.

군장도 사졸도 울고, 백성도 산천도 울고, 장군의 손길이 닿았던 모든 것이 울었다. 안 된다 하였지만 장군도 눈물이 앞을 가려 발걸음이 떨어지지 않았다.

잘 있거라, 안서!

9

회회교국의 국법에는 싸움에서 잡은 모든 이교도(異敎徒) 포로는 노예로 삼도록 되어 있었다.

탈라스의 대회전에서 사라센군에 생포된 당군들도 예외없이 사라센의 수도 다마스커스나 사마르칸트로 끌려가 노예가 되었다.

사라센군은 당군을 무찌른 역사적인 대승의 열광에 들떠 반월기(半月旗)를 바람에 한껏 나부끼며 의기 충천하여 있었지만 잡힌 당군은 발가락이 짓물러서 그 먼 길을 도보로 끌리어갔다. 개선(凱旋)의 제물로 끌려가는 길은 이다지도 쓰린 고초였다.

패전의 비극은 싸움에 동원되었던 병사들이 겪어야 하는 이런 고통만 없다면 별 것이 아닌지 몰랐다. 패장의 오명을 억울해 하며 무대 뒤로 사라져가는 사령관의 아픔쯤은 차라리 싸움의 청산을 보기 위해선 불가피한 하나의 장식물일지 모른다.

탄력있게 구부러진 칼날을 휘두르며, 혹은 경창을 찍으며 뒤쫓는 사라센군의 질타에 쫓겨 당군의 포로는 그렇게 간난의 노예 길을 걸었다. 거기에는 문장 두환(杜環)이 끼여 있었고 화사(畵師) 번숙(樊淑)과 유빈(劉玭)도 있었으며 악환(樂環), 여례(呂禮)와 더불어 직조공, 인쇄공, 나침반, 화약 제조술에다 상당수의 종이를 만들 줄 아는 기술자들이 끼여 있었다.

이것이 기연(奇緣)이 되어 동방의 선진한 제지술(製紙術)이 처음으로 서방에 전파되게 되었다면 전쟁이 뿌린 씨앗도 때로는 악덕만이 아닌 이런 엉뚱한 결과를 가져오기도 한다고나 할까.

옥서스 강 지류에 잇닿아 있는 사마르칸트에 서방 최초의 종이 공장이 선 것은 탈라스 대회전이 있은 바로 그 해인 751년 겨울의 일이며, 이 공장이 중국 포로들의 손을 빌려 건설되었음은 두말할 필요도 없다.

사마르칸트를 중심으로 하여 소그드 지방 일대에 전파된 이 신기한 제지술은 그 뒤 이 지방의 주요 산물로 번창하기에 이르렀고, 드디어 40년 뒤에는 앗시리아의 수도 다마스커스를 비롯한 바그다드 카이로까지에도 제지공장이 건설되었다. 뒤이어 스페인으로 건너가고 유럽 전역의 구석 구석까지 전파된 12세기에 이르기까지 그 기술은 서서히 먼 공헌의 길을 걸었다.

이러한 사실을 포로로 끌려간 11년 뒤에 기적적으로 탈출에 성공한 두환이 그의 《경행기―經行記》에 쓰고 있으니, 종이의 개발과 전파가 문화의 발달에 끼친 영향을 생각하면 고선지 장군의 서역 원정은 그 최후의 패배로써 뜻하지 않게 유럽의 문화에 혁혁한 공헌을 남긴 것이라고나 할까.

그러면 패장 고선지에 대한 당조(唐朝)의 문책은 무엇이었던가.

장군은 탈라스의 세기적 패전에도 불구하고 그 뒤 장안의 일우(一隅)에 살아 남아 있었다. 조정은 장군을 밀운군공(密雲郡公)에 봉한다고 발표하였던 것이다.

그러나 패장에 대한 조용한 여생의 예우는 오히려 욕됨이 아닐까.

더구나 인심이란 아침 저녁으로 바뀌는 것이어서, 장군이 초췌한 패전의 장수로 돌아오자 장안에는 그를 위무하는 자 거의 없고 그를 헐뜯는 온갖 풍문들이 파다하게 나돌기까지 하였으니 말이다.

"고선지가 안서 절도사로 있을 때는 온갖 진물 보옥들을 산더미같이 쌓아 두고 있었다더군."

"그뿐이랴, 석국 정벌 때는 군졸들을 내몰아 갖은 약탈 만행을 다 저지르고 그 자신이 부녀자를 유린하는 추문까지 남겼다더라."

"소발률국 원정이 혁혁한 전공(戰功)이었는지는 몰라도 고선지는 한 마디로 탐욕적인 졸장이라더라."

온갖 잡스러운 유언비어들이 나돌았다. 그러나 장군은 한 마디 변명에 나서지 않았고 그런 부박한 인심을 개탄하지도 않았다. 그것은 모두가 조정에서 흘려 내보낸 소문임에 분명하였기 때문이다.

조정은 그런 소문을 퍼뜨려 장군의 탈라스 패전을 오로지 장군의 과오로 돌림으로써 각처의 번진(藩鎭)들이 서로 대군을 거느리려 매병(買兵)을 하고 쓸데없는 싸움을 벌여 약취 강탈을 일삼으며, 뇌물을 바치고 또 요구하여 감군과 결탁하는 등 온갖 말썽을 다 빚는데도 이들의 발호를 막기는커녕 쩔쩔매며 따라가기 바쁜 스스로의 무력과 무능을 은근히 복수하려 한 것임에 틀림없었던 것이다.

뿐이랴. 그렇게 본보기를 보여 놓아야 변방의 번진들이 더욱 열심히 충성을 다툴 것이고 그들이 갖다 바치는 금옥진보(金玉珍寶)를 온몸에 감고 향을 푼 탕처에 발을 담근 채 느슨하게 앉아 있을 수 있었던 것이다.

그러나 고선지 장군의 석국 약탈전이야말로 바로 이러한 병제(兵制)의 문란과 병권(兵權)의 몰락을 개탄한 한 무장의 절망적 행동 외에 다른 무엇이었던가. 재물에 눈이 먼 모든 자들에게 있는 대로 안겨주어 그 팽만감에 허우적거리는 꼴을 장군은 보고 싶었던 것이 아닌가.

장군은 안서 군영으로 운반해 온 온갖 재보들을 산더미같이 쌓아 놓고도 결코 잠식하지 않았다. 장군은 그것을 모든 사람들에게 골고루 나누어 주었으며, 그러고도 욕심내는 사람이 있으면 누구에게나 가져가게 하고 그 양이 얼마나 되는지도 전혀 관심하지 않았다.

장군이 제지하고 간섭하였던 단 한 사람이 있다면 그는 감군 변영성이었다. 황제의 칙사(勅使)임을 기화로 그는 언제나 다른 사람보다 터무니 없는 우대를 받아야 하는 것처럼 굴었기 때문이었다. 드높이 나부끼는 감군 깃발 하나면 그 서슬에 주눅이 들 줄 알지만 장군에게 있어 그것은 당치 않은 수작이 아닐 수 없었다.

일찍이 장군의 부장(副將)이었던 그를 장군은 감군 장군이 된 후에도 언제나 부장으로만 불렀다.

"부장은 그렇게 군공(軍功)을 탐하는 법이 아니오. 싸움터에 나온 군장에게 그것이 무슨 추한 짓이오. 한 때의 호화와 영달이 영겁(永劫)을 지배할 줄 아오?"

이토록 무장이 가져야 할 도리에 엄혹하던 장군이 마침내 전진을 털고 장안 한구석으로 와서 칩거하게 되자 나라 경영의 뒤틀림과 군제(軍制)의 문란, 민심의 조악한 난숙이 더욱 요연하게 한눈에 들어오는 듯하였다.

　―내 조국 고구려가 사멸의 그 뼈아픈 고통으로 겨우 이 제국의 온탕처(溫湯處)를 넓혔단 말인가.

한림학사(翰林學士) 이태백(李太白)이 흥경지(興慶地) 동편 심향정(沈香亭)에서 베풀어진 현종의 모란꽃 잔치에 불려가 악사(樂詞)를 지으라는 명을 받자,

"폐하, 경국지미인(傾國之美人)이란 말이 있사옵니다. 지나친 미인이 나오면 기운다는 뜻이옵지요."

하고 양귀비를 빈정대기까지 하였지만 그것을 단지 군옥산(郡玉山)의 선녀에 비유한 줄로만 알 정도로 총명을 잃은 현종이 아니던가.

원래는 열여덟째 아들인 수왕(壽王) 창(瑁)의 비(妃)였던 촉주(蜀州) 출신 며느리 양옥환(楊玉環)을 그 미색에 반하여 아들을 참수하면서까지 빼앗아서는 태진(太眞)이라 하였다가 귀비(貴妃)로 올려바쳐 가면서 황음(荒淫)에 칠순 노구(老軀)를 헉헉거리고 있는 현종. 그런 황제에게 맡겨지고 있는 국사(國事).

그 틈을 타고 조정에는 나라의 기틀을 좀먹는 파국의 세력다툼이 벌어져 매궁(梅宮)을 업은 재상 이임보가 기녀(妓女) 심평(心平)의 집에서 낭탕초(莨宕草) 즙에 독살당하고, 폐궁인 상양궁(上陽宮)에 갇힌 매비는 교살의 음모에 떨고, 천하의 세도를 갈라 쥔 양귀비의 육촌 오라비 양국충(陽國忠)과 양귀비의 정부 안록산 간의 아스라한 대치(對峙).

안록산이 부린 충성스런 생쥐들이 꼬리에 불씨를 달고 들어가 질러 버린 대궐 안의 무기고(武器庫) 회신(灰燼)처럼 이제 제국은 이빠진 호랑이 형국으로 노쇠한 거구를 주체 못하고 있는 것이 아닌가.

고선지 장군은 장안으로 돌아온 얼마만에 그의 처소를 찾아온 한 진객(珍客)을 맞았다. 이미 구면이나 다름 없는 시인 두보였다.

"소인 두보라 이름합니다."

장군은 이 말을 들었을 때 놀라지 않을 수 없었다. 그 초라한 행색. 그것이 수왕을 두둔하였다가 조정을 쫓겨난 이백(李白)을 따라 나라의 동변(東邊)까지 두루 만유하고, 이미 그 전에도 전국을 골고루 돌아다녔다는 제국 문장의 모습이란 말인가.

장군은 놀란 표정을 억지로 감추고 시인을 맞아들였다.

"지난번엔 과찬(過讚)의 시편을 보내주셨으나 총망 중에 이렇게 답례도 없이 지금에 이르렀는데 오늘은 이 누추한 곳을 찾아까지 주시니 뵈올 면목이 없습니다. 무례를 너그러이 용서하십시오."

"장군은 그 무슨 말씀이오니까, 이 못난 서생한테."

"당치 않은 겸양이십니다. 이 패전의 졸장이야말로 더 없이 못난 목숨이올시다."

장군의 이 말에 시인은 정색을 하고 단호하게 말하였다.

"아닙니다. 장군의 실패는 천조가 저지른 피치 못할 결과이었음을 소인은 잘 알고 있습니다."

"석국 왕의 처참(處斬)을 말씀하시는 것 같군요. 그러나 그 전에 이미 이 졸장은 석국을 유린 약탈하였고 개선인 척 그 국왕을 이곳까지 압송하였습니다."

"장군이 석국을 유린한 것이 무능하고 부패한 천조 탓이라고 장군께서는 왜 말씀하시지 않으십니까. 소인은 장군께서 겪으신 저간의 사정을 잘 알고 있습니다. 얼마나 통분하셨습니까."

"시인께서는 이 졸장이 생각하던 바와는 썩 달라서 새로운 느낌을
갖게 하시는군요."

"그러실 것입니다. 소인한테 가지신 그런 인상으로 하여 장군께서
소인을 꺼려하셨을 것도 소인은 잘 알고 있습니다. 소인이 기왕에
써낸 졸문들에는 천조를 찬양한 시편들 일색이었으니까 당연하지
요. 그 연유를 말씀하자면 장황하여지겠습니다만, 소인의 어미는
황실과 혹종(或種)의 혈연을 가지고 있습니다. 즉 태종 황제 열
째 아들의 차남인 이종(李琮)은 곧 소인 어미의 조부가 되지요."

"명문거족이시군요, 시인께서는."

"그것이 소인으로 하여금 천조의 신하라는 생각을 가지게 하였습
니다. 걸핏하면 상감님은 요순(堯舜)보다 훌륭하다는 글귀를 써
내고는 하였지요."

"졸장도 시인의 발군한 시편들을 늘 애송하였소이다."

"부끄럽습니다. 연전 소인은 과거에 응시한 일이 있습니다. 허나
재상 이임보는 신인이 나와 그를 비난할 것이 두려워 모두 낙방시
키고 말았습니다. 그 때가 천보 5재, 소인의 나이 서른다섯 때입
니다. 그래서 소인은 방법을 바꾸어 고관대작의 천거를 받으려고
온갖 노력을 다하였습지요. 장군께서도 아시다시피 오늘 이 나라
에 시인이 그 뜻을 펼 수 있는 곳은 궁전에 나아가는 길밖에 없지
않습니까. 그러나 천하의 현재(賢才)도 지금 세력다툼에 편할 날
이 없는 조정에 제 발로 걸어 들어갈 수 있는 길은 없지 않습니
까."

두보 시인은 자신의 슬픈 심정을 길게 토로하였다. 세상의 풍습을
맑게 하려는 큰 뜻을 품고 장안으로 올라왔으나 그 생각조차 이제는
처량하게 되었고 은둔자도 아닌데 노래나 부르며 돌아다녀야 하는
신세가 되었다는 것이다. 나귀를 타고 지내기를 30년, 장안의 봄날
에 유랑하는 가련한 신세. 아침에는 부잣집 문을 두드리고 날이 저

물면 살찐 말을 따라 권문(權門)을 들어서면 자기 차지는 그들이 마시다 남은 술잔과 식은 고기 부스러기. 가는 곳마다 가슴 속 깊이 슬픔을 느끼게 하는 것들뿐이라고 하였다.

"권문에 아첨하지 않으면 안 되는 처량한 신세올시다, 장군."

두보 시인은 장군이 아껴 간직하여 온 국주(菊酒)를 대접 받으며 밤이 이슥하도록 나라의 장래에 대하여 근심하다가 돌아갔다.

장군은 문간까지 시인을 배웅하였다.

"부디 머지않아 금화전(金花箋) 색지에 신운의 악사를 지으실 날이 오기를 빌겠습니다."

"아니올시다. 소인은 앞으로 결코 입조(入朝)하지 않을 것이외다."

장군은 시인을 보내고 처소로 들어와서야 그가 보내 왔었던 시는 이미 장군의 오늘의 불우한 생활을 일찍이 예감하고 쓴 것이 아닌가 하는 데 생각이 미쳤다. 아무래도 그러함에 틀림없었다.

    (한혈마가) 푸른 실로 갈기 딴 채 묵고 있으니
    어느제 북문(北門) 길을 되달릴 건가.

장군은 그 뒤로 시인 두보가 처자를 먹여 살릴 길이 없어 섬서성(陝西省)에 있는 두메 산골 봉선현(奉先縣)의 처가 쪽 친척집에다 아내와 자식을 맡겼다는 소식을 들었으며, 그런 지 얼마 뒤에는 놀랍게도 관직 하나를 얻었다는 소문이 들렸는데, 알고 보니 그것은 장군이 아버지 고사계를 따라 잠깐 머문 일이 있는 먼 운남(雲南) 땅 하서(河西)의 위(尉)라는 자리여서 두보는 사직하고 말았다는 것이 아닌가.

정도(正道)를 잃은 제국은 하늘이 내린 천재를 이토록 무섭게 홀대하고 있었던 것이다. 그러나 두보 시인의 이런 실의와 절망은 오

히려 그의 시심(詩心)을 더욱 두텁게 하고 시세계를 넓히는 데 이
바지하는 것이 되어 이즈음부터 그는 독창적인 형식에다 새로운 내
용을 담은 불후의 작품들을 쉴사이 없이 발표하기 시작하였다.

> 생각건대 개원(開元)의 전성시대에는
> 작은 거리에도 만여 호의 집이 있었고
> 밭에는 나락이 기름을 흘리고 찹쌀은 희고 차졌다
> 창고는 관청 것이건 백성 것이건 식량이 가득 찼었다
> 천하의 길엔 이리떼 같은 도적이 없고
> 먼 길을 가는 데는 날을 받을 필요가 없었다
> 제(齊)와 노(魯)의 비단을 실은 차는 줄을 이었고
> 남녀 모두 때를 잃지 않고 밭갈기와 길쌈을 할 수 있었다

이러하였던 개원시대의 풍요와 태평이 천보 후기로 접어들면서
임금은 눈이 멀고, 조정은 부패하고, 백성들의 삶은 전쟁과 세금으
로 도탄에 빠지고, 뭔가 이상한 조짐들이 이곳 저곳에서 꼬리를 물
고 일어나는 흉흉한 세태를 빚어냄에 번뜩이는 대시인의 예지는 시
대를 고뇌하기 시작하였던 것이다.

두보의 《병차행—兵車行》은 홍안 소년 때부터 병졸로 뽑혀 늙은
몸이 될 때까지 벽지의 싸움터를 끌려다니지 않으면 안 되는 인민의
슬픔을 담아 힘껏 노래하고 있고 '서울에서 봉선현에 이르는 영회
(永懷) 5백 자(字)'는 그가 봉선현에 있는 처자를 만나보기 위해 뼈
를 깎는 동짓달의 혹한 속을 가는 어려움을 빌려 시인 자신의 과거
와 현재, 그리고 내일을 회오 통분하며 사회의 모순, 팽배한 위기감
등을 섞갈라 읊은 불후의 일대 장편 서사시이던 것이다.

이때의 시인에겐 이미 지난날의 섬약하고 분냄새나는 교사장의
시도, 자조와 영탄으로 점철된 절망의 시도 깨끗이 청산되었고, 인

민과 더불어 사회현상을 개혁할 의지를 노래하며 권력자에 대항하려는 시성(詩聖)으로서의 당당한 위풍이 나타나고 있었다.

이렇듯 경세 제민(經世濟民)의 뜨거운 염원을 품은 시성에게 조정은 다시 처량한 관직 하나를 주었으니 두보는 동궁(東宮) 호위군 대의 무기를 관리하는 직책인 우위솔부(右衞率府) 병조참군(兵曹參軍)이 된 것이다.

고선지 장군은 두보 시인이 이런 예우에도 쾌히 응낙하였다는 소식을 전해 듣고 그 비범한 인격에 감격하지 않을 수 없었다.

천보 14재(755) 11월——그러나 시인 두보가 생애 처음으로 미관 말직(微官末職)의 자리에 앉자마자 나라는 북쪽으로부터 휘몰아친 설한풍과 함께 밀어닥친 경천 동지(驚天動地)의 대변란에 휘말려드니, 바로 안사(安史)의 난(亂)이 그것이다.

개원에서 천보로 끌려 오던 세상도 마침내 총총히 그 종막을 강요당하게 된 것인가.

10

현종이 양귀비와 함께 수십 채의 마차에다 응룡(應龍) 비린(飛麟)의 오색 깃발을 나부끼며 금빛 주복(胄服)을 입은 부마(附馬)들과 우림(右林) 군사들에 둘러싸여 요란한 방울 소리를 내며 장안을 떠나 여산(驪山)의 화청궁(華淸宮)으로 거동한 지 얼마 안 된 동짓달 초아흐렛날이었다. 현종이 그렇게 총애하던 바로 안록산이 범양에서 반란을 일으켰다는 급보가 여산 이궁에 날아들었다.

안록산이 변방의 반역아로서 반란의 뜻을 품은 것은 이미 10년 전의 일. 때는 바야흐로 무르익을 대로 익었다는 판단이 서자 안록산은 지체 없이 거사를 감행하였던 것이다.

탐음(貪淫)에 곯은 노구를 온탕에 담그고 겨울을 나려고, 그리고 다음해 이화(梨花) 필 무렵에나 장안으로 돌아갈 작정이던 현종이 이 소식을 듣고 당황하는 모습이란 어엿해야 할 지존(至尊)의 임금으로선 너무나 보기 민망스러운 것이었다.

현종은 처음 한참 동안을 같은 소리만 되풀이하였다.

"어사 보구림(輔璆琳)이 괜찮다던 안록산이 반란을 일으키다니, 웬말인고?"

재상 양국충을 비롯한 어사중승(御史中丞) 길온(吉溫) 등 중신들의 간언에 따라 현종은 얼마 전 과연 안록산이 모반을 꾸미고 있는지 보구림을 불러 정탐하고 오라는 명을 내렸던 것인데 명을 받들고 10여일 동안을 범양 안록산의 군영을 둘러보고 돌아온 보구림은 뭐라고 하였던가.

"폐하, 소신이 안록산 장군의 일거일동을 빠짐없이 살폈사온데 수상한 눈치라곤 털끝 만큼도 찾아볼 수 없고 오로지 주야를 가리지 않고 군장들과 병졸들을 통솔하여 변경 방비에만 힘을 기울이고 있사옵고, 폐하의 성은과 나라의 사직을 염려하는 위국지충심이 실로 망극하더이다."

현종은 길온이 이미 안록산과 내통이 되어 있어서 보구림이 정탐차 찾아가리라는 것을 미리 연락하여 놓은 사실을 알 턱이 없었다. 현종은 그리하여,

"그러면 그렇지. 과연 안록산 장군은 내가 가장 신임하는 장군인데 그가 역심을 품었다니. 재상 이하 중신들의 걱정은 모두 쓸데없는 소리들이야."

하면서 매우 기뻐하며 마지 않았었다.

그러하였거늘 불과 며칠 사이에 바로 그 충성심에 불타고 있다던 안록산이 역모(逆謀)의 변란을 일으키다니. 그러나 실인즉 막상 여산의 화청궁에 안록산의 반란 보고가 들어온 것은 이미 안록산이 거사를 한 지 엿새나 지난 동짓달 열닷샛날이었다니.

현종은 처음 태원(太原)의 북경 부유수(北京副留守)로부터 안록산의 20만 대군과 기병 2만이 태원을 통과하여 파죽의 세력으로 남진 중에 있다는 급보를 받고도 그를 믿지 아니하였다. 그러나 잇따라 동수강성(東受降城) 수장으로부터 같은 보고가 또 날아들었다.

현종은 그제야 사태의 심상찮음을 알아차리고 속히 중신회의를 소집하라는 분부를 내리는 둥 좌불안석의 사색이 되었다.

"내가 국사를 망쳤도다!"

매우 비탈진 회랑(廻廊)을 따라 올라오느라 양국충과 고력사를 비롯한 어전회의에 참석하러 오는 중신들은 모두 숨이 가빴다. 그러나 위급한 국사를 논하러 모여드는 그들의 표정은 하나같이 굳어 있을 수밖에 없었으니……

양귀비까지 동석한 어전 중신회의가 열리자 양국충은 재빨리 자기가 이미 그같은 일이 있을 것을 상주한 바 있음을 누누이 강조하고 있었다.

"그것도 한두 번에 그친 것이 아니었지 않사옵니까, 폐하."

현종은 재상의 원망을 들어도 할 말이 없었다. 그러는 가운데 양귀비는 눈을 감고 속으로 되뇌었다.

—안록산이 난을 일으킨 것은 바로 나 때문이야. 당나라를 뒤집어 엎고라도 나를 차지하겠다던 그가 아니던가.

양귀비는 고개를 들고 노여움도 절망도 아닌, 그냥 멍하니 허공을 바라보고 앉은 허탈상태의 황제를 바라보았다. 백발의 노쇠한 임금은 이제 일개 허수아비와 같았다. 양귀비는 속으로 비소(誹笑)를 머금지 않을 수 없었다.

중신들은 제가끔 한 마디씩 열을 올렸다. 그러나 이 판에 새삼 독살당한 재상 이임보를 들추어내어 무엇하랴. 그가 자신의 지위에 위협을 받을까 두려워하여 변경 방비의 총책을 당장(唐將)에게 주지 않고 호족(胡族) 안록산한테 맡긴 것이 결국 오늘의 사태를 초래하였다 한들 지금 와서 그런 것을 따져서 무엇하겠는가.

안록산은 본래 호국(胡國) 변방 사람으로서 본명은 알락산(軋犖山)이라 하였다. 그런데 그의 생모 아사덕(阿史德)이 재가하는 바람에 그는 계부의 성을 좇아 안록산이라 이름을 고쳤던 것이다. 그는 돌궐에 난이 일어나자 계부의 아들 안사순(安思順)과 함께 난을 피해 도망쳐 나왔는데 이것이 그가 당나라에 첫발을 디디게 된 계기였다.

그 뒤 안록산은 평로토격사(平盧討擊使)를 첫출발로 온갖 재간을 다 피워 영주 도독(營州都督) 겸 평로군사(平盧軍使)를 거쳐 범양 절도사가 되고 뒤에는 하서(河西) 하남(河南) 하동 절도사(河東節度使)까지 겸하였을 뿐 아니라 어사대부의 벼슬과 유성군공(柳城君公) 등의 작위도 수두룩하게 받고 동평군왕(東平君王)에 봉함을 받아 어원(御苑)이었던 영녕원(永寧園)에다 호사를 극한 저택을 짓기도 한 무소부지의 세기적 반역아로서 이미 오래 전부터 그 장대 호쾌한 완력으로 안록산은 황제의 후궁 양귀비까지 손아귀에 넣고 있던 것이다.

이런 안록산이 천지를 진동하는 말발굽 소리를 내며 일로 장안을 향해 쇄도하여 오고 있는데 여산 화청궁의 어전회의에서는 오랜 시간 쓸데없는 입씨름만 계속하고 있었다.

그러나 아무리 그러고 있어 봤자 장검 한번 들어본 일도 없는 주름투성이 중신들의 입이 밀물처럼 쓸려오는 대군을 막을 길은 없어 마침내 어전회의는 기분 좋은 결론을 내리고 말았다.

"반란하는 자는 오로지 안록산 하나뿐이다. 다른 군장들은 결코 반조(反朝)에 가담하지 않을 것이므로 태평성세를 누리는 백성이 꺼리는 난리는 그 명분도 호응도 얻지 못하여 열흘 안에 완전히 토벌, 진압되고 말 것이다."

이런 결론을 내린 다음 다소 안도감을 가진 현종이 자리를 뜨고 이어 양귀비와 양국충과 고력사도 물러간 회의장에는 중신들만 남아 우선 낙양과 하동, 두 요충에 대한 방어책을 숙의하였다.

그때 떠오른 것이 사마(司馬) 봉상청이었다. 그는 마침 안서 절도사 왕정견의 급사(急死)로 후임 절도사에 봉함을 받아, 고선지 장군이 지키고 그 스스로 보필하던 감회어린 그곳으로 부임하기 위하여 출발 인사차 입조해 있었던 것이다.

다음날 현종은 지체없이 안서 절도사 봉상청을 범양 평로 절도사(范陽平盧節度使)에 임명하고 여산 화청궁으로 입시토록 명하였다.

중신들의 눈에는 다리를 절며 화청궁으로 들어서는 봉상청도 여간 믿음직스럽지가 않았다. 그러함에 하물며 그의 장담에 이르러서랴. 봉상청은 큰 소리로 말하였던 것이다.

"신으로 하여금 말을 달려 낙양에 이르게 하옵소서. 강을 건너 며칠 안으로 오랑캐 안록산의 목을 베어 옆구리에 차고 돌아오겠나이다."

봉상청의 말 한 마디로 화청궁은 불시에 활기를 되찾은 듯하였다. 봉상청 장군은 그날 밤으로 곧 낙양을 향해 떠났다. 그러나 몇 만명은 필요한 군졸을 단 몇 백도 구하기 어려워 부고(府庫)를 열고 용사를 모집하여 농가의 장정들을 끌어 모으니 이것이 군대인가. 이런 오합지중으로 조수처럼 밀어닥치는 안록산의 반군을 어찌 저지할 수 있단 말이가.

안록산은 처음,

"폐하로부터 밀지(密旨)가 내려왔도다. 급히 병사를 거느리고 입조하여 재상 양국충을 토벌하라는 분부이시다. 병사는 모두 나의 명령에 따라야 하리라."

하고 거짓을 말하여 자신의 지배 아래에 있는 모든 군단은 물론 계(契)·거란·실위족(實韋族)의 군대까지 동원하는 데 성공하자 곧 범양 절도부사(副使) 가순(賈循)으로 하여금 범양을 수비케 하고, 평로절도부사 여지회(呂知誨)에겐 평로를, 별장(別將) 고수암(高秀巖)에겐 대동(大同)을 각각 수비케 한 다음 나머지 군단을 모조리 끌고 발진, 일거에 진유(陳留)와 형양(榮陽)을 함락하고 낙양으로 밀려 내려오고 있었던 것이다.

사사명(史思明)과 장통유(張通儒)가 손발처럼 움직이는 안록산의 군사는 어느 한 사람 전열을 흐트리는 자가 없었다. 안록산이 진중에 내린 포고문은 다음과 같았다.

"만일 딴 뜻을 품고 병사를 선동하는 자는 고하를 막론하고 삼족(三族)을 참하리라."

태평성세를 구가하고 있다가 난데없이 반란 소식으로 삽시간에 걷잡을 수 없는 불안과 공포에 휩싸여 버린 수도 장안을 뒤로 하고 단숨에 낙양으로 내달린 절도사 봉상청은 장담한 대로 군병 6만을 모아 하양교(河陽橋)를 끊고 수비를 굳건히 하는 데 일단 성공하였다. 그가 비록 농군일망정 대군을 모집하여 방비태세를 갖추었다는 소식은 화청궁을 여간 기쁘게 하지 않았다. 얼마 안 가서 안록산의 목이 봉상청의 손에 들리어 오게 되리라는 환상을 모두 즐겼다.

한편 현종은 양귀비와 함께 여산의 화청궁을 떠나 금위(禁衛) 12만이 대궐을 지키고 있는 장안으로 귀환하고, 안록산과 연고가 있는 자는 모조리 잡아서 참수하거나 스스로 목숨을 끊으라는 칙령을 내렸다. 이에 따라 장안에 남아 있던 안록산의 아들 경종(慶宗)도 참수를 당하였다.

고선지 장군이 4년 동안의 칩거 끝에 다시 갑옷을 입게 된 것은 바로 이 무렵이었다.

현종은 나라의 비상사태를 맞아 지방관리를 이동하고 요소요소에 방어사(防禦使)를 임명하더니 곧이어 동정군(東征軍)에 관한 조서(詔書)를 내리고 현종의 다섯째 아들인 경조목(京兆牧) 영왕(榮王) 완(琬)을 원수(元帥)로, 고선지 장군을 그 부원수로 임명하였던 것이다.

동시에 현종은 경사(京師)에게 모병에 착수토록 명하여 단번에 15만 명이 모였으며, 모두 장안 백성의 자제들로 조직된 이 병단(兵團)을 천무군(天武軍)이라 이름하였다. 고선지 장군은 섣달 초순에 우선 그중 5만 명을 거느리고 친히 근정루(勤政樓)까지 나와 무운을 빌어 주는 현종의 전송을 받으며 장안을 떠나 장안과 낙양 중간에 있는 섬주(陝州)로 출진하였다.

원수로 임명된 영왕 완은 명목뿐으로 장안에 그대로 머물러 있고 병마의 실권은 오로지 왕년의 파미르 고원 명장 고선지 장군에 맡겨져 있었던 것이다. 제국 황제로부터 삭방(朔方)과 하서 농우(隴右)로, 만리장성과 황하(黃河)의 물길이 엇갈리며 안고 도는 험준한 그곳으로 가서 관동(關東)의 반란군을 물리치라는 명령을 장군은 받고 있었던 것이다.

그러나 장군은 황제의 명령이라 어쩔 수 없이 나서기는 하지만 도무지 마음이 내키지 않았다. 우선 실전의 경험이 태무한 장정들로 구성된 병단은 막강한 안록산의 군대에 대적이 될 리 없었다.

거기다가 장군이 장안을 출발한 섣달 초순 무렵에는 이미 안록산의 군사가 황하를 도강하여 일로 하남 땅으로 밀어닥치고 있었다. 반군이 내려오는 속도는 거의 믿을 수 없을 정도로 빨라서 도무지 걷잡을 수가 없을 지경이었다. 그가 거쳐가는 고을은 모조리 함락되고 맞서는 자는 목이 잘려서, 섣달 초여드레에는 벌써 낙양 못미쳐까지 내려 뻗치고 있었다.

그리하여 변방에서의 실전 경험과 부단한 훈련을 쌓은 안록산의 군사는 봉상청의 오합지졸을 맞자 단칼에 무찔러 버리고 말았다. 봉상청의 충의의 마음만으로는 파죽의 세로 내닫는 반군의 세력을 막아낼 도리가 없었다.

봉상청의 군사는 패퇴하고 안록산은 섣달 열사흘, 군사를 이끌고 드디어 낙양에 입성하였다. 승승장구, 안록산이 당제국의 사직을 끊을 날도 얼마 남지 않은 듯이 보였다.

고선지 장군은 봉상청이 낙양에서 대패하였다는 소식을 듣고 여간 가슴이 아프지 않았다. 이게 무슨 몹쓸 운명인가. 모처럼 절도사가 되어 부임하려던 찰나에 군사도 아닌 군사를 끌고 엉뚱한 전진으로 빠져들게 되었으니 말이다.

봉상청은 안서 4진 절도사로 명함을 받았을 때 장군의 처소로 찾아온 일이 있었다.

"대장군, 오랜만에 인사 여쭈옵니다."

"이 누추한 곳까지 오시다니, 이번에 안서군 절도사가 되셨다는 소식은 듣고 있소이다."

"대장군의 뜻을 이어 소신이 안서로 가게 된 것을 기뻐하여 주소서."

"아, 기쁘다마다. 그 누구보다 기뻐한 것은 바로 이 사람이오."

"황공하오이다. 소신은 가더라도 소군을 거느리고 조용히 지낼까 하옵니다. 소신이 보기에는 세상 인심이 날이 갈수록 점점 더 각박해지고, 아무래도 천조의 명이 다한 것같이 느껴지오이다. 어찌하여 천자께서는 황태자 충왕(忠王)에 양위(讓位)하지 않으시는지……"

"나도 그렇게 생각하오이다마는 아무쪼록 군신은 진충(盡忠)으로 나라를 지켜야 할 뿐이오."

"명심하겠소이다, 대장군."

"장군의 무운장성(武運長盛)을 비오."

"대장군님, 만수무강하소서."

그렇게 하여 잠깐 면대하고 총총히 떠난 봉상청이 엉뚱하게 반란군 진압 명령을 받아 임지로 가지도 못하고 당치 않은 곳에서 패주를 하게 되다니. 장군은 초조하게 봉상청의 소식을 기다렸다. 낙양을 지키던 이징과 장청(將淸)도 전몰하였다 하지 않는가.

한편 낙양이 반도(叛徒)의 수중에 떨어졌다는 보고는 장안의 모든 사람들을 경악케 하였다. 안록산의 군사가 그토록 거칠 것 없이 내리덮치리라곤 아무도 생각하지 않았으며 용장 봉상청이 지키는 낙양이 그토록 손쉽게 함락되리라고는 더구나 상상조차 하지 못하였던 것이다.

현종은 낙양이 유린되었다는 소식에 대노하고 있었다. 안록산의 목을 베어 바치겠다고 큰 소리치던 봉상청이 적배(賊輩)의 모가지는커녕 패주하였다니 되기나 할 소린가. 개전 초기의 황망한 때에 들은 봉상청의 장담이어서 현종에겐 그의 말이 너무나 강렬하고 생생하게 남아 있었던 것이다.

현종은 곧 어전회의를 열고 엄히 명하였다.

"봉상청으로 하여금 낙양을 기필코 탈환케 하라!"

그러나 이때 봉상청은 겨우 패잔병을 긁어모아 섬주까지 패주하여 내려와 있을 때였다.

거기는 고선지 장군이 진을 치고 있는 곳이었다. 봉상청의 잔병이 장군의 군사와 합류하였다.

탈라스 대회전 이래 실로 4년 만에 또다시 같은 전선에 서게 된 두 사람의 감회는 참으로 착잡한 데가 있었다.

고선지 장군은 우선 패장 봉상청을 위무하였다.

"군병이 길들지 않은 탓이었을 거외다."

"뵐 낯이 없사옵니다, 대장군."

"이제 어찌하였으면 좋겠소?"

"반적의 세력은 너무나 강대하여 이 우중(愚衆)을 끌고는 도저히 상대가 되지 않사옵니다. 반적의 무리들은 용맹한 기병만도 만이나 되고 정병 20만으로 물밀 듯이 밀어붙이고 있사옵니다."

"그런 줄 알면서 장군이 천자 앞에서 허언(虛言)을 한 이유는 무엇이오 ? ”

“소신이 여산의 화청궁에 막 당도하였을 때는 음란과 사치와 패륜의 온탕처가 사색이 다 되어 떨고 있었사옵니다. 그래서 우선 기운을 좀 북돋아야 하겠다고 생각하여 그런 호언장담으로 탕처의 사람들을 기쁘게 하여 주었나이다. ”

“하지만 장군의 그런 허언이 황제를 진노하게 하지 않았소이까. ”

“충성하고자 하는 마음에는 변함이 없사옵니다. 그리고 군사가 조금만 유능하였어도 막아낼 수 있었으리이다. ”

“그럼 지금은 어떻게 하였으면 좋겠소 ? ”

“반도들을 막아내자면 곧 동관(潼關)까지 물러나서 거기서 지키는 것이 상책인 줄 아옵니다. 하오나 천자께서 이웃 나라로 몽진(蒙塵)하시는 사태가 기필코 올 것 같은 느낌이오니다. ”

동관이라면 산허리에 구름이 걸리는 천하의 험관(險關)이 아닌가. 섬서성과 하남성의 중간에 자리잡고 있는 이 동관은 그 지형지세로 보아 최후의 방어를 위한 아주 적합한 땅이었다.

장군은 더 생각하여 볼 것도 없이 봉상청의 말대로 동관까지 군사를 물리기로 하였다. 그러나 태원창(太原倉)을 봉함한 채로 고스란히 적도의 수중으로 넘길 수는 없었다.

장군은 또 다시 감군으로 따라와 있는 변영성과 의논도 없이 군사들로 하여금 태원창의 문을 부수도록 명하였다.

“창고 안에 쌓인 모든 전견(錢絹)은 군장과 사졸이 골고루 나누어 가지도록 하라. ”

그러나 이 태원창 파괴와 그 저장품을 분배하는 시간에 반군의 선진은 이미 섬주에 들어서 버려서 장군의 군사가 동관까지 후퇴해 오는 길에서는 급추격한 적의 기습으로 적지 않은 인명 피해를 입을 정도로 사태는 걷잡을 수 없이 위급한 상황으로 떨어지고 있었다. 적은 그렇게 빠른 속도로 관군을 몰아치고 있었던 것이다.

봉상청으로 하여금 낙양을 탈환토록 하라는 칙령을 지닌 사신이 미처 장안을 출발하기도 전에 봉상청은 낙양으로 가기는커녕 다시 동관까지 퇴각해 오고 말았으며 이에는 동정군 5만을 거느린 고선지조차 한몫 끼여 있다는 소식이 조정에 전해졌다. 한번 싸워보지도 않고 섬주마저 고스란히 적에게 넘겨주고 함께 동관으로 내려왔다는 밀주(密奏)를 접하자 현종의 진노는 극에 달하였다.

황제에게 밀주를 올린 사람은 물론 감군 변영성이었다. 변영성은 현역에 복귀한 장군에게 금품을 요구하며 따라다니다가 장군이 이를 거부하자 앙심을 품고 현종에게 상주하여 고선지가 봉상청과 의논하고 전투다운 전투 한번 해 봄이 없이 동관까지 퇴각하였으므로 이는 문책되어 마땅하다고 썼다.

뿐만 아니라 변영성은 거기에 덧붙여,

"고선지는 태원창을 파괴, 전견을 약취하고 폐하가 내리신 품사(稟賜)까지도 도사(盜私)하였습니다. "

하고 얼토당토 않은 누명까지 씌웠다.

이 밀주를 받아 본 현종은 거침없이 일갈 엄명을 내렸으니……

"그 두 자를 당장 참수에 처하라 ! 진중에서 목을 베라 ! "

현종의 손이 부르르 떨고 있었다. 막을 길 없이 밀려 내려오는 반도의 위세에 눌릴 대로 눌려 마음의 평정을 잃고 있던 현종은 재상 양국충을 비롯한 조신들의 만류도 듣지 않았다.

양국충은 재차 간청하였다.

"지은 죄는 참수되어 마땅하오나 지금 이 경각을 다투는 마당에는 한 사람의 군장도 하나의 사졸도 잃어서는 아니될 때가 아니옵니까. "

"듣기 싫소. 형부상서(刑部尙書)는 지체없이 그자들의 참수를 명하는 제지(制旨)를 내리도록 하라 ! "

현종은 몇 해 만에 처음으로 권력자의 위엄을 되찾고 있는 것인

가. 그러나 무력한 병력을 감안하여 지형지세를 이용해서 수도를 방
어하겠다는 노련한 경험에서 얻은 작전상의 퇴각을 두고 그러한 참
혹한 엄명이 내려지다니. 더구나 동관에서 전열을 가다듬은 두 장군
의 군사는 유리한 지리적 요새를 이용하여 적군의 쇄도하는 진격을
주춤 멈추게 하고 있던 중이 아니던가. 한때의 패적(敗績)을 문책
하여 이미 봉상청의 관위를 박탈하였으면 족하지 장군의 진중에 그
대로 머물러 백의종군하고 있는 그에게 다시는 되돌릴 수 없는 극형
을 내리다니…….

　그러나 봉상청은 감군 변영성이 내민 현종의 참죄(斬罪) 제지를
받고 추호도 당황하는 빛 없이 조용히 죽음을 받았다.

　장군이 소식을 듣고 달려왔을 때는 이미 봉상청은 싸늘한 시신
(屍身)으로 누워 있었다. 이어 변영성은 장군을 보자 기다렸다는 듯
이 소리쳤다.

　"이걸 받으시오! 은명(恩命)이오!"

　장군은 순간 주위를 둘러 보았다. 맥도(陌刀)를 든 형리들이 주
욱 둘러서 있었다.

　─드디어 올 것이 오고야 말았구나. 왜 4년 전에 처참(處斬)
　당하지 못하였더냐.

　엄숙하여야 할 칙령을 거행하는 자리에 회심의 미소를 머금은 듯
서 있던 변영성도 장군의 끄떡 않는 의지를 보자 표정이 굳어졌다.
그것은 문 밖에 도열하여 장군을 참함은 당치 않다고 오열하는 천무
군 장병들의 울부짖음 때문이 아니었다.

　장군이 과연 군량을 감절(減截)하였고, 황제가 친히 군사에게 내
릴 품사를 횡류하였던가. 어차피 버리고 가면 반적의 수중에 들어갈
것이 뻔한 태원창의 전견을 사랑하는 휘하 장병들에게 고루 나누어
주어 사기를 북돋자 한 것이 그토록 잘못된 행동이었단 말인가.

　변영성은 자신의 밀주에 생각이 미치자 얼굴이 화끈 달아올랐다.

순간 변영성은 더욱 다급한 목소리로 소리쳤다.

"어서 칼을 받으시오!"

장군은 변영성의 역정 섞인 고함을 들은 척도 않고 다시 봉상청의 주검 앞으로 걸음을 옮겼다. 봉상청은 거적때기를 덮고 정밀(靜謐)한 침묵 속에 누워 있었다.

장군은 무릎을 꿇었다. 그리고 속삭이듯 말하였다.

"모든 것은 제국의 뜻이오, 장군. 죽음을 무릅쓰고 사선(死線)을 같이 넘은 우리가 이제 죽음 앞에 함께하고 있소. 오랜 세월 전진(戰塵)을 씻고 비로소 평온한 안식을 취하고 있는 장군을 나는 보고 있소. 그간의 정의를 감사하며 이제 곧 나도 뒤따르리이다. 부디 명부(冥府)의 축복을……"

이어 대장군 고선지는 칼을 받고 쓰러지니, 한 고려인이 이역 하늘 아래에서 파란 중첩의 생애를 처참하게 끝맺은 것은 천보 14재 곧, 서력 기원 755년 12월 20일이었다.

장군의 죽음에 경악한 듯 동관의 거친 유곡(幽谷)에는 풍우도 얼어서 세모(歲暮) 밑의 희뿌연 하늘에선 백설이 풋풋 나부끼기 시작하였다.

마멸

계절은 마른 잎이 뒹구는 아주 쾌적한 때였다. 보통 때 같으면 뭔가 일어날 것 같은 예감으로 제가끔 부풀어 있을 그런 철이었다. 말하자면 아주 우연한 인연으로 아리따운 여인을 만날지도 모른다는. 만약 그렇게만 된다면 모든 것 다 때려치우고 소리 없이 잠적, 사랑만 먹고 살 자신이 있다는……

그러나 금년은 사정이 달랐다. 정태(廷泰)가 병을 앓고 있으므로 경욱(敬旭)이나 은수(恩秀)의 마음은 낙엽 밟히는 소리에 스산함을 느낄 정도로 음울하지 않을 수 없었다. 너무 방정맞은 예감이지만 자식이 꼭 어느 날 아침 싸늘한 시체로 변해 버릴 것 같기만 했다.

그렇다. 너무 방정맞은 생각임에 틀림없다. 자식은 비록 백지장처럼 핏기 없는 얼굴을 하고 있긴 하지만 터무니없이 여윈 것 외엔 뚜렷한 병명을 갖고 있지도 않고 몸을 움직이는 데 불편을 느끼거나 의사 소통이 어려운 것도 아니다. 자식의 빛나는 눈동자나 거침없는 말주변을 지켜보노라면 도무지 이 자식이 왜 병석에 누워 있는지 영문을 모르게 된다. 특히 그는 그가 즐겨 애기하려 하는 옛일의 회상에서 거의 천재적인 기억력을 발휘하는데, 어느 정도냐 하면 정태는 그들 셋이 고향에서 초등학교나 중학교를 다닐 때 있었던 일이라면 어떤 하잘 것 없는 일도 하나 빼놓지 않고 모조리 기억해 내는 것이다.

예를 들면 겨울방학이 되어 날씨가 꽝꽝 추워지기 시작하면 그들은 밤마다 장대와 손전등과 잠자리채를 들고 추녀 밑에 숨어 든 참새집을 쑤시느라 밤이 이슥하도록 집집을 돌아다니곤 했는데, 자식이 그때 어느 집 어른 누가 뭐라고 야단을 쳐서 쫓겨났으며 어느 집에서 참새 대신 생쥐새끼가 그물 속으로 뛰어들었다는 것을 기억하는 건 바로 며칠 전에 있었던 일처럼 손쉬웠고, 만약 요구만 한다면 어느 해엔 몇 마리를 잡았고 잡은 참새는 구워서 누가 몇 마리를 더 먹었다는 것까지 말해 주었을지 모른다. 이렇듯 지나치게 멀쩡한 자식이 시들시들 이유도 없이 곯아가고 있으니 도대체 무슨 영문인가. 그러다 보다 못한 은수와 경욱이 의사를 찾아갔을 때 대머리 의사의 말은 정태의 바로 그런 점이 환부라는 게 아니던가.

두 사람은 놀라지 않을 수 없었다. 그렇게 단정적인 진단을 내린 것은 그 의사가 처음이었기 때문이다. 그는 그들이 찾아간 첫 의사가 아니었다. 그들은 이미 정태를 데리고 여러 의사를 찾아가 보였고, 온갖 검사와 뢴트겐 사진들도 다 촬영했던 것이다. 그럼에도 드디어 이상이 나타났다고 말한 의사는 하나도 없었다. 진찰이라니, 무슨 뚱딴지 같은 수작들이냐고 완강히 반발하는데도 순전히 완력으로 병원까지 끌고 간 두 사람한테 정태는 원망이 대단했다.

"둘이 달려들어 하날 미쳤다고 우기면 별 수 없이 미치광이가 된다더니 네놈들이 바로 그 짝이구나, 멀쩡한 사람 괜히 병원으로 끌고 와선."

"의사들이 엉터리야. 기계와 시험지만 뺏아버리면 쪽을 못 쓰는 치들이거든."

“어렵쇼.”

“우린 확신하지만 넌 환자야.”

“이 자식들이 이젠 의사까지 제쳐놓고 생사람 잡으려 든다.”

“넌 의사를 믿니?”

“난 아무도 안 믿어, 나 자신도.”

“그 말 한 마딘 어째 정상이군.”

“그럼 내가 정말 정신병자라도 된단 말이냐?”

바로 그것이었다. 경욱과 은수는 정태가 반문하기 위해 내뱉은 그 한 마디 정신병자라는 말에 결정적인 암시를 얻어 자식 몰래 정신신경과 의사를 찾아갔던 것이다. 앞에서 말한 대머리란 바로 그 병원 원장이었다. 처음으로 긍정적인 대답을 들은 두 사람은 놀란 나머지 입을 하 벌리고 말았다. 자칫했다간 정태를 그 병원 복도 안쪽에 있을 철창 속으로 처넣게 될지도 모를 일이었기 때문이다.

그들은 가능하면 꽁무니를 뽑아 달아나고 싶었다. 말하자면 은닉하고 있던 정태를 밀고하고 만 격이 된 그들이니 말이다. 그러나 달아날 기회가 없었으므로 두 사람은 평계를 달기 위해 묻지 않을 수 없었다.

“총명한 기억력을 가진 것이 환부라니 그게 무슨 말씀이십니까, 의사 선생님?”

의사는 대답 대신 그들을 뚫어지게 노려보았다. 주눅이 들 정도로 무섭게 구르는 눈동자였다.

“자네들 학생이지?”

“네, 그렇습니다만.”

“그럼 그 친군?”

“저희 친굽니다.”

“하숙하나?”

“그 친군 요즘 몸이 쇠약해져서 하숙을 하고 있지만 저흰 가정교사를 합니다.”

“그럼 모두 지방 출신이군. 조금 전에 뭘 물었지, 자네들?”

“저희 친구가 무슨 병을 앓고 있는지 여쭸습니다.”

“절망증(絕望症).”

“절망증?” 하고 두 사람은 동시에 소리쳤다. “그런 병명이 다 있습니까?”

“있지. 무서운 병이야.”

“어떻게 무섭습니까?”

“인간 관계에 대한 절망이니까. 그가 총명하다는 건 옛날의 회상을 비상한 기억력으로 즐긴다는 얘기겠지, 아름다운 옛일에 대해 말이야?”

“그렇게 볼 수도 있겠지요.”

“신들린 것 같지 않던가? 아마 그럴 걸.”

“신들린 것 같다니요?”

“초인적인 기억력을 갖고 있다는 얘기지. 예를 들면 소학교 다닐 때…….”

“저흰 소학교가 아니라 국민학교를 다녔습니다.”

“그렇군. 고향에서 국민학교를 다닐 때 운동회가 있었는데 솔잎을 덮어 만든 개선문을 통과하려는 찰나에 누가 넘어져서 흰 운동복을 다 버렸다든지 하는.”

“누가 넘어지다니요?”

“발을 걸어도 안 넘어져?”

“발을 걸어요?”

“내 경우엔 오학년 가을 대운동회 때 내 앞에 걸어가던 여학생이 넘어졌지. 내가 발을 걸었거든.”

“의사가 되신 이유를 알겠군요. 잔인하시기도…….”

“묻는 말에나 대답해.”

“뭘 물으셨던가요?”

“누가 넘어졌냐니깐, 오학년 운동회 때.”

“제 모자가 벗겨졌었지요. 하지만 개선문을 나설 때가 아니고 장애물 경주 때였죠.”

은수는 대답하는 동안에 드디어 기억이 났으므로 항의했다.

“선생님이 물으신 건 모자 얘기가 아니었잖습니까?”

“아니었지. 누가 넘어졌느냐고 물었지.”

“그것도 아니죠. 제 친구의 초인적인 기억력에 대해 물으시고 계셨잖아요.”

“자네도 초인적인 기억력을 가졌군. 그새 옛 소학교, 아니 국민학교 운동회까지 갔다가 이 병원으로 되돌아왔으니 말일세.”

대머리 의사는 말을 끊고 아까처럼 두 사람을 뚫어지게 노려보기 시작했다. 두 사람은 여자의 얼굴이 아닌 것이 민망스러워 고개를 떨구고 의사의 다음 말을 기다렸다. 그러나 아무리 기다려도 의사는 더 이상 말이 없었다.

오 분은 충분히 기다렸으므로 은수는 재촉하지 않을 수 없었다.

“의사 선생님, 그 친구가 환자라고 말씀하셨으니 어떻게 해야 하는지도 가르쳐 주셔야지요.”

“내, 자네한테 한 가지 충고해야겠네. 자네들 두 사람은 지금 남 걱정할 여유가 없어. 자네들도 자네들이 염려해 마지 않는 그 친구와 똑같은 환자다 이 말이야. 아니 어쩌면 자네들이 더욱 중증일지도 몰라. 난 자네들이 문간에 나타났을 때 이미 그걸 알았어. 그러니까 자네들은 지금 이 시각부터 자신의 건강이나 염려하도록 해. 이상.”

은수나 경욱은 의사의 주장에 여간 기분이 상하지 않았다. 친구의 병에 대해 상의하러 온 사람을 터무니없는 환자 취급이라니 무슨 망발인가. 은수는 경욱의 팔을 끌며 지체없이 작별을 고했다.

“안녕히 계십시오.”

“그 친구를 말이야,” 하고 의사는 의젓한 목소리를 만들어 말했다. “아주 따뜻하게 대해 주도록 노력해. 그는 인간 불신이라는 삭막한 절망으로 인하여 흔히 유대감을 상실한 사람들이 그렇듯이 인정이란 것에는 쉽게 감동한다고.”

“어떻게 해야 된다고요?”

“친구를 많이 만들란 말이야.”

“친구가 어디 있어야죠.”

“회상은 그런 적막감을 보상 받으려는 하나의 몸부림일 뿐이야.”

“보상 받으려는 것이 아니라 그런 세계로 되돌아가야지요. 그렇지 않곤 이 세상은 구제 받지 못해요.”

“자넨 옳은 말을 꽤 하는군. 하지만 자넨 환자거든.”

“악담 마십시오.”

“자네들 모두가 여자를 한 번 사귀어 보게. 연애를 해보란 말야.”

“연애요? 말도 마십시오.”

“왜, 실연했나? 실연도 쓴 것만은 아니야.”

“실연이라도 당해 봤으면 괜찮게요.”

“유학생들이 뭐 그따위야. 옛날엔 그렇지 않았어.”

관부연락선을 탄 사람들 말이냐고 되묻고자 하는데 경욱이 끌었으므로 은수는 포기하고 병원 복도로 나왔다. 안에서 소리치는 작별 인사가 들렸다.

“잘 가게들!”

“안녕히……”

하고 대답하는 것마저 경욱은 중단시키며 막무가내로 팔을 끌었다.

그 날 두 사람은 밖으로 나온 다음 가볍게 다투었다. 은수는 경욱이 정태의 병에 대해 무관심한 듯한 태도가 불만이었다. 정태에게 이상이 있다고 말한 최초의 의사이자 그 증상에 대해선 환자를 보지도 않고 빈틈없이 알아맞히는 의사에게 말을 못 붙이게 하는 이유는 무엇이냐.

경욱은 비웃음이 번진 얼굴을 하고 말했다.

"그 의사라는 작자 미친 친구란 말야, 정신병자."

"어째서?"

"우리 보고 환자라고 우기잖던. 돌았어. 기분 나빠."

"그 말이 사실인지 아니. 어쩌면 우린 우리도 모르는 사이에 어떤 악성 질환에 걸려 있는지도 모르잖느냐 말야."

"이제 보니 너도 걸려들었구나. 그건 함정이야, 장삿속으로 파 논."

"그럴까……?"

"재수 없는 소리 마. 우리가 왜 환자니? 정태 자식도 마찬가지 야. 이제 봐, 곧 멀쩡해질 테니."

"꽁무니 뽑지 마. 너보고 걱정해 달라는 것도 아니니까."

"이 새끼가?"

"이 새끼가?"

두 사람은 서로 목을 비틀어잡고 엉겨붙었으나 메다꽂지는 않았 다. 경욱이 재빨리 멱살을 풀고 소리쳤기 때문이다.

"우리, 서로 손해볼 짓 하지 말자. 이 손 놔."

"의 상하겠지, 고향 친구들끼리?"

하는 말과 함께 은수는 무방비 상태에 있는 경욱을 담벼락 밑창에 메어꽂아 버렸다.

"고향 친구 좋아한다."

은수는 한 마디 내뱉자마자 횡하니 그 자리를 떠나버렸다. 그러나 분명히 정태의 하숙에 와 있으리라고 생각한 경욱은 은수가 거기 도 착했을 때 보이지 않았다. 은수는 아랫목에 시체처럼 누워 있는 정 태를 향해 다급하게 물었다.

“경욱이 자식 안 왔었니?”

“너랑 같이 나갔잖니.”

“난 도중에 처져서 소주 몇 잔을 걸쳤거든.”

“혼자서?”

“그래, 혼자서. 자식은 싫대더라.”

“그럼, 애 가르치러 갔겠지.”

“아냐. 이상한데.”

은수는 공연히 불길한 느낌이 들었다. 웬지 경욱이 다시는 나타나지 않을 것만 같아서였다. 정태가 초조한 얼굴을 하고 있는 그를 올려다보며 물었다.

“너, 왜 그러니?”

“뭘, 내가 어쨌게?” 하고 은수는 시치미를 떼고 말하지 않았다.

“넌 좀 어떠니? 기분이 괜찮아졌니, 아까보다?”

“지금이 콩서리 해먹을 때니, 집에 있으면?”

“아직은 콩이 익지 않았을 걸.”

“여태 그러니?”

“너, 그러지 말고 고향에 한 번 다녀오는 게 어떠니?”

“못 가!”

못 가는 건 당연하다. 고시(考試)에 대해서 설명할 말이 없으므로 그들은 내려갈 수가 없는 것이다. 왜 그들의 부모들은 그들이 고시만을 위해 살기를 바라는 것인가. 그러나 그들이 그렇게 물었을 때 그들의 아버지들은 이렇게 말했다.

— 일제 때 새파란 까까머리 군수가 말을 타고 내려왔었다. 윗마을에 사는 지봉댁 아들이었지. 학교에 다니면서 고문(高文)에 파스한 거야. 그 당당한 세도에 온 고을이 발칵 뒤집혔다.

— 지금은 왜정 때 같은 고등고시라는 게 없어요. 삼급 행정고시니 사법고시니 하지 고시(高試)는 아녜요.

—그럼 군수가 안 된단 말이냐?

—왜요, 군수는 돼죠.

—그런데?

—하지만 저까지 군수가 되면 이 고을엔 군수가 몇예요, 은수도 되고 경욱이도 되고 하면?

—무슨 소리냐, 너부터 돼야지.

'전 관리는 죽어도 싫어요'라고 말하고 싶었지만 정태는 차마 그렇게까진 입이 떨어지지 않았다. 그건 은수도 경욱이도 마찬가지였다.

—고문할 거냐, 안 할 거냐?

—고문이 아니라니깐요.

—군수하긴 마찬가지라며?

—노력해 보죠.

—왜 기어들어가는 소리냐?

—할게요.

이렇듯 철석같이 맹세를 해놓곤 학교로 돌아오면 심심찮게 체포됐다거나 구류를 산다는 소식만 전하게 되는 그들이었다. 그도 그럴 것이 그들은 관리는 않겠다는 뜻의 맹세를 그렇게 표현한 것이니까.

그러나 서울로 올라갔다고 당장 안도의 숨을 내쉴 무슨 건덕지가 있는가.

친구들은 하나 둘 영악한 실리(實利)의 눈초리로 돌아가고……. 그들의 영롱한 직관마저도 쉴새없이 녹슬어가는 것을 보는 건 여간 괴로운 것이 아니었다.

정태는 초점이 풀린 눈을 힘없이 떠 보이며 말했다.

"너도 아이 가르치러 갈 시간 아니냐?"

"관둬."

"가봐라."

“너 혼자 있을 수 있니?”

“염려 마.”

염려 말라는 말이 은수에겐 꼭 “난 언제나 혼자야”라는 말로 들렸으므로 그는 더 자리를 뜰 수가 없었다.

“관두겠어, 오늘은.”

“가보라니까. 난 문제 없어.”

“그럼 갔다가 다시 올게. 고향에 다녀오는 거 한 번 생각해봐.”

그런 지 닷새만에 경욱은 마침내 정태의 하숙에 나타나 주었다. 은수는 여간 반갑지 않았으므로 곧 그를 끌고 문밖으로 나왔다.

두 사람은 순대국을 파는 소주집으로 갔다. 경욱도 소주를 마시게 된 걸 아주 즐거워했다.

은수는 자신이 서서 제의했다.

“야, 우리 정태 자식 끌고 등산 한 번 가보자.”

“등산?”

“응, 등산. 의사가 그랬잖어, 여자를 한 번 사귀어보라고.”

“그럼 등산이란 말이 연애란 말이냐?”

“거기 가면 여자도 올 거 아냐.”

“거기 어디?”

“산에. 산 앞에 서면 누구나 순수해지거든.”

“순수해진 가슴을 울렁거리게 한다? 너도 참 한심하게 고리타분하구나.”

“그럼 연애를 해야 한다는데 어떻게 하니?”

“촌놈 같은 소리 마. 그래가지곤 백날 가봐라 되나.”

“좋다. 어쨌든 내일 당장 산에 갈 거야, 안 갈 거야?”

“잔소리 말고 내 꽁무니 따라붙어.”

“어딜 가는데?”

“여자 구하러.”

두 사람은 마지막 소주잔을 홀짝 털어 마시고 술집을 나섰다. 경욱은 휘파람을 쌕쌕 불어젖히며 거드럭거렸으므로 은수는 벌써 가슴이 두근거렸다.

"여자 구하는 델 알면서 왜 여태 암말 안 하고 있었니, 이 자식아."

"병신, 여자 파는 데가 어딨어."

"그럼 어딜 가는 거니, 지금 우린?"

"아무 데나. 여자가 걸릴 때까지."

은수는 갑자기 맥이 빠졌다. 이런 개자식, 사람 잔뜩 바람만 넣어 놓곤……

"야, 이 헐레 빠진 허풍선이야!"

"잔소리 말고 따라오라니깐. 알고 보면 실은 맨이야, 계집애들."

"어딜 가면?"

"길바닥에."

"허풍 떨지 마."

은수는 급기야 우뚝 멈춰 서고 말았다. 소주도 한 잔 들이켰겠다, 술기운만 믿고 터무니 없는 소릴 지껄이는 것임에 분명했던 것이다. 그러나 경욱은 그가 멈춰 서는 것을 용납하지 않았다.

"이 촌놈의 새끼, 따라오지 못해."

경욱은 눈을 부라리고 그를 노려보았다. 은수에게 그것은 무서운 눈초리처럼 보였으므로 그는 싱긋 한 번 웃어 보이고 나서 다시 경욱을 따라붙기 시작했다. 경욱은 불량배 같은 몸짓을 하며 중단했던 휘파람을 또 쌕쌕 불어젖히기 시작했다. 그러다가 느닷없이 은수를 돌아보며 물었다.

"어느 산으로 갈 작정이냐?"

"관악산."

"좋아. 여잔 셋이면 되는 거지?"

“셋씩이나?”

“한 사람이 하나씩은 차지해야지 그렇잖음 서로 잘 보이려고 아첨하느라 고단해진단 말이야.”

“말부터 앞세우지 마, 임마.”

“두고 봐, 말뿐인가.”

두 사람은 말을 끝내고 인사동의 골동품상 진열장들을 흘끔거리며 종로쪽으로 휘적휘적 걸어 내려갔다.

여자란 고려자기처럼 영롱하고 조심스럽게 다뤄져야 하는 게 아닌가.

경욱도 그런 생각이 든 것인지 포기한 듯한 어조로 말했다.

“없다야, 여자들이.”

“거봐, 이 허풍선이야.”

“벌써 다리가 아픈데. 저기 가서 좀 앉자, 볼품없는 동산이긴 하지만.”

경욱이 가리킨 곳은 파고다 아케이드로 건너가는 길목의 안전지대에 꾸며진 조그마한 잔디 동산이었다. 거긴 비낀 석양이 닿지 않는 그늘이었으므로 은수는 별로 마음이 내키지 않는 대로 경욱을 따라갔다. 훅훅 찌는 팔월의 무더위를 피해 이미 거기엔 몇 사람이 잔디밭을 차지하고 드러누워 있었다.

은수는 끝내 달갑지 않아 투덜거렸다.

“난 이런 데 늘어져 앉아 있는 꼬락서니들이 젤 뵈기 싫더라.”

“임마, 잔소리 말고 저기 가게에 가서 마실 거나 좀 사와. 이 도시에서 돈 안 들이고 이만큼 시원한 데가 있을 것 같애?”

“소줄 사오란 얘기냐? 못해.”

“아무거나.”

“못해.”

“그렇게 거북해 할 거 없다니까. 이게 이 도시 사람들에게 주어진 공짜 휴식처야. 여기 앉아 봐야 뭘 안다고."

"엉터리 같은 소리 하지 마. 이건 시정(市井)이 아냐."

"좋다. 어쨌든 전열도 가다듬을 겸 여기서 땀 좀 식히자."

은수는 줄곧 어색한 얼굴을 하고 앉아 지나가는 자동차와 퇴근 월급쟁이들의 지쳐떨어진 무거운 발걸음을 바라보았다.

그런 지 얼마나 되어서였을까. 경욱이 옆구리를 쿡쿡 찌르는데 보자 일단의 여대생들이 자식 옆으로 옹기종기 둘러앉고 서고 한 것이 아닌가. 은수는 확인하는 순간 쿵쿵 가슴이 뜀박질치기 시작했다.

경욱이 의기양양해서 소곤거렸다.

"봐라, 먼 데까지 갈 필요가 있었는가. 이런 데 여대생들이 안 올 것 같지. 이렇게 떼거리져서 나타났다 이거야."

"그럼 정태 자식 드디어 팔자 폈다는 얘기가 되는 거냐."

"그 대머리 의사 말대로라면 팔자 폈지. 병은 고치고 만 거라니까."

"이제 남은 건 돈판의 실력을 보는 일뿐이구나."

"돈판이라니?"

"너 말야. 큰소리쳤잖니."

그러나 경욱은 팔을 훼훼 내저었다. 아직은 기회가 무르익지 않았다는 것이었다. 그는 그러고 나서 귓바퀴를 세우고 여자들이 조잘대는 말을 엿듣고 있었다.

은수는 경욱이 어떤 행동을 취하느냐에 온 신경을 쏟으며 때가 무르익기만을 초조하게 기다렸는데, 그렇게 여자들의 대화에 귀를 곧추세우고 있던 자식이 갑자기 뚱딴지같은 소릴 하는 게 아닌가.

"야, 네가 한 번 말을 걸어봐."

"뭐야? 자식, 무슨 소릴 하는 거야."

"아주 쉬울 것 같애서 너를 시키는 거야, 식은 죽 먹기처럼 말이야."

"엉뚱한 수작하지 마, 못하면 못한다고 말해."

"어려우면 내가 직접 승부를 내지, 주변머리 없는 줄 뻔히 알면서 왜 널 내세우겠니. 단련을 한번 시켜보자 이거다, 임마."

"무슨 소릴 해도 난 못해."

"그게 아니라니까 그러네."

경욱은 말하기 바쁘게 은수의 귀를 잡아당기고 달려들었다. 그가 귀에다 대고 속삭인 말을 종합해 보면 대강 이렇게 되었다.

옆에 모여 앉은 여대생(임에 틀림없다고 경욱은 장담했다) 떼거리들은 연포 해수욕장엘 원정 가서 놈팽이 몇을 물었다. 경비 일절을 떼맡기고 향응까지 제공 받는 호화판 피서여행을 끝내고 돌아온 지 갓 이틀이 되었다. 고로 지금 여자들은 불순하게 들떠 있다.

경욱은 간단히 줄거리를 설명하고 나서 공연히 싱긋 웃어 보였다.

"저속한 것들이구나."

"아냐. 저런 계집애들이 맘만 잡으면 외려 착실하다고."

"착실하다는 건 뭘 기준으로 하는 말이냐?"

"남자 심정 잘 알아준다 이거지."

"재수 없는 소리 마라. 구역질이 난다, 저것들 얼굴만 쳐다봐도."

"한 가지 더 얘기해줄까. 저 계집애들 지금 누구 불러내려고 저러고 있는 줄 아니. 바로 연포서 만난 사내 가운데 하나 불러낼 궁리 세우고 있는 거야, 바가지 씌우려고."

"잔소리 말고 가자!"

"한 가지 더 얘기해 줄게. 너 바캉스 베이비란 말 아니? 해수욕철이 지난 두석 달 뒤면 산부인과가 붐벼요, 재들이 애 떼러 몰려들어서."

"저런 것들한테 차나 한잔이라고 말한단 말야, 차라리 자살을 하고 말지."

"그러니까 넌 죽었다 깨나도 연애 한 번 못해 보고 마는 것 아니냐. 저런 계집애들한테 차나 한잔이라고, 고리타분하고 답답한 얘기 해선 씨도 안 먹혀요."

경욱은 말하기 바쁘게 휙 계집애들 쪽으로 돌아섰다. 동시에 은수는 경욱을 외면하고 반대방향으로 돌아섰다. 하지만 경욱이 계집애들한테 붙이는 수작에는 귀가 기울여지지 않을 수 없었다.

"아가씨들, 학생이구먼."

"그런데요?"

하고 I대 배지를 단 하나가 말을 받았다. 경욱은 상대가 반응을 보이기만 하면 이미 성공한 거나 같다고 전에 말하지 않았던가.

"아냐. 학생이 시비의 대상은 아니라고 하고, 우리 세미나를 한번 열면 어떨까?"

"무슨 세미나를요?"

"오늘이 광복절 다음 날 아니겠수. 그러니까 뭐 그런 재미 없는 주제라도 내걸고. 해방 삼십년! 아니 해방은 해방인가? 하여튼 해방 삼십년, 세대간의 격차 세미나면 어떨까? 사실 우린 학교를 졸업한 지 한 십여년 되거든."

경욱은 언제나 여자보다 나이가 훨씬 많음을 전제하라고 했었다. 그러지 않으면 계집애들은 젖냄새를 맡으려 달려든다.

I 여대생은 대표로서 다시 발언했다.

"흥미 없어요. 그딴 세미날 할 바엔 차라리 열나게 잠이나 자겠네요."

"그럼 연애 세미난 어떨까. 내가 아는 사람 하난 논밭을 팔아 관부연락선을 타고 유학을 갔는데 실은 연애만 했을 뿐이거든."

"그게 누군데요? 옛날 얘기 아네요?"

"우리 주임교수. 물론 식민지시대 얘기지, 지금같이 이런 황홀한 자유천지가 아니고."

"아이 따분해. 정 그러시담 세미나보다 우선 민생고부터 해결해 주세요."

은수는 그 말을 듣는 순간 눈앞이 아찔해지지 않을 수 없었다. 너무나 치사하고 더럽고, 또 더러운 현금주의자들이구나. 은수는 화가 나서 소리쳤다.

"세미나부터. 파고다 공원에 가서."

"민생고부터에요. 우린 빈털털인 흥미 없어요."

"우린 배나 불리려는 암컷이 흥미 없……"

"아니, 아까부터 자꾸 우리, 우리하시는데 댁의 동행이 누구예요? 첨부터 혼자였잖아요."

은수는 여자의 갑작스런 항의에 번쩍 정신이 들었다. 돌아보자 계집애들의 말상대를 하고 있는 것이 자신인 데에 은수는 놀라지 않을 수 없었다. 은수는 주위를 두리번거리며 경욱을 찾았다. 그러나 경욱은 자취도 없었다.

I 대생은 일단의 떼거리를 끌고 발진 채비를 차리고 있었다.

"이상한 사내 다 보겠어, 참."

은수가 망연자실하여 있는 동안 이미 일단의 여자들은 파고다 아케이드 앞을 거의 다 건너가고 있었다.

은수는 더 이상 망설일 겨를이 없었다. 그는 떨리는 손으로 거기 잔디밭에 벌렁 드러누운 청년의 넓적다리를 꼬집어 뜯었다.

"아이 따가워. 왜 이래요?"

"제 친구 어디로 갔는지 못 보셨수?"

"친구라뇨?"

"저랑 같이 온 동행 말이오."

"혼자 오시잖았어요? 글쎄 난 잘 모르겠시다. 하늘만 쳐다보고 누워 있었으니까."

"분명히 난 혼자 온 게 아닌데……"

청년이 얼굴을 일그러뜨리고 소리쳤다.

"난 잘 모르겠다니까 그래요."

"둘이서 왔는데 혼자 왔다니까 그러잖우."

"방해하지 말아요, 천당 한 번 찾아보려는 사람."

그때 옆에 앉아 있던 노인 하나가 끼어들고 나섰다.

"젊은이, 왜 계집애들한테 바람맞곤 엉뚱한 사람 붙들고 시비야? 당신 혼자 왔지 언제 누굴 데리고 왔단 말이야."

은수는 노인의 단정적인 말투에 놀라지 않을 수 없었다. 그는 주눅이 든 목소리로 되물었다.

"할아버지, 언제부터 여기 계셨죠, 죄송하지만?"

"젊은이가 오기 훨씬 전부터. 아침부터. 이젠 나한테 시비를 걸 참인가?"

"아침엔 여기 햇볕이 내려쪼였을 텐데요?"

"내려쪼였지."

"그런데 앉아 계셨단 말예요?"

"그랬어. 내 아들놈은 이 불볕 아래 채석장에 앉아 있어. 지금은 해가 져서 망치질하기가 좀 수월하겠구먼. 다 큰 처자들 희롱한 게 겸연쩍으면 얼른 가버려. 괜찮어."

은수는 더욱 당황했다. 분명히 소주집을 거쳐 경욱의 제의로 여기까지 온 건데 혼자 왔었다니 도대체 어떻게 된 영문인가.

잔디밭에 앉은 사람들의 낄낄거리는 비웃음 소리를 들으며 은수는 줄행랑을 놓기 시작했다. 골목으로 조금 쳐올라오자 곧 빈 택시 한 대가 서 있었으므로 은수는 훅훅 찌는 시트 안으로 들어앉자마자 다급하게 재촉을 댔다.

"명륜동으로 갑시다, 빨리요."

정태는 여전히 해쓱한 얼굴을 하고 쪽마루에 걸터앉아 있었다.

"해가 다 넘어간 뒤에 뭣하러 여기 나와 앉았니?"

"바람 좀 쐬러."

은수는 순간 두려운 생각이 들어 몸이 오싹했으나 머뭇거리고만
있을 순 없었다. 그는 용기를 내어 물었다.

"야, 정태야. 아까 나 여기서 누구하고 나갔었지?"

"혼자 나갔잖니."

"뭐야? 경욱이하고 같이 나가지 않았단 말야?"

"경욱이?"

"그래."

"무슨 소릴 하는 거야. 그 자식 사라진 지가 언젠데."

"사라지다니?"

"그 팔자 고친 줄 아는 자식이 여길 왜 찾아오겠니. 사라진 지 벌
써 일 년이 넘었다, 임마…… 아니, 은수 너 어딜 가는 거니?"

은수는 더 들을 것도 없이 대문을 박차고 달아났다.

정신신경과병원 대머리 원장은 수속도 절차도 없이 괴한처럼 뛰
어든 은수를 의아한 눈으로 뜯어보았다.

은수는 숨을 헐떡거리며 의사 앞으로 바짝 다가들었다. 그러나 너
무나 숨이 차서 말이 제대로 되어 나오지 않았다.

"젊은인 누군데 이렇게 진찰실까지 뛰어들고 그러오."

"누구라뇨? 저를 기억 못하신단 말씀입니까?"

"누구던가? 잘 모르겠는데."

"며칠 전에 제 친구의 병에 대해 여쭙기 위해 오잖았습니까, 둘이
서."

은수는 원장의 기억을 되살려 주기 위해 재빨리 얼굴 생김새며 옷
차림새, 신발 모양까지를 자세히 설명해 주었다. 그러나 말을 듣고
난 원장은 고개를 가로저었다.

"둘이서라…… 기억이 안 나는데. 워낙 찾아오는 환자들이 많아
놔서."

"아무리 그렇대도 바로 며칠 전 일을 잊으셨다니요. 의사 선생님

이 소학교 운동회 얘기까지 하셨잖습니까."

"소학교 운동회?"

"네. 솔가지를 꺾어 만들어 세운 개선문 얘기 말씀입니다."

"개선문? 도무지 젊은이가 무슨 얘기 하는지 모르겠군."

"앞에 가는 여학생 발 걸었다는 게 창피하셔서 그러십니까?"

"자네 아마 병원을 잘못 알고 찾아온 모양인데…… 간판을 잘 보고 들어와야지. 젊은 친구가 어째 그런가."

"그럼 선생님이 제 친구 하나의 정신질환에 대해 말씀해 주시지 않으셨단 말씀이죠?"

"정신질환? 이 사람아, 외과 의사가 정신병에 대해 말하는 법도 있나?"

"네?"

"자넨 병원을 잘못 찾았다니까. 여긴 외과 병원이야, 이 건물이 생기고부터 사뭇."

"그럴 리 없습니다. 전 분명히 며칠 전에 이 병원을 제 친구와 함께 찾아왔었고 선생님한테서 운동회 얘길 들었습니다."

"허허, 이 친구 생사람 잡는군. 어이, 간호사, 이 젊은 친구 본 일이 있나?"

간호사가 나타나서 은수를 아래 위로 훑어보았다. 엉뚱한 수작이 나오기 전에 은수가 미리 말했다.

"전 이 간호사 아가씨 압니다."

"네." 하고 간호사가 마침내 최후의 증언을 해주었다. "우리 병원에 온 일이 있어요."

은수는, 진실 앞엔 누구나 경건해진다 하고 속으로 쾌재를 올렸다. 대머리 원장은 당연히 거구를 흔들며 당황한 몸짓을 했다.

"언제 왔었어?"

"작년에요."

“뭣하러?”

“경찰 곤봉에 찢어진 머리를 꿰매러요. 그리곤 치료비두 물지 않구 붕대를 감은 채 도망쳤었어요.”

“오오라, 그랬었군. 이제 보니 자네 그때 못낸 치료비 갚으러 온 거구먼. 암, 그래야지.”

가을. 매일같이 찾아오던 은수가 발걸음을 딱 끊은 데 의아해진 정태는 궁금함을 참다 못하여 주인 아주머니한테 물었다.

“오늘 제가 깜빡 낮잠 든 동안에 혹시 제 친구 하나 다녀가지 않았나요?”

“총각두, 친구가 있긴 허우? 난 일 년 내내 총각 찾아오는 사람 하나 본 일이 없수.”

“네? 며칠 전까지만 해도 매일같이 찾아오던 친구가 있었는데, 아주머니 무슨 말씀을 그렇게 하세요.”

“농담 마우. 난 우리 영감허구 마주 앉으면 언제나 그런다우. 총각, 찾아오는 친구도 없구 가엾어 뵌다구.”

정태는 주인 아주머니의 말을 어떻게 해석해야 할는지 종잡을 수가 없었다. 농담을 해도 저렇게 웃음기 하나 없이 할 수가 있는가. 정태는 기분이 아주 언짢아져서 어두워진 방바닥에 벌렁 드러눕고 말았다.

다음 날, 모처럼 하숙집 노인이 대문을 열고 문밖으로 나섰다. 그의 손엔 뭐라고 쓴 종이 한 장과 밥알 한 주먹이 쥐어 있었다. 그는 희끗희끗하게 글씨가 바랜 종이를 뜯어내고 그 자리에다 새 종이쪽을 붙이기 위해 밥풀을 처덕처덕 발라댔다. 노인은 그러면서 투덜거렸다.

“이놈의 것, 어떻게 된 게 몇 달이 가도 하숙생 하나 찾아오는 일이 없을까, 원.”

　노인이 대문에다 새로 붙인 종이쪽에는 그전과 똑같이 이렇게 적
혀 있었다.
　〈하숙생 구함〉

유언비어

겨울철이 되면 이 나라의 서민들은 연중 행사처럼 치르는 일이 있다. 연탄 가스 중독에 의한 죽음이 그것이다. 연전엔 아까운 한 사학자의 목숨까지 앗아가서 학계를 허탈 상태에 빠뜨리기도 했지만 겨울철의 이 나라 국민들은 그런 허망한 뜻밖의 비보(悲報) 속을 허우적거리며 난다. 그리고 초여름이나 되어서야 생각나면 더러 희생자를 쓰레기량을 달아 보이는 것처럼 집계내어 보도하는 신문 기사를 읽는 것으로 겨울이 겨우 마감된다.

그땐 이미 사람들은 면역이 아주 잘되어 있어서 그 엄청난 비극을 실감하는 공감대 형성도 안 된다. 비극이라기보다 차라리 희극이라고 해야 할 것이 이 나라 겨울의 연탄 가스 사고인지 모른다.

어쩌면 연탄이 이 땅에서 영원히 추방되지 않는 한 서민이라면 누구나 한번은 의당 겪어야 할 것 같은 악순환의 하나라 할 수밖에 없다. 이번 겨울에는 내 주변에까지 기어코 그 사신이 찾아들고 말았으니 말이다. 얼마 전, 꽝꽝 얼어붙은 겨울의 한중턱에 그 사신은 나의 단 하나뿐인 숙부의 침실에 몰래 기어들었던 것이다. 그러고는 날이 밝기 전에 그분의 목숨을 앗아가 버렸다.

멀쩡한 사십대 후반의 남자분이 날이 밝자 상처 하나 없는 시신으로 발견되었다. 마(魔)의 일산화탄소가 살의의 나래를 펴고 덮치는 것을 알아차린 숙부가 어둠 속에서 혼자 악전 고투를 벌인 흔적만은 남아 있었다고 숙모는 울먹였다.

"내가 몹쓸년이지." 하고 숙모는 며칠이 지난 뒤에도 줄곧 흐느꼈다. "그 소리도 못 듣고 잠만 잤으니……."

"방이 다른데 어쩔 수 없었던 일 아녜요?"

"아니야. 드르렁드르렁 코고는 소릴 낸다지 않니."

"관두세요. 코고는 소린커녕 기침을 해도 안 들렸겠어요."

그러나 나는 끝내 숙모에게 숙부가 왜 자살을 했을까에 대해 물어볼 수는 없었다. 그 점에 대해 숙모는 이미 내가 현장에 도착하기 전 내 아버지와 어머니에게 누누이 말했었다니까. 종잡을 수 없는 일이라고. 그리고 찾아온 경찰의 검증과 조사에서도 숙모는 같은 말을 되풀이했다는 것이 아닌가.

내가 숙부의 그 비보를 접한 것은 아침 사무실에 출근하자마자 어머니로부터 온 전화에 의해서였는데 소식을 듣고 황망히 숙부댁으로 달려갔을 때는 이미 경찰과 의사가 다녀간 뒤였다.

어머니는 그들이 숙부의 연탄 가스 중독 사망에 대해 의심할 여지 없는 자살이란 결론을 내리고 돌아갔다고 전해 주었다.

"경찰은 숙모한테 주로 부부간의 의(誼)에 대해 따지고 묻더라."

"그 점에 대해서야 의심할 여지가 없잖아요."

"남의 속사정을 어떻게 아니."

"어디 남예요?"

"그래도 그런 건 모르는 법이란다."

어머니는 작은집 내외간의 애정에 대해 뭔가 석연치 않아하고 싶어하는 듯한 눈치였지만 나는 그 점에 관해서야말로 추호도 의심의 여지가 없다고 단정했다. 아니 만약 의구심을 갖는다면 그건 숙모에 대한 모욕이며 누명이 아닐 수 없었다. 두 내외는 그토록 부부애에 넘친 가정을 이루어 왔던 것이다.

나는 어머니에게 다른 것에 대해 물었다.

"경찰이 숙부의 직장에 대해선 묻지 않았던가요?"

"그 점에 대해서야 의심갈 게 뭐 있니. 방금 부장으로 진급했겠다, 고용주의 신임도 두텁겠다."

"아녜요. 그런 거야말로 다른 사람들은 몰라요, 어떤 갈등이나 고통이 있었는지."

"넌 그럼 너희 숙부의 직장 생활에 혐의가 간다는 거냐? 그분이 그럴 분이냐? 누구랑 알력이 생기거나 질시해서 고민을 하거나 할 분이란 말이냐?"

"그렇진 않았겠죠. 그럴 분도 못 되고. 소심하시니까."

"그렇잖고. 법 없이 살 수 있는 분이라고들 하잖았니."

"그러니까 이상하다 그겁니다." 하고 나는 단호하게 말했다. "숙부께서 자살할 이유는 어디에도 없다 그 말입니다."

그러자 어머니가 눈을 홉뜨며 펄쩍 뛰었다.

"그럼, 네 말은 타살이란 말이냐?"

"아, 아니죠."

나는 당황하여 손까지 훼훼 내저으며 부인했다.

"그럼 네 그 말은 무슨 뜻이냐? 방 안에서 자다가, 그것도 방바닥이나 문틈으로 새어든 가스에 중독된 것도 아니고 뚜껑이 열린 방안 연탄 난로에 숨이 막힌 건데 그게 누구 짓이란 말이냐?"

"누구 짓이라기보다……"

하고 나는 말꼬리를 흐릴 수밖에 없었다. 숙모가 그랬다듯이 나 역시 뭐가 어떻게 된 영문인지 종잡을 수가 없었던 것이다.

하지만 숙모와 조카들과, 그리고 아버지까지 경찰서로 연행되어

가선 아직 돌아오지 않고 있는 마당에 자살이니 타살이니 따질 경황이 아닌 것만은 분명했다. 숙모는 그날 정오 조금 넘어 아버지와 함께 돌아왔다. 초등학교 오학년과 삼학년인 조카 남매는 경찰서에서도 사뭇 울기만 했는지 눈두덩이 통통 부은데다 추위와 공포에 몸을 달달 떨고 있었다.

나는 아이들을 보자 그제야 슬픔이 가슴을 누르는 것을 느꼈다. 숙모는 두 아이를 양팔에 끌어안고 울었다. 나는 헉 흐느껴져서 그들을 외면하고 돌아서 버렸다. 아이들이 당한 잔인하고 엄청난 슬픔은 어른들을 순식간에 감당 못할 연민에 빠뜨리는지 어머니도 급기야 아이들을 덮치며 울음을 터뜨렸고 아버지 역시 참을성의 한계를 넘어 떨꺽떨꺽 걸리는 노인의 울음 소리를 내기 시작했다.

그러나 서러운 것은 죽은 사람뿐이라는 속언처럼 숙부댁에 들이닥친 날벼락 같은 횡액도 시간의 흐름에 따라 슬픔의 격랑이 스름스름 가라앉아 갔다. 어쩌면 경찰이, 동기를 사자(死者)한테 물어볼 수 없으므로 불분명하지만 연탄을 갈아 끼운 지 한 시간이 안 되는 방 안 구공탄 난로 뚜껑을 열어 놓음으로써 의도적으로 결행된 죽음임에는 의심의 여지가 없다는 결론을 내렸을 때 이미 진정의 초침은 돌아가기 시작한 것인지 모른다.

그렇다고 숙모와, 특히 어린 두 아이를 무자비하게 난자한 생채기가 쉬 아물 리야 있는가. 나는 되도록 많은 시간을 할애하여 한 중년 여인과 두 어린아이만 적막 속에 동그마니 남은 그 집을 자주 찾아가 주어야 했다. 내가 가지 않는 시간은 어머니가 메워 주도록 부탁도 해두었다. 어머니는 물론 그래야 하잖겠느냐고 하면서, 지금은 아이들이 방학 중이라서 그나마 좀 덜한 편이지만 곧 개학이 되면 어쩌며, 그보다도 앞으로 어떻게 살아가겠느냐고 한숨을 내쉬었다.

그런 지 얼마 뒤었다. 나는 우연히 길거리에서 숙부의 옛친구 한 사람을 만나게 되었는데 그로부터 참으로 놀라운 애기를 듣게 되었다. 그는 나를 보자 단박에 조의를 표하려는 새삼스런(이라고 말할 수밖에 없는 것이 그는 이미 상가로 문상을 왔었고 스스로 목숨을 끊은 허망한 죽음이므로 숙부는 땅에 묻히기보다 화장을 해야 한다고 우겨 결국 그것을 성취시킨 장본인이기도 했으니까) 표정을 지으며 잔뜩 콧소리를 만들어 나직이 말했다.

"그래, 슬픔이 얼마나 크겠는가, 숙부 일로."

"변함없이 걱정해 주셔서 고맙습니다. 숙모님께 전하면 아마 용기를 얻으실 겁니다."

"제발 염려하더라고 전해 주게." 하고 그는 말하고 나서 잠시 여유를 둔 다음 이렇게 제의했다. "우리 어디 가서 차라도 한잔 할까. 할 애기가 좀 있는데."

"그러시죠."

그가 차를 하자고 했으므로 나는 주위에 다방 간판이 보이는지 둘러보았다. 그러고는 그가 먼저 찾아내어 팔을 끄는 대로 따라갔다.

그는 다탁을 마주하고 앉자 허리를 잔뜩 구부리고 밀담을 나누는 투로 속삭였는데 애기 내용인즉 너무나 뜻밖이어서 나는 입이 딱 벌어졌다.

"자네, 혹시 숙부의 죽음에 대해서 들은 거 없는가?"

"무슨 애기 말씀입니까?"

"아하, 자네 아직 못 들었군 그럼. 우리 친구들간에는 이미 쫙 퍼져 버렸던데, 소문이."

"어떤 소문이요?"

"자네 숙모님 귀에 들어가면 안 되고 자네만 알고 있게."

"무슨 말씀인데요?"

"여자 애기야."

"여자라니요?"

나는 여자라는 말에 가슴이 철렁 내려앉는 것을 느꼈다. 그는 중대한 정보를 제공하는 사람의 만족감에 찬 눈빛을 하며 말했다.

“자네 숙부한테 젊은 미모의 여성이 하나 있었더란 말이야.”

“네?”

“그 소심하고 얌전한 친구한테 그런 일이 있었다니 뜻밖이지?”

“증거가 있습니까?”

“아, 있다마다. 바로 자네 숙부가 부장으로 있던 사무실의 여직원이라니까.”

“거긴 여직원이 넷이나 있는데요.”

“그럼, 알겠군. 미스 리라는데?”

나는 그의 그렇게까지 분명한 말투에 어안이 벙벙해졌다. 그가 말을 계속했다.

“두 사람이 같이 음식점에 가고 술집에 가고 하는 걸 본 친구가 있어.”

“그게 전붑니까, 여자가 있다는 근거의? 만약 그렇다면 같은 사무실에 있는 사람들끼리야 흔히 있는 일이죠.”

“허허, 우리 친구 눈에 띈 적만도 두 번이나 된다니까.”

“그 여자와 숙부의 죽음이 어떤 관계에 있다는 말씀입니까?”

“그거야 그 여성한테 알아보면 단박 알게 되겠지만 들리는 말론 자네 숙부와 그 여성의 관계는 이미 한두 해 일도 아닌 깊은 관계여서 작년부터 자네 숙부는 벌써 그 여성으로부터 독촉을 받고 있었다는 거 아닌가. 빨리 이혼 수속을 밟으라고. 아이까지 하나 있다는 얘기야.”

“아이까지요?”

“그렇다니까. 그러니 그 얌전하고 소심한 친구가 혼자 속을 썩히다가 그만 이러지도 저러지도 못하게 되니까…… 사람이란 참 알 수 없는 동물이지. 그 친구한테 그런 면이 있을 줄 누가 상상이나 했누.”

“전 믿어지지 않습니다.”

“맞았어. 자넨 믿지 않는 게 좋아. 난 단지 언젠가 그게 노출되는 날 자네네 가문이 충격을 받아 일을 그르치지나 않을까 해서 미리 귀띔하는 것뿐이니까 그저 잠자코 그런 줄이나 알고 있으면 돼.”

그는 다방을 돌아나와 헤어지려는 마당에 다시 내게 재삼 당부의 말을 남겼다.

“자네 숙모한텐 어떤 일이 있어도 말해선 안 되네.”

나는 그에게서 들은 뜻밖이고 놀라운 애기에 대해 어떻게 해야 할 것인가를 두고 이틀 동안이나 혼자 곰곰 생각했다. 역시 무엇보다 중요한 것은 두 아이와 더불어 갈피를 잡지 못하고 있는 숙모한테 무슨 청구서나 통고장 같은 종류의 것이 날아들기 전에 장본인을 만나 타협을 해보는 일이었으므로 나는 용기를 내어 ‘이’라는 여자를 만나보러 숙부의 옛 회사를 찾아갔다.

나는 회사 근처까지 가서 공중전화로 문제의 여성을 불러냈다. 그녀는 내가 숙부의 이름을 대면서 그의 조카된다고 하자 지체없이 만나 주겠다고 했다. 역시 틀림없는 것인가 하는 생각이 들었다. 나는 내가 그 회사 건물의 입구까지 가겠다고 제의했다.

“우린 서로 얼굴을 모르기 때문입니다.”

“그래 주시면 더욱 고맙겠어요.”

나는 수화기를 놓고 잠시 마음을 가다듬었다. 이럴 때 시종 예의바른 여자를 경계하지 않으면 안 된다는 생각이 들었기 때문이다.

여자는 내가 그 회사 건물 입구에 도착했을 때 이미 내려와서 기다리고 있었다. 여자가 먼저 나를 알아보았다. 그것은 흔히들 숙부와 나는 용모에서 닮은 데가 있다고들 해왔으니까 그때문일 것이었다. 나는 여자의 제의대로 그 건물 지하에 있는, 전에 숙부와 함께 여러 번 차를 마신 일이 있는 다방으로 내려가며 놀란 가슴을 쓸어내렸다. 여자는 뜻밖에 너무 젊고, 그리고 아름다웠던 것이다. 아마도 스물두셋을 넘지 않을 듯했다.

여자는 자리를 잡고 앉을 때까지도 처음 만났을 때의 굳은 표정을 풀지 않았다. 나는 말없이 여자를 건너다보았다.

"너무나 끔찍한 일예요. 무슨 말씀을 드려야 할지 입이 떨어지지 않는군요"라고 여자가 먼저 말했다. "전 지금도 믿어지지 않아요. 사무실에 앉아 있으면 부장님이 곧장 웃으시면서 들어설 것 같은 착각에 빠지곤 해요."

나는 여전히 할말이 없었다. 여자한테 치를 떨고 있었다거나 그래서는 아니었다. 오히려 아주 담담한 심경으로 돌아가 여자와 마주앉아 있었을 뿐이었으니까.

여자가 이어 말했다.

"어린 남매를 두신 걸로 들었는데 사모님이랑 얼마나 슬픔이 크시겠어요?"

"네."

"어린애들 생각이 나면 사무실에 앉았다가도 갑자기……."

여자는 말끝을 흐리고 고개를 돌렸다. 나는 그럼에도 여전히 마음의 평정을 유지하려 애쓰고 있었다. 한편으론 남의 진정을 지나치게 냉소적으로 받아들이는 거나 아닌가 하는 의구심도 없지 않았다.

여자는 혼자 너무 많은 말을 하고 있다는 생각이 들었는지 거기서 입을 다물고 고개를 떨구었다. 침묵이 적잖이 부담스러웠지만 나는 좀처럼 뭐라 입이 떨어지지 않았으므로 그럴 때 아주 좋은 무기인 담배를 피워 물었다.

이윽고 여자가 다시 입을 열었다. 마음의 평정을 회복한 것처럼 다소 명랑해진 목소리였다.

"가족되시는 분 앞에서 제가 너무 주책없이 군 것 같군요. 사실 전 부장님을 참 좋아했어요. 부장님도 절 유달리 사랑해 주셨구요."

“네에······.”

“한번은 부원 술잔치가 있었는데 공교롭게 전 일이 좀 밀려서 같이 못 가구 혼자 뒤처지지 않았겠어요. 그러구 나니 여자 혼자서 술집을 찾아갈 수두 없구 약이 올라 죽을 지경인데 그때 부장님이 서류철을 들구 들어오시잖아요. 놀라시면서 왜 파티에 가지 않느냐구 물으시더군요. 전, 부장님은 왜 가시지 않으셨냐구 했죠. 부장님 말씀이 부장 회의가 길어져서 지금 막 따라붙으려는 참이시라지 않겠어요.”

여자는 애기가 너무 장황해진다는 생각이 들었는지, 아니면 자기도 모르게 그때의 일을 되새겨보게 되었는지 거기서 잠시 말을 끊었다. 나는 숙부의 친구가 하던 말을 떠올리며 여자를 향해 물었다.

“그때 가신 데가 술집이라고 하셨지요?”

“네, 아주 화려한 곳이었어요. 하지만 전 술집 애길 하려는 건 아네요. 술집 앞에서 부장님은 친구 한 분을 만나셨거든요. 그런데 거기서 부장님이 절 가리키며 어떤가 이 아가씨, 하시잖겠어요. 친구분이 물으시더군요, 누구냐구. 제가 먼저 대답해 드렸죠. 사무실에 있는 여직원이라구요. 부장님이 제 대답에 눈을 흘기시더군요. 연극하려다 탄로났다는 뜻이었겠죠. 그리군 헤어져 술집 층계를 걸어 올라가며 부장님께 제가 농을 했죠. 아주 잘 어울리는 데이트 상대로 보이지 않느냐구. 그러면서 양켠이 거울로 장식된 층계에서 부장님 팔짱을 살짝 끼었죠. 그랬더니 부장님이 뭐라셨는지 아세요?”

“얼굴부터 붉혔겠죠.”

“이러셨어요. 사실은 말이야, 저 친구한테 장가 안 간 막내동생이 하나 있는데 아주 잘생겼거든, 무엇보다 머리가 수재고, 형하곤 딴판이지. 그래서 중매를 설까 하고 미리 살짝 절 선보인 거라구요. 얼굴을 붉힌 건 부장님이 아니라 저였어요.”

　나는 왠지 울화통도 터지고, 그런가 하면 숙부에 대한 느낌이 백지처럼 깨끗해지기도 해서 뭔가 농담을 하고 싶은 충동도 생겼다. 말하자면 중매쟁이를 잃어서 이제 시집가긴 틀리지 않았느냐는 농지거리를 한다든지 하는.

　"부장님 말씀에 제가 팔짱을 풀구 물었죠. 부장님한텐 혹시 머리 좋은 막내동생 없으시냐구요. 그랬더니, 동생은 없구 조카가 딱 하나 있는데 불행히도 얼마 전에 장가를 들어 버렸다구 하시더군요. 선생님이 아마 그분이신 것 같군요."

　나는 숙부가 거짓말을 한 거라고 말하지 않았다. 숙부가 나를 기혼자로 몰아붙인 건 어쩌면 이 여자를 두고 정말로 겨냥한 게 나였는지 모른다는 생각이 들었기 때문이다. 왜냐하면 언제나 용돈건으로 지하 다방에 와서 전화를 하는 나를 숙부는 사무실로 불러 올리지 못해 애를 쓰곤 했으니까. 그건 나를 그녀에게 살짝 선보이려는 의도였는지 모른다.

　"넌 장가 안 갈 참이냐, 형님 연세가 얼만데? 좋은 사람 있니? 없으면 내가 한 군데 중매 서련?"

　언젠가 지하 다방으로 내려온 숙부는 그렇게 다짜고짜 내게 들이댄 적도 있었다.

　"제가 너무 수다를 피웠군요. 절 만나시려 한 연유두 여쭤 보지 않구."

　여자가 마침내 사무적인 입장으로 돌아갔으므로 나는 찾아온 목적을 사실대로 말하지 않을 수 없었다.

　"사실은 숙부의 죽음이 워낙 불가사의한 것이 돼서 그런지 지금 돌아가신 숙부 주변엔 여러 가지로 억측이 떠돌아다닙니다."

　"네에, 그러니까 한동안 저희 회사 안에 떠돌아다닌 불미스런 헛소문에 대해 알아보시러 오신 거군요."

　나는 여자의 말에 놀라지 않을 수 없었다. 회사 안에까지 벌써 그 소문이 퍼져 버렸다는 것인가. 나는 눈이 휘둥그레졌지만, 그러나 되도록 담담한 표정을 만들려 애쓰며 되물었다.

"그래, 지금은 모든 것이 명백해졌습니까?"

"그럼요, 허무맹랑한 걸 갖고 헐뜯으려 든다구 되겠어요. 다른 사람이람 몰라두 부장님같이 청렴하신 분이 흑막을 가지구 부정 거래를 했다면 누가 믿어요. 전 돌아가신 분에 대해 그런 몹쓸 누명을 씌우는 세상 인심에 치를 떨었어요. 하지만 결국은 밝혀졌죠. 거래 회사의 담당자들과 장부까지 모조리 조사했지만 일원 한 장 틀리지 않았죠. 그뿐이겠어요. 부장님과 접촉했던 모든 사람들이 한결같이 증언했어요. 아무리 돌아가신 분은 말이 없다고 하지만 비명에 가신 것만두 애석한데 그런 분에게 누명을 씌우려구 있지두 않은 헛소문을 퍼뜨린 저열한 범인을 기필코 잡아내야 한다고 말예요."

나는 여자의 애기가 나로서는 상상도 못한 엉뚱한 방향으로 흘러가고 있다는 것을 애기 도중 알아차렸지만 그런 내색을 하진 않았다. 나는 단지 근심스런 얼굴로 내게 헛소문을 전해준 숙부의 친구에 대해 골똘하게 생각하고 있었다. 그를 만나면 격정을 누르고 어떻게 차근차근 애기할 수 있을 것인가.

내가 그러고 있을 때 여자가 물었다.

"헌데 저희 회사 안에 그런 터무니없는 헛소문이 떠돌아다녔다는 것을 선생님은 어떻게 아셨죠?"

"네, 그게 아닙니다." 하고 나는 생각할 여유도 없이 말해 버렸다. "제가 묻고 싶었던 것은 다른 소문에 대해서였죠."

"다른 소문이라뇨?"

"말하자면 숙부께서 어떤 여성을……"

"네에, 그 애기군요. 그 애긴들 왜 회사 안에 떠돌아다니지 않았겠어요. 부장님이 어떤 술집 여자한테 빠져서 이러저러하게 되었는데…… 말하잠 그 함정을 빠져나오지 못해 자결하고 말았다는 거죠."

"술집 여자라구요?"

"그럼 아녜요?"

"제가 들은 걸론 술집 여잔 아니었습니다."

"어머나, 선생님이 들으신 건 그럼 또 다른 소문이군요. 왜들 그러죠."

"나도 묻고 싶은 말입니다."

"세상은 못쓰게 돼버렸어요. 한땐 또 무슨 소문이 떠돌아다녔는 줄 아세요. 부장님은 사모님과의 사이가 너무 나빠서 그 말 못할 고통을 이기지 못해 죽음을 택하셨다고들 쑤군댔다구요."

"그러다가 그 소문은 어떻게 진압이 됐습니까?"

"모르겠어요. 며칠 지나는 동안에 슬그머니 사라지구 말더라구요. 그럴 리 없으시지만 혹시 부장님과 사모님 사이에 의심 살 데가 있으셨나요?"

"없지요. 당치도 않지요."

"거 보세요. 이 세상 큰일예요."

"재미있군요."

"이런 말씀 드려두 되는지 모르지만 지금 저희 회사 안에 떠도는 가장 끈질긴 소문이 뭔지 아세요. 부장님은 모종의 사건으루 해서 모처로부터 끈질긴 쫓김을 당해 왔다는 거예요."

"모종의 사건이란 뭡니까?"

"모르죠. 이 사람을 만나면 이렇게 말하구 저 사람을 만나면 저렇게 말하니까 알 수가 있어야죠."

"어떻게 말하는데요?"

"한쪽 말은, 알고는 있지만 비밀이므로 말할 수 없구 곧 발표될 테니 기다리라는 거구요, 다른 한쪽 말을 들으면 부장님이 쫓기구

있었던 것은 분명하지만 아무두 그것이 무엇 때문인진 아는 사람
이 없다는 거예요. ”

“그게 다 무엇 때문인지 아십니까. 한마디로 말해서 정론(正論)
이 없는 탓입니다. 아무도 신문에 나는 거짓말을 믿는 사람이 없
잖습니까. ”

그럼에도 나는 여자와 헤어져 돌아오면서 숙부가 과연 무슨 비밀
결사의 일원이 될 만한 위인이었는지 곰곰 생각해 보고 있었다. 결
론은 숙부가 그런 음모를 꾸밀 인물이라도 되었더라면 차라리 그 죽
음이 그토록 허망하지 않았을 거라는 점으로 귀결되었으므로 나는
그 길로 곧 슬픔에 지쳐 있는 숙모를 찾아갔다.

그런데 이상하게도 숙모는 내가 찾아갔을 때 새삼스럽게 꺼이꺼
이 울음을 터뜨리고 있었다. 나는 이유 없이 울컥 화가 치밀어 짜증
섞인 말투로 숙모의 청승맞음을 비난했다.

“새삼스럽게 지금 와서 왜 또 이러십니까. ”

“아니야, 내가 그러는 게 아니었다니까. ” 하고 숙모는 손수건으
로 눈자위를 누르며 흐느꼈다. “그게 분명해. ”

“무엇이 그러는 게 아니고 무엇이 분명하다는 겁니까 ? ”

“네 삼촌은 주무시기 전에 꼭 물을 한 컵씩 드셨단 말야. ”

“그래서요 ? ”

“그날 밤 물주전자를 난로 위에 올려놨잖았겠니 방 안 공기가 너
무 건조한 것 같아서. ”

“그랬는데요 ? ”

“그이가 주전자를 들어 내리는 소릴 난 분명히 들었어. 주전자가
난로 뚜껑에 끌리는 소리였단 말야. 그때 그 소릴 들으며 혹시 뚜
껑이 열리지나 않았는지 가봐야겠다는 생각까지 분명히 했었어.
그런 생각까지 하고는 그만 깜박 잠이 들어 버린 거야. ”

“아무려면 난로 뚜껑이 빗나갔는데 숙부님은 그걸 몰랐을까. ”

나는 숙모의 죄책감을 덜어 내기 위해 재빨리 부인해 버렸지만 숙모
의 추리는 아주 그럴싸했다. 아니 사실임에 틀림없을지도 몰랐다.
숙모는 연탄을 갈거나 난로 뚜껑 단속을 해보지 않은 남자가 어둠
속에서 뚜껑의 아귀가 뒤틀리는 소리를 분간할 줄 알 리 없다고 했
으며, 더구나 숙부는 그날 밤 막 목욕을 하고 돌아와 잠자리에 들었
으므로 몹시 피로한 상태였을 거란 말까지 했다.
　숙모는 결론을 내리듯이 말했다.
　"너도 봤지만 난로 뚜껑은 주전자 무게에 쓸린 만큼 삐죽 한쪽으
로 밀려나 있었고 주전잔 바로 뚜껑이 밀려난 쪽 난로 곁에 내려
져 있었잖았니."
　"전 늦게 도착하여 미처 못 봤지만 현장 조사를 나온 경찰은 왜
그 점을 발견 못했죠?"
　"그들은 난로 뚜껑이 조금 벗겨진 건 뜨거워서 들 수가 없었기 때
문이라고 했어. 뜨거운 걸 무릅쓰고 내려놓다가 실수하면 그 소리
에 놀라 다른 방에서 알아차리기 때문이었다나."
　숙모는 말을 끝내자 다시 소리 없이 흐느끼기 시작했다.
　다음날 나는 더 이상 지체할 것 없이 문제의 인물인 숙부의 친구
를 찾아갔다. 그리고 만나자마자 대뜸 소리쳤다.
　"저희 숙부님은 결코 자살하시지 않았습니다."
　"그럼 뭐야? 타살이야?"
　"타살도 아니구요. 뭐냐 하면 실수를 하신 겁니다."
　"예끼 이 사람. 그건 자네 숙부를 모르고 하는 소리야. 자넨 자네
숙부가 근간에 모종 건으로 쫓기고 있었다는 사실도 모르고 하는
소리라고."
　"그 얘기, 저도 다 들었고, 그것이 날조된 헛소문이란 것도 알고
있습니다. 숙부님이 같은 사무실의 한 여직원과 어떤 관계를 맺어
왔었다는 선생님의 말씀도 전혀 사실과 다르다는 것이 깨끗이 밝

혀졌구요."

"그건 맞아. 그때 누군가 말을 잘못 듣고 내게 전해줬던 거야. 하지만 이번 일은 자네가 몰라. 아무리 그 친구 조카라 해도 조석으로 만나 몸을 비비적거리며 자라고 살아온 우리가 그 친구에 대해선 잘 안다고."

내가 아무리 우겨도 그는 조금도 동요하는 빛조차 나타내지 않았다. 그것을 설득시키기엔 그의 헛소문에 대한 믿고 싶은 애착이 너무 병적으로 확고부동하다는 것을 나는 알아차렸다. 나는 화가 치민 목소리로 고함쳤다.

"이젠 좀도둑한테서도 정치 냄새가 나게 됐군요."

한참 말이 없던 숙부의 친구가 말했다.

"자네 숙모께서 요즘 좀 이상하다는 소문인데 그게 사실인가?"

"이번엔 또 뭡니까?"

"벌써 그 집에 웬 사내가 들락거리기 시작했다며?"

귀로(歸路)

　뜻밖에도 좌석이 없는 데 나는 당황하지 않을 수 없었다. 어떤 최악의 경우에도 여유 있게 대처해야지 넌 언제나, 무슨 일에나 너무 쉽사리 흥분해 버리는 편이야라고 하던 친구의 충고를 기억해 낼 겨를도 없이(라니 말이나 되느냐. 좌우명으로 삼았으면 싶을 정도로 감명 깊었던 그 충고를 까먹었다니.) 다른 고속 버스 터미널을 향해 숨을 헐떡거리며 뛰어갔다.

　"그러면 판판이 일을 그르치게 된다구."

라고 한 건 친구의 마지막 경고였는데도.

　최악의 경우란 말을 도무지 쓸 수 없는 상황임에도 나는 마치 마지막 탈주 열차를 놓친 나치 세상 속의 유대인처럼 서두르고 있었다. 만약 그 우정 두터운 친구가 어디 숨어서 나의 그런 경황 없는 행동을 지켜보았더라면 혀를 찼을 것이다.

　그러나 다른 회사의 버스도 표는 다 나가고 없었다. 창구가 닫혀 있고 그 앞에 사람들이 몰려 서 있지 않은 걸 나는 이미 대합실 입구를 들어서면서 확인할 수 있었다. 그러나 나는 낭패감에 사로잡혀

서도 매표구 앞까지 다가갔다. 서성거리면서 누군가 안에서 동정을
베풀어 주지 않나 기웃거렸지만 거들떠보는 사람조차 없었다.

　그때 나는 느닷없는 착각을 일으켰다. 아직도 팔고 있는 행선지의
승차권을 사자는 착각을 말이다. 나는 지체없이 사람들이 북적대는
창구 앞으로 달려들었다. 사람들이 소리쳤다.

　“거기 끼워 주지 마요! 줄을 서요, 줄을!”

　나는 힐난을 받고서야 멈칫 돌아보았다. 최소한 스무 명은 됨직한
여행자들이 길게 늘어서서 나를 쏘아보고 있었다. 그 눈초리는 내가
미처 그들의 열을 알아차리지 못했다는 사실을 이해해 주려는 그런
너그러움이라곤 전혀 없는 살벌한 적개심만으로 가득 차 있었으므
로 나는 두말없이 물러나 그들의 끝으로 돌아가 섰다. 내 목적지가
아님에도 동행이 되어 주기 위해 그랬는데……라는 사실을 나는 그
때 깨닫지 못하고 있었다. 싫으시다면 관두쇼라는 투로 횅하니 사라
져 버릴 수 있다는 사실을 나는 몰랐던 것이다. 아니 나는 그 상황
에서 그런 행동을 할 수 없다고 생각하고 있었다. 사람들 끝으로 얌
전히 가서 줄을 서야만 내 결백을 증명할 수 있으므로 나는 결국 전
주로 가는 여행자가 될 수밖에 없다는 생각에 압도당하고 있었던 것
이다.

　그리하여 나는 조금도 의구심 없이 전주행 여행자가 되었다. 거기
가서, 더구나 막차를 타고 거기 밤중에 내려서 어떻게 할 것이냐는
생각도 나지 않았다. 나는 다만 창구 위에 적힌 요금표를 확인한 다
음 그만한 액수의 지폐를 맞추기 위해 주머니를 뒤지고 있었다.

　그런데 바로 그때였다. 내 앞으로 활처럼 굽어 섰던 열이 갑자기
무너져 버렸다. 사람들은 어느새 매표구 앞에 우르르 몰려가 있었
다. 정원 찼어요, 하고 누군가 연거푸 선언하는 소리가 들렸다. 매
표구를 넘겨다보자 ‘매진’이라는 두 글자가 아가리를 꽉 틀어막고
있었다. 거기뿐만이 아니었다. 자세히 둘러보자 길다란 여러 개의

매표구가 모두 '매진'이라는 글자로 재갈이 물려 있었다. 부산, 대구, 대전, 광주, 여수, 순천, 마산, 진주, 경주, 포항 그리고 방금 닫힌 전주까지……

나는 뒷주머니에 찔린 잇솔을 누가 뽑아가지 않았는지 확인해 보면서 대합실을 휘둘러보았다. 자오록한 회색 연기 속이었다. 나는 갑자기 속이 메스꺼워 오는 것을 느꼈다. 아니 가슴이 둥둥 뛰었다. 나는 다급한 몸짓으로 대합실을 걸어 나갔다.

건물 입구를 나서려는데 누군가가 알은체를 했다.

"뭐요?"

"저 좀 보세요."

"관둬요."

"손님 전주 가시잖아요."

"관둬."

"지금 가봤자 다른 터미널에도 표 없어요."

"관두라니까."

우리는 그러는 동안 대합실 바깥까지 나왔다. 청년은 나와 어깨를 맞붙이고 걸으며 재차 단언했다.

"가보나마나니깐요, 지금이 몇신데 표가 있겠어요."

"그래서?"

"기껏 한 오백 원나마 더 받는 거예요."

"뭘?"

"전주 표요. 이천 원만 주세요."

"난 전주 안 가."

"째째하게 뭘 그래요."

"대구 갈 사람이야, 난."

"이천 원 받는 것도 지금이니까 그렇지 오 분만 더 있어 봐요. 이천오백 원 주고도 못 얻어 걸려요."

“좋아, 그럼 대구표 하나 줘. 이천오백 원 줄 테니까. ”

“손님 왜 이러세요. 아까 전주 줄에 서 있었잖아요. ”

“난 대구 가야 한다니까. ”

“농담 말아요. 대구 표가 지금 어딨어요. ”

청년은 꼬깃꼬깃 접은 표 두장을 펴 보이며 나를 쳐다보았다.

전주행 막차는 일곱시 삼십분에 드디어 출발했다. 땅거미가 내린 서울역 앞을 가로질러 차는 마치 수면에 뜬 배처럼 더부렁거리며 서울을 빠져나갔다. 그리고 다른 차들과 마찬가지로 불을 켜서 어둠을 가르며 쾌적하게 내달렸다.

나는 안내원이 승객들을 곁눈질하며 통로를 오갈 때마다 지적당하지 않을까 계속 신경이 쓰였다. 승객들 사이에는 아까 줄을 서라고 소리친 사람들이 적어도 열 명 이상 섞여 있을 것이고 그들은 분명히 내 얼굴을 기억하고 있을 것이기 때문이었다.

그렇게 무서운 눈초리로 노려보던 사람들이 과연 끝까지 입을 다물어 줄까. 새치기를 한다고 분개하던 그들이 정상적으론 차례가 닿지 않았을 게 명백한 내가 떳떳이 개찰을 받고 올라와 동행하고 있는 것에 대해 가만 둘 것 같지 않았다. 누구보다도 내 옆자리에 앉아 있는 여자가 수상했다. 그녀는 고속버스가 마침내 서울을 벗어나 어둠 속의 고속도로를 속력을 내어 달리기 시작할 즈음부터 기회가 잡힐 때마다 나를 열심히 흘끗거리고 있었던 것이다. 그제야 내 모습이 기억났다는 투임이 분명했다.

사태가 그쯤 되었으므로 나로서도 대책을 세우지 않으면 안 되었다. 하지만 그땐 이미 친구의 충고를 되새긴 뒤여서 나는 느긋한 마음으로 마지막 순간을 기다렸다. 마음대로 해봐라 하고.

이윽고 그 순간이 왔다. 여자는 보리차를 받쳐 들고 통로를 걸어오는 안내원을 불러 세웠다.

“여보세요 ! ”

나는 대꾸할 말을 얼른 준비했다. "암표를 샀시다. 왜 시비야"라
는 말을. 그러나 여자는 내 예상과는 달리 고작 이렇게 말하고 있었
다.

"나 물 한 잔만 줘요."

나는 안도의 숨을 내쉬며 여자의 요구를 흉내냈다.

"나도."

여자는 나와 함께 물을 마시고 나자 끙하고 몸을 움츠려 넣으며
나를 외면하고 창 쪽으로 처박혔다. 잠을 청하려는 듯 봄 외투 깃을
세워 코를 덮으려 애썼다. 그러나 내가 여자의 그런 모습을 영원한
고발의 포기로 단정하는 순간 그녀는 도저히 포기할 수 없다는 듯이
신경질적으로 몸을 발딱 일으켰다. 나는 또다시 느긋한 응전의 자세
를 취하지 않을 수 없었다.

여자가 나의 옆얼굴을 노려보고 있다는 걸 나는 보지 않고도 알
수 있었다. 그러나 여자는 거기서 또다시 멈칫하는 듯했으므로 나는
한참 만에 안 빠지는 녹슨 나사못을 틀듯이 주춤주춤 그쪽으로 고개
를 돌렸다.

여자가 말했다.

"춥지 않으세요?"

"아뇨."

"이쪽은 추워 죽겠어요. 창틈으로 바람이 막 들어와요. 신문지로
틀어막았는데두 소용없어요."

나는 잠시 고통을 덜어 줄 수 있는 방법에 대해 생각해 본 다음
이렇게 제의했다.

"자릴 바꿀까요?"

"선생님두 이쪽으로 오심 추워요."

"그럼 어떻게 합니까?"

"그러게 말예요."

“자릴 바꿉시다. 난 남자니까.”

“그래 주시겠어요 ? ”

“내가 먼저 통로로 내려서지요.”

“아이, 미안해서 어쩌나.”

여자는 고속버스라는 게 뭐 이 모양이야 어쩌고 쫑알거리면서 내 자리를 거쳐 통로로 내려왔으므로 나는 은근히 비싼 차삯에 대해 빈정대면서 여자가 앉았던 창쪽 자리로 들어가 앉았다.

“그러게 말예요, 암표까지 빼돌려 흘리면서.”

여자의 그 말에 나는 괘씸한 생각이 들지 않을 수 없었다. 추워서 견딜 수 없다는 바람에 창가로 자리까지 바꿔 줬는데 끝내 그 따위 말버릇으로 못을 박아야 속이 시원한 여자의 옹졸함. 나는 여자가 알아듣게 두 번씩이나 혀를 찼다. 여자가 당장 안색이 바뀌며 내게 물었다.

“제가 너무 염치 없는 짓을 했나요 ? 그러심 도루 이쪽으루 오세요.”

“아, 아닙니다.”

“아네요. 그게 외려 맘 편하겠어요.”

“난 여성을 돕는 일을 하고 나면 아주 기분이 좋고 잠도 잘 옵니다. 울 어머니만 빼고.”

“재미있으신 분이네요. 근데 왜 어머님은 빼세요 ? ”

“못 도와 드렸거든요.”

“앞으로 위해 드림 되죠.”

“……그렇죠. 그래서 이렇게 가죠.”

나는 또다시 약간 목이 마르는 것을 느꼈다. 여자가 이젠 드러내 놓고 내 얼굴을 뜯어봐도 괜찮을 사이가 됐다는 듯이 쳐다보는 것도 싫었다.

“그 보자기 선반에 올려놓으시지 그러세요”라고 여자가 말했다.

"빈 자리두 많은데."

"괜찮습니다."

그러자 여자는 보자기를 받아들 자세를 취하며 다시 권했다.

"일어서기 힘드심 제가 올려놔 드릴까요?"

"아, 아닙니다. 아주 가볍거든요."

나는 보자기를 집으러 오려고 하는 여자의 손을 뿌리쳤다. 여자는 더 이상 우기지 않았다. 대신에 꽤 자주 돌아보면서 "아이, 추우셔서 어떻게 하나" 하고 신경을 써주었다.

나는 여자의 보살핌을 받는 것에 기분이 나쁘지 않았다. 나쁘지 않았을 뿐만 아니라 내가 혹시 크게 오해했는지 모른다는 생각이 들었으므로 이렇게 물어보았다.

"혹시……암표 사 가지고 탔습니까?"

"선생님두……?"

"이천 원 주고 샀습니다."

"어머, 저두요. 이 따위 고물찰 타려구."

여자는 얼굴을 찡그리며 혀를 찼다. 속이 몹시 상해서 말을 잊었는지 그런 후로 여자는 잠시 말없이 앉아 있었다. 아까부터 눈여겨 봤는데도 나이가 어느 정도 되는지 짐작이 가지 않았다.

결혼은 한 여잔지 처년지는 더구나 알 수 없었다.

곧 버스는 휴게소로 꺾어져 들어갔고 십분 동안 쉰다고 했다. 여자는 차가 멎어 서기 바쁘게 자리를 일어서며 말했다.

"안 내리세요? 제가 따끈한 커피 한잔 살게요."

"괜찮습니다. 다녀오십시오."

"십분간이나 쉰다는데, 가세요."

"생각 없습니다."

여자는 실망한 낯빛을 하며 뒷사람들에 떠밀려 입구로 걸어 나갔다. 여자는 5분이 채 못 되어 돌아왔다. 김이 피어오르는 커피를 종이컵에 따라 들고 왔다.

"고맙습니다."

"식기 전에 드세요. 몹시 추우시죠?"

"별로."

"전주가 고향이세요?"

"아뇨."

"그럼 다니러 가세요?"

"아뇨."

"그럼 지나가세요?"

"아마 내일 아침에 떠나야 할 것 같습니다."

"어머나, 이상하네요."

"뭐가요?"

"우리말예요. 이상하게 일치하는 점이 많아요."

"그렇찮을 겁니다."

"어떤 점이요?"

"예를 들면 난 아직 여행하면서, 아니 여행이란 걸 해본 일도 거의 없지만, 누구와 이렇게 애길 해본 일이 한 번도 없었거든요."

"어마, 저두 그래요, 저두 첨예요."

"네?"

"서울 사세요?"

"네, 변두리."

"그 점은 저랑 틀리는군요, 전 서울을 다녀오는 길예요."

"그 점말고도 안 맞는 게 많을 겁니다."

라고 말했지만 나는 차마 대구행 버스를 탄다는 게 이렇게 되고 말았다는 말은 할 수가 없었다.

"그래두 우린 여태껏 일치되는 점이 많았어요. 천원 가까이나 더 주고 암표를 산 것까지두요. 그리구 용케 같이 앉아 가는 것두요.

물론 틀리는 것두 있겠죠. 여행은 별루 안하신다구 하신 거라든지. 전 여행을 참 좋아하거든요."

나는 여행하는 것을 싫어할 사람이 어디 있느냐고 반박하고 싶었지만 참았다. 그 점도 공통된다고 소리칠까봐서가 아니라 여행이란 하고 싶을 때 언제든 실행에 옮길 수 있다고 생각하는 여자를 이해시키는 일이 번거롭고 힘들어서였다.

그럼에도 나는 솔직히 말해서 여자의 탄성을 듣는 것 역시 기분 나쁘지 않았다. 그녀가 일치한다고 우기는 것은 앞으로 더 많은 일치되는 점을 만들고 싶어하는 감상을 가지고 있다는 증거이며, 그리고 확신하거니와 그녀는 처녀였기 때문이다. 내가 가지고 있는 생각으로는 여가차 여행하고 싶다고 해서 언제든지 떠날 수 있는 여자는 여자 지리학자와 부잣집 처녀밖에 없었다. 그런데 그녀의 말투는 어느 모로도 지리학자답진 않았고 그럴 나이로도 보이지 않았다.

이윽고 버스는 전주에 닿았다. 나는 조그마한 보자기 하나를, 그리고 여자도 역시 조그마한 손가방 하나를 든 차림으로 차를 내렸다.

밤 열시가 넘어 낯선 도시에 내렸다는 사실이 나를 약간 을씨년스럽게 만들었다. 정류장을 걸어 나오며 여자가 말했다.

"저 땜에 괜히 떠셨어요."

"지금은 초여름인데 뭘 그럽니까."

"그래두 밤바람인데요."

그러는 사이에 우리는 큰길가까지 나오고 있었으므로 나는 부득이 여자한데 묻지 않을 수 없었다.

"여기가 시내 한가운뎁니까?"

"아니, 그럼 이 도시가 첨이세요?"

"그러니까 물었죠."

"어쩜. 저두 전혀 몰라요. 저두 난생 첨이거든요."

"이젠 장난 그만둡시다. 계속 공통점을 찾는 일에 재밀 붙이다간 길거리에서 밤을 새울지도 모르니까요."

나의 이 말에 여자는 갑자기 떼어 놓던 걸음을 오똑 멈추고 섰다. 그러곤 희미한 어둠 속에서 내 얼굴을 빤히 쳐다봤다.

"오늘 아주 신기하구 기분 좋은 여행이었다고 생각했는데, 그래서 차라두 한잔 사드릴까 했는데 착각이었군요. 여기가 이 도시의 이 디쯤인지 아시구 싶으심 저기 지나가는 사람들한테나 물어보세요. 그리구 안녕히 가세요. 전 이쪽으로 가보겠어요."

여자는 말을 마치고 단호한 걸음걸이로 멀어져 갔다. 고속 버스가 들어온 쪽 길이었다. 그 바람에 나는 친구의 충고를 잊고 또다시 당황하였다. 뒤쫓아가서 여자의 앞을 가로막아 서며 나는 재빨리 사과했다.

"미안합니다. 난 농담으로 들었습니다."

"사실을 말하죠." 하고 여자는 한참 만에 말했다. "전 경부선 쪽으로 가야 했어요. 그런데 암표 장수를 만나서 일루 와버린 거예요."

"이런……." 하고 이번에는 내쪽에서 탄성을 올리고 말았다. 여자가 왜 그러느냐고 물었다. "아, 아닙니다."

"이상한 계집애다, 그런 뜻이세요?"

"천만에요. 얼마나 재미있는 여행인가 하고 부러워 그럽니다."

"아녜요, 재미있는 여행을 하려구 여길 온 건 아녜요. 순간적인 착각이었어요. 뭐랄까요, 어쨌든 돌아가려는 쪽에 가까이 가는 건 출발을 포기하는 것이 아니라는 생각이었다구 할까요."

"지금은 어떻게 하실 겁니까?"

"여관을 찾아야죠."

"같이 찾아볼까요?"

여자가 그러자는 투의 기미를 보였으므로 나는 지체없이 그녀가

가던 반대 방향을 가리켰다. 그리고 그 이유를 설명했다.

"터미널은 보통 도시 변두리에 있으므로 이쪽이 안쪽일 가능성이 많습니다."

우리는 한참을 말없이 걸었다. 여자가 뭐라고 말을 붙이려는 듯했으므로 나는 재빨리 가로막았다.

"차는 우선 여관을 잡아 놓고 나서 마시든지 합시다."

"그게 아녜요. 자꾸만 이상한 생각이 들어서 그래요."

"공통점 말입니까? 이 정도는 여행하다 보면 흔히 마주치잖을까요?"

"어쨌든 고마워요. 여자가 혼자 여관을 찾아가긴 좀 무섭거든요."

"동행이라고 말해 드리죠."

"그게 사실 아녜요?"

"방을 두 개 잡아야 하는 것밖에 다른 점이 없는."

여자는 나의 말에 대답하지 않았으므로 나는 여관 간판을 찾는 것처럼 하면서 그것이 무엇을 뜻하는지 곰곰 생각해 보았다. 너무나 당연한 사실을 쑥스럽게 왜 강조하느냐는 뜻일까, 아니면 어느새 엉큼한 수작을 붙이려 드는 이 악당아 라는 뜻일까.

나는 결론을 내리기 전에 여관을 찾아냈다. 여관은 아직도 여러 개의 방을 비워 두고 있었으므로 우리는 골라 가면서 가지런히 붙은 두 개의 방을 차지할 수 있었다. 물주전자를 받쳐 들고 들어온 종업원 아이가 내게 나직이 물었다.

"손님, 왜 방을 두 개씩이나 쓴대요?"

"여기 오는 남녀는 모두 한방을 쓰든?"

"한방 안 쓰려면 뭣하러 여관에 와요?"

"우린 사돈간이야."

"알았어요. 여기 숙박부 써주시고 주무실 땐 문 걸어 잠그세요잉. 도둑이 많거들랑요. 변소랑 세면대는 복도 끝에 있어요."

한꺼번에 일러둘 것 죄 주워섬기고 방을 돌아나간 아이가 잠시 후 숙박부를 찾아 가며 잊었다는 듯이 한 가지를 더 일러주었다.

"참 숙박빈 옆방 사둔 여자 분이 다 내셨구만요."

"알았어."

곧 이어 여자가 문을 두드리고 내 방을 찾아왔지만 나는 아이한테 아무 얘기도 듣지 않은 폭으로 잡고 숙박비에 대해 말하지 않았다. 여자는 문간에 서서 말했다.

"나가시죠."

커피 따위 마시러 나가느니 잠이나 자자는 말을 하고 싶었지만 일찍이 여자를 돕는 일이라면 무슨 일이든 한다고 큰소리친 게 있어서 나는 떨어지지 않는 엉덩이에 박차를 차며 일어섰다. 먼저 복도 끝 층계로 나가 서서 내가 따라 나오기를 기다리던 여자가 나를 돌아보며 말했다.

"그 보자긴 왜 또 들구 나오세요, 방 안에 두지 않구?"

"이 집 아이가 경고했거든요. 변소에 갈 때도……."

"저두 들었어요, 도둑이 많다는 얘기."

"그럼 핸드백 가져오는 게 좋을걸요."

"그 안에 암것두 없어요."

우리는 여관을 나와 밤이 이슥한 거리를 천천히 걸었다. 누가 봤으면 의심할 여지 없이 연애하는 사이라고 했을 것이다.

"좋죠?" 하고 여자가 물었다. "낯선 거리란 언제나 충격예요, 그죠?"

나는 속으로 대답했다. 개떡이다, 하고. 그러고 나자 여관비까지 물어준 여자한테 미안했으므로 마음에 없는 소리지만 한마디 하지 않을 수 없었다.

"이 도시가 전라북도 수도지요, 아마."

내가 생각해도 정말 멋대가리 없는 소리였다. 그런 싱거운 소리

말고도 할 만한 얘기가 얼마든지 있잖은가. 낯설다는 주제를 가지고 말하더라도 하다못해 낯선 사람들은 낯선 우릴 애인들이라고 하겠죠 라고 해도 되잖는가. 그렇다. 나는 기회를 잡아 그 말을 어디다 끼워 넣어야 했다.

그러나 그런 기회는 좀처럼 와주지 않았다. 여자가 잠시 후 다방에 들어가야 하느냐고 물었지만 그 물음에 대한 대답으로 써먹을 말은 못 되지 않는가.

"그럼 저녁 하시겠어요? 하지만 저 별루 생각 없어요. 포만감이 싫어서예요."

그런 걸 취미로 가질 수 있다면 얼마나 행복할까. 나는 화가 나서 말했다.

"어디 술집 없을까?"

"저두 그런 생각을 하구 있었어요. 거보세요, 낯선 거린 역시 충격이죠. 우릴 술 마시게 만들잖아요."

아마 어느 도시건(이 아니라 사람 사는 곳이면 이 나라의 어디건) 술집 찾기보다 쉬운 것이 없을 테지만 우린 곧 술집 하나를 찾았다. 보잘것없는 선술집이었지만 밤이 늦었으므로 여자는 별 불평 없이 순순히 따라 들어섰다.

우리는 거기서 소주를 마셨다. 나는 처음 보자기를 술상 한 귀퉁이에 올려놓고 마실 작정이었지만 안주가 열두 가지도 넘게 나오는 바람에 하는 수 없이 그걸 좀 위험하게 뒤뚱거리는 빈 의자에 내려놓을 수밖에 없었다. 이것저것 열심히 주워먹는 나를 은근히 건너다보며 여자가 말했다.

"아시죠, 이게 다 공짜라는 거?"

"농담 마슈."

"못 들으셨어요, 전주 술상? 이게 다 공짜예요, 이렇게 많은 안주 접시 모두가."

“농담 말라니까.”

“어머머, 정말이라니까요.”

우리는 다투기 시작했는데 끝이 안 나자 여자가 내기를 걸자고 제의했다.

“어떻게?”

“선생님이 지심 그 보자기를 끌러 보여 줘야 해요.”

나는 이길 것이 뻔하였으므로 여자가 졌을 경우에 받을 배상 조건에 대해 물었다.

“내가 이기면 뭘 보여 달라고 한다?”

“뭐든 요구대루 들어드리겠어요, 뭐든.”

그러나 여자는 다음 순간 무슨 생각이 났는지 내기를 취소한다고 선언했다. 그리고는 술집 주인을 향해 물었다.

“아주머니, 이 안주 공짜예요, 아네요?”

“이 양반들 객지 사람들이구먼잉, 전주 인심도 몰러요.”

여자는 술집 주인의 심한 사투리 억양을 다시 흉내내 보이기까지 하면서 자신이 이길 수 있었던 사실에 의기양양해했다.

“이 보자길 풀어 보겠수?”

“아주 가벼워 보여서 흥미없어요.”

우리는 거의 자정이 가까워서야 술집을 나왔다. 여자가 내 옆구리에 팔을 끼워 넣었으므로 나는 벼르고 벼르던 말을 마침내 할 수 있었다.

“사람들이 보면 우릴 애인 사이라고 하겠는데.”

“여관 가까이 가선 뽑아야겠어요.”

“그래봤자 낯선 사람들인데 뭘.”

“이 세상에 결국은 낯설지 않은 사람이 어딨어요.”

여자는 여관 앞에 이르자 낯선 사람들을 위해 결국 팔을 뽑고 말았다. 아니 이미 통금 시간이 꽉 되어 사람 그림자 하나 없었지만 그 낯선 거리의 순화를 위해 팔을 뽑았다. 그러고는 단정한 걸음걸이로 여관 출입문을 밀고 들어갔다.

우리는 우리의 방문 앞까지 갔을 때의 귀추에 대해 신경을 곤두세우고 2층으로 올라가는 층계를 밟아 올라갔다. 그러나 신경썼던 것과는 달리 우리는 아주 손쉽게 헤어져 각자의 방으로 들어갔다. 나는 싱거움을 얼버무리기 위해 술값까지 치러 준 걸 감사한다는 말을 하고 싶었지만 여자는 돌아보지도 않고 방문을 닫아 버렸다. 나는 보자기를 윗목에 내려놓고 잠시 방 안을 서성거렸다. 그러고는 사실은 그때까지 나는 여자에게 아무것도 요구한 것이 없는 담담한 상태였다는 사실을 재확인하는 순간 벌렁 방바닥으로 나자빠졌다.

그제야 나는 술이 사정없이 취해 오는 것을 느꼈다. 천장이 빙글빙글 회전운동을 하고 있었다. 나는 몸을 모로 눕히고 눈을 감음으로써 출렁이는 술기운을 가라앉히려 애썼다. 그러나 참을 수가 없었다. 나는 입을 틀어막고 아이가 일러준 대로 복도 끝을 향해 뛰어갔다.

내가 긴 고통의 순간을 넘기고 방으로 돌아가기 위해 복도로 나왔을 때 뜻밖에도 내 방 앞에 여자가 서 있었다. 여자는 내가 다가가자, 잠이 오지 않아요 라고 말했다. 나는 찬물을 뒤집어쓴 머리를 툭툭 털면서 방으로 들어섰다.

"들오쇼."

"우리 얘기하다 자요."

나는 대답 대신 다 젖어 버린 윗도리를 벗고 머리를 훔친 다음 그걸 옷걸이에 걸었다. 옷이 다 젖은 걸 보았으므로 여자에게 굳이 옷을 벗은 무례에 대해 변명할 필요는 없을 것이었다.

여자는 내가 권하는 대로 자리에 앉긴 했지만 갑자기 수줍음을 타기 시작하여 고개를 떨구고 있었다. 나는 물론 여자의 그런 모습을 사랑하지만 오래 그 상태를 방치해 둘 수는 없었으므로 자연스런 한

마디를 던졌다.

"안주를 공짜로 주는 고장에 와서 통하는 데가 많은 여성하고 술을 마셨으니 그 술이 안 취하고 배기겠소."

"취하세요?"

"지금은 말짱하게 깨버렸지만."

"전 기분 좋을 정도예요."

"아까 경부선 쪽으로 가야 한다고 했는데 그쪽 어디요?"

"끝까지 내려가요."

"설마. 부산 말씨가 아닌데."

"거긴 그럼 서울 말씨예요 뭐? 전 워낙은 서울에서 살았어요."

"그럼 부산에 가 있는 이유 뭐요?"

"그렇게 됐어요."

"그렇게 시집을 간 거요?"

"어머나, 그건 모욕예요."

"결혼이 모욕이다?"

"그렇구말구요."

"그럼 안할 거요?"

"그런 걸 왜 해요. 거긴 했어요?"

"난 안한 게 아니라 못했을 뿐이오. 아직 한 번도 직장다운 직장을 다닌 일이 없었으므로 그거 할 돈 있었으면 울 어머니 고속 버스 태워 줬을 거요."

하고 난 다음 나는 그렇게 말한 걸 후회하여 재빨리 화제를 바꾸어 다시 공짜 술안주에 대한 얘길 꺼냈지만 얼마 안 가서 화제는 다시 결혼으로 슬그머니 되돌아오고 있었다.

여자가 말했다.

"한번 결혼할 뻔한 일이 있었죠."

"그랬는데 누가 싫다고 했소?"

"물론 나죠."

"누구나 그렇게 말하지."

"상대가 수의과 의사였어요."

"그럼 아주 좋은 상대였는데 그랬군."

"어떤 점에서 그래요?"

"요즘은 세파트 값이 사람 값보다 웃길이니까."

여자는 우습지도 않은 일에 손으로 입을 막으며 호호호 하고 웃었다. 나는 관심이 많은 것처럼 다시 여자를 다그쳤다.

"그건 그렇고 수의사를 싫다고 한 이윤 뭐요?"

"절 강아지 취급했기 때문에죠. 한번은 두통이 난다구 했더니 약을 줬는데 알구 보니 개한테 먹이는 약이지 뭐예요."

"아무거나 먹고 나으면 되는 거 아니오?"

"만나면 강아지 어루만지듯 쓰다듬는데두요?"

"그만뒀다니 어쩔 수 없지만 그 사람 놓친 건 참 애석한 일인 것 같은데."

나의 이 말에 여자는 무릎을 끌고 달려들며 때리는 시늉을 했는데 문제가 있었다면 아마도 그 순간의 그녀의 주먹이 책임을 져야 할 것이었다. 나는 단지 공격을 막기 위해 여자의 조그만 주먹을 잡아채려 했을 뿐이니까.

여자의 한쪽 손목이 잡히는 순간 어떻게 된 건지 여자는 몸의 중심을 잃고 핑그르르 맴을 돌더니 급기야 내 무릎을 베고 자빠져 버리는 것이 아닌가.

그러나 여기까진 정말 우연히 그렇게 되었다고 하더라도 다음은 솔직히 말하자. 자연스럽게 찾아온 기회를 결코 놓치고 싶지 않았다고 솔직히 말하자.

나는 재빨리 여자의 허리를 끌어안았다. 여자는 불리한 입지적 조건을 벗어나려는 듯 저항이 강했지만 나는 여자의 강한 저항엔 항상

강한 수용의 의지가 동반된다고 단언한, 아니 수용의 다른 표현이라고 단언한 친구의 말만 신봉하고 있었으므로 정상 참작을 해줄 마음이 전혀 없었다.

이쪽이 조금도 물러설 각오가 되어 있지 않음을 알아차리는 순간 여자는 저항을 버리고 아주 미미한 분포로 스며 있었다고 해도 좋을 수용을 택했다. 역시 내 친구의 단언은 옳았다. 물론 언제나 그걸 확신으로 하여 밀고 나간다면 그건 어느 때건, 어떤 경우에건 옳을 수밖에 없는 독선적 단언인지도 모르지만.

친구의 단언 중 틀린 것이 있다면 여자가 조금도 눈물을 보이지 않았다는 점뿐이었다. 여자는 아주 담담한 표정으로 몸을 눕히고 있었다. 나도 담담히 누워 있었다. 그러나 실인즉 오래 계속되는 침묵이 견딜 수 없을 지경으로 싫었다.

이윽고 여자가 비음으로 말했다.

"제 아버진 이곳저곳으루 옮겨 다니지 않음 안 되는 직업을 가졌어요. 그게 엄마가 불안한 이유죠. 사람 사귈 기회가 없어 절 시집보낼 것 같지 않다구 제가 중학생 때부터 걱정했어요."

"그게 독신으로 살겠다는 마음을 먹게 만들었다는 뜻이오?"

"그래요. 전 그 소리 듣는 게 죽기보다 싫었어요. 지금은 결혼하는 게 죽기보다 싫구요."

여자는 말을 끊고 발딱 몸을 일으켜 앉았다. 그녀는 누워 있는 내 눈을 잠시 내려다봤다. 그러고는 아무 말 없이 방을 나가 버렸다. 나는 아마도 여자가 자기 방의 문을 소리나게 닫는 기척을 듣는 순간에 곧 잠에 떨어진 듯했다. 꿈도 없는 아주 깊은 잠 속으로.

눈이 뜨였을 때는 이미 뿌연 아침이 몰래 창문을 넘어 들어와 있었다. 순간 나는 뭔가 낭패감 같은 것에 사로잡혔다. 근거 없는 도시에 와 있다는 사실이 기억났기 때문인지 몰랐다.

나는 서둘렀지만 윗도리 소매에 팔을 쑤셔 넣는 일에도 꽤 시간을

끝었다. 살그머니 문을 따고 복도로 나와 신발을 꿰어 신자마자 나
는 발뒤꿈치를 들고 층계가 있는 복도 끝으로 곧장 걸어 나갔다. 아
래층 접수실에서 자는 늙수그레한 여자 종업원이 혀를 거푸 차며 문
을 따주었다. 그 여자는 내가 현관 바깥 계단까지 나선 다음에야 내
뒤통수에다 대고 소리쳤다.
　"숙박빈 다 냈당가?"
　"물론."
　나는 짧게 대답하고 길로 내려섰다. 아직은 후미진 구석에 회색의
어둠이 숨어 있었다. 나는 회색을 사랑할 수 있습니다, 하고 가슴에
안긴 하얀 보자기를 향해 소곤거렸다. 폴폴 삐어져 나오는 회색의
연기도 나는 사랑할 수 있다. 그러자 나는 마음이 변했다. 출발이
늦었으므로 대구까지 내려가느니 고속 버스를 짧게 타더라도 김천
에서 내려 상주로 들어갈 수밖에 없다고 서두르던 애초의 생각이 달
라졌다. 도무지 그럴 이유가 없었다. 터덜거리는 시골 버스를 타고
고생을 할 이유가 없었다.
　그렇게 되면 가벼운 어머니는 차멀미를 하게 돼요, 하고 나는 가
슴에 안긴 어머니를 내려다보며 타일렀다. 너무나 가벼워져서 한줌
의 재가 된 어머닌 차멀미에 견디지 못해 마침내는 먼지로 변해 버
릴지 몰라요. 그리고 도대체 고향이란 뭡니까, 제기랄, 어머니, 마
음을 돌리십시오. 나랑 같이 집으로 돌아갑시다. 가서 같이 삽시다.
세월이 좋아지면 장가도 들고, 그리고 그렇게 타고 싶어하시던 고속
버스 신물이 나도록 또 태워 드릴게요.
　잿빛 어둠 속 저쪽 끝에 고속 버스 터미널 간판이 보이기 시작했
다. 나는 사흘째 빈속인 허허로움을 잊은 채 하얀 보자기에 싸인 조
그만 상자를 더욱 죄어 안고 걸음을 재게 놀렸다. 마치 아직도 따뜻
한 기운이 남아 있는 듯했다.